Título original: *Dream a little Dream*
Traducción: María José Losada Rey y Rufina Moreno Ceballos
1.ª edición: noviembre 2009

© 1998 by Susan Elizabeth Phillips
© Ediciones B, S. A., 2009
  para el sello Zeta Bolsillo
  Bailén, 84 - 08009 Barcelona (España)
  www.edicionesb.com

Printed in Spain
ISBN: 978-84-9872-322-9
Depósito legal: B. 34.794-2009

Impreso por LIBERDÚPLEX, S.L.U.
Ctra. BV 2249 Km 7,4 Polígono Torrentfondo
08791 - Sant Llorenç d'Hortons (Barcelona)

Apenas un sueño

SUSAN ELIZABETH PHILLIPS

ZETA

Para Tillie y sus hijos.
Y en memoria de papá y Bob.

AGRADECIMIENTOS

Quiero expresar mi más sincero agradecimiento a las siguientes personas por su ayuda en la creación de este libro: a la doctora Margaret Watson, veterinaria y escritora, por dejar que la interrumpiera repetidas veces para acribillarla a preguntas; a Jimmie Morel (Lindsay Longford) y Jill Barnett por sus críticas bienintencionadas; a John Roscich, por volver a prestar asistencia jurídica a mis personajes (por favor, pásale la factura a ellos, no a mí). Y mi más profundo agradecimiento a Avon Books, especialmente a Carrie Feron, por su apoyo. Me siento orgullosa de formar parte de la familia Avon.

1

La suerte de Rachel Stone se acabó frente a un autocine llamado Orgullo de Carolina. Allí, perdida en las
montañas, en una carretera de doble sentido cuyo asfalto
brillaba bajo el calor de la tarde de junio, su viejo Chevy
Impala lanzó su último respiro.

Apenas tuvo tiempo de echarse a la cuneta antes de
que la humareda del capó le impidiera la vista. El coche se
paró justo debajo del letrero amarillo y púrpura del autocine.

Sólo le faltaba ese desastre. Cruzó los brazos sobre el
volante y apoyó la frente en ellos, cediendo a la desesperación que la perseguía desde hacía tres años. En esa carretera de doble sentido, justo a las afueras de un pueblo
de Carolina del Norte —que irónicamente se llamaba Salvation—, había llegado al final de su camino personal al
infierno.

—¿Mamá?

Se enjugó las lágrimas con el dorso de la mano y levantó la cabeza.

—Creía que estabas dormido, cariño.

—Lo estaba. Pero me ha despertado el ruido.

Se volvió y observó a su hijo. Hacía poco que había
cumplido cinco años. Estaba sentado en el asiento trasero en medio del montón de cajas y fardos andrajosos que
contenían todas sus posesiones. El maletero del Impala es-

taba vacío porque hacía tiempo que se había atascado, y Rachel no había sido capaz de abrirlo.

Edward tenía una marca en la mejilla en la que se había apoyado mientras dormía y el pelo castaño claro de punta. Era menudo para su edad y todavía estaba pálido debido a la reciente neumonía que había amenazado su vida. Rachel lo quería más que a nada en el mundo.

En ese momento, los solemnes ojos castaños de su hijo la miraron por encima de la cabeza de *Caballo*, el manchado conejo de trapo de enormes orejas que le había acompañado desde que empezara a andar.

—¿Ocurre algo?

Rachel curvó los labios rígidos en una sonrisa tranquilizadora.

—Sólo es un problema con el coche.

—¿Vamos a morirnos?

—No, cariño. Claro que no. ¿Por qué no te bajas y estiras las piernas mientras echo un vistazo? Pero no andes por la carretera.

Edward sostuvo el andrajoso conejo por una oreja con la boca y pasó por encima de un barreño lleno de ropa de segunda mano y algunas toallas viejas. Tenía las piernas delgadas y pálidas, las rodillas huesudas y un antojo en la nuca. A Rachel le encantaba besarlo allí. Se estiró hacia el asiento de atrás y le ayudó a abrir la puerta, que funcionaba sólo un poco mejor que el maletero.

«¿Vamos a morirnos?» ¿Cuántas veces le había hecho esa pregunta en los últimos tiempos? Su hijo nunca había sido un niño muy sociable, pero últimamente se mostraba más introvertido y maduro que cualquier otro de su edad.

Sospechaba que tenía hambre. Habían pasado cuatro horas desde la última vez que habían comido: una naranja pasada, un cartón de leche y un sándwich de mermelada en una mesa de pícnic al lado de la carretera, cerca de Winston, Salem. ¿Qué clase de madre alimentaba a su hijo con eso?

Una a quien le quedaban nueve dólares y unas monedas en la cartera. Nueve dólares y algunas monedas era todo lo que los separaba del fin del mundo.

Se miró en el espejo retrovisor y recordó que una vez había sido guapa. Ahora, la preocupación le torcía la boca y las patas de gallo que le rodeaban los ojos verdes se comían su cara. La pecosa piel que le cubría los pómulos estaba pálida y tan tensa que parecía a punto de quebrarse. No tenía dinero para ir a un salón de belleza, y la salvaje y rizada melena castaño rojiza se arremolinaba alrededor de la cara delgada, igual que las hojas secas del otoño. El único cosmético que poseía era una barra de labios que guardaba en el fondo del bolso y que no se molestaba en usar desde hacía varias semanas. ¿Qué más daba? Aunque tenía veintisiete años, se sentía una anciana.

Se miró el vestido sin mangas de algodón azul que colgaba de sus hombros huesudos. La prenda estaba descolorida, era demasiado grande y había tenido que sustituir uno de los agrietados botones rojos por otro de color marrón. Le había dicho a Edward que iba a crear una nueva moda.

La puerta del Impala chirrió al abrirla y Rachel salió al asfalto de la carretera. Sintió el calor en la planta de los pies, atravesando la delgada suela de las gastadas sandalias blancas. Tenían una tira rota. Le había hecho un remiendo que ahora le provocaba ampollas en el dedo gordo. Aunque ésa era una molestia insignificante comparada con el sufrimiento de intentar sobrevivir.

Una camioneta pasó por su lado sin detenerse. El pelo revuelto le azotó las mejillas y Rachel se apartó los enredados mechones con el brazo, a la vez que se protegía los ojos de la nube de polvo que había levantado el vehículo. Miró a Edward. Estaba junto a los arbustos con *Caballo* bajo el brazo y la cabeza echada hacia atrás, absorto en la explosión de estrellas amarillas y púrpuras del letrero que colgaba sobre él. Escritas con bombillas estaban las palabras «Orgullo de Carolina».

Con una sensación de fatalidad, Rachel levantó el capó y se echó hacia atrás cuando una bocanada de humo negro salió del motor. Un mecánico de Norfolk le había advertido que el motor estaba en las últimas, algo que no podía arreglarse con cinta aislante ni con una pieza de desguace.

Agachó la cabeza. Al perder el coche no sólo se había quedado sin medio de transporte, sino también sin hogar, ya que llevaban casi una semana viviendo en el Impala. Le había dicho a Edward que eran afortunados al poder llevar la casa a cuestas como las tortugas.

Se sentó sobre los talones e intentó asimilar la última de la larga serie de calamidades que la había traído de regreso al pueblo que había jurado no volver a pisar jamás.

—Lárgate, mocoso.

La amenaza latente en aquella profunda voz masculina atravesó el sufrimiento de Rachel. Se incorporó tan deprisa que se mareó y tuvo que agarrarse al capó del coche para no caerse. Cuando se le despejó la cabeza, vio a su hijo paralizado frente a un desconocido que vestía vaqueros, una vieja camisa de color azul y gafas de espejo.

Se le metió grava en las sandalias cuando rodeó el coche hacia ellos. Edward estaba demasiado asustado para moverse. El hombre lo agarró por el hombro.

Tiempo atrás, ella había sido una chica de carácter dulce y gentil, una soñadora con alma de poeta. Pero la vida la había endurecido y no tardó en inflamársele el temperamento.

—¡Suéltelo, hijo de perra!

El hombre dejó caer lentamente el brazo.

—¿Es su hijo?

—Sí. Y ya puede apartarse de él.

—Estaba meando en mis arbustos. —La voz ruda y lacónica del hombre tenía un acento arrastrado distinto al de Carolina, y no poseía ni el menor atisbo de emoción—. Lléveselo de aquí.

En ese momento, Rachel se dio cuenta de que Edward

tenía los vaqueros desabrochados, haciendo que su pobre niño, ya vulnerable, pareciera todavía más indefenso mientras clavaba los ojos en el hombre que se cernía sobre él.

El desconocido era alto y delgado, tenía el pelo oscuro y un rictus de amargura en la boca. Su rostro era alargado y estrecho y, aunque podía considerársele guapo, el gesto cruel y los pómulos afilados no la atraían en absoluto. Dio gracias a Dios por que llevara gafas de espejo. Algo le decía que era mejor no mirarle a los ojos.

Agarró a Edward y lo estrechó contra su cuerpo. Una vida llena de experiencias dolorosas había enseñado a Rachel a no dejarse avasallar por nadie. Le contestó con sarcasmo.

—¿Es que sólo puede mear usted en ellos? ¿Es eso? ¿Son para su uso privado?

El hombre apenas movió los labios.

—Ésta es mi propiedad. Largo.

—Nada me gustaría más, pero mi coche no opina igual.

El dueño del autocine miró con desinterés el difunto Impala.

—Hay un teléfono en la taquilla. Allí encontrará el número del taller de Dealy. Mientras esperan a la grúa, manténganse fuera de mi propiedad.

Se dio la vuelta y se marchó. Sólo cuando el hombre hubo desaparecido tras los árboles que rodeaban la base de la pantalla gigante del autocine, Rachel soltó a su hijo.

—No pasa nada, cariño. No le hagas caso. No tienes por qué preocuparte.

Edward estaba pálido y le temblaba el labio inferior.

—Qué susto, mamá...

Rachel le peinó el pelo claro con los dedos y le alisó el mechón que tenía de punta, al tiempo que le apartaba el flequillo de la frente.

—Sé que te ha asustado, pero sólo es un gilipollas. Además, yo no hubiera dejado que te hiciera daño.

—Siempre repites que está mal decir «gilipollas».

—Hay circunstancias atenuantes.

—¿Qué quiere decir «circunstancias atenuantes»?

—Quiere decir que ese hombre es un gilipollas de verdad.

—Ah.

Ella echó una ojeada a la pequeña taquilla de madera donde estaba el teléfono. La taquilla había sido pintada hacía poco con colores mostaza y púrpura, los mismos colores vivos del letrero. Rachel ni se molestó en acercarse. No tenía dinero para la grúa ni para la reparación, y hacía tiempo que le habían anulado las tarjetas de crédito. Intentando evitarle a Edward otro enfrentamiento con el desagradable dueño del autocine, lo llevó hacia la carretera.

—Tengo las piernas acalambradas después del largo viaje. ¿Qué te parece si damos un paseo?

—Vale.

Él arrastró las zapatillas de lona por el polvo del camino y Rachel supo que todavía estaba asustado. Eso hizo que creciera su resentimiento contra aquel gilipollas. Sólo un imbécil actuaría de esa manera con un niño.

A través de la ventanilla abierta del coche estiró el brazo hacia un cubo azul y cogió las últimas naranjas que había comprado de oferta. Luego volvió con su hijo y atravesaron la carretera hacia una pequeña arboleda; una vez más se maldijo por no haber claudicado ante Clyde Rorsch, su jefe hasta hacía seis días. En vez de eso, le había golpeado en la cabeza para que no la violara, había agarrado a Edward y había salido pitando de Richmond.

Ahora deseaba haber cedido. Si se hubiera acostado con él, Edward y ella estarían viviendo sin pagar alquiler en una habitación del motel de Rorsch, donde había estado trabajando de camarera. ¿Por qué no había cerrado los ojos y le había permitido hacer con ella lo que quisiera? ¿De qué le servía la virtud cuando su hijo pasaba hambre y no tenían un techo donde vivir?

Al llegar a Norfolk había gastado casi todos sus ahorros en arreglar la bomba de agua del Impala. Sabía que cualquier otra mujer en su situación habría solicitado ayuda al Estado, pero ella no podía hacerlo. La había pedido dos años antes, cuando vivían en Baltimore. Allí, una asistente social había cuestionado su capacidad para cuidar de Edward. La mujer había mencionado la posibilidad de dejar a Edward en una casa de acogida mientras ella salía adelante. Probablemente sus intenciones fueran buenas, pero Rachel se había sentido aterrorizada. Hasta ese día, nunca se había planteado la posibilidad de que pudieran quitarle a Edward. Había huido de Baltimore ese mismo día y se había jurado a sí misma no volver a solicitar ayuda estatal.

Desde entonces había tenido que recurrir a varios trabajos mal pagados para tener un techo, pero jamás había podido dedicarse a aprender algo con lo que ganar más dinero. Trabajar para mantener a su hijo le reportaba pocos ingresos y muchas preocupaciones: una de las canguros permitía que Edward viera la tele todo el día y otra lo dejaba con su novio. Poco después Edward había pillado una neumonía.

Al pasar tantos días en el hospital, la habían despedido de uno de sus trabajos en un restaurante de comida rápida. Los gastos médicos de Edward habían devorado todos sus ahorros, y le habían dejado una factura imposible de pagar. Además de que su hijo había necesitado seguir un tratamiento hasta recuperarse del todo, había recibido una citación por no pagar el alquiler de su asqueroso apartamento.

Le había suplicado a Clyde Rorsch que le permitiera quedarse en una de las habitaciones más pequeñas del motel a cambio de hacer turno doble. Pero él quiso algo más; incluyó el sexo en el trato. Cuando Rachel se negó, él se puso violento y ella le golpeó la cabeza con el teléfono de la oficina.

Recordó cómo le había corrido la sangre por un lado

de la cara y la venenosa expresión de sus ojos cuando juró que conseguiría que la arrestaran por agresión.

«¡Ya veremos cómo cuidas a tu precioso hijito cuando estés en la cárcel!»

Ojalá no se hubiera resistido y le hubiera dejado hacer lo que quería. Algo que le parecía inconcebible una semana antes ya no lo era ahora. Rachel era fuerte. Habría sobrevivido. Desde el comienzo de los tiempos, muchas mujeres desesperadas habían utilizado el sexo como moneda de cambio, y le resultaba increíble pensar que ella misma las hubiera condenado en su día por hacerlo.

Tranquilizó a Edward y, mientras se acercaban a un árbol, desenroscó el tapón de la cantimplora y se la pasó. Mientras le mondaba la naranja, ya no pudo contener el impulso de levantar los ojos hacia las montañas.

El sol brillaba sobre una pared de cristal, mudo testimonio de que el Templo de Salvation aún estaba en pie, aunque ahora era propiedad de una fábrica de envases de cartón. Cinco años antes había sido la sede central de G. Dwayne Snopes, uno de los telepredicadores más ricos y famosos del país. Rachel apartó los malos recuerdos y le dio a Edward los gajos de la naranja. Él saboreó cada uno de ellos como si fuera un caramelo, en vez de un trozo de fruta pasada que debería estar en la basura.

Cuando terminó de mondar la última naranja, levantó la vista hacia el letrero del autocine:

PRÓXIMA REAPERTURA
SE OFRECE EMPLEO

Rachel se levantó de un brinco. ¿Cómo se le había pasado por alto antes? ¡Un trabajo! Quizá, finalmente, iba a mejorar su suerte.

Se negó a pensar en el hosco dueño del autocine. Poder elegir era un lujo que no había podido permitirse en años. Sin apartar los ojos del letrero, palmeó la rodilla de Edward, caliente por el sol.

—Cariño, tengo que hablar con ese hombre de nuevo.

—No quiero que lo hagas.

Ella bajó la mirada al rostro preocupado de su hijo.

—No es más que un imbécil. No tengas miedo. Podría darle una paliza con una mano atada a la espalda.

—No vayas.

—Debo hacerlo, cielo. Tengo que conseguir un trabajo.

Él no discutió más y Rachel pensó en dónde dejarlo mientras iba a hablar con aquel gilipollas. No podía dejarlo solo en el campo y por un instante contempló la idea de dejarlo en el coche, pero estaba aparcado demasiado cerca de la carretera. Tendría que llevarlo con ella.

Dirigiéndole una sonrisa tranquilizadora, lo ayudó a ponerse en pie. Mientras volvían a cruzar la carretera no se molestó en rezar para pedir la intervención divina. Rachel ya no rezaba. Hacía tiempo que había perdido la fe por culpa de G. Dwayne Snopes.

La tira cosida de la sandalia le rozaba el dedo gordo mientras recorría con Edward el accidentado camino hacia la taquilla. El autocine parecía haber sido construido décadas atrás y abandonado hacía por lo menos otros diez años. La taquilla recién pintada y la cadena que cerraba el recinto daban testimonio de su restauración, pero aún quedaba mucho trabajo por hacer.

Ya habían reparado la pantalla de proyección, pero el resto del recinto, con las vacías filas concéntricas y los postes metálicos que sostenían los altavoces, estaba lleno de rastrojos. En el medio, había una edificación de hormigón de dos pisos donde estaban la cafetería y la cabina de proyección. Antaño había sido blanca, pero ahora estaba descolorida y sucia. Por las amplias puertas laterales salía música rock a todo volumen.

Observó un área de juegos infantiles debajo de la pantalla. Tenía el arenario vacío y, al lado, media docena de delfines de fibra de vidrio montados sobre muelles. Suponía que habían sido azules originalmente, pero los años los habían decolorado. Balancines oxidados, columpios, un tiovivo roto y una tortuga de hormigón completaban el patético conjunto.

—Vete a jugar con la tortuga mientras hablo con ese hombre, Edward. No tardaré.

Los ojos de Edward le suplicaban que no lo dejara solo. Pero Rachel esbozó una sonrisa y señaló el área de juegos.

Puede que otro niño hubiera hecho una pataleta al darse cuenta de que no iba a conseguir lo que quería, pero la vida de su hijo no había sido la de un niño normal. Edward se mordió el labio inferior y bajó la cabeza. A Rachel se le desgarraron las entrañas. No podía dejarlo allí.

—No importa. Ven conmigo y siéntate en la puerta.

Su hijo le agarró la mano y se acercaron al edificio de hormigón. El polvo del recinto les llenó los pulmones. El sol caía a plomo sobre sus cabezas y la música resonaba como un grito fúnebre.

Al llegar a la puerta, soltó la mano de Edward y se agachó para que él pudiera oírla por encima de las estridentes guitarras y los retumbantes tambores.

—Quédate aquí, cariño.

Él se agarró a su falda. Con una sonrisa tranquilizadora, Rachel le soltó suavemente los dedos y subió los escalones del edificio de hormigón.

La zona de la cafetería y sus anexos eran nuevos, aunque en las paredes, sucias por el tiempo, todavía colgaba un puñado de viejos folletos y pósteres. Sobre una mesa nueva, había unas gafas de sol, un paquete de patatas sin abrir, un sándwich envuelto en plástico y una radio que emitía música violenta como si fuera gas letal en una cámara de ejecución.

El dueño del autocine estaba encaramado a una escalera atornillando un fluorescente al techo. Le daba la espalda, lo que permitió que Rachel observara durante un buen rato al último escollo que había en el camino de la supervivencia.

Llevaba un par de botas marrones salpicadas de pintura y unos deshilachados vaqueros que revelaban unas piernas largas y musculosas. Tenía las caderas delgadas y los músculos de la espalda se le tensaban bajo la camisa mientras aseguraba la lámpara, sujetándola con una mano y atornillándola con la otra. Las mangas arremangadas de la camisa revelaban unos brazos morenos, unas muñecas firmes y unas manos anchas con unos dedos sorprendentemente elegantes. El pelo oscuro y mal cortado le caía sobre la nuca. Era liso y tenía algunas canas, aunque el hombre no aparentaba más de treinta y cinco años.

Ella se acercó a la radio y bajó el volumen de la música. Cualquiera habría dejado caer el destornillador o habría soltado una exclamación de sorpresa, pero ese hombre no hizo nada. Se limitó a volver la cabeza y mirarla.

Rachel vio entonces sus ojos plateados y deseó que todavía llevara puestas las gafas de espejo. Aquellos ojos no tenían vida. Eran duros y estaban muertos. Incluso ahora, cuando se sentía más desesperada, deseaba creer que sus ojos no eran así, insensibles y vacíos de toda esperanza.

—¿Qué quiere?

Rachel sintió un escalofrío ante la voz lacónica y dura, pero forzó una sonrisa despreocupada.

—Yo también estoy encantada de conocerle. Me llamo Rachel Stone. El niño al que asustó antes es mi hijo Edward y el conejo que lleva se llama *Caballo*. No pregunte...

Si había esperado arrancarle una sonrisa, fracasó estrepitosamente. Resultaba difícil imaginar que esa boca pudiera sonreír alguna vez.

—Creí haberle dicho que se mantuviera alejada de mi propiedad.

Todo en él la irritaba, aunque Rachel intentó ocultarlo tras una expresión inocua.

—¿De veras? Supongo que no le oí.

—Mire, señora...

—Rachel. O señora Stone, si prefiere el trato formal. Da la casualidad de que hoy es su día de suerte. Afortunadamente para usted, tengo un corazón compasivo y voy a pasar por alto su síndrome premenstrual masculino. ¿Por dónde empiezo?

—¿De qué demonios habla?

—Del anuncio que hay allí fuera. Acepto el trabajo. Personalmente, creo que deberíamos adecentar la zona. ¿Sabe en qué líos legales puede meterse si reabre el autocine en este estado?

—No voy a contratarla.

—Por supuesto que sí.

—¿Por qué? —preguntó sin parecer particularmente interesado.

—Porque es evidente que es un hombre inteligente a pesar de sus hoscos modales, y cualquier persona inteligente buscaría a la persona más adecuada para el puesto, o sea, yo.

—Lo que yo busco es un hombre.

Ella sonrió dulcemente.

—No se puede tener todo.

No pareció divertirse ni molestarse por tal desfachatez. Era un hombre desprovisto de emociones.

—No pienso contratar a una mujer.

—Y yo voy a fingir que no he oído eso. La discriminación sexual es ilegal en este país.

—Deméndeme.

Otra mujer podría haberse rendido, pero Rachel tenía menos de diez dólares en su cartera, un niño hambriento y un coche averiado.

—Está cometiendo un grave error. Una oportunidad así no surge todos los días.

—No sé cómo decírselo más claro. No voy a contratarla. —Dejó el destornillador en el mostrador, luego metió la mano en el bolsillo trasero y sacó una cartera que se había adaptado a la forma de su nalga.

—Tengo veinte pavos. Cójalos y váyase.

Necesitaba esos veinte dólares, pero le urgía más encontrar un trabajo, y negó con la cabeza.

—No necesito su caridad, Rockefeller. Sólo quiero un trabajo estable.

—Búsquelo en otro sitio. Yo sólo tengo trabajo duro. Hay que hacer un montón de cosas, pintar las paredes, reparar el techo... Se necesita un hombre para ese tipo de trabajo.

—Soy más fuerte de lo que parezco y trabajaré más duro que cualquier hombre. Además, le ofrezco mi asesoramiento psiquiátrico para ese desorden de personalidad tan problemático que tiene.

En cuanto las palabras salieron de su boca deseó haberse mordido la lengua porque la expresión del hombre se tornó más vacía si cabe.

Apenas movió los labios pero ella pensó que aquellos ojos vacíos contenían un profundo rencor contra la vida.

—¿Alguna vez le han dicho que tiene una lengua muy afilada?

—Venía a juego con el cerebro.

—¿Mamá?

El dueño del autocine se puso rígido. Rachel vio a Edward apoyado contra el marco de la puerta con *Caballo* colgando de su mano y una profunda preocupación grabada en la cara. No apartó la mirada del hombre mientras le hablaba a su madre.

—Mamá, quería preguntarte algo.

Ella se acercó a él.

—¿Qué sucede?

Edward bajó la voz todo lo que podía hacerlo un niño de cinco años, por lo que el hombre pudo oírlo claramente.

—¿Estás segura de que no vamos a morirnos?

A Rachel se le oprimió el corazón.

—Estoy segura.

La estupidez de volver a ese lugar con la intención de emprender una búsqueda inútil la inundó de nuevo. ¿Cómo iba a soportar todo eso hasta encontrar lo que estaba buscando? Nadie que la reconociera le daría trabajo, por lo que sólo podía trabajar para alguien que se hubiera mudado recientemente allí. Lo que la llevaba de nuevo al punto de partida: el dueño del autocine Orgullo de Carolina del Norte.

Él se acercó al viejo teléfono negro de la pared. Al volverse hacia él, vio el póster que había encima. Los bordes curvados no ocultaban la apuesta cara de G. Dwayne Snopes, el telepredicador muerto.

«¡Uníos a los fieles del templo de Salvation
y juntos difundiremos el mensaje de Dios!»

—Dealy, soy Gabe Bonner. A una mujer se le ha averiado el coche justo aquí delante. Envía una grúa.

Rachel se dio cuenta de dos cosas a la vez. La primera, que no iba a necesitar esa grúa, y la segunda, del nombre del hombre: Gabriel Bonner. ¿Qué hacía un miembro de la familia más prominente de Salvation trabajando en un autocine?

Según recordaba, los hermanos Bonner eran tres, pero sólo el más joven, el reverendo Ethan Bonner, había vivido en Salvation cuando ella residía allí. Cal, el hermano mayor, era jugador profesional de fútbol americano. Aunque él solía ir a Salvation con frecuencia, nunca se lo habían presentado y sólo conocía su aspecto por las fotos del periódico. El padre, el doctor Jim Bonner, era el médico más respetado del condado, y la madre, Lynn, la más respetada figura social. Apretó los dedos sobre los hombros de Edward al recordar que había vuelto a la tierra de sus enemigos.

—... después pásame a mí la factura. Y Dealy, quiero que lleves a la mujer y al niño con Ethan. Dile que les encuentre un lugar para pasar la noche.

Después de algunas escuetas frases, colgó el teléfono y se volvió hacia Rachel.

—Espere en el coche. Dealy enviará la grúa en cuanto regrese al taller.

Él se acercó a la puerta y apoyó la mano en el picaporte, invitándolos a irse. Rachel sintió un intenso odio por él: por su insensibilidad e indiferencia, y en especial por ese cuerpo fuerte y masculino que le proporcionaba una ventaja para sobrevivir que ella no poseía. No le había pedido limosna. Lo único que quería era trabajar. Y aquella orden para que se llevaran el coche de Rachel amenazaba algo más que su transporte. El Impala era su hogar.

Rachel cogió el sándwich y la bolsa de patatas fritas que él había dejado sobre el mostrador y agarró a Edward de la mano.

—Gracias por el almuerzo, Bonner. —Y pasó junto a él sin dirigirle una mirada.

Edward corrió junto a ella mientras recorrían el camino de grava lleno de baches. Rachel le dio la mano para cruzar la carretera. Cuando volvieron a sentarse bajo el mismo árbol de antes, Rachel luchó contra la desesperación. No pensaba rendirse.

Apenas había tomado esa decisión cuando Gabriel Bonner salió por la entrada del autocine al volante de un vehículo negro y polvoriento. Ella desenvolvió el sándwich y miró de qué era: pechuga de pavo, queso suizo y mostaza. A Edward no le gustaba la mostaza, así que quitó todo lo que pudo antes de dárselo. Él comenzó a comer sin la más mínima vacilación. Tenía demasiada hambre para protestar.

Antes de que terminara de comérselo, llegó la grúa y un adolescente regordete bajó de ella. Rachel dejó a Edward bajo el árbol y cruzó la carretera para saludarle con una alegría fingida.

—Como puedes ver no necesito una grúa, sólo que me ayudes a darle un empujón. Gabe quiere que aparque el coche detrás de los arbustos.

Señaló una arboleda no muy lejos de donde estaba Edward. El adolescente no parecía creerla, pero tampoco tenía muchas luces y no le costó convencerlo de que la ayudara. Cuando el chico se fue, el Impala estaba bien escondido.

Por el momento, era todo lo que podía hacer. Necesitaba el Impala para dormir y no sería posible si se lo llevaban al taller. Ése era un motivo más para convencer a Gabe Bonner de que le diera el trabajo. Pero ¿cómo? Se le ocurrió que quizá la mejor manera de convencer a alguien tan carente de sentimientos fuera con resultados palpables.

Volvió con Edward y lo ayudó a levantarse.

—Coge la bolsa de patatas, cariño. Volvemos al autocine. Tengo que trabajar.

—¿Has conseguido el trabajo?

—Bueno, primero tengo que hacer una prueba. —Lo condujo hacia la carretera.

—¿Qué es una prueba?

—Es demostrar lo que puedo hacer. Y mientras yo trabajo, puedes terminar de comer en los columpios.

—Ven a comer conmigo.

—No tengo hambre. —Era casi cierto. Había pasado tanto tiempo desde la última vez que había comido algo decente que ya no sentía hambre.

Mientras Edward jugaba con la tortuga de hormigón, ella estudió el área intentando dilucidar qué tarea no necesitaría herramientas especiales y causaría mejor impresión. Arrancar los rastrojos le pareció la mejor opción. Decidió empezar por el centro, donde sus esfuerzos serían más evidentes.

Cuando comenzó a trabajar, el sol caía a plomo sobre ella y la falda del vestido azul de algodón le estorbaba en las piernas. La tierra le entraba en las sandalias rotas, manchándole los pies. El dedo gordo comenzó a sangrar bajo el remiendo provisional.

Deseó haberse puesto los vaqueros. Sólo tenía unos; estaban viejos y tenían un agujero deshilachado en la rodilla y otro más pequeño en el trasero.

Al poco rato, el corpiño del vestido se le empapó de sudor.

El pelo húmedo se le pegó a las mejillas y al cuello. Se

pinchó un dedo con un cardo, pero tenía las manos demasiado sucias para chuparse la herida.

Cuando juntó un montón de maleza, la tiró en un bidón de basura vacío, que arrastró hasta el contenedor detrás de la cafetería. Luego volvió a su tarea con sombría determinación. El Orgullo de Carolina era su última oportunidad, y tenía que demostrarle a Bonner que podía trabajar más duro que una docena de hombres.

Según transcurría la tarde y aumentaba el calor, se fue encontrando peor, pero el mareo no consiguió que trabajara más despacio. Llevó otra carga al contenedor, luego volvió a su tarea. Comenzó a ver puntos plateados mientras arrancaba las ambrosías y las varas de San José. Le sangraban las manos y los brazos debido a los profundos arañazos que se había hecho con los matorrales. Le corría el sudor entre los pechos.

Se dio cuenta de que Edward había empezado a arrancar rastrojos a su lado y, una vez más, se maldijo por no haber cedido ante Clyde Rorsch. Levantó la cabeza y los puntos plateados se movieron con más rapidez. Tenía que sentarse y descansar, pero no tenía tiempo.

Los puntos plateados se convirtieron en una explosión de fuegos artificiales y la tierra se tambaleó bajo sus pies. Trató de mantener el equilibrio, pero no lo consiguió. La cabeza le dio vueltas y se le doblaron las rodillas. Los fuegos artificiales dieron paso a una profunda oscuridad.

Diez minutos después, cuando regresó al autocine, Gabe Bonner se encontró al niño arrodillado en el suelo al lado del cuerpo inmóvil de su madre.

2

«Despierta.»

Rachel sintió que le salpicaban la cara con agua. Abrió los ojos y vio brillantes destellos azules y blancos encima de ella. Parpadeó intentando hacerlos desaparecer; luego la inundó el pánico.

—¿Edward?

—¿Mamá?

Entonces lo recordó todo. El coche. El autocine. Se obligó a enfocar la vista. Los destellos de luz provenían del fluorescente de la cafetería. Estaba tumbada sobre el suelo de hormigón.

Gabe Bonner estaba en cuclillas a su lado y Edward esperaba detrás de él, con cara de preocupación.

—Oh, cariño, lo siento... —Intentó incorporarse. Tenía el estómago revuelto y supo que iba a vomitar.

Bonner apretó una taza de plástico contra los labios de Rachel y a ésta le cayó un poco de agua en la lengua. Conteniendo las náuseas, intentó volver la cara, pero él no se lo permitió y el agua le resbaló por la barbilla y el cuello. Tragó un poco y se le asentó el estómago. Dio otro trago y advirtió un débil sabor a café rancio.

Logró sentarse para beber el resto; le temblaban las manos cuando sostuvo la taza entre ellas. Él apartó la suya como si se hubiera quemado cuando sus dedos se rozaron.

—¿Cuánto tiempo llevas sin comer? —Gabe hizo la pregunta sin parecer demasiado interesado en la respuesta y se puso de pie.

Unos tragos de agua y unas inspiraciones profundas le dieron tiempo suficiente a Rachel para recuperarse y pensar una respuesta punzante.

—Anoche tomé costilla asada.

Sin una palabra, él le puso en la mano un pastel de chocolate relleno de crema. Ella le dio un mordisco y luego, automáticamente, se volvió hacia Edward.

—Tómate el resto, cariño. Yo no tengo hambre.

—Cómetelo tú —ordenó Gabe en un tono brusco e imposible de desobedecer.

Quiso estamparle el pastelito en la cara, pero no tenía fuerzas. Así que se lo tragó entre sorbos de agua, y comenzó a sentirse mejor.

—Esto me enseñará a no bailar toda la noche —bromeó—. Debí de pasarme con el último tango.

Él no le siguió el juego.

—¿Qué estás haciendo aquí?

Ella odió que se cerniera sobre ella y se obligó a ponerse de pie, pero se dio cuenta de que sus piernas eran incapaces de sostenerla y se sentó en una silla plegable salpicada de pintura.

—Incluso tú tendrías que haberte dado cuenta de todo lo que hice antes de que, por desgracia, perdiera la conciencia.

—Ya lo he visto. Pero ya dije que no iba a contratarte.

—Quiero trabajar aquí.

—Qué pena... —Sin apresurarse, Gabe abrió una bolsa de patatas fritas y se la dio.

—¡Pero tengo que trabajar aquí!

—Lo dudo mucho.

—No lo entiendes. Soy fiel seguidora de las enseñanzas de Joseph Campbell. El destino me ha traído aquí.

—Cogió una patata de la bolsa y se la metió en la boca,

luego pegó un respingo cuando la sal le provocó escozor en los arañazos de los dedos.

A Bonner no se le pasó por alto. Le cogió las muñecas y le colocó las sucias palmas hacia arriba para examinar las manos y los antebrazos llenos de arañazos y sangre. Las heridas no parecieron impresionarle demasiado.

—Me sorprende que alguien tan listo como tú se haya olvidado de ponerse los guantes.

—Me los dejé en la casa de la playa. —Rachel se levantó—. Ahora iré al baño y me quitaré toda esta mugre.

Le sorprendió que no tratara de detenerla. Edward la siguió a la parte trasera del edificio, donde descubrieron que el baño de señoras estaba cerrado, pero no así el de caballeros. La instalación de fontanería era vieja y fea, pero había un montón de toallas de papel y una pastilla nueva de jabón Dial. Se limpió lo mejor que pudo y la mezcla de agua fría y comida hizo que se sintiera mejor. Pero todavía parecía como si acabara de sobrevivir a un naufragio. Tenía el vestido sucio y la cara cenicienta. Se peinó el pelo enmarañado con los dedos y se pellizcó las mejillas intentando buscar una salida a ese último desastre. Con el Impala averiado, no podía rendirse.

Al regresar a la cafetería, Bonner había acabado de poner la cubierta plástica al fluorescente. Rachel le dirigió una sonrisa radiante y observó cómo colocaba la escalera plegada contra la pared.

—Voy a tener que rascar toda la pintura vieja para pintar estas paredes. Quedará muy bien cuando acabe.

A Rachel se le cayó el alma a los pies cuando la miró con aquella expresión dura y vacía.

—Déjalo, Rachel. No voy a contratarte. Dado que no os marchasteis con la grúa, he avisado a alguien para que venga a recogeros. Podéis esperar en la carretera.

Controlando la desesperación, le dirigió una mirada descarada.

—No puedes hacerlo, Bonner. ¿No ves que es mi destino? El autocine es mi destino...

—No.

A él no le importaba lo desesperada que estuviera. No parecía humano.

Edward seguía de pie junto a ella, con la mano aferrándole la falda y una madura mirada de preocupación en la cara. A Rachel se le rompió el corazón. Haría cualquier sacrificio, lo que fuera necesario para salvarle.

La voz de la joven sonó tan vieja y oxidada como su Impala.

—Por favor, Bonner. Necesito trabajo. —Se interrumpió, odiando tener que rogarle—. Haré cualquier cosa.

Él levantó lentamente la cabeza y, cuando esos ojos plateados se clavaron en los suyos, ella tomó conciencia del vestido sucio y del pelo revuelto. Y de algo más: de él como hombre. Sintió como si se hubiera completado el círculo y hubiera vuelto al Motel Dominion. Seis días antes.

Las roncas palabras del hombre fueron casi inaudibles.

—Lo dudo mucho.

A aquel hombre no le importaba nada, pero algo ardiente y peligroso crepitó en el aire. Puede que no hubiera lujuria en su mirada mientras la estudiaba, pero había algo primitivo en la manera en que la observaba que le decía que se equivocaba. De hecho, había una cosa que sí le importaba.

Sintió que la invadía una sensación de fatalidad, el sentimiento de que todas las batallas libradas la habían conducido a ese momento. El corazón le palpitaba contra las costillas y tenía la boca seca, como si hubiera comido algodón. Ya no podía luchar más contra el destino. Era hora de rendirse a lo inevitable.

Se humedeció los labios resecos con la lengua y sostuvo la mirada de Gabriel Bonner.

—Edward, cariño, tengo que hablar con el señor Bonner a solas. Vete a jugar con la tortuga.

—No quiero.

—Y yo no quiero oír ni una queja. —Le dio la espalda a Bonner para empujar a Edward hacia la puerta. Cuando el niño salió, ella le dirigió una temblorosa sonrisa—. Venga, cariño, juega en la arena. No tardaré demasiado.

Él se alejó a regañadientes. Rachel notó que se le llenaban los ojos de lágrimas, pero no pensaba derramar ni una. Nunca y punto.

Cerró las puertas de la tienda de regalos, echó el cerrojo y se volvió hacia Bonner. Se obligó a alzar la barbilla con gesto feroz, arrogante. Quería que él supiera que no era una víctima.

—Necesito un sueldo y haré cualquier cosa para conseguirlo.

El sonido que él emitió podría haber sido una risa, pero no poseía ni una pizca de diversión.

—No sabes lo que estás diciendo.

—Oh, claro que lo sé —dijo con voz cascada—. Palabra de Scout.

Llevó los dedos a los botones del ligero vestido, aunque debajo sólo llevaba unas bragas azules de nailon. Unos pechos tan pequeños no justificaban el gasto de un sujetador.

Uno a uno, se abrió los botones mientras él la observaba.

Se preguntó si estaría casado. Considerando la abrumadora virilidad del hombre y su edad, cabían muchas posibilidades de que así fuera. Se disculpó para sus adentros con aquella mujer sin rostro a la que haría daño.

Aunque él había estado trabajando, no tenía las uñas sucias ni manchas de sudor en la camisa, y Rachel se sintió agradecida de que al menos estuviera limpio. No le olería el aliento a cebollas grasientas ni a dientes sucios. Pero su sexto sentido le advertía que estaría más segura con Clyde Rorsch.

Bonner apenas movió los labios.

—¿Y tu orgullo?

—Supongo que ya no me queda. —Cuando se abrió el último botón, hizo que el vestido azul de algodón se deslizara suavemente desde los hombros. Éste cayó alrededor de sus tobillos con un suave susurro.

Él paseó aquellos ojos plateados y vacíos por los pechos pequeños y altos de Rachel y por las costillas que se perfilaban debajo. El borde de las bragas no ocultaba los huesos afilados de las caderas ni las suaves estrías que desaparecían por debajo del elástico.

—Vístete.

Ella salió del charco que formaba el vestido a sus pies y se obligó a caminar hacia él, desnuda salvo por las bragas y las sandalias. Avanzó con la cabeza muy alta, resuelta a no perder también la dignidad.

—Estoy dispuesta a hacer contigo un acuerdo ventajoso, Bonner. Días y noches. Nadie más te ofrecerá eso.

Con sombría determinación, Rachel alargó la mano y la puso sobre el brazo masculino.

—¡No me toques! —gritó él, apartándose de ella como si lo hubiera golpeado. Sus ojos ya no se mostraban vacíos; se habían oscurecido con una ira tan profunda que ella retrocedió un paso.

Bonner recogió el vestido y se lo tiró.

—Póntelo.

Rachel hundió los hombros, derrotada. Había perdido. Al mismo tiempo que cerraba los dedos sobre la suave tela azul del vestido, su mirada tropezó con la foto de G. Dwayne Snopes, que parecía clavar los ojos en ella desde la pared.

«¡Pecadora! ¡Ramera!»

Se puso el vestido mientras Bonner se acercaba a la puerta y descorría el cerrojo. Pero no la abrió. Permaneció allí quieto, con las manos en las caderas y la cabeza gacha. Tenía los hombros encorvados y jadeaba como si hubiera estado un buen rato sin respirar.

Cuando Rachel se abrochaba el último botón con los dedos rígidos, se abrió la puerta.

—Hola, Gabe, acabo de recibir tu recado. ¿Dónde...?

El reverendo Ethan Bonner se quedó paralizado cuando la vio. Era rubio e impresionantemente guapo, tenía rasgos suaves y ojos gentiles; justo lo contrario que su hermano.

Rachel supo que le había reconocido. El reverendo frunció los labios y sus ojos gentiles la recorrieron con desprecio.

—Vaya, vaya, vaya. Que me aspen si no es la viuda Snopes que ha regresado desde el mismísimo infierno para atormentarnos.

3

Gabe se volvió ante las palabras de Ethan.

—¿Qué quieres decir?

Rachel observó un gesto protector en la mirada que Ethan dirigió a su hermano. El reverendo se acercó a Gabe, como si quisiera protegerlo; algo ridículo, ya que Gabe era más grande y musculoso que Ethan.

—¿No te ha dicho quién es? —La miró con manifiesta condena—. Bueno, la familia Snopes no es conocida por su amor a la verdad.

—No me apellido Snopes —repuso Rachel con firmeza.

—A toda esa gente que te dio su dinero para cubrirte de lentejuelas le sorprendería oírlo.

La mirada de Gabe pasó de ella a su hermano.

—Me ha dicho que se llama Rachel Stone.

—No creas nada de lo que diga. —Ethan se dirigió a Gabe con ese tono gentil que reservaba para los enfermos—. Es la viuda del difunto y no llorado G. Dwayne Snopes.

—Pero ahora me apellido Stone —aclaró Rachel.

Ethan entró en la cafetería. Llevaba una camisa Oxford azul pulcramente planchada, unos pantalones chinos sin una arruga y un par de mocasines relucientes. El cabello rubio, los ojos azules e incluso los rasgos regulares del reverendo presentaban un marcado contraste con la hermosa y dura apariencia de su robusto hermano. Ethan parecía un ángel caído del cielo, mientras que Gabriel, a pesar de su nombre, sólo podía proceder de un reino más oscuro.

—Dwayne murió hace casi tres años —continuó Ethan, utilizando de nuevo esa voz solícita reservada para los fieles enfermos—. Entonces vivían en Georgia. Él intentó huir del país al ser perseguido por la ley con un montón de millones que no le pertenecían.

—Lo recuerdo. —La respuesta de Gabe pareció más educada que interesada. Rachel se preguntó si existiría algo que captara su interés. El *striptease*, desde luego, no parecía haberlo conseguido. Se estremeció e intentó olvidar lo que había hecho.

—El avión en el que huía cayó al océano. Aunque recuperaron su cuerpo, el dinero todavía sigue en el fondo del Atlántico.

Gabe se reclinó contra el mostrador y volvió lentamente la cabeza hacia Rachel. Ella no pudo sostenerle la mirada.

—Dwayne fue un simple charlatán hasta que se casó con ella —continuó Ethan—, pero a la señora Snopes le gustaban los coches caros y la ropa de marca. Él fue víctima de la codicia de su esposa, y sus actividades para recaudar fondos dieron lugar al escándalo que lo hizo caer.

—No es el primer telepredicador que acaba así —comentó Gabe.

Ethan apretó los labios.

—Dwayne predicó la teología de la prosperidad: «comparte todo lo que poseas», todo lo que tengas, incluso aunque sea tu último dólar, porque a cambio conseguirás cientos de dólares. Snopes predicó que Dios era una todopoderosa tragaperras, y la gente le creyó. Aceptó todo lo que le dieron, cheques de los Servicios Sociales, Ayudas Familiares... Incluso una mujer diabética de Carolina del Sur le envió el dinero que necesitaba para la insulina.

En lugar de devolvérselo, Dwayne leyó su carta en directo como ejemplo a seguir. Fue un momento dorado para el teleevangelismo.

Ethan deslizó la mirada por Rachel como si fuera basura.

—La cámara captó a la señora Snopes sentada en el primer banco del Templo de Salvation con todas las lentejuelas brillando y lágrimas de gratitud mojándole las mejillas llenas de colorete. Tiempo después, un periodista del *Charlotte Observer* investigó los hechos y descubrió que la mujer había caído en un coma diabético del que nunca se recuperó.

Rachel bajó la mirada. Las lágrimas de aquel día fueron de vergüenza y de impotencia. Durante cada una de las emisiones, se había visto obligada a sentarse en la primera fila bien peinada, muy maquillada y vestida con ropa de fiesta; ésa era la idea que tenía Dwayne de la belleza femenina. Al principio de su matrimonio, Rachel había estado de acuerdo con todos los deseos de su esposo, pero al descubrir la falsedad de Dwayne, había intentado separarse. El embarazo lo había hecho imposible.

Cuando la corrupción de Dwayne salió a la luz pública, su marido se había cubierto las espaldas con una serie de emotivas confesiones televisadas. Había hecho muchas referencias a Eva y a Dalila, y a cómo había sido apartado del camino de la rectitud por una mujer débil y pecadora. Era demasiado astuto como para echarle la culpa a ella directamente, pero el mensaje era inequívoco. Si no hubiera sido por la avaricia de su esposa, él nunca se hubiera apartado del camino correcto.

No todos lo habían creído, pero sí la mayoría, y ella había perdido la cuenta del número de veces que en los últimos tres años la habían reconocido y recriminado en público. Al principio, había tratado de explicar que ese estilo de vida extravagante había sido idea de Dwayne, no de ella, pero como nadie la había creído acabó por cerrar la boca.

La puerta de la cafetería chirrió sobre sus goznes, y se abrió lo justo para que se colara un niño y volara al lado de su madre. Rachel no quería que Edward presenciara aquello y le habló con voz brusca:

—¿No te había dicho que te quedaras fuera?

Edward bajó la cabeza y le respondió en un tono tan bajo que apenas se le oyó.

—Es que he visto... un perro muy grande.

Ella no le creyó, aunque le apretó el hombro en un gesto tranquilizador.

A la vez, miró a Ethan con toda la fiereza de una loba, advirtiéndole en silencio que vigilara lo que decía delante de su hijo.

Ethan clavó los ojos en Edward.

—No recordaba que Dwayne y tú hubierais tenido un hijo.

—Éste es Edward —dijo ella, fingiendo que no pasaba nada malo—. Edward, éste hombre es el reverendo Bonner.

—Hola. —El niño no levantó la mirada de los zapatos. Luego se dirigió a ella en un susurro que se oyó con suma claridad—. ¿También es un mentiroso?

Rachel buscó la mirada burlona de Ethan.

—Quiere saber si eres un charlatán —dijo con voz dura—. Es lo que ha oído sobre su padre.

Por un momento Ethan pareció sorprenderse, pero luego se recuperó.

—No soy un charlatán, Edward.

—El reverendo Bonner es un buen hombre, pequeñín. Honesto. Un hombre temeroso de Dios. —Miró fijamente los ojos de Ethan—. Un hombre que no juzga por las apariencias y que se compadece de los menos afortunados.

Al igual que su hermano, el reverendo no se rendía con facilidad, y Rachel no consiguió avergonzarle.

—No intente establecerse de nuevo aquí, señora Snopes. No es bien recibida. —Miró a Gabe—. Ahora tengo una reunión y debo regresar al pueblo. Cenemos juntos esta noche.

Bonner la señaló con la cabeza.

—¿Qué vas a hacer con ellos?

Ethan vaciló.

—Lo siento, Gabe. Sabes que haría cualquier cosa por ti, pero no puedo ayudarte en esto. Salvation no necesita que la señora Snopes merodee por aquí, y no seré yo quien la reciba con los brazos abiertos. —Palmeó el brazo de su hermano y se dirigió a la puerta.

Gabe se puso tenso.

—¡Ethan! Espera un minuto. —Salió disparado detrás de su hermano.

Edward miró a su madre.

—¿Por qué no nos quiere nadie?

Rachel se tragó el nudo de la garganta.

—Somos los mejores, cariño... Y si nadie nos quiere, peor para ellos.

Oyeron una maldición y Gabe reapareció con el ceño fruncido y una mueca en la boca. Con los brazos en jarras, bajó la mirada hacia ella y Rachel fue consciente de la altura de ese hombre. Ella medía cerca de uno setenta, pero la hacía sentirse pequeña y muy indefensa.

—Es la primera vez que veo a mi hermano darle la espalda a alguien.

—Pues a mí no me sorprende, Bonner. Incluso los buenos cristianos tienen un límite. Y para muchos de ellos, ese límite soy yo.

—¡Quiero que te largues de aquí!

—Cuéntame algo nuevo.

La expresión de Gabe se volvió más amenazadora.

—Este lugar no es seguro para un niño. No puede andar por ahí.

¿Acaso estaba ablandándose? Rachel improvisó una mentira.

—Tengo donde dejarlo.

Edward se apretó más a ella.

—Si te contrato será sólo por un par de días, hasta que encuentre a alguien más fuerte.

—Comprendo. —Rachel ocultó su excitación.

—Vale —gruñó él—. Empezarás mañana a las ocho. Y será mejor que no te retrases.

—Seré puntual como un clavo.

El ceño de Bonner se hizo más profundo.

—No es responsabilidad mía encontrarte alojamiento.

—Tengo donde alojarme.

Él la miró con suspicacia.

—¿Dónde?

—No es asunto tuyo. No estoy indefensa, Bonner. Sólo necesito trabajo.

Sonó el teléfono de la pared.

Él se acercó para responder. Al parecer, había problemas con una entrega.

—Bueno, ahora mismo voy para allá —anunció finalmente míster Encanto.

Colgó el teléfono, salió por la puerta y esperó al otro lado. Rachel supo que no era por cortesía, sino para deshacerse de ella.

—Tengo que ir al pueblo. Hablaremos del alojamiento cuando vuelva.

—Ya te he dicho que no es asunto tuyo.

—Hablaremos cuando vuelva —le espetó—. Espérame en la zona de juegos. ¡Vete pensando qué vas a hacer con tu hijo!

Y se fue.

Rachel no tenía intención de quedarse y dejar que él viera dónde iba a pasar la noche, así que esperó hasta que se alejó en la camioneta y se dirigió al Impala.

Mientras Edward dormitaba en el asiento de atrás, ella se aseó y lavó la ropa sucia en el pequeño afluente del río French Broad que atravesaba la arboleda. Después se puso los gastados vaqueros y una camiseta vieja de color melón. Cuando Edward se despertó, los dos cantaron canciones absurdas y jugaron al «Toc-toc, ¿quién es?»

mientras colgaban la ropa mojada en unos arbustos cercanos.

A media tarde se alargaron las sombras. Ya no les quedaba comida, y Rachel no pudo retrasar más el viaje al pueblo. Recorrió la carretera con Edward de la mano, hasta que dejaron atrás el autocine, luego levantó el pulgar al ver que se acercaba un Buick Park Avenue conducido por una pareja de jubilados de Saint Petersburg que veraneaba en Salvation. Charlaron amigablemente con ella y trataron a Edward con mucha amabilidad. Rachel les pidió que los dejaran delante del supermercado de la cadena Ingles de las afueras del pueblo y se despidieron con la mano cuando se alejaron. Dio gracias por que no la hubiera reconocido como la infame viuda Snopes.

Sin embargo, su suerte no duró demasiado. Sólo llevaba unos minutos en el supermercado cuando advirtió que uno de los empleados la miraba con fijeza. Rachel se concentró en elegir una pera que no estuviera demasiado pasada de la cesta de fruta de oferta. Con el rabillo del ojo, vio a una mujer de pelo gris cuchicheando al oído de su pareja.

Rachel había cambiado tanto que ya no la reconocían con la misma facilidad que el primer año después del escándalo, pero estaba en Salvation y sus habitantes la habían visto en persona, no en la pantalla del televisor. Sabrían quién era incluso sin los tacones, la ropa, el maquillaje y el peinado. Con rapidez, se dirigió a otro pasillo.

En el pasillo del pan, una mujer de mediana edad con el pelo muy corto y teñido de negro dejó caer un paquete de muffins de Thomas' English y miró a Rachel como si estuviera viendo al diablo.

—¡Tú! —escupió.

Rachel reconoció de inmediato a Carol Dennis. Había entrado en el Templo como voluntaria y había ido ascendiendo poco a poco hasta llegar a ser una de las manos derecha de Dwayne. Carol era muy religiosa y muy devota.

Cuando todos los problemas salieron a la luz, Carol no había podido aceptar que un hombre que predicaba con el apasionamiento de G. Dwayne Snopes fuera corrupto, así que había culpado a Rachel de su caída.

Era extremadamente delgada, tenía la piel pálida, la nariz afilada y la barbilla puntiaguda, y sus ojos eran tan oscuros como su pelo teñido.

—No puedo creer que hayas vuelto.

—Es un país libre —replicó Rachel.

—¿Cómo te has atrevido a volver aquí?

El gesto desafiante de Rachel se desvaneció. Le dio a Edward una pequeña barra de pan blanco.

—¿Puedes llevarme esto? —Dio un paso adelante.

La mujer observó a Edward y se le suavizó la expresión. Se adelantó y se inclinó hacia él.

—La última vez que te vi eras un bebé. Qué guapo estás... Echarás de menos a tu papá, ¿verdad?

Edward había sido abordado por extraños con anterioridad y no le gustaba nada. Agachó la cabeza.

Rachel trató de escabullirse, pero Carol movió el carrito de la compra con rapidez y bloqueó el pasillo.

—Dios dice que debemos amar al pecador y odiar el pecado, pero es difícil en tu caso.

—Carol, estoy segura de que una mujer tan devota como tú sabrá arreglárselas perfectamente.

—He rezado mucho por ti.

—Guarda tus oraciones para quien las necesite.

—No eres bienvenida aquí, Rachel. Fuimos muchos los que ofrecimos nuestra vida al Templo. Muchos tuvimos fe y sufrimos lo indecible. Nada de eso es fácil de olvidar. Te equivocas si piensas que vamos a quedarnos con los brazos cruzados y dejar que te quedes aquí.

Aunque sabía que era un error contestarle, Rachel no pudo evitar defenderse.

—Yo también tuve fe. Pero nadie lo entendió así.

—Tuviste fe en ti misma, en tus necesidades.

—No me conoces.

—Si te mostraras arrepentida podríamos perdonarte, pero no te avergüenzas de lo que hiciste, ¿verdad, Rachel?

—No tengo nada de lo que avergonzarme.

—Él confesó sus pecados, pero tú nunca lo harás. Tu marido era un hombre de Dios y tú lo llevaste a la ruina.

—Dwayne se arruinó solito. —Rachel apartó el carrito y empujó a Edward hacia delante.

Antes de poder escabullirse, apareció por el fondo del pasillo un adolescente desgarbado con varios paquetes de patatas fritas y un *pack* de seis latas de cerveza Mountain Dew. Era delgado, tenía el sucio pelo rubio cortado al rape y tres pendientes en el lóbulo de la oreja. Llevaba unos vaqueros anchos y una camisa azul abierta sobre una camiseta negra. Se detuvo en seco al ver a Rachel. Su rostro palideció, pero luego adquirió una expresión dura y hostil.

—¿Qué hace ésta aquí?

—Rachel ha vuelto a Salvation —contestó Carol con frialdad.

Rachel recordó que Carol estaba divorciada y que tenía un hijo, pero jamás hubiera identificado al adolescente que tenía delante con aquel niño callado y tímido.

El chico clavó los ojos en ella. No parecía precisamente un modelo de devoción religiosa y no podía entender la animosidad que mostraba hacia ella.

Rachel se alejó con rapidez y notó que temblaba al llegar al pasillo de al lado. Antes de perderlos de vista, oyó la voz enojada de Carol.

—No voy a comprarte toda esa comida basura.

—¡Pues me la compraré yo!

—No, no lo harás. Y esta noche no vas a salir con esos golfos que tienes por amigos.

—Vamos a ver una película, y tú no vas a impedírmelo.

—¡No me mientas, Bobby! Olías a alcohol la última vez que volviste a casa. ¡Sé exactamente lo que estáis haciendo!

—Tú no sabes una mierda.

Edward le lanzó a Rachel una mirada asustada.

—¿Es la mamá de ese chico? —Rachel asintió con la cabeza y lo condujo a toda prisa hacia el fondo del pasillo—. ¿No se quieren?

—Estoy segura de que sí, cariño. Solamente se han enfadado.

Al terminar de comprar, Rachel fue plenamente consciente de la atención que atraía, de las miradas perplejas y las voces condenatorias. Si bien había esperado animosidad, fue el grado de ésta lo que más le molestó. Puede que hubieran pasado tres años, pero Salvation, Carolina del Norte, no había olvidado ni perdonado.

Mientras Edward y ella hacían el camino de regreso por la carretera con su escasa compra, Rachel intentó comprender la reacción de Bobby Dennis hacia ella. Su madre y él no parecían llevarse demasiado bien, así que dudaba que el chico estuviera reflejando los sentimientos de Carol. Además, aquella antipatía parecía personal.

Dejó de pensar en Bobby al ver un coche viejo y grande con matrícula de Florida; ésos eran los únicos ante los que hacía dedo. La viuda de Clearwater que conducía el Crown Victoria marrón se detuvo y los llevó de regreso al autocine. Al salir del coche, a Rachel se le dobló el pie y se le rompieron las finas tiras de la sandalia derecha. Una pérdida más. Ya no iba a poder repararlas, y sólo tenía otro par de zapatos.

Edward se quedó dormido poco antes de las nueve. Ella se sentó con los pies desnudos sobre el capó del Impala con una vieja toalla sobre los hombros. Sacó del bolsillo el viejo recorte de revista que guardaba como oro en paño. Lo desdobló con cuidado y, encendiendo la linterna que llevaba encima, observó la cara de Cal, el hermano mayor de Gabe.

Aunque entre ellos existía un gran parecido, los duros rasgos de Cal estaban suavizados por una expresión de felicidad casi tonta. Rachel se preguntó si su atractiva y sonriente esposa, que en aquella imagen parecía mucho más lista de lo que solía considerarse a las rubias, sería la responsable. Habían sido fotografiados en la vieja casa de Rachel, una enorme mansión barroca situada al otro lado de Salvation. La había confiscado el gobierno federal para cubrir parte de los impuestos impagados de Dwayne y había permanecido vacía hasta que Cal la había comprado, junto con todo su contenido, cuando se casó.

La fotografía se había tomado en el viejo estudio de Dwayne, pero no era por sentimentalismo por lo que Rachel conservaba aquel recorte, sino por un objeto que había visto en la imagen. En un estante de la librería, justo detrás de la cabeza de Cal Bonner, había un pequeño cofre de piel con los bordes metálicos de apenas el tamaño de media barra de pan.

Tres años antes, Dwayne había comprado el cofre de manera anónima a un tratante de arte. Lo quiso porque había pertenecido a John F. Kennedy. No es que Dwayne fuera un gran admirador de Kennedy, pero le encantaba poseer objetos de gente rica y famosa. Las semanas anteriores a su muerte, cuando el cerco se cerraba a su alrededor, lo había visto observar el cofre con frecuencia.

Una tarde la había llamado desde la pista de aterrizaje que había al norte del pueblo, y con voz aterrada, le había confesado que estaba a punto de ser arrestado.

—Creí... que contaba con más tiempo —dijo—, pero hoy han emitido una orden de arresto contra mí y tengo que salir del país. ¡No puedo hacerlo sin ver antes a mi hijo, Rachel! Quiero que traigas a Edward para que pueda despedirme de él. Tengo que decirle adiós. ¡Haz esto por mí!

Ella había oído la desesperación en su voz y supo que él temía que no lo hiciera, que no accediera como venganza por haber ignorado al niño. Salvo en el bautizo televisado de Edward, que había sido el programa con más audiencia de la historia del Templo, Dwayne no había mostrado ningún interés en ser padre.

Su marido empezó a decepcionarla al poco tiempo de casarse, pero no fue hasta quedarse embarazada cuando descubrió la extensión de su corrupción. Él había justificado su avaricia diciéndole que necesitaba que el mundo viera las donaciones que los fieles le hacían a Dios. Aun así, no había podido negarle el que quizá fuera el último contacto con su hijo.

—Vale, estaré allí tan pronto como pueda.

—Quiero que me traigas unas cuantas cosas de la casa: el cofre de Kennedy y mi Biblia.

Rachel entendió lo de la Biblia, ya que era un recuerdo de su madre. Pero ella ya no era la chica ingenua de Indiana que se había casado con él, y que le pidiera el cofre levantó de inmediato sus sospechas.

Habían desaparecido cinco millones de dólares del Templo y, hasta que forzó el pequeño cierre de latón del cofre y vio que estaba vacío, no hizo lo que le había pedido.

Había atravesado la carretera de montaña a toda velocidad hacia la pista de aterrizaje llevando a Edward, de dos años, chupando la oreja de *Caballo* en la sillita de seguridad del coche. La Biblia de la madre de Dwayne descansaba en el asiento del copiloto y había dejado el pequeño cofre en el suelo del coche. Sin embargo, cuando por fin alcanzó su destino, no llegó a acercarse a su marido.

Las fuerzas de la ley habían decidido no esperar al anochecer para arrestarle y la policía local y el alguacil del condado habían actuado de oficio y se habían dirigido al aeródromo.

Pero Dwayne los había visto llegar y había escapado. Dos policías sacaron a Rachel del Mercedes y confiscaron todo lo que llevaba, incluida la sillita para el coche de Edward. Luego, uno de ellos la había acompañado a casa en el coche patrulla.

Hasta el día siguiente no recibió la noticia de que su marido se había matado al estrellarse el avión. No mucho después, la echaron de su casa sin nada más que la ropa que llevaba puesta. Fue la primera lección de lo cruel que la gente podía llegar a ser con la viuda de un telepredicador estafador.

No había vuelto a saber nada del cofre Kennedy hasta que, cinco días antes, vio la foto de Cal Bonner y su esposa en un ejemplar de la revista *People* que alguien había dejado en la lavandería.

Durantes tres años se había preguntado por el valor del cofre. Al forzar el cierre, sólo había hecho un examen superficial. Más tarde, Rachel había recordado lo pesado que era, y, se preguntó si tendría doble fondo. O quizá bajo el forro de fieltro verde se escondiera la llave de una caja de seguridad.

Arrebujándose en la vieja toalla de playa para protegerse del frío de la noche, se sintió llena de amargura. Su hijo pasaba la noche en el asiento trasero de un coche averiado sin haber comido más que un sándwich de mantequilla de cacahuete y una pera demasiado madura, pero ahí afuera había cinco millones de dólares que le pertenecían.

Incluso después de pagar a todos los acreedores de Dwayne, sobraría mucho dinero, y pensaba usarlo para asegurar el futuro de su hijo.

En lugar de yates y joyas, soñaba con poseer una casita en un barrio seguro. Quería darle a Edward comida decente y comprarle ropa que no fuera de segunda mano. Quería enviarlo a buenas escuelas y comprarle una bicicleta.

Pero no podría hacer realidad ninguno de esos sueños sin la ayuda de Gabriel Bonner. En esos tres años había aprendido que nunca debía ignorar la realidad, no importaba lo desagradable que ésta fuera; sabía que le llevaría semanas entrar en su antigua casa y encontrar el cofre. Hasta entonces tenía que sobrevivir, y para eso tenía que conservar el trabajo.

Las hojas susurraron por encima de su cabeza. Se estremeció y recordó que ese mismo día se había desnudado delante de un extraño. La chica creyente de Indiana no lo habría hecho jamás, pero tener un niño a su cargo la había obligado a olvidar sus escrúpulos y su inocencia.

En ese instante, se juró a sí misma que haría lo que fuera necesario para que Gabriel Bonner no la echara.

4

Rachel ya había arrancado casi todos los rastrojos de la parte central del autocine cuando la camioneta de Gabe atravesó el portalón a las ocho menos cuarto de la mañana siguiente. Se había sujetado el pelo con un alambre de cobre que había encontrado cerca del contenedor. Esperaba que el roto del trasero de los vaqueros no se desgarrara del todo.

Al tener las sandalias rotas, se había visto forzada a ponerse los otros zapatos, unos mocasines de hombre negros que le había dado una antigua compañera de trabajo cuando se aburrió de ellos. Los zapatos eran cómodos, aunque poco adecuados para el verano. Sin embargo, para ese trabajo, eran mucho más prácticos que las sandalias, y se sintió agradecida de tenerlos.

Si Rachel creyó que su dedicación complacería a Gabe, se equivocó de cabo a rabo. Bonner detuvo la camioneta a su lado y se bajó con el motor todavía en marcha.

—¿No habíamos quedado a las ocho?

—Así es —contestó ella con su voz más alegre, intentando olvidarse de cómo se le había ofrecido desnuda la tarde anterior—. Aún faltan quince minutos.

Él llevaba unos vaqueros limpios y descoloridos y una camiseta blanca. Estaba recién afeitado y tenía el pelo oscuro aún húmedo de la ducha. El día anterior, ella había podido echar un vistazo bajo su coraza, pero en ese momento volvía a parecer sombrío, rudo e insensible.

—No quiero que andes por aquí mientras yo no esté presente.

Esas palabras hicieron desaparecer la buena voluntad de Rachel de ser respetuosa y condescendiente.

—Relájate, Bonner. Cualquier cosa que tengas aquí es demasiado grande para que te la robe.

—Ya me has oído.

—Y yo que pensaba que sólo estabas enfadado por las tardes...

—Pues lo estoy todo el día. —Aquella respuesta debería haber sido una broma, pero los plateados ojos carentes de emoción echaron a perder el efecto—. ¿Dónde has pasado la noche?

—Con un amigo. Aún me queda alguno —mintió Rachel. De hecho, Dwayne le había prohibido que alternara con los habitantes de Salvation.

Bonner sacó un par de guantes amarillos del bolsillo trasero y se los lanzó.

—Póntelos.

—¡Cielos! Vas a conseguir que me emocione. —Apretó los guantes contra el pecho como si fueran un ramo de rosas y se obligó a mantener la boca cerrada.

Tenía que pedirle un adelanto de sueldo antes de que terminara el día, y no debía contrariarle. Pero parecía tan distante cuando desapareció detrás de la camioneta que no pudo resistirse a pincharlo un poco.

—Oye, Bonner. ¿Y si en vez de Prozac te traigo una taza de café para mejorar tu humor? No me importaría hacerlo para los dos.

—Ya lo hago yo. Gracias.

—Genial. Tráeme una taza cuando esté listo.

Él subió al vehículo y, tras cerrar bruscamente la puerta, la dejó plantada en una nube de polvo mientras conducía hasta la cafetería. «Gilipollas.» Rachel se enfundó los guantes en sus doloridas manos y se inclinó para volver a su tarea, aunque todos los músculos del cuerpo protestaron en respuesta.

No recordaba haber estado tan cansada en toda su vida. Sólo quería tumbarse a la sombra y dormir cien años. Era fácil deducir por qué estaba tan cansada: falta de sueño y demasiadas preocupaciones. Anheló la energía que le proporcionaría una taza de café.

Café... hacía semanas que no lo probaba. Le encantaba su aroma, su sabor, la espumilla beige que se formaba cuando se le añadía leche. Cerró los ojos y, sólo por un momento, se permitió saborearlo mentalmente.

La música rock a todo volumen que provenía de la cafetería la sacó de su fantasía. Echó una mirada al área de juegos infantiles donde Edward estaba escondido en la tortuga de hormigón. Si a Bonner le había parecido mal que llegara a trabajar antes de tiempo, no quería ni pensar cuál sería su reacción si veía a Edward.

Al llegar había retirado de la zona de juegos todos los cristales y anillas oxidadas de latas, o cualquier cosa con la que pudiera lastimarse su hijo. Había llevado comida y agua, y una toalla de playa para que echara la siesta un poco más allá, en los arbustos bajo la base de la pantalla gigante. Después le había dicho que se pasarían el día jugando a «no encontrar a Edward».

—Apuesto lo que sea a que no consigues que el señor Bonner no te vea el pelo en todo el día.

—Puedo conseguirlo.

—Yo creo que no.

—Claro que puedo.

Rachel le había dado un beso y se había alejado. Tarde o temprano Bonner lo vería y estallaría el infierno. Tener que mantener alejado a su precioso hijo como si fuera un bicho repelente hacía que aumentara su resentimiento contra Gabe Bonner. Se preguntó si trataría con tanta hostilidad a todos los niños o si reservaba toda la antipatía para el suyo.

Una hora más tarde, Gabe le lanzó una bolsa de basura y le dijo que recogiera los desperdicios de la entrada para que el lugar no pareciera tan abandonado desde la carretera. Era una tarea menos dura que arrancar los hierbajos y, aunque no creía que Bonner hubiera tomado eso en consideración, agradeció el cambio. Después de que Gabe desapareciera, Edward se acercó a ella con sigilo y la ayudó.

Luego volvió a arrancar hierbajos, pero apenas había comenzado cuando aparecieron ante sus ojos unas botas manchadas de pintura.

—¿No te había dicho que recogieras la basura?

Rachel se propuso responderle educadamente, pero su lengua tenía voluntad propia.

—Ya lo he hecho, mi *Kommandant*. Tus deseos son órdenes para mí.

Él entornó los ojos.

—Ahora limpia el aseo de señoras para que pueda pintarlo.

—¡Un ascenso! Y sólo es mi primer día.

Él la miró durante un largo e incómodo rato durante el cual ella deseó haberse mordido la lengua.

—Cuidado con lo que dices, Rachel. Recuerda que soy yo quien no te quiere aquí.

Antes de que pudiera replicarle, él se alejó.

Ella miró de reojo a Edward y le indicó a donde iba antes de dirigirse a la cafetería. Los útiles de limpieza que necesitaba estaban en un pequeño almacén, pero le interesaba más la cafetera cercana. A menos que Bonner viviera a base de café, parecía haber hecho suficiente para los dos, y llenó hasta arriba un vaso térmico de poliestireno. No encontró leche y el café era demasiado fuerte, pero lo saboreó antes de dirigirse al baño.

La instalación de fontanería era vieja y mugrienta, aunque todavía aprovechable. Decidió comenzar por lo peor y limpiar los inodoros, frotando una costra asquerosa en cuyos orígenes prefirió no pensar. No pasó mucho tiempo antes de oír unos pasos a su espalda.

—¡Qué asco!

—Tú lo has dicho.

—Recuerdo cuando éramos ricos.

—Sólo tenías dos años. No puedes recordarlo.

—Sí que me acuerdo. Había trenes en las paredes de mi habitación.

Rachel la había empapelado ella misma con un papel a rayas azules y blancas con una cenefa de trenes de colores. La habitación infantil y su propio dormitorio eran las únicas habitaciones de aquella horrible casa que había decorado ella, y allí pasaron la mayor parte del tiempo.

—Me voy fuera —dijo Edward.

—No puedo reprochártelo.

—Aún no me ha visto.

—Eres muy escurridizo, cariño.

—Toc, toc...

—¿Quién es?

—El mal.

Ella le dirigió una mirada de advertencia.

—Edward...

—El maldito pie atascó la puerta. —El niño soltó una risita tonta, asomó la cabeza por la puerta para asegurarse de que el «gilipollas» no estaba por allí, y desapareció.

Ella sonrió y volvió a su trabajo. Había pasado demasiado tiempo sin oír la risa de su hijo. El niño disfrutaba jugando al escondite y estar al aire libre le sentaba bien.

A la una, había limpiado los seis inodoros y se había asegurado de que Edward estaba bien por lo menos una docena de veces. Se sentía tan cansada que le daba vueltas la cabeza. Oyó una voz ruda a sus espaldas.

—No me engatusarás si vuelves a desmayarte. Haz un descanso.

Rachel se apoyó en uno de los pilares metálicos para incorporarse y se volvió hacia la silueta de Bonner que llenaba el umbral de la puerta.

—Lo haré cuando esté cansada. Y por ahora no lo estoy.

—Como quieras. Tienes una hamburguesa y patatas fritas en el mostrador. Si eres lista, te lo comerás. —Se fue con paso airado y, un momento después, Rachel oyó el sonido de las botas en las escaleras metálicas que conducían a la sala de proyección encima de la cafetería.

Llena de anticipación, se lavó las manos con rapidez y se acercó al mostrador, donde encontró una bolsa de McDonald's. Por un momento se quedó allí inhalando los tentadores olores de la más representativa ambrosía de Norteamérica. Llevaba trabajando desde las seis con el estómago vacío, tenía que comer algo, pero no aquello. Esos manjares eran demasiado preciosos.

Ojo avizor por si aparecía Bonner, llevó su valioso botín al escondite de la zona de juegos donde Edward la esperaba.

—Sorpresa, ratoncito. Parece que hoy es tu día de suerte.

—¡McDonald's!

—Sólo lo mejor para ti.

Se rio cuando Edward sacó el contenido de la bolsa y comenzó a devorar la hamburguesa. Mientras él comía, Rachel extendió un poco de mantequilla de cacahuete en una rebanada de pan, la dobló y se la llevó a la boca. No le importaba privarse de comida. Le había fallado a su hijo de muchas maneras: no poder darle la comida adecuada era otro fracaso más. Por fortuna, pronto lo remediaría.

—¿Quieres patatas fritas?

La boca se le hizo agua.

—No, gracias. La comida frita no es buena para la gente de mi edad.

Tomó otro mordisco de su rebanada de pan y se prometió que si alguna vez encontraba los cinco millones de dólares de Dwayne, jamás volvería a comer mantequilla de cacahuete.

Dos horas más tarde, había acabado de limpiar el baño de señoras. Estaba raspando la pintura de las puertas metálicas cuando oyó un bramido furioso.

—¡Rachel!

¿Qué habría hecho ahora? Torbellinos de luz giraron alrededor de su cabeza cuando se agachó con rapidez para dejar el raspador en el suelo. Cada vez estaba más mareada.

—¡Rachel! ¡Ven aquí inmediatamente!

Se acercó a la puerta. Por un momento el sol la cegó, pero cuando se le acostumbraron los ojos a la luz, soltó un grito ahogado.

Bonner sujetaba a Edward por el cuello de su vieja camiseta naranja. Los polvorientos zapatos de lona negros de su hijo colgaban en el aire y la camiseta se le enrollaba en las axilas, revelando su pequeño tórax, las costillas y las venas azules bajo su pálida piel. *Caballo* estaba tirado en el suelo a sus pies.

La piel de Bonner estaba pálida y tensa sobre la línea afilada de sus pómulos.

—Te dije que no lo trajeras aquí.

Ella corrió hacia él, olvidando el cansancio.

—¡Suéltalo! ¡Le estás asustando!

—Te lo advertí. Te dije que no lo trajeras. Es muy peligroso. —Gabe lo dejó en el suelo.

Edward se quedó paralizado, víctima una vez más de la fuerza de un adulto que ni entendía ni controlaba. El desamparo que mostraba impactó a Rachel. Recuperó a *Caballo*, luego tomó en brazos a su hijo y lo estrechó contra su pecho. Las punteras de las zapatillas de lona del niño chocaron contra las espinillas de su madre cuando ésta enterró la cara en el pelo oscuro de su hijo, aún caliente por el sol.

—¿Y qué pensabas que iba a hacer con él? —le espetó.

—Eso no es problema mío.

—¡Claro! Lo dice alguien que nunca ha tenido un niño a su cargo.

Él se quedó completamente inmóvil. Pasaron unos segundos antes de que finalmente respondiera:

—Estás despedida. Largo de aquí.

Edward comenzó a llorar mientras se abrazaba al cuello de su madre.

—Lo siento, mamá. Intenté que no me viera, pero al final me pilló.

Rachel tenía el corazón desbocado y sentía las piernas de goma. Quería encararse a Bonner por asustar a su hijo, pero eso sólo disgustaría más a Edward. Y total... ¿para qué? Una ojeada a la pálida cara de Bonner le dijo que él había tomado una decisión inapelable.

Gabe sacó la cartera del bolsillo trasero, cogió varios billetes y se los tendió.

—Toma.

Ella miró fijamente los billetes. Lo había sacrificado todo por su hijo. ¿También tenía que perder hasta la última pizca de orgullo?

Cogió lentamente el dinero y sintió que una parte de ella se moría por dentro.

Edward temblaba contra su pecho.

—Chis... —Le rozó el pelo con los labios—. No ha sido culpa tuya.

—Me ha pillado...

—Mira cuánto tardó en hacerlo. Es tan tonto que ha tardado todo el día en descubrirte. Lo has hecho genial.

Sin mirar atrás, se llevó a Edward hasta la zona de juegos, donde recogió sus cosas. Parpadeando para no derramar las lágrimas, agarró sus escasas pertenencias con una mano y a su hijo con la otra. ¿Qué tipo de hombre podía hacer algo así? Sólo alguien sin corazón.

Al alejarse del autocine Orgullo de Carolina del Norte, sintió que su mundo se desmoronaba.

Esa misma noche, Gabriel Bonner, el hombre sin corazón, lloraba en sueños. Se despertó sobresaltado a las tres de la madrugada y se encontró la almohada húmeda y el horrible regusto de la pena en la boca.

De nuevo, había vuelto a soñar con ellos: Cherry y

Jamie, su esposa y su hijo. Pero esta vez el amado rostro de Cherry se había transformado en la cara delgada y desafiante de Rachel Stone. Y su hijo llevaba bajo el brazo un sucio conejo gris mientras yacía en el ataúd.

Sacó las piernas por un lado de la cama y durante un buen rato no hizo nada, salvo permanecer sentado con los hombros hundidos y la cara enterrada en las manos. Finalmente abrió el cajón de la mesilla de noche y sacó un Smith & Wesson calibre 38.

El revólver era cálido y pesado en sus manos. «Sólo hazlo. Métetelo en la boca y aprieta el gatillo.» Se rozó los labios con el cañón y cerró los ojos. La caricia del arma era como el beso de una amante, y dio la bienvenida al golpecito seco contra los dientes.

Pero no pudo apretar el gatillo y, en ese momento, odió a su familia por no permitirle alcanzar el olvido que tanto deseaba. Cualquiera de ellos, tanto sus padres como sus hermanos, harían cualquier cosa para aliviar su sufrimiento, pero no serían capaces de superar su suicidio. Ese amor terco e implacable lo mantenía prisionero en un mundo intolerable.

Metió la pistola en el cajón y cogió la foto enmarcada que allí tenía. Cherry le sonreía: su bella esposa a la que tanto había amado y con la que se había reído; que había sido todo lo que un hombre podía desear. Y Jamie.

Gabe acarició el marco con los pulgares, y le lloró el corazón en el pecho. No era sangre lo que manaba de él —se le había acabado hacía mucho tiempo—, ahora corría por sus venas un fluido espeso como la bilis que contenía una pena sin fin.

«Mi hijo...»

Todos le habían dicho que la pena sería más llevadera después del primer año, pero le habían mentido. Ya habían pasado dos años desde que su esposa e hijo murieran a manos de un conductor borracho que se había saltado un semáforo en rojo, y el dolor había aumentado.

Había pasado casi todo ese tiempo en México, subsistiendo a base de tequila y guacamoles. Pero tres meses antes, sus hermanos habían ido a buscarle. Él había insultado a Ethan y golpeado a Cal, pero no había servido de nada. Lo habían llevado de vuelta a casa y cuando estuvo sobrio, descubrió que ya no le quedaban sentimientos. Ni uno solo.

Hasta el día anterior: cuando la imagen del cuerpo delgado y desnudo de Rachel apareció ante sus ojos.

La joven parecía un saco de huesos y desesperación cuando se le había ofrecido a cambio de trabajo. Y él se había puesto duro. Ni siquiera ahora podía creérselo.

Sólo había visto desnuda a otra mujer desde la muerte de Cherry. Una prostituta mexicana con un cuerpo exuberante y una sonrisa dulce. Había creído poder enterrar parte de su angustia en el interior de ella, pero no había funcionado. Demasiadas pastillas, demasiado alcohol, demasiado dolor. La había echado de su cama sin tocarla y luego había bebido hasta quedar inconsciente.

Ni siquiera había vuelto a pensar en ella hasta el día anterior. Una experimentada prostituta mexicana no había sido capaz de provocar una respuesta en él, pero Rachel Stone, con su cuerpo flaco y huesudo y sus ojos desafiantes, había logrado traspasar la coraza que él había erigido a su alrededor.

Recordó cómo Cherry solía acurrucarse en sus brazos después de haber hecho el amor, jugueteando con el vello de su pecho. «Adoro tu dulzura, Gabe. Eres el hombre más tierno que conozco.»

Ahora no era tierno. Y su dulzura no existía. Metió la foto en el fondo del cajón y anduvo desnudo hasta la ventana, donde se quedó mirando la oscuridad.

Rachel Stone no lo sabía, pero despedirla era lo mejor que podía haber hecho por ella.

5

—¡No puede hacernos esto! —exclamó Rachel—. No hemos hecho nada malo.

El oficial de policía que según la placa se llamaba Armstrong la ignoró y se volvió al conductor de la grúa.

—Venga, Dealy. Llévate este trasto de aquí.

Con una sensación de irrealidad, Rachel observó cómo la grúa se acercaba a su coche. Habían pasado casi veinticuatro horas desde que Bonner la había despedido. Se había sentido tan mal, tan agotada, que no había logrado reunir la energía necesaria para hacer otra cosa que permanecer junto al coche. Media hora antes, un oficial de policía había divisado el reflejo del sol del atardecer en el parabrisas del coche y se había acercado a investigar.

Rachel supo que estaba metida en problemas en cuanto el policía la vio. El oficial la había recorrido con la mirada y le había espetado:

—Carol Dennis me dijo que la había visto en el pueblo. No ha debido volver, señora Snopes.

Le espetó que su apellido era Stone —había retomado legalmente su apellido de soltera tras morir Dwayne— pero, aunque le enseñó su carné de conducir, él se negó a dirigirse a ella de otra forma. Le ordenó mover el Impala y cuando ella le explicó que no funcionaba, llamó a una grúa.

Al observar a Dealy bajar de la grúa y dirigirse hacia

el parachoques trasero del Impala para colocar el gancho, Rachel soltó la mano de Edward y se puso delante para intentar bloquearlo. La falda de su viejo vestido de algodón azul —limpio tras su paso por el río—, se arremolinó en torno a sus piernas.

—¡No lo haga, por favor! No molestamos a nadie.

El mecánico vaciló y miró a Armstrong.

Pero el oficial de policía de pelo pajizo, con el rostro torcido y sus ojos pequeños y crueles, siguió impasible.

—Apártese, señora Snopes. Este terreno es propiedad privada, no un aparcamiento.

—Ya lo sé, pero no voy a quedarme mucho tiempo. Por favor, ¿no podría ser un poco más flexible?

—Apártese, señora Snopes, o la arrestaré por invasión de la propiedad ajena.

Se dio cuenta de que él disfrutaba de su impotencia y supo que no le convencería.

—Me apellido Stone.

Edward le cogió la mano y ella observó cómo Dealy aseguraba el gancho en la parte posterior de su coche.

—Hace unos años prefería que la llamaran Snopes —dijo Armstrong—. Mi esposa y yo éramos fieles habituales del Templo. Shelby incluso donó la herencia que recibió al morir su madre. Puede que no fuera mucho dinero para usted, pero sí para ella, y aún sigue lamentándose por cómo la estafaron.

—Yo... lo siento, pero ya ve que mi hijo y yo no hemos obtenido demasiados beneficios.

—Pues alguien lo hizo.

—¿Algún problema, Jake?

A Rachel se le cayó el alma a los pies cuando oyó aquella voz suave e inexpresiva que conocía tan bien. Edward se apretó a su costado. Creyó que no volvería a ver a Bonner... se preguntó qué nueva maldad le infligiría esta vez.

Gabe observaba la escena con sus impasibles ojos plateados. Ella le había dicho que se alojaba con un amigo, pero ahora sabría que le había mentido. Miró cómo la grúa subía el Impala y estudió las exiguas pertenencias de Rachel en el suelo.

Ella odió que mirara sus cosas. No quería que viera lo poco que tenían.

Armstrong lo saludó bruscamente con la cabeza.

—Gabe, parece que la viuda Snopes se ha instalado en una propiedad privada.

—¿De veras?

Con Gabe como testigo, el oficial comenzó a interrogarla de nuevo. Ahora que tenía audiencia, fue más arrogante.

—¿Tiene trabajo señora Snopes?

Rachel se negó a mirar a Gabe y observó cómo remolcaban su Impala.

—Por el momento, no. Y me apellido Stone...

—A juzgar por las apariencias, sin trabajo ni dinero. —Armstrong se frotó la barbilla con la palma de la mano. Rachel observó que tenía la piel rojiza, el tipo de cutis que se quema con facilidad, pero él parecía demasiado estúpido para mantenerse alejado del sol—. Quizá debería detenerla por vagancia. Ésa sí sería una buena historia para los periódicos. La viuda de Dwayne Snopes arrestada por vagancia.

Rachel ya se lo imaginaba leyendo la noticia. Edward apretó la mejilla contra la cadera de su madre y ella le dio una palmadita tranquilizadora.

—No soy una vagabunda.

—Pues no lo parece. Si no es una vagabunda, empiece a explicarme cómo mantiene a ese crío.

La atravesó una oleada de pánico. Deseó tomar a Edward en brazos y echar a correr. El leve parpadeo en los pequeños ojos oscuros de Armstrong le indicó que había advertido su miedo.

—Tengo dinero —respondió Rachel con rapidez.

—Por supuesto —dijo él con ironía.

Sin mirar a Gabe, Rachel metió la mano en el bolsillo

del vestido y sacó el dinero que él le había dado: cien dólares.

Armstrong se paseó por delante de ella, mirándola de arriba abajo.

—Con eso apenas tendrá para pagar a Dealy. ¿Qué hará después?

—Conseguiré un trabajo.

—No en Salvation. Aquí no queremos a los que utilizan el nombre del Señor para ganar dinero fácil. Mi esposa no fue la única que perdió parte de sus ahorros. Está loca si cree que alguien la contratará.

—Entonces buscaré en otro sitio.

—Arrastrando a su hijo de un lado a otro, supongo. —Una astuta mirada apareció en su rostro—. Puede que los Servicios Sociales tengan algo que decir al respecto.

Ella se tensó. El oficial había visto su miedo y ahora sabía cuál era su punto débil. Edward se aferró con fuerza a su falda y Rachel tuvo que luchar para mantener la compostura.

—Mi hijo está bien conmigo.

—Puede que sí, puede que no. Pero le diré una cosa. O se va del pueblo o llamaré a los Servicios Sociales. Y serán ellos quienes lo juzguen.

—¡Esto no es asunto suyo! —Rachel agarró con más fuerza a su hijo—. No puede hacerlo.

—Por supuesto que puedo.

Rachel dio un paso atrás, llevando a Edward consigo.

—No. No lo permitiré.

—Y ahora, señora Snopes, le aconsejo que continúe su camino si no quiere que la arreste.

Un horrible rugido retumbó en la mente de Rachel.

—¡No he hecho nada malo y no tengo por qué irme!

Edward emitió un sonido de angustia cuando Armstrong sacó unas esposas del cinturón.

—Usted elige, señora Snopes. ¿Se va por voluntad propia o no?

No podía permitir que la arrestaran. No podía... ¿Qué

sería de su hijo? Tomó a Edward en brazos con intención de echar a correr.

Justo entonces, Bonner dio un paso adelante con una expresión pétrea en el rostro.

—Esto no es necesario, Jake. No es una vagabunda.

Rachel rodeó las caderas de Edward con los brazos. Él se aferró a ella. ¿Sería un truco?

Armstrong lo miró con el ceño fruncido, claramente molesto por la interrupción.

—No tiene casa, ni dinero ni trabajo.

—No es una vagabunda —repitió Gabe.

Armstrong, indeciso, se pasó las esposas de una mano a la otra.

—Gabe, sé que eres de Salvation, pero no estabas aquí cuando Dwayne arruinó al pueblo, por no hablar del resto del condado. Deja que me encargue de esto.

—Pensaba que se trataba de si Rachel es o no una vagabunda, no de lo que hizo en el pasado.

—No te metas, Gabe.

—Tiene trabajo. Trabaja para mí.

—¿Desde cuándo?

—Desde ayer por la mañana.

A Rachel se le puso el corazón en la garganta al observar cómo se miraban los dos hombres. Bonner tenía una presencia imponente y, después de un rato, Armstrong desistió. Claramente molesto por que lo hubieran desafiado, guardó las esposas.

—Voy a vigilarla de cerca, señora Snopes, y será mejor que tenga mucho cuidado. Su marido violó la ley y logró salir impune, pero le aseguro que usted no será tan afortunada.

Ella lo observó alejarse y sólo cuando hubo desaparecido, soltó a Edward y permitió que se deslizara al suelo. Ahora que todo había pasado, la traicionó su cuerpo. Dio varios pasos tambaleantes y se apoyó contra el tronco de un arce. Aunque sabía que tenía una deuda con Bonner, las palabras se le atascaron en la garganta.

—Me dijiste que os quedabais en casa de un amigo.

—No quería que supieras que dormíamos en el coche.

—Vamos, entra en el autocine —dijo, y se alejó.

Gabe estaba furioso. Si él no se hubiera metido donde nadie le llamaba, ella habría echado a correr y Jake habría tenido la excusa perfecta para arrestarla. En ese momento deseaba haber permitido que ocurriera.

Oyó los pasos de la mujer detrás de él mientras regresaba con paso airado al autocine. La voz del niño le llegó desde atrás.

—¿Y ahora, mamá? ¿Vamos a morirnos ya?

El dolor atravesó a Gabe. Hasta entonces había estado entumecido por dentro, justo como deseaba, pero ellos dos habían vuelto a abrir la herida.

Gabe apretó el paso. No tenían derecho a entrometerse en su vida cuando todo lo que él quería era estar solo. Para eso se había comprado el dichoso autocine. Para vivir aislado.

Se dirigió a la camioneta, que estaba aparcada al sol, al lado de la puerta de la cafetería. La camioneta estaba abierta y las ventanillas bajadas. Abrió con fuerza la puerta y puso el freno de mano. Después esperó a que se acercaran.

En cuanto ella se dio cuenta de que la miraba, enderezó la espalda y se dirigió hacia él. Pero el niño era más prudente. Anduvo cada vez más despacio hasta detenerse.

Rachel se inclinó para decirle algo al niño y el pelo le cayó hacia delante como una enmarañada cortina de llamas. Una ráfaga de viento moldeó la tela gastada del vestido contra las delgadas caderas. Las piernas parecían endebles en contraste con los grandes zapatos de hombre que calzaba. A pesar de todo, la ingle de Gabe reaccionó inesperadamente, haciendo que aumentara su odio hacia sí mismo.

Señaló la camioneta con la cabeza.

—Entra ahí, chico. Siéntate y no te metas en problemas mientras hablo con tu madre.

Al niño le comenzó a temblar el labio inferior y Gabe sintió una punzada de dolor. Le recordaba a otro niño al que también le temblaba el labio inferior. Por un terrible momento, creyó que se derrumbaría.

Pero Rachel no se derrumbaba. A pesar de la hostilidad que él mostraba y de todo lo que le había ocurrido, se mantuvo firme y le dirigió una mirada afilada como una daga.

—Él se queda conmigo.

De repente, a Gabe le resultó intolerable ese desafío. Estaba sola y desesperada. ¿No entendía que estaba indefensa? ¿Que no tenía nada?

Algo oscuro y horrible le retorció las entrañas al reconocer finalmente la verdad que había tratado de ignorar... Rachel Stone era tan fuerte como él había sido en el pasado.

—Podemos mantener esta conversación en privado o con él de testigo. Tú eliges.

Vio cómo ella se mordía la lengua para contener las palabrotas que quería arrojarle a la cara. Entonces, Rachel le dio al niño una palmadita en la cabeza y un suave empujón hacia la camioneta.

Jamie se habría subido al asiento de un salto con una sonrisa en la cara, pero a Edward le costaba subir. Rachel había comentado que tenía cinco años, exactamente la edad que tenía Jamie al morir, pero Jamie era fuerte y alto, de piel morena y mirada risueña, con una mente aguda para las travesuras. El hijo de Rachel era débil y tímido.

El corazón de Gabe derramó bilis. No pudo evitar compararlos.

Rachel cerró la puerta de la camioneta y se apoyó en la ventanilla, apretando sus pechos contra ella. Él no pudo apartar la mirada.

—Espérame aquí, cariño. Regresaré enseguida.

Gabe quiso llorar al ver la aprensión en la cara del

niño, pero eso daría lugar a más dolor, así que lo reprimió con palabras llenas de malicia.

—Rachel, deja de mimarlo y entra de una vez.

Ella enderezó la espalda y alzó la barbilla con rapidez. Estaba furiosa con él, pero ni siquiera se molestó en mirarlo. Entró en la cafetería con el mismo aire regio de una reina que permitía que su súbdito siguiera su estela.

El rencor carcomió como un gusano la poca bondad que le quedaba a Gabe. Ella estaba derrotada, pero no lo reconocía, y él no podía consentirlo. Tenía que verla humillada. Necesitaba que desapareciera hasta la última llama de esperanza de sus ojos, quería que su alma estuviera tan vacía como la suya. Necesitaba mantenerse firme para verla admitir lo que él ya había admitido hacía mucho tiempo. Que había cosas en la vida a las que no se podía sobrevivir.

Gabe cerró de un portazo y echó el cerrojo.

—Estás haciendo de ese niño un marica. ¿Es eso lo que quieres? ¿Que tu hijo sea un marica incapaz de alejarse de tu lado?

Ella se volvió hacia él.

—Mi hijo no es asunto tuyo.

—En eso te equivocas. Todo lo que haces es asunto mío. No olvides que puedo conseguir que te encierren en la cárcel con una llamada.

—Bastardo...

Él sintió un extraño ardor en el pecho y supo que la maldad había comenzado a prender en su corazón. Si no la dejaba en paz, el corazón de Gabe se consumiría hasta quedar en un montón de cenizas. La idea lo atrajo sobremanera.

—Quiero que me devuelvas mi dinero.

—¿Qué?

—No te lo has ganado y quiero que me lo devuelvas. Ahora. —No le importaba en absoluto el dinero, y una de las cavidades de su corazón ardiente explotó. Bien. Eso significaba que sólo le quedaban tres.

Ella metió la mano en el bolsillo del vestido y le arrojó los billetes. Éstos revolotearon hasta caer en el suelo como sueños rotos.

—Espero que te atragantes con cada penique.

—Recógelos.

Pero Rachel echó el brazo hacia atrás y lo abofeteó tan fuerte como pudo. Lo que le faltaba de músculo lo suplió con pasión al cruzarle la cara de una bofetada.

Aquello hizo que la sangre recorriera el cuerpo de Gabe, algo que él no deseaba, pues revivía las células que ya se habían calcinado en su corazón, interrumpiendo una muerte agonizante y haciendo resurgir una nueva oleada de dolor.

—Desnúdate. —Las palabras, nacidas en algún lugar oscuro y vacío de su alma, surgieron de repente.

Se sintió enfermo, pero no se retractó. Si ella mostraba miedo, la dejaría en paz. Sólo deseaba que ella se desmoronara ante él.

Pero en vez de derrumbarse, ella se cabreó.

—Vete al infierno.

¿Acaso no sabía que estaban solos? ¿Que estaba encerrada en un lugar aislado con un hombre que no dudaría ni un segundo en someterla? ¿Por qué no se asustaba?

Gabe supo en ese momento que había encontrado la manera de suicidarse. Si seguía adelante, se moriría de dolor.

—Haz lo que te he dicho.

—¿Por qué?

¿Por qué no le tenía miedo? La agarró por los hombros y la empujó contra la pared, mientras oía el susurro de la voz de Cherry en su cabeza.

«Adoro tu dulzura, Gabe. Eres el hombre más tierno que conozco.»

Sabía que esa voz lo haría añicos y la bloqueó mentalmente metiendo la mano bajo el vestido de Rachel y apretándole el interior del muslo.

—¿Qué es lo que quieres de mí? —Rachel ya no parecía enfadada sino confusa. Gabe pudo oler la débil fragancia del verano en su pelo: dulce, tentadora y llena de vida.

Gabe contuvo las lágrimas que nunca derramaría en lo más hondo de su ser.

—Sexo.

Sus miradas se encontraron y ella lo taladró con sus ojos verdes.

—No es eso lo que quieres.

—Pues te equivocas.

A pesar de todo, se había puesto duro. Aunque su mente no sentía deseo, su cuerpo no parecía haber captado el mensaje. Se apretó contra ella para que Rachel se diera cuenta de cuán equivocada estaba, y sintió los huesos de sus caderas. Dios, estaba muy delgada... Subió la mano y rozó el nailon de sus bragas. Recordó que dos días antes habían sido azules. Una fina tela de nailon azul.

Gabe estaba húmedo y pegajoso por el sudor. Bajo las palmas callosas de sus manos, la piel de Rachel era frágil como la cáscara de un huevo. Le metió la mano entre las piernas y la ahuecó sobre su sexo.

—¿Te rindes? —Al escupir las palabras, se dio cuenta de que habían sonado como un reto infantil.

Notó el pequeño escalofrío que atravesó el cuerpo de Rachel.

—No voy a resistirme. Haz lo que quieras.

Aún no la había vencido. Rachel se mostraba como si él sólo le hubiera encargado otra tarea. «Recoge la basura.» «Limpia los inodoros.» «Ábrete de piernas para que pueda follarte.» La aceptación femenina lo enfureció y le subió bruscamente el vestido hasta la cintura.

—¡Maldita sea! ¿Eres tan estúpida que no sabes lo que voy a hacerte?

Ella le sostuvo la mirada sin inmutarse.

—¿Eres tú tan estúpido que aún no te has dado cuenta de que no me importa?

Aquello lo dejó sin habla. Se le torció el gesto y se le

entrecortó la respiración. En ese momento, Gabe miró al diablo a los ojos y vio su reflejo.

Con una brusca exclamación, se apartó de ella. Alcanzó a ver el nailon rosa de sus bragas antes de que la falda cayera de nuevo con un suave susurro. El fuego que ardía en el cuerpo de Gabe desapareció.

Se alejó de ella tanto como pudo, hasta que tropezó con el mostrador. Cuando habló, su voz no fue más que un susurro.

—Espérame fuera.

Cualquier otra mujer que se hubiera enfrentado al diablo habría salido huyendo, pero ella no lo hizo. Caminó hacia la puerta, con la cabeza en alto y la espalda derecha.

—Recoge el dinero —logró decir Gabe.

Incluso en eso la subestimó. Él esperaba que lo mandara al infierno y que luego se marchara. Pero Rachel Snopes era más fuerte que el falso orgullo. Salió después de haber recogido hasta el último billete.

Al cerrarse la puerta, Gabe se derrumbó contra el mostrador y se dejó caer al suelo, apoyando los brazos en las rodillas. Vio pasar los dos últimos años de su vida ante sus ojos como si fueran un documental en blanco y negro. Y supo que todo lo que le había ocurrido lo había conducido a ese momento. Las pastillas, el alcohol, la soledad...

Dos años antes, la muerte le había arrebatado a su familia. Hoy le había despojado de humanidad. Se preguntó si todavía sería posible recuperarla, o si ya era demasiado tarde.

6

Siendo reverendo, Ethan Bonner debería amar a todo el mundo, pero despreciaba a la mujer que estaba sentada a su lado en el Camry.

Mientras salían de la carretera de acceso del autocine, echó una miradita al cuerpo flaco como un espantapájaros de la viuda del telepredicador y las mejillas hundidas sin pizca del maquillaje que antes había usado. El amasijo castaño rojizo de rizos no tenía nada que ver con el elaborado peinado que mostraban las cámaras de televisión tres años antes, cuando se había sentado bajo el famoso púlpito del Templo.

Entonces su imagen era una mezcla de Priscilla Presley cuando estaba con Elvis y una cantante de cabaré del antiguo Oeste. Pero ahora, en vez de lentejuelas, llevaba un vestido de algodón descolorido con un botón desparejado. Parecía años más joven y décadas más vieja que la mujer que él recordaba. Sólo sus rasgos menudos y regulares, y la línea limpia de su perfil, eran iguales.

Se preguntó qué habría ocurrido entre Gabe y ella. Su resentimiento se hizo más profundo. Gabe ya tenía suficiente con sus propios problemas para encima cargar con los de ella.

Echó una mirada al espejo retrovisor y vio al hijo de Rachel Snopes en medio de las pocas posesiones que se apilaban en el asiento trasero: una vieja maleta, dos cestos de plástico azul con las asas rotas y una caja de cartón asegurada con cinta aislante.

La imagen le produjo una sensación de cólera y culpa. Una vez más, había faltado a su deber.

«Sabías desde el principio que no valías para ser pastor, pero ¿acaso me escuchaste? No, claro que no. Tú eres todopoderoso. Bien... Espero que estés satisfecho.»

Una voz muy parecida a la de Clint Eastwood resonó en la cabeza de Ethan.

«No me des la lata, imbécil. Fuiste tú el idiota que hace dos días se negó a ayudarla. No me eches la culpa a Mí.»

«¡Genial!»

Ethan albergaba la esperanza de que se le apareciera la anciana Marion Cunningham, aquella amable y comprensiva cocinera que salía en la tele, pero se le había manifestado el Dios Eastwood. Con gran resignación, se preguntó de qué se sorprendía.

Ethan rara vez hablaba con el Dios que quería. Ahora mismo, habría querido oír a la señora Cunningham, su Dios «abuelita compasiva». Pero había aparecido Eastwood. Eastwood era el Dios estricto del Antiguo Testamento.

«Si la haces la pagas.»

Dios llevaba años hablando con Ethan. Cuando era niño, la voz había sido la de Charlton Heston, un enorme obstáculo para él, ya que había sido muy duro para un adolescente desnudar su alma ante esa poderosa furia republicana. Pero cuando Ethan entendió que el poder y la sabiduría de Dios tenían muchas facetas, Charlton había desaparecido junto con los demás recuerdos de su infancia, reemplazado por las imágenes de tres celebridades, todas ellas muy inadecuadas para ser representaciones divinas.

Si tenía que oír voces, ¿por qué no podían ser las de personas más dignas? ¿La del teólogo ganador del premio Nobel de la paz, Albert Schweitzer, por ejemplo? ¿O la Madre Teresa de Calcuta? ¿Por qué no podía obtener su inspiración de Martin Luther King o de Mahatma Ghandi? Por desgracia, Ethan era producto de su cultura, y siempre le habían gustado la televisión y el cine. Así que era amonestado por iconos del pop.

—¿Tienes frío? —le preguntó a Rachel, intentando superar el rencor que ella le provocaba—. Puedo bajar el aire acondicionado.

—Está bien así, reverendo.

El descaro de la joven hizo que Ethan apretara los dientes y que recriminara a Gabe en silencio por meterlo en ese berenjenal. Pero su hermano había sonado tan desesperado al teléfono, hacía menos de una hora, que Ethan no había podido negarse.

Cuando llegó al Orgullo de Carolina, había encontrado la puerta de la cafetería cerrada y a Rachel y a su hijo sentados encima de la tortuga de la zona de juegos infantiles. No había señal de Gabe. La había ayudado a cargar sus escasas pertenencias en el coche y ahora se dirigía a la montaña Heartache, a casa de Annie.

Rachel lo miró fijamente.

—¿Por qué me estás ayudando?

La recordaba como un ser tímido y, al igual que dos días antes, su franqueza lo sorprendió.

—Porque Gabe me lo ha pedido.

—También te lo pidió hace dos días y te negaste.

Él no dijo nada. Por alguna razón inexplicable, estaba más resentido con esa mujer que con Dwayne. Su marido había sido un descarado charlatán, pero ella era mucho más sutil.

Rachel emitió una risita sardónica.

—No pasa nada, reverendo. Te perdono por odiarme.

—Yo no te odio. No odio a nadie. —Incluso a sus propios oídos, sonó remilgado y pomposo.

—Qué caballeroso...

El desdén de la joven le molestó. ¿Por qué se mostraba tan condescendiente con él si habían sido su marido y ella los que lo habían destruido todo con su avaricia?

Ninguno de los ministros del condado había podido competir con la riqueza del Templo de Salvation. Ellos no tenían diamantes de imitación, ni coros y oficios realzados con rayos láser. El Templo ofrecía Las Vegas con el nombre de Jesucristo, y la mayoría de los miembros de las iglesias locales no habían podido resistirse a la combinación de espectáculo y respuestas sencillas que Dwayne Snopes ofrecía.

Lamentablemente, cuando los fieles abandonaron las congregaciones locales, se llevaron su dinero con ellos, haciendo desaparecer los fondos que siempre habían aportado a las obras sociales del condado. No mucho después, el programa antidroga tuvo que ser abandonado, y las comidas de caridad, recortadas. Pero la mayor pérdida había sido la pequeña clínica del condado; una colaboración de todas las iglesias y el orgullo del clero local. Presenciaron con impotencia cómo el dinero de sus parroquias había acabado en los bolsillos sin fondo de Dwayne Snopes. Y Rachel fue una de las culpables.

Recordó el día que la había detenido de manera impulsiva al verla salir del banco. Le había hablado de la clínica que se veían forzados a cerrar, animándose al percibir una mirada de preocupación tras las pestañas cargadas de rímel.

—No sabe cuánto lamento oír eso, reverendo Bonner.

—No quiero decir que sea culpa suya —había dicho él—, pero el Templo de Salvation ha captado a tantos fieles de las congregaciones locales que hemos tenido que ir abandonando un proyecto tras otro.

Ella se puso tensa, a la defensiva.

—¿No insinuará que la culpa es nuestra?

Ethan debería haber sido más comedido, pero en ese momento la luz del sol se había reflejado en los grandes zafiros de las orejas de la señora Snopes, haciéndole pensar que tan sólo una de esas piedras podría mantener la clínica abierta.

—Bueno, reconozco que me gustaría que el Templo

demostrara algo más de preocupación por los problemas de la comunidad.

—El Templo ha proporcionado miles de dólares al condado.

—Ha reavivado los negocios de la zona, cierto, pero no ha hecho nada por las obras sociales.

—Creo, reverendo Bonner, que no está siendo objetivo. El Templo realiza una labor maravillosa. Muchos orfanatos de África dependen de nosotros.

Ethan había estado tratando de averiguar algo sobre esos orfanatos, y sobre el resto de las finanzas del Templo, y no pensaba permitir que esa mujer mimada y engalanada con joyas caras y tacones demasiado altos dijera la última palabra.

—¿Me lo dice a mí, señora Snopes, que soy el único que se pregunta cuántos de esos millones que su marido recolecta llegan de verdad a los pobres de África?

Los ojos verdes de la mujer se habían convertido en dagas de hielo. Ethan pudo percibir un destello de su temperamento de pelirroja.

—No debería echarle la culpa a mi marido por tener la energía y la imaginación necesarias para llenar los bancos de su iglesia las mañanas de los domingos.

Él no pudo disimular su rabia.

—Mis misas no serán jamás un espectáculo de masas.

Si ella le hubiera respondido con sarcasmo, quizás Ethan se habría olvidado de ese encuentro, pero había bajado el tono de voz y le había dicho, llena de simpatía:

—Quizás ése sea el error, reverendo Bonner. Las misas no son suyas, son de Dios.

Cuando ella se hubo marchado, él se había visto forzado a admitir esa dolorosa verdad. El inmenso éxito del Templo hacía más evidentes sus defectos.

Aunque meditaba mucho sus sermones y le salían del corazón, no eran dramáticos y no arrancaba lágrimas a sus fieles con la pasión de sus mensajes. No curaba a los enfermos ni hacía caminar a los lisiados, por lo que su iglesia no se había llenado demasiado desde la llegada de G. Dwayne a Salvation.

Quizá por eso sentía una aversión personal hacia Rachel Snopes. Ella lo había obligado a mirarse en un espejo y ver lo que no quería: que no tenía verdaderas cualidades para ser ministro.

Tomó el angosto camino que llevaba a la montaña Heartache, a la casa de Annie. Estaba a un kilómetro y medio del autocine.

Rachel se puso un enmarañado mechón de pelo detrás de la oreja.

—Lamento la muerte de tu abuela. Annie Glide era una mujer llena de vida.

—¿La conocías?

—Por desgracia, le cogió manía a Dwayne desde el principio y, como no logró esquivar a sus guardaespaldas y decirle lo que pensaba, me lo hizo saber a mí.

—Annie era una mujer de fuertes convicciones.

—¿Cuándo murió?

—Hace cinco meses. Al final, su corazón no aguantó más. Tuvo una vida plena, pero la echamos mucho de menos.

—¿La casa ha estado vacía desde entonces?

—Hasta hace poco, sí. Mi secretaria, Kristy Brown, vive allí desde hace unas semanas. Le venció el alquiler del apartamento antes de que le entregaran las llaves del que compró. Se aloja allí temporalmente.

Rachel frunció el ceño.

—Seguro que no le gustará que dos extraños vivan con ella.

—Serán sólo unas noches —respondió él con toda intención.

Rachel captó el mensaje implícito en sus palabras, pero lo ignoró. Unas noches. Necesitaría más tiempo para encontrar el cofre Kennedy.

Pensó en la desconocida con la que su hijo y ella estaban a punto de compartir casa. Rachel no sería una desconocida para ella, sino la mujer más notoria del pueblo. A Rachel le dolía la cabeza y se frotó la sien con la yema de los dedos.

Ethan dio un brusco volantazo para evitar un bache y Rachel se golpeó el hombro contra la puerta. Echó un vistazo al asiento trasero para ver si Edward estaba bien y vio que abrazaba a *Caballo* con fuerza.

Recordó la fuerza de Bonner cuando la había arrinconado y había deslizado la mano entre sus piernas.

Su crueldad había sido deliberada y calculada, pero... ¿por qué no se había asustado? No estaba segura de nada, ni de sus propias emociones ni de la inquietante combinación de sufrimiento y odio que había visto en aquellos ojos masculinos. Debería estar furiosa por lo sucedido, pero lo único que sentía era un profundo cansancio.

Doblaron la última curva y Ethan detuvo el vehículo delante de una casa con el tejado de cinc, un huerto abandonado a un lado y una hilera de árboles al otro. La casa era vieja, pero las paredes habían sido pintadas recientemente de blanco y las ventanas de verde oscuro. Había también una chimenea de piedra. Dos escalones conducían a un porche. En una esquina, se agitaba una manga de viento.

Sin previo aviso, las lágrimas inundaron los ojos de Rachel. Ese viejo y desvencijado lugar era lo que ella consideraba un hogar. Representaba estabilidad y raíces, justo lo que ella quería para su hijo.

Ethan dejó las cosas de Rachel en el porche, luego abrió la puerta y se apartó a un lado para que ellos entraran. Ella se quedó sin aliento. La luz del sol del atardecer entraba por las ventanas, iluminando el viejo suelo de madera oscura y la acogedora chimenea de piedra. Los muebles eran sencillos: sillas de mimbre con cojines de ganchillo, una lámpara de pie, una vitrina de madera de pino. Un viejo tocón de madera servía de mesita de café, y alguien había llenado una regadera de latón con flores silvestres y la había colocado encima. Era un lugar precioso.

—Annie tenía un montón de trastos viejos, pero mis padres y yo los tiramos casi todos tras su muerte. Conservamos algunos muebles para que Gabe pudiera establecerse aquí si quería, pero este lugar le trae demasiados recuerdos.

Rachel quiso preguntar qué tipo de recuerdos, pero el reverendo desapareció por la puerta de la izquierda de la cocina. Regresó al poco rato con un juego de llaves.

—Gabe me pidió que te diera esto.

Cuando Rachel miró las llaves, las reconoció por lo que eran, una señal del arrepentimiento de Gabe. Una vez más, recordó la desagradable escena que había tenido lugar entre ellos. Le había parecido como si Gabe se estuviera atacando a sí mismo, y no a ella. Se estremeció por dentro, preguntándose qué otros caminos autodestructivos habría tomado aquel hombre.

Con Edward pisándole los talones, siguió a Ethan por la cocina, donde había una mesa de madera con cuatro sillas de respaldo de madera de roble y asiento de mimbre. Unas sencillas cortinas de muselina cubrían la ventana, y había una alacena con las puertas metálicas frente a una antigua cocina blanca de gas. Rachel inhaló el olor a madera y a generaciones de comidas familiares. Le dieron ganas de llorar.

Ethan los condujo a través de la puerta trasera y doblaron por el lateral de la casa hacia un viejo y pequeño garaje. Una de las puertas chirrió al abrirse. Lo siguieron al interior y Rachel vio un Ford Escort rojo, un modelo antiguo de cinco puertas.

—Es de mi cuñada. Ahora usa un coche nuevo, pero no nos deja deshacernos de él. Gabe ha dicho que puedes usarlo mientras estés aquí.

Rachel recordó a la rubia de la revista *People*. No era el tipo de coche que relacionaría con la doctora Jane Darlington Bonner, pero no pensaba poner objeciones a su buena suerte. De pronto, se dio cuenta de que había conseguido justo lo que necesitaba: trabajo, alojamiento y transporte. Y todo gracias a Gabe Bonner y a sus remordimientos.

Pero sabía que en el momento en que la culpabilidad de Bonner se desvaneciera, lo perdería todo, así que debía actuar con rapidez. Tenía que conseguir el cofre Kennedy cuanto antes.

—¿No habéis pensado que podría largarme en el coche de tu cuñada, y nunca más volveríais a verme?

El reverendo dirigió una mirada de desagrado al maltratado Escort y le dio las llaves.

—No tendremos tanta suerte.

Ella lo observó alejarse, y luego oyó el sonido de arranque de su coche. Edward habló detrás de ella.

—¿Ese coche es nuestro?

—Sólo nos lo han prestado. —A pesar de su estado, a Rachel le parecía que era el coche más bonito que había visto nunca.

Edward miró la casa. Se rascó la pantorrilla con la mano y observó cómo un grajo volaba desde el viejo magnolio al tejado de cinc. Tenía los ojos llenos de anhelo.

—¿Vamos a quedarnos aquí?

Pensó en la misteriosa Kristy Brown.

—Sólo unos días. Aquí ya vive una señora, y no sé si le gustará que nos quedemos. Así que esperaremos a ver qué ocurre.

Edward frunció el ceño.

—¿Crees que será tan mala como él?

No necesitó preguntarle a quién se refería.

—Nadie es tan malo como él. —Le dio un beso en la mejilla—. Vamos a recoger las cosas y a instalarnos. —Cogiéndolo de la mano, cruzaron el césped hacia la casa.

Además de la salita y la antigua cocina, en la casa había tres dormitorios. Uno era una pequeña habitación con una estrecha cama de hierro y una vieja máquina de coser Singer. Instaló allí a Edward, aunque el niño protestó y manifestó su deseo de dormir con ella.

El comentario de Bonner de que acabaría convirtiendo a Edward en un marica la había molestado. Él no sabía que Edward había estado enfermo, ni conocía el efecto que aquel caótico estilo de vida estaba teniendo en su hijo. Rachel sabía que Edward era inmaduro para su edad, pero esperaba que tener un sitio donde vivir, aunque sólo fuera por unas semanas, le hiciera adquirir un poco de confianza en sí mismo.

Se instaló en el dormitorio que quedaba. Tenía unos muebles sencillos: una cama con el cabezal de madera de arce, una colcha estampada, una cómoda de roble con cajones repujados y una alfombra de lana deshilachada por los lados. Edward se puso a observar cómo ella ordenaba sus cosas.

Justo cuando terminó, Rachel oyó que se abría la puerta principal. Cerró los ojos un momento para coger fuerzas y acarició el brazo de Edward.

—Cariño, espera aquí hasta que pueda presentarte.

La mujer que apareció por la puerta era menuda. Parecía un poco mayor que Rachel, puede que rondara la treintena. Vestía de forma clásica: con una blusa clara abotonada hasta el cuello y una falda marrón. No iba maquillada y el pelo castaño oscuro le caía sin forma hasta la barbilla.

Cuando Rachel se acercó a ella observó que no era fea, pero sí un poco apagada. No muy alta, la secretaria del reverendo tenía los rasgos regulares y las piernas torneadas, pero había una severidad en ella que ensombrecía esos atributos y la hacía parecer mayor de lo que indicaba aquel suave cutis.

—Hola —dijo Rachel—. Tú debes de ser la señorita Brown.

—Me llamo Kristy. —La mujer no resultaba desagradable, pero sí muy reservada.

Rachel notó que le sudaban las palmas de las manos. Trató de secárselas subrepticiamente en los vaqueros y se le metió el dedo índice en el roto de la pierna. Lo sacó antes de que se rompiera más.

—Siento mucho todo esto. El reverendo Bonner nos dijo que no te importaría que nos alojáramos aquí, pero...

—No pasa nada. —Kristy entró en la sala, dejó el paquete que llevaba sobre la mesita de café, al lado de la regadera con flores silvestres, y puso el bolso negro sobre una de las sillas de mimbre.

—Claro que pasa. Sé que es terrible que te impongamos nuestra presencia, pero no tengo dónde quedarme en este momento.

—Entiendo.

Rachel la miró llena de dudas. Puede que Kristy Brown no estuviera contenta de tener que vivir con la mujer más odiada de Salvation, pero su expresión no revelaba nada.

—Sabes quién soy, ¿no?

—Eres la viuda de Dwayne Snopes. —Dobló la manta que había en el sofá con una economía de movimientos que Rachel supuso que era algo característico en ella. Observó que tenía unas manos pequeñas y elegantes. Y que las uñas ovaladas estaban pintadas con brillo.

—Vivir conmigo no te hará popular en el pueblo.

—Intento hacer lo correcto. —Las palabras eran remilgadas y frías. Pero la manera en que las dijo hizo que parecieran ciertas.

—Yo me he instalado en el dormitorio desocupado y he puesto a mi hijo en el cuarto de costura. Espero que te parezca bien. Trataremos de molestarte lo menos posible.

—De acuerdo. —Miró a su alrededor y luego hacia la cocina—. ¿Dónde está tu hijo?

Rachel se obligó a girarse hacia el dormitorio.

—Edward, ¿puedes venir? Es un poco tímido. —Esperaba que la explicación sirviese para que Kristy no lo juzgara mal.

Edward apareció por la puerta. Se había metido a *Caballo* en la cinturilla de los pantalones cortos color caqui y se miraba las zapatillas de lona como si hubiera hecho algo mal.

—Kristy, éste es mi hijo Edward. Edward, me gustaría presentarte a la señorita Brown.

—Hola. —El niño no levantó la vista.

Para disgusto de Rachel, Kristy no dijo nada para vencer la timidez de Edward, limitándose a clavar los ojos en él. Aquello iba a ser peor de lo que había imaginado. Lo último que Edward necesitaba era otro adulto hostil con él.

Finalmente Edward levantó la mirada. Al parecer, no haber recibido respuesta había despertado su curiosidad.

La boca de Kristy se curvó en una amplia sonrisa.

—Hola, Edward. El reverendo Ethan me ha dicho que estarías aquí. Me alegro de conocerte.

Edward sonrió.

Kristy tomó el paquete de la mesa de café y se acercó a él.

—Te he comprado un regalo. Espero que te guste. —Rachel observó cómo Kristy se agachaba hasta quedar a la altura del niño.

—¿Me has traído un regalo? —Edward pareció muy sorprendido.

—Es una tontería. No sé si te gustará. —Le dio un paquete. Él lo desenvolvió y abrió mucho los ojos.

—¡Un libro! ¡Es un libro nuevo! —Entrecerró los ojos—. ¿De verdad que es para mí?

A Rachel casi le estalló el corazón. A Edward le habían sucedido tantas cosas malas en la vida, que no se creía las buenas.

—Por supuesto que es para ti. Es un libro con muchos dibujos que se llama *Stelaluna*, y nos cuenta la historia de un bebé murciélago. ¿Te gustaría que te lo leyera?

Edward asintió con la cabeza y los dos se sentaron en el sofá, donde Kristy comenzó a leérselo. Mientras los observaba, a Rachel se le hizo un nudo en la garganta. Edward interrumpió a Kristy con un montón de preguntas, que ella contestó con paciencia y, según transcurría la lectura, la reserva de Kristy desapareció. Se rió de lo que

Edward decía, le chispearon los ojos y en ese momento a Rachel le pareció realmente guapa.

La relación continuó fortaleciéndose en la cena que la secretaria del reverendo insistió en compartir con ellos. Rachel comió con moderación; no estaba dispuesta a quitar a Edward ni siquiera un bocado del pollo que estaba devorando. Con una sensación de puro placer, observó cómo la comida desaparecía en la boca de su hijo.

Después de la cena, Rachel insistió en lavar los platos, pero Kristy no le dejó hacerlo sola. Mientras Edward se sentaba en el porche delantero con el precioso libro, las dos mujeres trabajaron en medio de un incómodo silencio.

Fue Kristy quien finalmente lo rompió.

—¿Has pensado en meter a Edward en una guardería? Hay muchas facilidades en la iglesia. Allí hay una guardería muy buena.

A Rachel le ardieron las mejillas. Edward necesitaba jugar con otros niños y le vendría bien no estar todo el tiempo con ella.

—Ahora mismo no puedo permitirme ese lujo.

Kristy vaciló.

—No te costaría nada. Hay becas... estoy segura de que reúnes los requisitos necesarios para que te den una.

—¿Becas?

Kristy no le sostuvo la mirada.

—Deja que lo lleve mañana conmigo cuando vaya al trabajo. Yo me ocuparé de todo.

No existían esas becas. Era caridad, y Rachel quiso poder negarse. Pero no podía dejar que hablara su orgullo cuando era el bienestar de su hijo lo que estaba en juego.

—Gracias —dijo con voz queda—. Te lo agradezco de veras.

La compasión que vio en los ojos de Kristy hizo que se sintiera avergonzada.

Esa noche, cuando Edward ya estaba dormido, Rachel salió por la puerta trasera y bajó los escalones de madera. Rechinaron bajo sus pies mientras encendía la linterna que había cogido de la guantera del Impala antes de que se lo llevaran al taller. Aunque estaba tan cansada que sentía las piernas flojas, necesitaba hacer una cosa más antes de dormir.

Apuntando la linterna hacia el suelo, recorrió la línea de árboles de la parte trasera de la casa hasta encontrar un camino estrecho que se perdía en el bosque. Lo tomó, esquivando los obstáculos para no tropezar.

Una rama le rozó la mejilla y oyó el arrullo de un ave nocturna. Al haberse criado en el campo, le gustaba pasear por la noche para disfrutar a solas de la quietud y los olores limpios y frescos del campo. Sin embargo, en ese momento apenas podía concentrarse más que en poner un pie delante del otro.

La casa de Annie Glide estaba situada en la ladera de la montaña Heartache, a menos de setecientos metros de la cima, pero Rachel tuvo que detenerse varias veces a descansar. Tardó casi media hora en llegar a su destino. Cuando lo hizo, se dejó caer en un promontorio rocoso desde donde miró al otro lado de la montaña. A sus pies, se encontraba la casa donde había vivido con Dwayne Snopes.

Allí sentada, observó la casa. Había sido construida con dinero manchado de sangre y engaño. Ahora, las ventanas estaban oscuras y la luz de la luna dibujaba sólo la forma de la estructura y no los detalles. Rachel no necesitaba verla para recordar lo fea que era: tan grandiosa y falsa como Dwayne.

Aquella colorida abominación era la idea que Dwayne tenía de una plantación sureña. El final del camino de acceso estaba bloqueado por unas puertas de hierro forjado negro, decoradas con un par de doradas manos orantes. En el exterior de la casa había seis enormes columnas y un balcón con una elaborada barandilla dorada. El interior rebosaba de mármol negro, igual que una cripta, de ostentosas lámparas de araña con borlas y campanillas y lujosos espejos, e incluso en el centro del vestíbulo había una fuente con una escultura de mármol de una doncella griega con pechos de *showgirl* y luces multicolores bajo el agua. Se preguntó si Cal Bonner y su esposa habrían tenido el buen gusto de quitar la fuente. Pero no podía imaginar que alguien con buen gusto pudiera comprar una casa tan horrible.

Un camino escarpado que bajaba hasta el valle. Lo conocía bien, pues lo había recorrido muchas veces durante los cuatro años que había vivido allí. Escapaba de la opresión de su matrimonio con largos paseos matinales. Su impaciencia le urgía a recorrerlo esa misma noche, pero no estaba tan loca como para hacerlo. No era sólo que no tuviera fuerza suficiente, sino que debía ir mejor preparada.

Muy pronto, recorrería el camino desde la montaña Heartache y reclamaría lo que pertenecía a su hijo.

7

Tras el incidente en la cafetería, Rachel temía volver a enfrentarse a Gabe, pero durante los días siguientes él se limitó a dar órdenes y a ignorarla mientras realizaba sus tareas. Hablaba poco y no la miraba a los ojos. No pudo evitar pensar que parecía un hombre haciendo estricta penitencia.

Por la noche, Rachel dormía profundamente debido al enorme cansancio. Pensó que la actividad regular la haría sentirse mejor, pero siguió encontrándose mareada y débil. La tarde del viernes se desmayó mientras pintaba la taquilla.

Bonner regresó al autocine en la camioneta justo cuando ella se ponía en pie. A Rachel le retumbó el corazón al notar que el vehículo frenaba. Intentó adivinar qué habría visto, pero la inescrutable expresión de su cara no le dio ninguna pista. Agarrando la brocha, lo miró con el ceño fruncido como si acabara de interrumpirle en su trabajo, y él siguió adelante.

El sábado, Kristy se ofreció para cuidar de Edward mientras ella trabajaba. Rachel aceptó, agradecida. Pero sabía que no podía aprovecharse de su compañera de piso. Si fuera tan desafortunada como para seguir en Salvation el sábado siguiente, tendría que ocuparse ella misma de Edward, le gustara o no a Bonner.

Por desgracia, los planes de Rachel de bajar por la

ladera de la montaña y entrar en su antigua casa la noche siguiente, después de haber acostado a Edward, se fueron al traste por una tormenta torrencial. Si pudiera ir en coche todo sería mucho más fácil, pero las verjas cerradas impedían esa posibilidad. El lunes, justo una semana después de que se le hubiera averiado el Impala delante del Orgullo de Carolina, se prometió a sí misma que lo haría esa noche.

El día estaba nublado, pero el tiempo era seco, y a última hora de la mañana llegaron a verse algunos rayos de sol. Rachel había estado aplicando esmalte metálico en las paredes divisorias de los inodoros durante toda la mañana sin dejar de pensar en cómo entraría en la casa. El trabajo no era duro y, si no fuera por el mareo y la constante fatiga —algo que notaba incluso después del día de descanso—, disfrutaría de la tarea.

Se inclinó y utilizó una mano para sujetar el vestido azul de algodón en la espalda mientras metía el rodillo en el bote de pintura. Pintar llevando un vestido no era cómodo, pero no le quedaba más remedio. Aquel sábado se le habían terminado de romper los vaqueros y ya no tenían arreglo.

—Te he traído algo de comer.

Rachel se volvió y vio a Bonner apoyado en el marco de la puerta de los aseos, con una bolsa de comida rápida en la mano. Rachel le dirigió una mirada recelosa. Se había mantenido alejado de ella desde la desagradable escena en la cafetería de ese miércoles. ¿Por qué se había acercado ahora?

Él la miró con el ceño fruncido.

—Quiero que a partir de ahora traigas la comida. Y que hagas un descanso para comer.

Ella se obligó a sostener aquella mirada plateada para que a él le quedara bien claro que no la intimidaba.

—Pero ¿crees realmente que necesito comer? Una sonrisa tuya puede alimentarme durante semanas.

Él ignoró el sarcasmo y dejó la bolsa encima de uno

de los lavabos. Ella pensó que entonces se iría, pero él se acercó para inspeccionar el trabajo.

—Hay que dar dos manos —dijo ella, ocultando sus recelos—. Es difícil tapar esos viejos grafitis.

Bonner señaló con la cabeza la puerta que ella estaba pintando.

—Intenta no llenar los goznes nuevos de pintura. No quiero que se peguen.

Ella dejó el rodillo en el bote de pintura y se limpió las manos con un trozo de toalla.

—Explícame por qué has preferido pintar todo esto de ese gris tan soso en vez de blanco. —A Rachel no le importaba en absoluto el color. Sólo le preocupaba conservar el empleo y que él no llegara a sospechar nunca lo cansada que estaba siempre, incluso haciendo las tareas más sencillas.

—Me gusta el gris —dijo él.

—Bueno, va a juego con tu personalidad. No, retiro lo dicho. Tu personalidad es diez veces más oscura que el gris.

Bonner no se inmutó. Se apoyó en una de las puertas sin pintar y la estudió con detenimiento.

—¿Sabes qué, Rachel? No me importaría subirte el sueldo uno de estos siglos si a cambio te limitaras a responderme con sólo cuatro palabras: «sí, señor; no, señor».

«Déjalo —suplicó la mente de Rachel—. No muerdas el anzuelo.»

—Tendría que ser un aumento descomunal, Bonner. Eres lo único que me divierte desde que Dwayne murió. Ahora, si me disculpas, tengo trabajo que hacer y tú me distraes.

Gabe no se movió. Siguió estudiándola con detenimiento.

—Si sigues adelgazando de esa manera, acabarás por no poder sostener siquiera ese rodillo.

—Mejor no te preocupes por eso, ¿vale? —Rachel se inclinó para recoger un trapo, pero la cabeza comenzó a darle vueltas y tuvo que agarrarse al borde de la puerta.

Él la agarró por el brazo.

—Toma la comida. Quiero ver cómo te la comes.

Rachel se apartó de él.

—No tengo hambre. Comeré más tarde.

Él empujó el bote de pintura con la puntera de la bota.

—Comerás ahora. Límpiate.

Rachel observó con frustración cómo él cogía la bolsa de comida. Su intención había sido esconderla en el fondo de la nevera de la tienda y llevársela a Edward, pero ahora sería imposible.

—Te espero en la zona de juegos —dijo Bonner desde la puerta. Después desapareció.

Rachel se acercó al lavabo y se lavó las manos y los brazos, salpicándose de agua el vestido manchado de pintura. Luego se reunió con él.

Bonner se había sentado en el suelo con la espalda apoyada en una de las barras de los juegos infantiles. Tenía una lata de Dr Pepper en la mano. Había estirado una pierna y doblado la otra. Se había puesto una gorra de los Chicago Stars. Vestía una camiseta azul marino y unos vaqueros con un pequeño agujero cerca de la rodilla, pero aun así estaban mejor que los que ella había tirado.

Rachel se colocó al lado de la tortuga de cemento. Cuando él le pasó la bolsa con la comida, observó que tenía las manos limpias igual que la tirita que llevaba puesta en el pulgar. ¿Cómo conseguía un hombre que trabajaba tan duro mantenerse así de limpio?

Rachel se puso la bolsa en el regazo y cogió una patata. Olía de una manera tan deliciosa que tuvo que resistir el impulso de meterse un buen puñado en la boca. Pero se contuvo y sólo le dio un mordisquito, lamiéndose la sal de los labios.

Él abrió la lata de Dr Pepper, se miró las manos y luego la observó a ella.

—Quiero disculparme por lo del otro día.

Rachel se sorprendió tanto que se le cayó una patata

frita en la hierba. Ésa era la razón de que le ofreciera comida. Se sentía culpable. Era bueno saber que tenía conciencia.

Bonner parecía receloso, y Rachel sospechaba que esperaba que se pusiera histérica y la tomara con él. Pero ella no pensaba darle esa satisfacción.

—No te lo tomes a mal, Bonner, pero fuiste tan patético el otro día que tuve que morderme la lengua para no reír.

—¿De veras? —Rachel esperaba que él frunciera más el ceño, pero se relajó visiblemente contra la barra—. No tengo excusa. Te aseguro que no volverá a ocurrir. —Hizo una pausa, pero no levantó la vista—. Había bebido.

Ella recordaba con perfecta claridad que el aliento no le olía a alcohol. Sabía que su ataque había tenido más que ver con sus propios demonios que con los de ella.

—Bueno, la verdad es que actuaste como un tonto.

—Lo sé.

—Fuiste el rey de los tontos.

Bonner alzó la mirada hacia ella y Rachel creyó detectar una chispa de diversión en aquellos ojos plateados. ¿Sería posible?

—Quieres que me arrastre ante ti, ¿verdad?

—Como un gusano.

—Ya veo que no hay manera de que mantengas la boca cerrada. —Curvó los labios en algo que casi parecía una sonrisa. Rachel se quedó tan estupefacta que tardó un rato en responder.

—La insolencia es parte de mi encanto.

—No sé quién te ha dicho eso, pero te mintió descaradamente.

—¿Estás llamando mentiroso a Billy Graham? —dijo Rachel mencionando a un conocido ministro evangélico.

Por un momento Bonner profundizó la sonrisa, pero luego volvió a fruncir el ceño. Al parecer, el tiempo de comportarse civilizadamente había acabado. La señaló con la lata de Dr Pepper.

—¿Por qué no te pones vaqueros? Dime: ¿qué clase de idiota se dedica a hacer este trabajo con un vestido?

«Alguien que no puede ponerse otra cosa», pensó ella. No podía gastarse ni un solo penique en ella cuando Edward crecía día a día.

—Me gustan los vestidos, Bonner. Hacen que me sienta guapa y femenina.

—¿Con esos zapatos? —Miró con aversión los enormes zapatos negros.

—¿Qué quieres que te diga? Soy esclava de la moda.

—Chorradas. Se te han roto los vaqueros, ¿verdad? Pues cómprate unos nuevos. Yo mismo te los compraré. Considéralo el uniforme de trabajo.

La había visto tragarse el orgullo una y otra vez, pero siempre había sido por el bien de su hijo. Esto era por ella. Rachel ni siquiera intentó disimular el desprecio.

—Te lo pondrás tú si quieres. Yo, desde luego, no.

Durante unos segundos, la observó como si estuviera tomándole la medida.

—¿Tan fuerte te crees que eres?

—Más de lo que piensas.

—¿Tanto que no necesitas comer? —Miró la bolsa de patatas que Rachel tenía en el regazo—. ¿Vas a comerte las patatas fritas o sólo jugarás con ellas?

—Te he dicho que no tenía hambre.

—Con razón pareces un esqueleto. No serás anoréxica, ¿verdad?

—Los pobres no sabemos lo que es la anorexia. —Se metió otra patata en la boca. Le supo tan bien que quiso comerse todo el paquete. Pero al mismo tiempo, se sentía culpable de privar a Edward de algo que él disfrutaría mucho.

—Kristy me ha dicho que apenas comes nada.

Le molestó saber que Kristy hablaba con Gabe a sus espaldas.

—No deberías meterte en mis asuntos.

—¿Por qué no comes?

—Tienes razón. Soy anoréxica. ¿Podemos cambiar de tema?

—Los pobres no tienen anorexia. —Ella lo ignoró y se metió otra patata en la boca—. Toma la hamburguesa.

—Soy vegetariana.

—Con Kristy has comido carne.

—Pero ¿qué te pasa? ¿Eres el poli de la comida?

—No te entiendo. A menos que... —Le dirigió una mirada perspicaz—. El primer día, cuando te desmayaste, te di un pastelito y, acto seguido, se lo ofreciste a tu hijo. —Ella se puso tensa—. ¿Es por eso? ¿Reservas la comida para tu hijo?

—Se llama Edward, y encabeza la lista de cosas que no son asunto tuyo.

La miró a los ojos y negó con la cabeza.

—Es una locura. Lo sabes, ¿verdad? Tu hijo tiene comida en abundancia. Lo único que consigues con eso es matarte de hambre.

—No quiero hablar de eso.

—¡Demonios, Rachel! Estás loca de remate.

—¡No estoy loca!

—Entonces explícamelo. A ver si lo entiendo.

—No tengo que explicarte nada. Además, mira quién fue a hablar. Por si no te habías dado cuenta, tú sí que estás loco desde hace mucho tiempo.

—Quizá por eso nos llevamos tan bien.

Lo dijo con tanta amabilidad que ella casi sonrió. Él tomó otro sorbo de la lata de Dr Pepper. Rachel miró por encima de la pantalla hacia la montaña Heartache, y recordó cuánto le habían gustado las montañas cuando Dwayne la trajo a vivir allí. Al contemplar el verde paisaje desde la ventana del dormitorio, se había sentido como si tocara el rostro de Dios.

Observó a Gabe y, por un breve instante, vio a otro ser humano en lugar de a un enemigo. Alguien tan perdido y tan resuelto como ella a no permitir que nadie se diera cuenta.

Él apoyó la cabeza en la barra y la estudió.

—Tu hijo... ¿come bien?

El sentimiento de unión se esfumó.

—¿Ya vuelves a la carga?

—Contéstame. ¿Come bien?

Ella asintió de mala gana.

—¿Cena y desayuna bien? —preguntó él.

—Supongo.

—En la guardería les dan bien de comer. Apuesto lo que quieras a que Kristy o tú le dais la merienda cuando llega a casa.

Pero ¿qué pasaría el mes siguiente?, pensó ella. ¿Y el año siguiente?

La recorrió un escalofrío. Se sentía empujada hacia algo peligroso.

—Rachel —dijo él en voz baja—, tienes que dejar de matarte de hambre.

—¡No sabes lo que dices!

—Entonces explícamelo.

Si él se lo hubiera exigido, habría sido más fácil, pero era incapaz de luchar contra él cuando se dirigía a ella en ese tono moderado y tranquilo. A pesar de todo, se armó de valor y contraatacó.

—Yo soy su madre, Bonner. ¡Yo! Soy la única responsable de su comida, su ropa, de las visitas al médico... ¡De todo!

—Entonces deberías cuidarte mejor.

Rachel le lanzó una mirada airada.

—No me digas lo que tengo que hacer.

—Los locos tenemos que mantenernos unidos.

Aquellas palabras, añadidas a la comprensión que vio en sus ojos, la dejaron sin aliento. Quiso volver a meterse con él, pero se contuvo. Bonner sólo estaba exponiendo algo que ella debería haber considerado hacía mucho tiempo, pero que nunca había hecho.

—No quiero hablar de eso.

—Entonces, come de una vez.

Rachel cerró los dedos sobre la bolsa de su regazo y se obligó a encarar la verdad que no quería admitir.

Por mucho que ella se privara de comida, no podría garantizar que Edward tuviera siempre suficiente.

Sintió una oleada de impotencia tan fuerte que casi la aplastó. Quería poder darle todo a su hijo, no sólo comida, sino seguridad y confianza en sí mismo, una buena salud, una educación decente, una casa digna. Pero no lo conseguiría si seguía privándose de comida. Podía matarse de hambre hasta no ser más que un esqueleto, pero eso no garantizaría que Edward tuviera la barriga llena.

Para su consternación, se le empañaron los ojos, y se le deslizó una lágrima por la mejilla. No soportaba que Bonner la viera llorar y, dirigiéndole una mirada fulminante, le gritó:

—¡Ni se te ocurra decir nada!

Él levantó las manos en un gesto de rendición y tomó otro trago de Dr Pepper.

Rachel se estremeció. Bonner tenía razón. Se había comportado como una loca durante esos últimos meses. Y sólo alguien tan loco como ella había sido capaz de darse cuenta.

Se enfrentó cara a cara con su locura. Edward sólo la tenía a ella. Al no comer, lo único que conseguía era que su estado físico, ya precario, se deteriorara aún más.

Se frotó los ojos y sacó la hamburguesa de la bolsa de papel.

—¡Eres un hijo de perra!

Él se acomodó contra la barra y se puso la visera azul de la gorra de los Chicago Stars sobre los ojos como si se dispusiera a echar una larga siesta.

Rachel se llevó la hamburguesa a la boca y se la tragó junto con las lágrimas.

—No sé cómo tienes la caradura de llamarme loca. —Dio otro mordisco y le supo tan delicioso que se estremeció—. ¿Qué clase de pirado reabre un autocine en estos días? No sé si lo sabes, Bonner, pero la era de los autocines pasó hace mucho tiempo. A finales de verano, estarás arruinado.

Los labios masculinos apenas se movieron bajo la visera de la gorra.

—Para lo que me importa...

—Ahí lo tienes. Estás mil veces más loco que yo.

—Come y calla.

Rachel se frotó los ojos húmedos con la mano, luego dio otro mordisco. Era la hamburguesa más deliciosa que había tomado nunca. El queso se le deshacía en el paladar y la carne le hacía la boca agua. Dio otro enorme mordisco.

—¿Por qué haces esto?

—Es una forma de pasar el tiempo.

Ella se lamió el ketchup del dedo.

—Antes de que perdieras la cabeza, ¿cómo te ganabas la vida?

—Era un asesino a sueldo de la mafia. ¿Aún sigues llorando?

—¡No estaba llorando! Me encantaría que fueras un asesino a sueldo porque, si tuviera dinero, te contrataría ahora mismo para que acabaras con tu vida.

Él subió la visera de la gorra y la miró con calma.

—Tú continúa odiándome de esa manera tan sana y sincera, y nos llevaremos muy bien.

Rachel lo ignoró y se dedicó a comerse las patatas fritas de tres en tres.

—¿Cómo acabaste casándote con Dwayne?

La pregunta fue espontánea —más para continuar con la conversación que otra cosa—, pero como él no le había hablado de sí mismo, ella tampoco iba a hacerlo.

—Lo conocí en un club de alterne donde era bailarina exótica.

—Rachel, te he visto desnuda y, a menos que tuvieses bastante más carne sobre los huesos, con lo que ganases de *stripper* no te daría ni para chicles.

Trató de sentirse ofendida, pero no le quedaba vanidad.

—No les gusta que las llamen *strippers*. Lo sé porque

una de ellas fue vecina mía hace años. Tenía que ir al solárium antes de trabajar.

—Si tú lo dices...

—Supongo que pensarás que las bailarinas exóticas se broncean todo el cuerpo, pero no es cierto. Siempre se dejan algo puesto, tangas y cosas así, que dejen marca. Mi vecina me confesó que eso las hace parecer más provocativas.

—¿No será admiración lo que oigo en tu voz?

—Esa chica se ganaba la vida de una manera honrada, Bonner.

Él soltó un bufido.

Cuando Rachel tuvo el estómago lleno, se sintió llena de curiosidad.

—Y ahora dime la verdad. ¿A qué te dedicabas? —preguntó ella.

Él se encogió de hombros.

—No es ningún secreto. Era veterinario.

—¿Veterinario?

—Eso he dicho, ¿no? —La beligerancia había regresado.

Rachel se dio cuenta de que se moría de curiosidad. Kristy había vivido en Salvation toda su vida; debería conocer la vida y milagros de Gabe. Ya le preguntaría más adelante.

—No pareces el tipo de chica que atraería a un telepredicador —afirmó él—. Suponía que Dwayne se colaría por una de esas piadosas mujeres que van a la iglesia.

—Yo era la más piadosa de todas —repuso Rachel sin ningún rastro de amargura—. Conocí a Dwayne cuando era voluntaria en Indianápolis. Caí rendida a sus pies. Aunque ahora parezca mentira, entonces era una chica muy romántica.

—Era mucho mayor que tú, ¿verdad?

—Dieciocho años. El perfecto sustituto paterno de una chica pobre. —Él la miró con curiosidad—. Me crio mi abuela en una granja de Indiana. Era muy devota. La pequeña congregación rural de su pueblo se convirtió en su familia, y también en la mía. Eran religiosos, muy estrictos, pero, al contrario que Dwayne, eran sinceros.

—¿Y tus padres?

—Mi madre era hippie. Jamás he sabido quién fue mi padre.

—¿Hippie?

—En realidad, nací en una comuna de Oregón.

—¡No fastidies!

—Viví con ella dos años, pero era drogadicta y, cuando yo tenía tres años, tuvo una sobredosis. Tuve suerte de que me criara mi abuela. —Sonrió—. Era una mujer sencilla. Creía en Dios, en los Estados Unidos de América, en la tarta de manzana y en Dwayne Snopes. Se sintió muy feliz cuando me casé con él.

—Evidentemente, no lo conocía bien.

—Pensaba que era un hombre de Dios. Fue una suerte que muriera antes de descubrir la verdad. —Al terminar de comer, con el estómago tan lleno que le dolía, cogió el batido de chocolate y se llevó la pajita a la boca. Hasta ese momento, Rachel le había contado un montón de cosas sobre ella, pero él seguía sin decir nada—. Dime, ¿qué se siente al ser la oveja negra de la familia?

—¿Qué te hace pensar que soy la oveja negra? —Parecía realmente molesto.

—Tus padres son pilares de la comunidad, tu hermano pequeño es míster Perfecto, y el mayor, un deportista multimillonario. Tú, por otra parte, eres un malhumorado y pobre inadaptado que posee un autocine arruinado y que se dedica a asustar a los niños.

—¿De dónde has sacado que soy pobre?

A Rachel le resultó muy interesante que ésa fuera la única parte de la descripción con la que no estuviera de acuerdo.

—De este lugar. De tu medio de transporte. Del sueldo de esclava que me pagas. Tal vez esté equivocada, pero no veo demasiados alardes de dinero en todo eso.

—Te pago un sueldo de esclava para que te largues, Rachel, no porque no pueda pagarte más.

—Ah.

—Y me gusta mi camioneta.

—¿Así que no eres pobre?

Por un momento, pensó que no le contestaría. Pero al cabo de un rato dijo:

—No soy pobre.

—¿Y cuánto dinero tienes exactamente?

—¿Acaso tu abuela no te enseñó que es una grosería preguntarle a la gente cosas como ésas?

—Tú no eres gente, Bonner. Ni siquiera estoy segura de que seas humano.

—Tengo cosas mejores que hacer que quedarme aquí sentado escuchando cómo me insultas. —Cogió la lata vacía de Dr Pepper de la arena donde había estado sentado y se puso de pie—. A trabajar.

Mientras lo observaba alejarse, Rachel consideró la posibilidad de haberlo insultado. Parecía bastante ofendido. Con una sonrisa de satisfacción, se terminó el batido de chocolate.

Ethan salió de la oficina y siguió los chillidos infantiles provenientes del parque de juegos de detrás de la iglesia, donde los niños esperaban que sus padres los recogieran. Se dijo a sí mismo que ésa era una manera de relacionarse con los miembros de la comunidad que no formaban parte de su congregación, pero la verdad era que quería ver a Laura Delapino.

Cuando se dirigía hacia allí, los gemelos Briggs abandonaron el balancín y corrieron a su lado.

—¿Sabes qué? Tyler Baxter vomitó y ensució todo el suelo.

—Vaya... —contestó Ethan.

—Casi me hace vomitar —confesó Chelsey Briggs—, y la señora Wells dejó que me diera un soponcio y todo.

Ethan se rio ante la absurda imagen que apareció en su mente. Le encantaban los niños y siempre había querido tener un montón de hijos. El hijo de Gabe, Jamie, había sido su ojito derecho. Aun después de dos años, seguía sin poder creer lo que le había sucedido a su sobrino y a Cherry, su encantadora cuñada.

Casi había dejado el clero después de aquellas muertes sin sentido, pero al final había resultado ser quien mejor lo había llevado de la familia. La tragedia había empujado a sus padres a una crisis matrimonial que casi acaba en divorcio. Y Cal había centrado su vida en el fútbol.

Sin embargo, tras una breve separación, Jim y Lynn Bonner parecían ahora unos tortolitos, y habían dado un giro completo a sus vidas. En ese momento estaban en Sudamérica, donde su padre trabajaba como médico voluntario, mientras su madre ayudaba en una cooperativa que comercializaba los productos que producían los artesanos locales.

Por otro lado, Cal había conocido a una doctora en física llamada Jane Darlington y desde hacía ocho meses había otro bebé en la familia, Rosie, un querubín de ojos azules que los tenía a todos en la palma de su mano.

Sin embargo, nadie lo había pasado tan mal como Gabe. Algunas veces era difícil para Ethan recordar al hermano bueno y gentil que una vez había sido. Durante la infancia de Ethan, siempre había habido algún animal herido en casa, ya fuera un pájaro con el ala rota en la cocina, un perro callejero curándose en el garaje o una mofeta recién nacida que no podía sobrevivir por sí sola, escondida en el armario del dormitorio de Gabe.

Desde siempre, Gabe quiso ser veterinario, pero nunca había planeado ser multimillonario, ya que el dinero no le importaba.

Había adquirido toda aquella riqueza por accidente, provocando la burla de su familia. Siempre había sido un curioso incansable y le había gustado buscar soluciones a problemas de cualquier índole. Unos años después de haber comenzado a ejercer en la Georgia rural, había inventado una tablilla ortopédica especial para purasangres de competición para un criador local. La tablilla había comenzado a venderse con rapidez cuando adquirió fama entre los criadores de caballos, y la patente le proporcionaba a Gabe una gran fortuna.

Gabe siempre había sido el más complejo de los tres hermanos. Mientras Cal era agresivo y visceral, poseía un genio rápido y perdonaba al instante, Gabe reprimía sus sentimientos. Ethan siempre había recurrido a él con sus problemas infantiles. Su voz calmada y sus movimientos acompasados podían tranquilizar a un niño preocupado, igual que a un animal asustado. Pero el hermano tranquilo y pensativo se había convertido en un hombre amargado y cínico.

La llegada de Laura Delapino arrancó a Ethan de sus pensamientos; era la última divorciada del pueblo. Vestía una blusa verde lima transparente encima de un top negro de tirantes, combinada con unos pantalones cortos blancos muy ceñidos. Llevaba las uñas largas y pintadas en el mismo tono rojo intenso que las de los pies, visibles a través de las tiras de las sandalias plateadas. Poseía unos pechos exuberantes, unas piernas infinitas y el pelo largo y rubio. Exudaba sexo por todos sus poros, y Ethan la deseaba.

«¡Los hombres de Dios que desean secretamente a las mujeres fáciles! ¡Hoy en Oprah!»

Él gimió para sus adentros. No estaba de ánimo para eso.

Pero nunca solía estarlo, y el buen Dios sabía de qué pie cojeaba.

«Dinos, reverendo Bonner, aquí en confianza: ¿qué tienen de malo las mujeres decentes del pueblo?»

«Las mujeres decentes me aburren.»

«Deberían aburrirte. Pero eres pastor, ¿recuerdas? ¿Por qué sólo las hermanas más llamativas captan tu atención?»

Laura Delapino se inclinó para hablar con su hija y él vio el contorno de unas braguitas de encaje bajo los ceñidos pantalones blancos. Un rayo fulminante le impactó directamente en la ingle.

«Estoy hablando contigo», dijo Oprah.

«Largo», respondió él, lo cual sólo sirvió para que lo presionara con más ahínco.

«¡No intentes escabullirte! No empieces con eso de que no estás hecho para este trabajo y que el clero está arruinando tu vida.»

Él prefería a Eastwood.

«Hazme caso, Ethan Bonner. Ya va siendo hora de que busques a una mujer agradable y decente.»

«Por favor, ¿te importaría callarte un minuto para que pueda disfrutar de la vista?»

Los pechos de Laura se apretaban contra el escote del top cuando ésta se inclinaba hacia delante para admirar el trabajo de su hija. ¡Maldita sea! Él no había nacido para ser célibe.

Recordó los alocados años de la veintena, mucho antes de oír la llamada de Dios. Mujeres hermosas con grandes pechos, noches de sexo ardiente y salvaje... Oh, Dios...

«¿Sí?», dijo Oprah.

Él se rindió. ¿Cómo podía disfrutar del cuerpo de Laura con ese gran *show* de voces resonando en su cabeza? Se dio la vuelta, preguntándose cómo podía aconsejar celibato a los adolescentes y predicar la santidad de los votos matrimoniales sin dar ejemplo. No estaba preparado para ello.

Saludó a Tracy Longben y a Sarah Curtis. Las dos habían sido compañeras suyas en el colegio, luego consoló a Austin Longben por haberse roto la muñeca y admiró las zapatillas rosas de Taylor Curtis. Con el rabillo del ojo vio a Edward Snopes. Estaba solo y apartado.

No, se recordó a sí mismo, no era Snopes. El apellido del niño había cambiado legalmente. Lástima que Rachel no le hubiera cambiado también el nombre. ¿Por qué no lo llamaba Eddie o Ted?

Se recriminó mentalmente. El niño llevaba en la guardería tres días y Ethan ni siquiera le había saludado. No era culpa de Edward que sus padres hubieran sido deshonestos, y Ethan no tenía excusa para ignorarlo a pesar de toda esa rabia que ardía en su interior.

Recordó la llamada telefónica de Carol Dennis del día anterior. Su cólera no era nada comparada con la de ella. La mujer estaba furiosa porque él había permitido que Rachel se alojara en la casa de Annie. Ethan no le dijo que había sido idea de su hermano.

Había tratado de razonar con ella. Le recordó con suavidad que no estaba bien tener prejuicios —aunque él mismo había pecado de lo mismo—, pero Carol no le escuchó.

No le gustaba discutir con Carol. Si bien su manera de ver la religión era más estricta que la de él, era una mujer de fe profunda y siempre se preocupaba por la gente del pueblo.

—Se verá perjudicado, reverendo —había dicho ella—, si deja que se aloje en esa casa. No creo que sea eso lo que quiere.

Aunque ella tenía razón, aquella actitud lo había irritado.

—Supongo que tendré que aceptar los designios del Señor —había contestado con toda la suavidad que pudo.

Ahora se obligó a caminar hacia Edward y sonreír.

—Hola, colega. ¿Cómo te va?

—Bien.

El niño lo miró con sus grandes ojos castaños. Tenía un montón de pálidas pecas sobre la nariz. Era un niño guapo. Ethan se obligó a seguir conversando con él.

—¿Ya tienes amigos?

Él no contestó.

—Lleva un tiempo hacer amigos nuevos, pero tarde o temprano los harás.

Edward lo miró fijamente y luego le preguntó:

—¿Crees que Kristy se ha olvidado de venir a buscarme?

—Kristy nunca olvida nada, Edward. Siempre se puede confiar en ella.

Kristy oyó las palabras de Ethan mientras se acercaba por detrás. «Siempre se puede confiar en ella.» Eso era lo que Ethan Bonner pensaba de ella.

La buena y vieja Kristy Brown, tan de fiar... «Kristy hará esto. Kristy se encargará de aquello.»

Suspiró. Pero ¿qué esperaba? ¿Acaso pensaba que Ethan llegaría a mirarla algún día de la misma manera que había mirado a Laura Delapino sólo un momento antes? Ni en sueños. Laura era hermosa y vivaz, y Kristy era simplona y poco interesante. Sin embargo, tenía mucho orgullo, y durante años había aprendido a ocultar la timidez tras una eficiencia brutal. Cualquier cosa que necesitara, ella la hacía. Hacía todo excepto conquistar el corazón de Ethan Bonner.

Kristy conocía a Ethan de siempre, y sabía que le atraían las mujeres vistosas y fáciles desde que en octavo Melodie Orr se había abierto los tirantes del peto, enseñándole lo que llevaba debajo de los vaqueros. Kristy los había visto todos los días después del almuerzo al lado del aula de coro.

—¡Kristy!

La cara de Edward se iluminó en cuanto la vio y la invadió una cálida sensación. Le encantaban los niños. Con ellos podía relajarse y ser ella misma. Le hubiera gustado más trabajar en una guardería que como secretaria de la iglesia, y lo habría hecho si no hubiera sido por la desesperada necesidad de quedarse cerca de Ethan Bonner. Ya que no podía ser su amante, se conformaría con cuidar de él.

Cuando se arrodilló para admirar el trabajo que Edward había hecho ese día, pensó que llevaba enamorada de Ethan más de veinte años. Recordaba con claridad haberle espiado por la ventana del aula de tercer grado cuando él salía al recreo de cuarto grado. Entonces era tan deslumbrante como ahora: el niño más guapo que ella había visto nunca. Siempre la había tratado con amabilidad, pero él siempre trataba así a todo el mundo. Incluso de niño, Ethan había sido diferente a los demás: más sensible y menos inclinado a las bromas.

Tampoco se había dejado avasallar; sus hermanos mayores se habían encargado de eso. Todavía recordaba el día en que Ethan se había enfrentado a D.J. Loebach, el peor matón del instituto, y le había roto la nariz. Sin embargo, a Ethan le había remordido la conciencia, y al rato se había acercado a casa de D.J. con un par de helados para hacer las paces. A D.J. le gustaba contarlo en algunas reuniones.

Cuando se incorporó y le dio la mano a Edward, percibió el olor de un perfume fuerte y sensual.

—Hola, Eth.

—Hola, Laura.

Laura le dirigió a Kristy una sonrisa amigable y Kristy sintió que el corazón se le llenaba de envidia. ¿Cómo algunas mujeres podían tener tanta confianza en sí mismas?

Pensó en Rachel Stone y se preguntó de dónde sacaba el valor. A pesar de todas las cosas horribles que se decían en el pueblo de ella, a Kristy le caía bien. Sabía que ella jamás sería capaz de enfrentarse a nada de la misma forma que Rachel.

Había tenido noticias del encuentro de Rachel con Carol Dennis en el supermercado e, incluso el día anterior, Rachel se había enfrentado a Gary Prett en la farmacia. A Kristy le sorprendía que la gente pudiera manifestar tal hostilidad. No creía que Rachel hubiera tenido la culpa de la codicia de Dwayne Snopes y no podía entender que personas que se llamaban a sí mismas cristianas se comportaran de esa manera.

Se preguntó qué pensaría Rachel de ella. Probablemente, nada en absoluto. La gente sólo se percataba de la existencia de Kristy cuando quería algo de ella. De lo contrario, era como un mueble.

—¿Eth —dijo Laura—, por qué no vienes a casa esta noche y dejas que te haga un par de chuletas a la parrilla? —Frunció la boca como si fuera a aplicarse la barra de labios.

Ethan mantuvo la mirada clavada en aquella boca mucho rato, luego le dirigió la misma sonrisa abierta que le ofrecía a las ancianitas de la congregación.

—Me encantaría, pero tengo que escribir el sermón del domingo.

Laura insistió, pero él logró escabullirse sin demasiada dificultad. Kristy sospechaba que él no confiaba lo suficiente en sí mismo como para quedarse a solas con Laura.

Sintió que algo le oprimía dolorosamente el corazón. Ethan siempre confiaba en sí mismo cuando se quedaba a solas con ella.

8

Rachel apuntó la linterna hacia el suelo. Al acercarse a la parte trasera de la casa donde había aprendido lo que era sufrir, se ciñó más la capucha de la sudadera para protegerse del frío. Un frío que provenía de su interior más que de la fresca brisa de la noche. Aquella casa era tan oscura como el alma de Dwayne Snopes.

Aunque estaba nublado y oscuro, Rachel sabía por dónde iba y, bajo los pocos rayos plateados de luna que se filtraban entre las nubes, recorrió el camino de acceso que atravesaba el jardín, cubierto de malas hierbas. El vestido manchado de pintura se le enganchó en unos arbustos. Mientras lo desenganchaba, supo que pronto tendría que comprarse ropa nueva, pero la decisión de cuidarse no incluía lujos como ése, y decidió posponerlo tanto como pudiera.

Apenas podía creer lo bien que sentaba tener el estómago lleno. Le había tocado hacer la cena, y esa noche se había comido hasta la última miga. Aunque todavía estaba cansada, el mareo había desaparecido y, por primera vez en mucho tiempo, se sentía con fuerzas.

La casa se alzaba ante ella. Apagó la linterna antes de acercarse a la puerta posterior que daba al lavadero y a la cocina. Esperaba que Cal Bonner y su esposa no hubieran instalado un sistema de alarma. Cuando Dwayne y ella vivían allí, sólo habían tenido problemas con fieles demasiado entusiastas. La verja había sido suficiente para mantenerlos a distancia.

También esperaba que no hubieran cambiado la cerradura. Metió la mano en el bolsillo de la sudadera y sacó la llave de la casa con un lazo de color púrpura que solía atarse a la muñeca cuando paseaba por la montaña. Ésa era su llave de repuesto, la única que la policía no le había confiscado. La había encontrado en el bolsillo de esa misma sudadera varias semanas después de que la hubieran desalojado. Si la llave no servía, tendría que romper una ventana de la parte trasera.

Pero la llave aún servía. El cerrojo se atascó en el lugar de siempre, pero cedió cuando ella hizo presión. La embargó una sensación de irrealidad al entrar en el lavadero. Olía a humedad y a cerrado, y la oscuridad era tan espesa que tuvo que arrimarse a la pared y andar a tientas hasta la puerta. La abrió y accedió a la cocina.

Siempre había odiado esa habitación. Tenía el suelo de mármol negro, las encimeras de granito y una lámpara de araña mucho más apropiada para el vestíbulo de un teatro que para colgar sobre la isleta de la cocina. El atractivo de Dwayne y sus exquisitos modales ocultaban a un hombre nacido en la pobreza que necesitaba rodearse de cosas lujosas para poder sentirse importante. El resultado había sido esa casa tan ostentosa.

Aunque estaba oscuro, conocía la cocina lo suficientemente bien para apoyarse en los mostradores y llegar hasta la puerta que comunicaba con la sala. Aunque la casa estaba desierta, Rachel se movió tan sigilosamente como le permitieron los pesados zapatos. La débil luz de la luna atravesaba las puertas correderas, permitiéndole ver que nada había cambiado. El sofá y las sillas a juego todavía eran del estilo de los años ochenta. El opresivo silencio de la casa vacía la acompañó mientras cruzaba la habitación hacia el vestíbulo de atrás y, con la ayuda de la linterna, se dirigió al estudio de Dwayne.

Era una habitación de techo alto y ambiente gótico.

Las pesadas cortinas eran lo que Dwayne pensaba que elegiría un miembro de la realeza británica. Un rápido barrido con la linterna le reveló que habían quitado los trofeos de cabezas de animales. Y que el cofre Kennedy no estaba allí.

¿Qué iba a hacer ahora? Se arriesgó a encender la lamparilla de pantalla verde que había encima del escritorio. Allí no había papeles, pero sí un teléfono nuevo, un ordenador y un fax. Miró el estante donde, en la foto, había estado situado el cofre Kennedy y sólo vio un montón de libros.

Se le cayó el alma a los pies. Registró la habitación, sólo para descubrir que el cofre había desaparecido.

Apagó la lámpara del escritorio y se hundió en el sofá donde Cal Bonner y su esposa estaban sentados en la foto. ¿Por qué pensó que aquello resultaría tan fácil? Iba a tener que registrar el resto de la casa y cruzar los dedos para que los dueños se hubieran limitado a mover el cofre de lugar, en vez de deshacerse de él.

Usando la linterna para alumbrarse, registró con rapidez la sala y el comedor. Luego atravesó el vestíbulo y pasó junto a la fuente, que, por suerte, no estaba encendida. Desde el vestíbulo se accedía a los dos pisos superiores, que se abrían a él a través de una galería con una barandilla dorada. Al comenzar a subir la escalera curva, se sintió desorientada, como si no hubieran transcurrido los últimos tres años y Dwayne estuviera todavía vivo.

Conoció a su marido cuando él estaba realizando su primera cruzada por el Medio Oeste. Había llegado a Indianápolis en la gira televisiva por dieciocho ciudades para dar a conocer su programa de televisión por cable. La mayoría de los fieles de su pequeña iglesia se habían ofrecido voluntarios, y Rachel había sido elegida para ser una de las chicas de los recados, una tarea que, según se había enterado más tarde, siempre era encomendada a las jóvenes más atractivas.

Rachel tenía entonces veinte años y no pudo creer su

buena suerte cuando uno de los miembros de la directiva le encomendó entregar a Dwayne las cartas de las oraciones preseleccionadas. ¡Por primera vez iba a ver al famoso telepredicador de cerca! Le temblaba la mano cuando llamó a la puerta de su camerino.

—Adelante.

Rachel había abierto la puerta tímidamente, justo lo suficiente para ver a G. Dwayne Snopes de pie, delante de un espejo iluminado, peinándose su espeso pelo rubio con canas en las sienes con un cepillo plateado. Él sonrió al reflejo de Rachel en el espejo. Ella se vio envuelta por el carisma de Snopes.

—Adelante, querida.

A Rachel se le había acelerado el pulso y humedecido las palmas de las manos. Se había sentido mareada y abrumada. Él se volvió, con una sonrisa todavía más amplia, y ella se olvidó de respirar.

En aquel momento sabía algunas cosas sobre Dwayne Snopes. Que era agente de tabaco en Carolina del Norte cuando había recibido la llamada diez años antes y que lo había dejado todo para ser predicador ambulante. Sabía que tenía treinta y siete años y que, gracias a la televisión por cable, era el telepredicador más popular del país.

Su magnética voz, su atractivo, su arrebatadora sonrisa y su carismática personalidad parecían hechos a medida para la televisión. Las mujeres se enamoraban de él y los hombres lo consideraban uno de los suyos. Los pobres y los ancianos —que componían la mayor parte de la audiencia— le creían cuando les ofrecía salud, riqueza y felicidad. Y a diferencia de los telepredicadores de los años ochenta, todos pensaban que se podía confiar en él.

¿Cómo no confiar en un hombre que era tan crítico con sus propios defectos? Con gran sinceridad había confesado una adicción al alcohol que había vencido diez años atrás, al oír la llamada de Dios. También había confesado haberse sentido atraído por las mujeres hermosas, algo contra lo cual aún luchaba. Había admitido que su primer matrimonio había fracasado por haber sido infiel, y le había pedido a la congregación que rezara para ayudarlo a superar la lujuria que lo tentaba con frecuencia. Había combinado el fuego del infierno que predicaba Jimmy Swaggart y la condenación de Jim Bakker con un Dios acogedor lleno de amor, abundancia y prosperidad. En el mundo de los telepredicadores, había resultado una combinación invencible.

—Adelante, cariño —repitió—. No te comeré. Al menos no hasta después de rezar. —Aquella juvenil picardía había encandilado a Rachel al instante.

Ella le tendió las oraciones.

—Me han dicho que le entregue estas cartas...

Pero él le había prestado poca atención a lo que le ofrecía, centrándose en ella.

—¿Cómo te llamas, querida?

—Rachel Stone.

Él había sonreído.

—Bien, Rachel. Hoy me ha bendecido Dios.

Y aquello había sido el comienzo de todo.

Esa noche, Rachel no se subió al autobús con los demás miembros de su congregación. Uno de los ayudantes de Dwayne había abordado a su abuela y le había dicho que Dwayne había recibido un mensaje de Dios, diciéndole que Rachel tenía que acompañarle durante el resto de la gira.

La abuela de Rachel llevaba algún tiempo enferma, y Rachel, que sabía cuánto necesitaba la anciana sus cuidados, había rechazado una beca en la universidad de Indiana, quedándose en casa para cuidarla. Había sido difícil satisfacer su curiosidad intelectual, cursando sólo unas pocas asignaturas por semestre en la universidad local, pero su abuela era lo más importante para ella y nunca se había arrepentido de aquella decisión.

Le había dicho al ayudante de Dwayne que no podía acompañarlos en la gira, ni siquiera unos días, pero su abuela había ignorado sus protestas. La llamada de Dios no podía ser ignorada.

Durante las siguientes semanas, Dwayne le prestó toda su atención y Rachel se sintió fascinada por él. Todas las mañanas y tardes, rezaba arrodillada a su lado, presenciando la dedicada atención que él prestaba a las almas perdidas. Había necesitado años para entender los complicados demonios que amenazaban la fe de Dwayne.

Jamás había comprendido qué le había atraído de ella. Era una pelirroja flaca de largas piernas. Puede que estuviera sana como un roble, pero no era hermosa. Jamás se le había insinuado sexualmente, y cuando le pidió que se casara con él, se quedó muy sorprendida.

—¿Por qué yo, Dwayne? Podrías aspirar a cualquier mujer que quisieras.

—Porque te amo a ti, Rachel. Amo tu inocencia. Tu bondad. Te necesito a mi lado. —Y las lágrimas que algunas veces anegaban sus ojos cuando predicaba brillaron entonces—. Tú serás quien me mantenga en el camino que Dios ha trazado para mí. Eres mi pasaporte al cielo.

Rachel no había entendido lo que ocultaban aquellas palabras: que él no creía en su propia salvación y que necesitaba que alguien lo hiciera por él. Sólo durante el embarazo de Edward, dos años después, se le había caído la venda de los ojos y había descubierto al verdadero Dwayne.

Aunque la fe de su marido en Dios era profunda e inquebrantable, había sido un hombre de intelecto limitado que no mostraba interés alguno por las últimas corrientes teológicas. Conocía la Biblia, pero se negaba a reconocer sus contradicciones ni a profundizar en sus complejidades. Se limitaba a sacar los versículos de contexto, retorciéndolos para justificar sus acciones.

Dwayne se consideraba inherentemente malvado, pero también creía que estaba en la tierra para salvar almas, y jamás había cuestionado la moralidad de sus métodos. Según él, su más que dudosa recaudación de fondos, su estilo de vida extravagante y sus falsas curaciones eran aprobados por Dios.

Su fama había crecido como la espuma y nadie, salvo Rachel, sabía que aquella fachada pública ocultaba la profunda convicción personal de que estaba condenado de antemano. Podía salvar a todos menos a sí mismo. Ésa era la misión de Rachel, y Dwayne nunca la perdonó por no conseguirlo.

El haz de luz de la linterna iluminó la puerta del dormitorio principal. Había pasado muy poco tiempo en esa habitación. La exuberante sexualidad de Rachel había sido una traición a los ojos de Dwayne. Se había casado con ella por su inocencia. Puede que él la deseara, pero ella no podía desearlo a él.

Saciaba su lujuria con otras mujeres. No muchas —a veces conseguía mantener a raya a Satán durante unos meses—, pero sí las suficientes para condenarse eternamente. Rachel apartó aquellos infelices recuerdos y giró el pomo.

Como Cal Bonner y su esposa vivían en Chapel Hill, pensaba que la casa estaba vacía pero, en cuanto entró en la habitación, supo que no era cierto. Oyó rechinar la cama, un susurro... Con un siseo alarmado, levantó la linterna.

El rayo de luz iluminó los ojos plateados de Gabriel Bonner.

Estaba desnudo. La sábana azul marino había caído a sus pies y dejaba a la vista un abdomen tenso y una cadera musculosa. Su pelo oscuro y demasiado largo estaba despeinado, y sus mejillas enjutas, cubiertas por la sombra de la barba. Gabe se apoyó en el antebrazo y miró directamente al rayo de luz.

—¿Qué quieres? —La voz sonó ronca por el sueño, pero la mirada era imperturbable.

¿Por qué no se le había ocurrido que él podría estar alojándose allí? Ethan había dicho que la casa de Annie le traía demasiados recuerdos. Esta casa, sin embargo, no le traería ninguno; pero ella no se había parado a pensar que podría estar viviendo allí. El poder de razonamiento de Rachel se había debilitado junto con su desnutrido cuerpo.

Trató de inventar una mentira que explicara por qué había entrado en la casa. Observó que Gabe entrecerraba los ojos como si tratara de ver detrás del rayo de luz, y Rachel se dio cuenta de que el foco de la linterna lo había deslumbrado. No sabía quién sujetaba la linterna.

Para sorpresa de Rachel, él se volvió hacia el despertador de la mesilla de noche y miró la esfera iluminada.

—¡Maldita sea! Sólo he dormido una hora.

Rachel no sabía de qué hablaba. Dio un paso atrás, manteniendo el haz de luz clavado en los ojos de Gabe cuando éste pasó las piernas desnudas por un lado de la cama.

—¿Llevas pistola?

Ella no dijo nada. Vio que él estaba definitivamente desnudo, aunque el rayo de luz enfocaba demasiado alto para que pudiera fijarse en los detalles.

—Venga, dispárame.

La mirada de Gabe siguió clavada en ella. Rachel no vio miedo en sus ojos, nada que no fuera un inmenso vacío. La joven se estremeció. A él no parecía importarle si estaba armada o no, ni si le disparaba o no. ¿Qué clase de hombre no tenía miedo a la muerte?

—¡Venga! Hazlo de una puta vez. O lárgate.

El tono feroz la sorprendió de tal manera que deseó echar a correr. Apagó la linterna y salió corriendo al pasillo. La engulló la oscuridad. Buscó la barandilla a tientas y la siguió hacia las escaleras.

Él la atrapó cuando llegó al primer escalón.

—¡Hijo de puta! —La agarró del brazo y la estrelló contra la pared.

Rachel se golpeó en el costado y luego en la cabeza. El dolor bajó como un relámpago desde el brazo a la cadera, y el golpe de la cabeza fue lo suficientemente fuerte para que se mareara. Se le doblaron las rodillas y vio las estrellas mientras caía al suelo.

Él cayó sobre ella. Rachel sintió la piel desnuda de Gabe y sus músculos duros, y luego notó que la agarraba del pelo mientras se revolvía sobre la alfombra.

Al instante él se quedó paralizado, luego soltó otra palabrota y se puso en pie. Un instante más tarde, la luz de la lámpara de araña que colgaba metro y medio por encima de ellos inundó el vestíbulo. Deslumbrada, lo observó cernirse sobre ella y se dio cuenta de que no se había equivocado. Él estaba completamente desnudo. Incluso con la cabeza dándole vueltas, la mirada de Rachel cayó sobre la parte más desnuda de Gabe y se distrajo, cuando debería haber enfocado todos sus sentidos en sobrevivir.

Era hermoso. Más grande que Dwayne... Más grueso... En su aturdimiento —porque no podía ser otra cosa que aturdimiento—, quiso tocarlo.

Dwayne jamás había permitido que satisficiera su curiosidad sexual. Los placeres de la carne estaban vetados para ella, no para él. Ella era la puerta del cielo, creada para la devoción, no para la pasión, y nunca le había permitido acariciarlo ni hacer ninguna de esas cosas con las que ella había fantaseado. Se suponía que debía permanecer quieta, orando por su salvación, mientras él alcanzaba la satisfacción en el interior de su cuerpo.

Bonner se puso en cuclillas a su lado, doblando la pierna más cercana y bajando la vista hacia ella.

—¿Cuántos?

—Uno —logró decir.

—Trata de enfocar, Rachel. ¿Cuántos dedos hay?

¿Dedos? ¿Hablaba de dedos? Gimió.

—Lárgate.

Él se alejó y regresó al cabo de un momento con la linterna. Volvió a ponerse en cuclillas, luego dirigió la luz a los ojos de Rachel, abriéndole los párpados. Ella intentó esquivarlo.

—Estate quieta.

—Déjame en paz...

Él apagó la luz.

—Se te contraen las pupilas. No pareces tener una conmoción cerebral.

—Y qué sabrás tú... Eres veterinario. —«Un veterinario desnudo.» Gimió otra vez mientras trataba de incorporarse.

Él se lo impidió.

—Espera un momento. Quiero que te recuperes por completo antes de llamar a la policía.

—Vete a la mierda...

Él la miró y suspiró.

—De verdad que tienes que cambiar de actitud.

—Déjalo, Bonner. No vas a llamar a la poli y los dos lo sabemos, así que déjalo ya.

—¿Por qué piensas que no voy a hacerlo?

—Porque no te importa lo suficiente como para llamar a la policía.

—¿De veras crees que no me importa que hayas irrumpido aquí en mitad de la noche?

—Puede que te importe algo, pero no demasiado. A ti no te importa nada. Por cierto, ¿a qué se debe esa actitud?

No le sorprendió que no le contestara. El mundo comenzó a estabilizarse alrededor de Rachel.

—Oye, ¿por qué no te vistes?

Él se miró como si se hubiera olvidado de que estaba desnudo. Se puso en pie lentamente.

—¿Te molesta?

Ella tragó saliva.

—En absoluto.

Rachel centró la mirada en la parte más asombrosa del cuerpo de Gabe. ¿Era su imaginación o se había vuelto más grande? Puede que, después de todo, sí tuviera una conmoción cerebral ya que notaba unas extrañas sensaciones. Claro que no las sentía en la cabeza... Sino entre sus piernas. En su estómago. En sus pechos.

—¿Rachel?

—¿Sí?

—Me estás mirando fijamente.

Rachel levantó la cabeza de golpe y sintió que se ruborizaba. Se estaba volviendo loca. Supo que se había vuelto loca de remate al ver que él curvaba la boca. Al parecer, algo le había hecho gracia por fin a míster Amargura. Por desgracia, era ella.

Intentó sentarse.

—Entonces, ¿por qué no te vistes? Eres tú quien está desnudo.

Él apoyó las manos en las caderas.

—¡Eres tú quien ha irrumpido aquí sin que nadie te invitara! Yo dormía como un bebé cuando entraste en mi dormitorio. Dime, ¿qué estás haciendo aquí?

Ella se puso en pie, tambaleándose.

—Tengo que irme.

—Sí, claro.

—En serio, Bonner. Se me ha hecho tarde, puede que me lo haya pasado pipa viéndote desnudo y todo eso, pero...

—Ven conmigo. —La arrastró hasta el dormitorio, y otra lámpara de araña se iluminó cuando él pulsó el interruptor.

—Suéltame.

—Cállate.

La hizo sentarse sobre la cama, que estaba situada sobre una plataforma y era digna del rey de las teleondas religiosas. Luego cogió unos vaqueros del respaldo de una silla que anteriormente había estado en el dormitorio de Rachel. Ella observó cómo él se enfundaba los pantalones sin perder el tiempo en ponerse ropa interior. Dwayne había usado *boxers* de seda hechos a medida en Londres. Apenas pudo reprimir un suspiro de pesar cuando Bonner se subió la cremallera. Puede que fuera un bastardo, pero tenía un cuerpo de infarto.

La sensualidad que aquel hombre despertaba en su cuerpo se acrecentó. Su cuerpo había estado desconectado del mundo durante mucho tiempo. ¿Por qué tenía que revivir ahora? ¿Y por qué con él?

Se obligó a dejar de mirarlo y echó una rápida ojeada a la habitación. El cofre Kennedy no estaba a la vista, pero los muebles seguían siendo tan oscuros y pesados como recordaba. Unas cortinas de terciopelo rojo adornadas con borlas negras y doradas cubrían las ventanas. Aunque nunca había estado en un burdel, siempre se había imaginado que serían así.

Lo peor era el espejo que había bajo el dosel de terciopelo rojo. Como Dwayne nunca había llevado allí a otras mujeres y siempre apagaban las luces cuando mantenía relaciones con ella, Rachel no quería imaginar qué tipo de emociones salvajes le habría reportado su propio reflejo. Con el tiempo, llegó a sospechar que Dwayne necesitaba verse nada más despertar para estar seguro de que Dios no le había enviado al infierno durante la noche.

—Ya está bien, Rachel. ¿Por qué no me dices qué estás haciendo aquí?

Ella decidió que a algunos hombres era más agradable verlos que oírlos.

—Se me ha hecho tarde. Quizás en otra ocasión. —Él se sentó a su lado, y Rachel se estremeció mientras contemplaba esos rasgos implacables—. No me encuentro bien. Puede que tenga una conmoción cerebral después de todo.

Gabe le puso la mano sobre la cara.

—Tienes la nariz fría. Estás bien.

¿Era justo ahora cuando tenía que empezar a hacerse el gracioso?

—Esto no es asunto tuyo, y lo sabes.

—¿Me he perdido algo?

—Esto tiene que ver con mi pasado, y eso es algo que no te incumbe.

—Ni hablar. No dejaré que te vayas hasta que me digas la verdad.

—Me sentía nostálgica, eso es todo. Pensaba que la casa estaba vacía.

Él señaló con el pulgar el espejo que estaba encima de la cama.

—¿Eso te trae buenos recuerdos?

—Ésta era la habitación de Dwayne, no la mía.

—La tuya era la de al lado.

Rachel asintió con la cabeza y pensó en cómo había decorado la habitación contigua: muebles de cerezo, alfombras de lana, paredes en tonos azul claro con toques blancos y violetas. Las únicas habitaciones en las que Dwayne no había dejado su huella eran su dormitorio y el de Edward.

—¿Cómo has entrado?

—La puerta trasera estaba abierta.

—No me mientas. Yo mismo la cerré.

—He abierto el cerrojo con una horquilla.

—Hace meses que tu pelo no ve una horquilla.

—De acuerdo, Bonner. Si tan listo eres, ¿cómo crees que he entrado?

—Lo de las horquillas sólo funciona en las películas, pero no en la vida real. —La miró fijamente. De pronto, se movió con tal rapidez que a ella no le dio tiempo de reaccionar cuando sus manos le cachearon el cuerpo. Sólo le llevó un momento encontrar la llave en el bolsillo de su sudadera.

La sostuvo delante de sus ojos.

—Creo que tienes una llave que olvidaste devolver cuando te echaron.

—Dámela.

—Claro, ahora mismo —dijo en tono sarcástico—. A mi hermano le encanta que cualquiera pueda entrar en su casa y robar.

—¿De veras piensas que puede haber algo en esta casa que me interese robar? —Tiró de la sudadera para que él la soltara e hizo una mueca al sentir un agudo dolor recorriéndole el brazo.

—¿Qué te pasa?

—¿Cómo que qué me pasa? ¡Me has lanzado contra la pared, gilipollas! ¡Me duele el brazo!

La culpabilidad se reflejó en el rostro de Gabe.

—Maldita sea, no sabía que eras tú.

—Ésa no es excusa. —Dio un respingo cuando Gabe empezó a mover unas manos sorprendentemente suaves por su brazo, buscando alguna lesión.

—Si hubiera sabido que eras tú, te habría tirado por la barandilla. ¿Te duele?

—¡Claro que me duele!

—Mira que eres quejica...

Ella levantó el pie y le dio una patada en la espinilla, pero no le hizo demasiado daño.

Ignorándola, él le soltó el brazo.

—Seguro que sólo es un moratón, pero deberías hacerte una radiografía por si acaso.

Como si le sobrara el dinero para hacerse una radiografía...

—Sólo si me sigue doliendo dentro de un par de días.

—Al menos ponte un cabestrillo.

—¿Y que me despidas por no hacer bien mi trabajo? No, gracias.

Él suspiró, como si estuviera perdiendo el último gramo de paciencia, y dijo en voz baja:

—No voy a despedirte.

—¡No necesito que me hagas favores!

—¡Eres imposible! Estoy intentando portarme bien contigo y todo lo que consigo es que me insultes con esa boquita tuya.

Quizá fuera la palabra «boquita», pero la imagen de él antes de que se pusiera los vaqueros irrumpió en la mente de Rachel. Se dio cuenta de que lo estaba mirando fijamente de nuevo y de que él le devolvía la mirada. Se humedeció los labios resecos.

Él abrió la boca como si fuera a decir algo, pero se contuvo. Se frotó el muslo con la mano. Ella no pudo aguantar aquella tensión repentina e inexplicable y se levantó de la cama para romper el hechizo.

—Ven. Te enseñaré todo esto —soltó Rachel.

—Vivo aquí. ¿Por qué querría que me lo enseñaras?

—Te contaré la historia de la casa. —Y de paso, ella podría echar un vistazo a las demás habitaciones con la esperanza de encontrar el cofre en algún sitio.

—No es precisamente Mount Vernon.

—Venga, Bonner. Me muero por ver la casa y tú no tienes nada más que hacer.

Rachel esperaba que Gabe le dijera que se volvía a la cama, pero no lo hizo, y recordó el comentario que había hecho al mirar el reloj.

—Podría ser una buena medicina para el insomnio.

—¿Cómo sabes que tengo insomnio?

¡Bingo! Había acertado.

—Soy adivina.

Rachel se acercó al vestidor de Dwayne y, antes de que Bonner pudiera protestar, abrió la puerta de par en par. La joven deslizó la mirada por los estantes pulcramente ordenados y las perchas medio vacías. Había algunos trajes. ¿Serían de Gabe o de su hermano? Vio algunos pantalones oscuros de vestir y camisas de trabajo de tela vaquera que, indudablemente, pertenecían a Gabe. Había vaqueros apilados en un estante y camisetas en otro. Ningún cofre.

Bonner se detuvo a sus espaldas y, antes de que él pudiera protestar por la invasión del vestidor, ella dijo:

—Dwayne llenó este lugar con ropa de marca, corbatas de seda de cien dólares y más pares de zapatos hechos a mano de los que nadie podría usar en una vida. Siempre iba de punta en blanco, incluso cuando estaba descansando en casa. Aunque no es que descansara mucho. Era adicto al trabajo.

—Rachel, no quiero herir tus sentimientos, pero Dwayne me importa un rábano.

Igual que a ella.

—La visita no ha hecho más que empezar.

Rachel se dirigió hacia el vestíbulo, luego lo condujo hasta los dormitorios de invitados, mencionando los nombres de las celebridades que se habían alojado en cada uno de ellos. Algunas de las cosas que dijo incluso eran ciertas. Él la siguió, sin decir nada, con una mirada calculadora en el rostro. Resultaba evidente que sabía que ella se traía algo entre manos, pero no sabía qué.

Sólo quedaban las dos habitaciones de la izquierda —su dormitorio y la habitación de Edward— y todavía no había ni rastro del cofre. Se acercó a la puerta de la habitación de su hijo, pero Gabe alargó la mano y agarró la de ella antes de que pudiera abrir la puerta.

—La visita ha terminado.

—Pero ésta era la habitación de Edward... Quiero verla. —Y también quería ver su antiguo dormitorio.

—Te llevaré a casa.

—Más tarde.

—Ahora.

—De acuerdo.

Él pareció sorprendido de que se rindiera tan fácilmente. Vaciló y luego asintió con la cabeza.

—Espera que me vista.

—Tómate el tiempo que quieras.

Él desapareció en el dormitorio. Ella se dio la vuelta y comenzó a abrir la habitación infantil.

—He dicho que la visita ha terminado —insistió Gabe a sus espaldas.

—¡Te estás comportando como un imbécil! Tengo un montón de recuerdos felices de esa habitación, y quiero verla otra vez.

—Se me saltan las lágrimas de la emoción —dijo él con voz arrastrada—. Ven. Me ayudarás a vestirme. —Cerró la puerta antes de que ella pudiera mirar adentro y comenzó a arrastrarla hasta su dormitorio.

—No te molestes. Me voy a casa.

—¿Quién está siendo imbécil ahora?

Debía reconocer que él tenía razón, pero era demasiado frustrante estar allí y no poder ver el resto de la casa. Gabe cerró la puerta del dormitorio tras empujarla dentro y se dirigió al vestidor.

Ella vio la llave sobre la mesilla de noche, donde él la había puesto cuando se la quitó, y se la volvió a meter con rapidez en el bolsillo. Luego se apoyó en el poste de la cama.

—¿No puedo al menos echar un vistazo a mi antigua habitación?

Él reapareció abrochándose una camisa vaquera.

—No. Mi cuñada la usa de despacho cuando está aquí, y no creo que le guste que curiosees en sus cosas.

—¿Por qué piensas que voy a curiosear en sus cosas? Sólo quiero echar una miradita.

—Pues olvídalo. —Tomó unos calcetines usados del suelo y se los puso. Mientras él se calzaba, ella miró al otro lado de la habitación, donde estaba la puerta del baño que conectaba esa habitación con la que había sido la suya.

—¿Cada cuánto tiempo vienen tu hermano y tu cuñada por aquí?

Él se levantó.

—No mucho. No les gusta demasiado la casa.

—¿Por qué la compraron?

—Porque les da privacidad. Estuvieron viviendo aquí durante tres meses después de que se casaran, pero no han venido demasiado desde entonces. Cal acaba de terminar su contrato con los Chicago Stars.

—¿A qué se dedica ahora?

—Ha empezado Medicina en la Universidad de Carolina del Norte, en la misma donde Jane da clases. Un día de estos vendrán por aquí. —Se levantó—. ¿Qué pasaba con Dwayne y contigo? ¿Por qué no dormíais en la misma habitación?

—Él roncaba.

—Déjate de chorradas, Rachel. ¿Qué crees que conseguirás con eso? ¿No puedes dejar de decir tonterías el tiempo suficiente para que mantengamos una conversación sincera, o mientes tanto que ya te has olvidado de decir la verdad?

—¡Soy de lo más sincera!

—Chorradas.

—No dormíamos juntos porque no quería que lo tentara.

—¿Tentarlo a qué?

—¿Tú que crees?

—Eras su esposa.

—Su virginal esposa.

—Tienes un hijo, Rachel.

—Un milagro, considerando...

—Creía que a Dwayne le gustaban las mujeres. ¿Me estás diciendo que odiaba el sexo?

—Le encantaba el sexo, pero sólo con prostitutas. Su esposa debía ser casta y pura.

—Eso es una locura.

—Ya, bueno, así era Dwayne.

Él se rio entre dientes y ella decidió intentarlo otra vez.

—Venga, Bonner. No puedo creer que no me dejes ver el antiguo dormitorio de Edward.

—La vida es una putada. —Señaló la puerta con la cabeza—. Vamos.

Era una tontería discutir, sobre todo cuando ya había recuperado la llave y podía regresar cuando la casa estuviera vacía. Lo siguió al garaje, donde había un enorme Mercedes azul oscuro al lado de la polvorienta camioneta de Gabe.

Ella señaló el Mercedes con la cabeza.

—¿De tu hermano?

—Mío.

—Caramba, ¿así que es cierto que eres rico?

Él gruñó y se subió a la camioneta. Momentos después, recorrían el camino de acceso hacia la verja.

Eran casi las dos de la madrugada y la carretera estaba desierta. Rachel se sentía agotada. Recostó la cabeza en el asiento y se dejó llevar por la autocompasión durante unos momentos. No estaba más cerca ahora del cofre de lo que lo había estado cuando vio la foto en la revista. Todavía no sabía si el cofre estaba en la casa, pero al menos había recuperado la llave. ¿Cuánto tardaría Gabe en descubrir que había desaparecido?

—¡Maldita sea!

Salió disparada hacia delante cuando él dio un frenazo.

Bloqueando la angosta carretera que conducía a la casa de Annie, se alzaba una forma ardiente y geométrica con una altura de casi dos metros. La imagen era tan inesperada y obscena que la mente de Rachel se negó a reaccionar al principio. Pero la confusión no duró mucho tiempo y finalmente se vio forzada a reconocer lo que veía.

Los restos ardientes de una cruz de madera.

9

Un escalofrío recorrió la espalda de Rachel, quien murmuró:

—Son capaces de quemar una cruz con tal de ahuyentarme.

Gabe abrió de golpe la puerta de la camioneta y salió de un salto. Bajo el resplandor de los faros delanteros, Rachel lo observó patear la cruz hasta que cayó con una lluvia de chispas. Con las rodillas flojas, Rachel bajó del vehículo. Se le humedecieron las manos mientras observaba cómo Gabe cogía una pala de la parte de atrás de la camioneta y hacía pedazos los restos incandescentes.

—Hubiera preferido que me dieran la bienvenida al barrio con un pastel de chocolate —susurró ella.

—No deberías tomártelo a broma —dijo Gabe mientras recogía los restos calcinados con la pala para echarlos a un lado de la carretera.

Ella se mordisqueó el labio inferior.

—Prefiero reírme, Bonner. Si no, acabaré derrumbándome.

Gabe dejó de retirar los escombros y la miró con expresión preocupada. Cuando habló, su voz sonó tan suave y oscura como la noche que se extendía ante ellos.

—¿Cómo lo haces, Rachel? ¿De dónde sacas fuerzas para seguir adelante?

Ella cruzó los brazos sobre el pecho. Quizá se debiera a que era de noche o al impacto de ver la cruz ardiendo, pero la pregunta no le resultó extraña.

—No me permito pensar en ello. Y sólo confío en mí misma.

—Dios... —Él negó con la cabeza y suspiró.

—Dios no existe, Bonner. —Rachel rio con amargura—. ¿Aún no te has dado cuenta?

—¿De verdad crees eso?

Algo se rompió en el interior de la joven.

—Lo hice todo bien, ¿sabes? ¡Seguí la palabra de Dios al pie de la letra! Fui a misa dos veces por semana, me arrodillé y recé dos veces todos los días. ¡Visité a los enfermos y di limosnas a los pobres! Nunca hablé mal de mis vecinos, y ya ves para lo que me ha servido.

—Quizás hayas confundido a Dios con Santa Claus.

—¡No me sermonees! ¡No te atrevas a sermonearme!

Ella estaba de pie ante él con los puños apretados a los costados y la silueta recortada contra el resplandor blanco de los faros. Gabe pensó que nunca había visto nada tan feroz y primitivo. Si bien era alta, tenía una constitución delicada, poseía huesos frágiles y unos ojos verdes que parecían devorarle la cara. Tenía la boca pequeña y los labios tan rojos como la fruta madura. El pelo revuelto e iluminado desde atrás formaba una aureola ígnea alrededor de su cara.

Debería parecer ridícula. El harapiento vestido manchado de pintura colgaba sobre su cuerpo y los grandes zapatos resultaban vulgares comparados con los delgados tobillos. Pero aun así poseía una feroz dignidad, y Gabe se sintió atraído por ella de una manera primitiva —quizá por el dolor que anidaba en su alma—. Ya no pudo ignorarlo más: la deseaba como no había deseado nada, salvo la muerte, desde que había perdido a su familia.

No recordó haberse movido, pero cuando se quiso dar cuenta tenía a Rachel entre sus brazos y la acariciaba con las palmas de las manos. Era delgada y frágil, pero no estaba tan destrozada como él. Quería protegerla y follarla, reconfortarla y destruirla a la vez. El caos de sus emociones profundizó su dolor, su agonía.

Ella hundió los dedos en los músculos de su brazo, clavándole las uñas y provocándole dolor. Él la agarró por las nalgas y la estrechó contra su cuerpo. Rozó sus labios con los suyos. Eran suaves y dulces. Luego levantó la cabeza de golpe.

—Te deseo —le dijo.

Ella movió la cabeza en señal de aceptación. Aquella rápida rendición lo cabreó. La cogió por la barbilla y le levantó la cara para enfrentarse a esos torturados ojos verdes.

—De nuevo la noble viuda Snopes sacrificándose por su hijo —espetó—. Pues bien, olvídalo.

Rachel lo miró con frialdad mientras la soltaba. Él agarró la pala y siguió despejando la carretera. Se había jurado a sí mismo que no volvería a acercarse a ella de esa forma. Después de aquella noche oscura, cuando había tratado de destruirla, se había prometido a sí mismo que no volvería a tocarla.

—Quizá no sea un sacrificio.

Gabe se quedó inmóvil.

—¿Qué quieres decir?

Ella se encogió de hombros.

—Que me he dado cuenta de que tienes un cuerpo de infarto.

—No lo hagas, Rachel. No te escudes en el sarcasmo. Habla claro.

A Rachel le tembló el labio inferior, tan rojo como las fresas maduras, pero se lo mordió para contener el temblor. Sus pequeños pechos subieron y bajaron bajo el vestido cuando tomó aire.

—Quizá necesito saber qué se siente al estar con un hombre a quien no le interesa tener a una santa en la cama.

«Así que era eso...», pensó Gabe.

—Tengo veintisiete años y sólo me he acostado con

un hombre. Y jamás he tenido un orgasmo. Es gracioso, lo sé.

A él no le parecía gracioso. De hecho, sintió crecer en su interior una rabia inexplicable.

—Y quieres tener uno ahora, ¿verdad? ¿Usarme como conejillo de indias para alcanzar tu desarrollo sexual?

Rachel explotó como la pelirroja que era.

—¡Eres tú quien se me ha insinuado, gilipollas!

—No ha sido más que una locura pasajera.

La observó reunir fuerzas para atacarlo, pero no se sorprendió cuando se limitó a brindarle una falsa y odiosa sonrisa.

—Pues espero que no. Si la habitación está oscura y mantienes la boca cerrada, incluso puedo fingir que eres otra persona. Sería divertido tener un amante a mi disposición que me diera placer cada vez que me apetezca.

La rabia de Gabe se disolvió tan rápido como había aparecido. Bien por ella. Era fuerte y estaba resuelta a no ceder ni un centímetro. Por alguna extraña razón se alegraba de no haberle hecho daño. Se puso de mejor humor.

Tiró la pala en la parte trasera de la camioneta. Regresaría más tarde y retiraría la madera chamuscada.

—Vámonos.

Russ Scudder observó los faros que se alejaban mientras Gabe Bonner conducía en dirección a la casa de Annie Glide.

—La ha besado —dijo Donny Bragelman a su lado.

—Ya lo he visto.

Ambos hombres se sentaron bajo la arboleda, a unos cincuenta metros de la carretera, demasiado lejos para oír lo que Gabe y la viuda Snopes estaban discutiendo, pero lo suficientemente cerca para ver lo que hacían frente a los faros de la camioneta.

Después de prender fuego a la cruz, Russ y Donny se habían escondido para observar mientras bebían el segundo pack de cervezas de la noche. Estaban a punto de marcharse cuando apareció la camioneta de Gabe y tuvieron la satisfacción de contemplar la reacción de Rachel Snopes.

—Menuda puta... —dijo Russ—. Supe que lo era en cuanto la vi.

Pero no era cierto. La época en que había sido guarda de seguridad del Templo había visto lo mucho que Rachel quería a su hijo. Siempre se había portado bien con él, e incluso le había parecido simpática. Pero eso había sido antes de que todo se fuera al infierno.

Al principio, a Russ le había ido todo bien. El encargado de la seguridad del Templo lo había contratado como hombre de confianza. Mientras Russ había sido guardaespaldas de G. Dwayne y supervisor de la seguridad de la casa, se había sentido como si por fin estuviera haciendo algo importante en su vida. Entonces no lo consideraban un perdedor en Salvation.

Pero al caer G. Dwayne, había arrastrado a Russ consigo. Desde entonces nadie lo había contratado por haber estado relacionado con el Templo. Pero la familia de Russ vivía allí y no podía mudarse, así que se sentía traicionado. Después, su esposa lo había echado de casa y ni siquiera le dejaba ver a su hija. Toda su vida se había ido al garete.

—Tío, supongo que se lo hemos dejado bien claro —dijo Donny.

Donny Bragelman, el único amigo de Russ, era todavía más perdedor que él. Donny se reía en los momentos más inoportunos y se rascaba la entrepierna en público, pero como tenía trabajo fijo en la gasolinera Amoco, Russ podía pedirle dinero prestado. Además de otros favores, como la quema de aquella cruz.

Russ quería que Rachel Snopes se largara, y esperaba que aquella advertencia la ahuyentara. Ella tenía la culpa de lo que había ocurrido en el Templo y no podía soportar que merodeara por allí como si no hubiera hecho nada malo. El que Gabe Bonner le hubiera dado un empleo que debería haber sido suyo, fue la gota que colmaba el vaso. Durante la última semana, no había podido quitárselo de la cabeza.

Russ había trabajado para Gabe en el autocine. Había sido un trabajo de mierda y Bonner se había comportado como un auténtico gilipollas. Lo había despedido dos semanas después de que lo contratara sólo porque había llegado tarde algunas veces. Bastardo...

—Sí, seguro que se lo hemos dejado bien claro —repitió Donny, rascándose la entrepierna—. ¿Crees que esa mujerzuela desaparecerá ahora que sabe que nadie la quiere por aquí?

—Si no lo hace —dijo Russ—, lo lamentará.

Tres días después, mientras aplicaba una capa de pintura azul marino en las barras de la zona de juegos, la mirada de Rachel se desviaba sin cesar al tejado de la cafetería, donde Gabe estaba extendiendo una lámina de alquitrán. Él se había quitado la camisa y se había cubierto la cabeza con un gran pañuelo rojo. El torso le brillaba por el sudor bajo la luz del sol.

A Rachel se le secaba la boca al observar los firmes, definidos y tensos músculos de la espalda y los brazos de Gabe. Quería acariciárselos a pesar del sudor.

Quizá fuera por la comida. Desde que había comenzado a comer bien, su cuerpo había recuperado toda su vitalidad. Debía de ser por eso que no le bastaba sólo con mirarlo.

Hundió la brocha en la lata de pintura y se obligó a dejar de mentirse. Aquel abrazo oscuro en la carretera había cambiado las cosas entre ellos. Ahora el aire crepitaba de tensión sexual cada vez que estaban juntos. Y aunque intentaban evitarse tanto como podían, la tensión no disminuía.

Rachel tenía calor, así que se desabrochó otro botón

del escote del vestido verde oscuro. Kristy había encontrado en el armario del cuarto de costura varias cajas llenas de vestidos viejos. Se los había ofrecido a Rachel, que se había apresurado a aceptarlos, agradecida. Eran casi tan anticuados como sus mocasines negros, pero estaba encantada de reabastecer su escaso guardarropa sin soltar un penique. No podía evitar preguntarse qué pensaría Annie Glide si supiera que la infame viuda Snopes se ponía sus viejos vestidos.

Sin embargo, en ese momento, sentía como si el vestido la sofocara. O quizá se debiera a la imagen de él, con los músculos tensos al mover el pesado rollo de la lámina alquitranada. Hizo una pausa, y ella detuvo la brocha. Observó cómo se pasaba el dorso de la mano por el pecho, mirándola. Estaba demasiado lejos para verle los ojos, pero sintió como si le acariciaran todo el cuerpo y la envolvieran en un cálido velo plateado.

A Rachel le empezó a arder la piel antes de que los dos apartaran la mirada a la vez.

Con sombría determinación, Rachel volvió a centrarse en el trabajo. Durante el resto de la tarde se obligó a pensar menos en la lujuria y más en la búsqueda del cofre en su antigua casa.

Rachel detuvo la cuchara de madera que sostenía en la mano, y con la que estaba batiendo la salsa marinera para la cena de esa noche. Sabía que a Gabe le había ocurrido algo malo, pero jamás hubiera imaginado que fuera algo tan horrible.

—... murieron al instante. —Kristy levantó la vista de la lechuga que estaba troceando en un *tupperware* rosa—. Fue terrible.

A Rachel se le empañaron los ojos. No era de extrañar que Gabe estuviera tan amargado.

—Jamie sólo tenía cinco años —siguió Kristy al cabo de un rato—. Se parecía muchísimo a Gabe. Eran inseparables... Y Cherry era maravillosa. Gabe no ha sido el mismo desde entonces.

Por un momento Rachel no pudo respirar. No podía imaginar el terrible dolor por el que Gabe estaba pasando y se compadeció de él. Sin embargo, su sexto sentido le decía que no era compasión lo que él estaba buscando.

—¿Hay alguien en casa?

A Kristy se le cayó el cuchillo al suelo en cuanto oyó la voz de Ethan. Respirando hondo lo recogió, aunque volvió a caérsele.

Rachel estaba tan aturdida que le llevó un tiempo advertir el extraño comportamiento de Kristy. Ethan era su jefe y lo veía todos los días. ¿Por qué se había puesto tan nerviosa?

Su compañera de casa era un enigma. Edward la adoraba y el sentimiento era mutuo, pero Kristy era tan reservada que Rachel seguía sin saber nada de la persona que había bajo esa sencilla y eficiente fachada.

Como Kristy todavía no había respondido a Ethan, fue Rachel quien lo invitó a entrar. Con el rabillo del ojo vio que Kristy respiraba hondo y recomponía la imagen de mujer calmada y reservada. Era como si nunca se hubiera sobresaltado.

—Estamos preparando la cena, Ethan —dijo Kristy cuando él apareció en la puerta de la cocina—. ¿Quieres tomar algo?

—No puedo quedarme. —Saludó fríamente a Rachel con una inclinación de cabeza.

Ella observó la camisa azul claro pulcramente remetida en unos pantalones caquis perfectamente planchados. Tenía el cabello rubio impecablemente cortado, ni demasiado corto ni demasiado largo. Con su altura, los ojos azules y aquellos aristocráticos rasgos, podría haber sido un modelo de la revista *GQ* en lugar de un miembro del clero.

—Sólo he venido a traer el material para el boletín de prensa —informó a Kristy—. Me dijiste que lo necesitabas para mañana, pero no podré pasarme por la oficina hasta las dos.

Kristy tomó la carpeta que él le tendió y la dejó a un lado.

—Lávate las manos mientras ponemos la comida en la mesa. Rachel ha cocinado una estupenda marinera casera.

Ethan no se tomó la molestia de volver a protestar y pronto estuvieron sentados a la mesa. Mientras comían, él se dirigió sólo a Edward y Kristy. Edward les relató con todo lujo de detalles la experiencia de alimentar a *Snuggles*, el cerdito que había en la guardería. Rachel se dio cuenta de que su hijo se llevaba bien con Ethan, algo que ella desconocía. Se alegró de que el reverendo no proyectara en su hijo la hostilidad que sentía hacia ella.

Advirtió que Kristy trataba a Ethan como si ella fuera su madre y él un niño de diez años. Le aliñaba la ensalada, le echaba el parmesano en los espaguetis... En resumen, lo hacía casi todo menos cortarle la comida.

Él, por su parte, no parecía darse cuenta de sus atenciones, y ciertamente no se percató del hambriento anhelo que había en los ojos de Kristy cada vez que lo miraba.

«Vaya, vaya, vaya —pensó Rachel—. Conque ésas tenemos.»

Kristy se negó a que Ethan las ayudara a recoger, algo que a Rachel no le habría importado hacer sola, y el reverendo se fue al poco rato. Rachel envió a Edward a buscar luciérnagas fuera mientras Kristy y ella lavaban los platos. Mientras secaba el plato que le había pasado Kristy, Rachel decidió meterse donde no la llamaban.

—¿Hace mucho que conoces a Ethan?

—Casi toda la vida.

—Y llevas enamorada de él casi todo ese tiempo, ¿no?

El tazón que Kristy sostenía en las manos se le escurrió de entre los dedos y cayó al suelo de linóleo, donde se rompió en dos trozos exactamente iguales.

Rachel bajó la vista.

—¡Santo Dios! Si incluso se te rompen las cosas con pulcritud.

—¿Por qué has dicho eso?

—¿Te refieres a Ethan?

—Sí.

Rachel se agachó para recoger los dos trozos del tazón.

—No importa. Soy demasiado curiosa y tu vida amorosa no es de mi incumbencia.

—Mi vida amorosa... —Kristy soltó un bufido muy poco femenino y sacudió el paño de cocina en el fregadero—. Como si tuviera una...

—¿Y por qué no haces algo para remediarlo?

—¿Algo como qué? —Kristy tomó los trozos de tazón de las manos de Rachel y los tiró al cubo de basura que había bajo el fregadero.

—Es evidente que él te importa.

Kristy era tan suya que Rachel esperó que lo negara, pero no lo hizo.

—No es tan sencillo. Ethan Bonner es el hombre más guapo de Salvation, quizá de toda Carolina del Norte, y siente debilidad por las mujeres llamativas que usan bisutería y faldas de lycra.

—Pues ponte bisutería y lycra. Seguro que entonces te mira.

Kristy alzó al instante sus delicadas cejas.

—¿A mí?

—¿Por qué no?

Kristy farfulló.

—¿A mí? ¡A mí! Esperas que una... una mujer como yo... una... una secretaria de la iglesia... yo... soy poco atractiva.

—¿Y eso quién lo dice?

—Jamás me pondría algo así.

—Como quieras.

Kristy negó resueltamente con la cabeza.

—Me sentiría muy ridícula.

Rachel apoyó la cadera en la mesa de la cocina.

—No es que seas precisamente fea, Kristy, a pesar de esa ropa tan sosa que llevas. —Rachel sonrió y se miró los mocasines negros y el vestido campesino—. Quien esté libre de pecado que tire la primera piedra.

—¿No te parezco fea?

Kristy parecía tan esperanzada que a Rachel se le encogió el corazón. Quizá por fin pudiera recompensar la amabilidad de aquella mujer inteligente e insegura.

—Ven. —La llevó a la sala y la hizo sentar a su lado en el sofá—. No, no creo que seas fea. Tienes unos rasgos hermosos. No eres muy alta, pero tampoco importa; nunca he oído a los hombres quejarse de eso. Y bajo esas blusas corrientes escondes unos pechos impresionantes por los que cualquier mujer mataría.

—¿Crees que tengo pechos?

Rachel no pudo contener una sonrisa.

—Supongo que eso lo sabes tú mejor que yo. Lo que creo, Kristy, es que siempre has pensado que eres poco atractiva y nunca te has planteado otra cosa.

Kristy se volvió hacia ella. En su rostro se reflejaba la incredulidad, la esperanza y la confusión. Rachel le dio tiempo para que asimilara sus palabras y mientras tanto observó aquella salita sencilla y rústica, pensando en lo acogedora que era. La brisa que entraba por la puerta mosquitera olía a pino y a la dulce fragancia de la madreselva. Vio a Edward cazando luciérnagas, y se preguntó si alguna vez Gabe se habría sentado allí para observar a su hijo hacer lo mismo. El pensamiento le resultó tan doloroso que lo apartó a un lado.

—¿Y qué puedo hacer al respecto? —preguntó Kristy finalmente.

—No sé. ¿Quizás arreglarte un poco?

—¿Arreglarme?

—Ve a una buena peluquería y córtate el pelo. Maquíllate. Y cómprate ropa nueva.

Por un momento Kristy pareció esperanzada; luego se le nubló la mirada.

—¿Con qué finalidad? No se fijaría en mí ni aunque entrara desnuda en su oficina.

—Eso lo dejaremos como último recurso. —Rachel sonrió—. Pero primero intentaremos lo otro.

Kristy pareció estupefacta y soltó una risita tonta.

Rachel decidió que era el momento de sacar el otro tema.

—Y otra cosa. Tienes que dejar de cuidar de él.

—¿A qué te refieres?

—¿Cómo quieres que te vea como una amante si lo tratas como si fueras su madre?

—¡Yo no hago eso!

—¡Le aliñas la ensalada!

—Es que a veces se olvida de hacerlo.

—Pues que se olvide. Lo mimas demasiado, Kristy. No se morirá si se come la ensalada sin aliño.

—Eso no es justo. Trabajo para él. Cuidarle es parte de mi trabajo.

—¿Cuánto hace que trabajas para él?

—Ocho años. Desde que es reverendo.

—Y lo has hecho bien, ¿no? A menos que me equivoque, has sido la mejor secretaria del mundo. Le lees el pensamiento y predices lo que quiere incluso antes de que él mismo lo sepa.

Kristy asintió.

—Pero aparte del sueldo, ¿qué más has conseguido de él?

La mujer apretó los labios con resentimiento.

—Nada. No he conseguido nada. Ni siquiera me gusta mi trabajo. Últimamente he estado pensando en irme a Florida. Mis padres se mudaron allí al jubilarse, pero como se aburrían abrieron una pequeña tienda de regalos en Clearwater. No hacen más que pedirme que me vaya con ellos y que les ayude en la tienda.

—¿Y tú qué quieres hacer?

—Quiero trabajar con niños.

—Pues hazlo.

El resentimiento de Kristy se transformó en frustración.

—No es tan fácil. Al menos así estoy cerca de él.

—¿Es eso todo lo que le pides a la vida? ¿Estar cerca de Ethan Bonner?

—¡No lo entiendes!

—Claro que lo entiendo. —Rachel suspiró—. Dwayne me vestía como una fulana pero esperaba que me comportara como una santa. Traté de ser todo lo que él quería, pero nunca fue suficiente. —Kristy le puso la mano en la rodilla para consolarla. Rachel susurró—: En vez de vivir para Ethan Bonner, quizá deberías plantearte vivir para ti misma.

La expresión de Kristy era una cautivadora mezcla de anhelo y decepción.

—¿Sin arreglarme?

—Arréglate sólo si no te gusta como te ves.

—No me gusta... —Suspiró.

—Pues entonces hazlo. Pero sólo por ti, Kristy. No por Ethan.

Kristy se mordisqueó el labio inferior.

—Entonces nada de lycra.

—¿No te gustan las prendas de lycra?

—Estaría ridícula.

—¡Te gustan!

—Lo pensaré. Pensaré en todo lo que hemos hablado.

Se sonrieron mutuamente y Rachel sintió que algo había cambiado entre ellas. Hasta esa noche se habían tratado educadamente. Ahora eran amigas.

Durante los siguientes días, el cuerpo de Rachel volvió a la vida. Se sentía joven y sensual. El clima de finales de junio era ideal, había poca humedad y temperaturas que muy rara vez superaban los veinticinco grados, pero ella siempre se sentía como si estuviera ardiendo.

Mientras trabajaba se dejaba abiertos los botones superiores de los vestidos de algodón, permitiendo que la brisa le acariciara la piel. La tela húmeda moldeaba sus pechos pequeños haciéndola sentir voluptuosa y provocativa. Se recogía el cabello en lo alto de la cabeza y se abanicaba los muslos con la falda tratando de refrescarse. Pero no importaba lo que hiciera; siempre sentía la mirada de Gabe clavada en ella.

La observaba desde donde estuviera trabajando, se secaba las manos en los vaqueros y la devoraba con los ojos, haciendo que la piel de Rachel ardiera. Era una locura... Se sentía lánguida y tensa a la vez.

Algunas veces él le gritaba una orden o un insulto velado, pero ella no los oía porque sus sentidos transformaban aquellas palabras bruscas en lo que realmente significaban: «Te deseo.»

Y ella también lo deseaba. «Es sólo sexo —se decía a sí misma—. Sólo sexo. Nada más. Ninguna relación más profunda e íntima, nada de sentimientos, sólo sexo.»

Cuando Rachel se excitaba tanto que temía que su cuerpo estallara en llamas, se obligaba a pensar en otras cosas: en la floreciente amistad con Kristy, en el entusiasmo de Edward cuando le contaba cómo le había ido el día... y en el cofre Kennedy.

Cada noche caminaba hasta la cima de la montaña Heartache y observaba con creciente frustración la casa donde había vivido. Tenía que volver para buscar el cofre, pero no podía hacerlo mientras él estuviera allí. Gabe no había mencionado la llave desaparecida y, como sólo faltaban dos semanas para que reabrieran el autocine, Rachel esperaba que se hubiera olvidado del tema. O ya le hubiera montado una escena. Quería gritar de frustración. Ojalá él abandonara la casa el tiempo suficiente para que ella pudiera reanudar la búsqueda.

Nueve días después de haber irrumpido en la casa, surgió la oportunidad que había estado esperando.

Gabe se acercó a ella mientras colocaba los nuevos tiradores cromados en las puertas de los armarios del almacén de la cafetería. Incluso antes de oír sus pasos, la envolvió su olor a pino y a limpio y se preguntó, una vez más, cómo alguien que hacía un trabajo tan duro lograba oler siempre tan bien.

—Ethan y yo tenemos que hacer unos recados. Me ausentaré el resto de la tarde. Cierra cuando termines.

Ella asintió con la cabeza y el corazón comenzó a latirle con fuerza. Mientras él estaba ocupado con su hermano, podría aprovechar para colarse en la casa.

Terminó la tarea en un tiempo récord, luego condujo hasta casa de Annie para recoger la llave, que tenía escondida en el fondo del cajón del tocador de su habitación, y se encaminó a la montaña. Al llegar a la cima, había comenzado a lloviznar.

La falda del vestido que se había puesto ese día, de algodón rosa con estampados en color turquesa, se le había humedecido, así como los zapatos y los calcetines. Se descalzó en el lavadero para no dejar huellas delatoras y rápidamente subió las escaleras.

Registró primero la habitación infantil, reprimiendo las punzadas de nostalgia que la atravesaron al ver la vieja mecedora que había junto a la ventana y recordar la cabecita de Edward contra su pecho. Al no encontrar el cofre allí, se dirigió a su antiguo dormitorio.

Esa habitación era la que más había cambiado. Mientras observaba el ordenador de última generación colocado en una mesa en forma de «L» cerca de la ventana, sintió curiosidad por la doctora Jane Darlington Bonner, la cuñada de Gabe doctorada en Física. ¿Sería tan feliz en su matrimonio como parecía en la foto de *People*?

Inspeccionó con rapidez el armario y el buró, pero no encontró nada. Los cajones bajo la mesa de trabajo llamaron su atención, pero la idea de registrar el escritorio de una desconocida le parecía una grave invasión de la privacidad. Aun así, tenía que mirar. Abrió el primer cajón y contuvo la respiración al ver que el cofre estaba allí.

Con la respiración acelerada, lo sacó y abrió el pequeño cierre. Había un montón de disquetes de distintos colores en su interior. Los cogió y los dejó en el cajón inferior antes de echar a correr hacia las escaleras. Se sentía aliviada. Volvería corriendo a la casa de Annie y registraría el cofre hasta el último milímetro, aunque tuviera que destrozarlo.

Justo cuando pisaba el primer escalón, Ethan Bonner abrió la puerta principal. Se detuvo en seco, pero ya era demasiado tarde. La vio de inmediato.

El reverendo le dirigió una fría mirada.

—¿Añadiendo el hurto a tus otros pecados, Rachel?

—Hola, Ethan. Gabe me ha enviado a recoger esto.

—¿Estás segura?

Rachel se obligó a sonreír mientras bajaba las escaleras con los pies desnudos y la falda húmeda pegándosele a las piernas. No pensaba soltar el cofre aunque le fuera la vida en ello.

—No sé para qué lo quiere. A mí sólo me da órdenes; nunca me explica nada.

—Tal vez lo haría si le preguntaras.

—Ah, pero es que no es necesa...

—¡Gabe! —Ethan volvió la cabeza hacia la puerta principal que había dejado abierta—. ¿Puedes venir aquí un momento?

El pánico se apoderó de ella.

—No importa. Hablaré con él más tarde. —Rápidamente, se puso el cofre bajo el brazo y cruzó el frío suelo de mármol hacia la parte trasera de la casa.

Ethan la alcanzó a medio camino y la agarró del brazo con una fuerza impropia en un hombre de Dios.

—¿Adónde vas tan rápido?

Gabe apareció en la puerta.

—¿Eth? ¿Qué quieres...? ¿Rachel? —Por un momento, se quedó paralizado. Luego entró y cerró la puerta—. Llevo días preguntándome cuándo ibas a usar la llave.

—¿Le has dado una llave? —se extrañó Ethan.

—No exactamente. Podríamos decir que ella tenía una de repuesto.

La había hecho caer en una trampa, y eso la enfureció.

—Si sabías que la tenía, ¿por qué no me has dicho nada? De todas formas, ¿qué demonios haces aquí?

El que ella atacara primero, cuando era evidente que era la única que había actuado mal, pareció dejar a Ethan sin habla, pero Gabe se limitó a encogerse de hombros.

—Cal le dijo a Ethan que podía llevarse la mesa del comedor a la iglesia. Acabamos de cargarla en la camioneta.

Gabe paseó la mirada por el húmedo vestido rosa, por las pantorrillas salpicadas de barro y los pies desnudos. Ella se dijo que era un escalofrío lo que le había puesto la piel de gallina y le lanzó una mirada acusatoria.

—¡Me dijiste que teníais que hacer unos recados, no un traslado de muebles! —Gabe no respondió nada, pero Ethan había recuperado el habla.

—No puedo creerlo. ¿Cómo puedes quedarte ahí parado sin decir nada, dejando que ella te ataque? ¡Ha sido ella quien se ha colado en la casa!

—Algunas veces es mejor dejar que Rachel se explique sola que intentar razonar con ella —repuso Gabe en voz baja y monótona.

—¿Qué hay entre vosotros dos? —Ethan enrojeció—. ¿Por qué te molestas en escucharla? Es una mentirosa y una estafadora.

—Y ésas son sus mejores cualidades. —Gabe señaló los pies de Rachel—. ¿Has perdido esos zapatos tan sexys que llevas?

—Me los he quitado. No quería manchar el suelo de barro.

—Qué considerada...

Ethan se volvió y se dirigió hacia el teléfono.

—En ese cofre es donde Jane guarda los disquetes. Voy a llamar a la policía. Ya dije desde el principio que era muy extraño que Rachel apareciera de buenas a primeras en el pueblo.

—No te molestes. Yo me encargaré de ella. Dame el cofre, Rachel.

—Que te den...

Él arqueó una ceja oscura.

—Coge la camioneta, Eth. Y ponle la lona que he dejado en la mesa para que no se moje.

—No pienso marcharme. Con todo lo que has sufrido, no tienes por qué pasar por esto solo. Yo me encargaré de ella.

Una vez más, el hermano pequeño defendía al mayor. Rachel resopló, enojada.

Ethan lo oyó y se enfrentó a ella con una expresión indignada.

—¿Qué ocurre ahora?

—Las tragedias no dejan a las personas indefensas —señaló Rachel—. Deja de protegerlo.

Eso pareció molestar a Gabe. Él jamás le había contado nada de lo que le había ocurrido, aunque lo más probable es que Kristy lo hubiera hecho.

La hostilidad de Ethan se había transformado en un filo helado.

—¿Por qué demonios te metes donde no te llaman? Gabe, no entiendo nada. Pensaba que sólo trabajaba para ti, pero...

—Lárgate, Eth...

—No puedo marcharme ahora.

—Tienes que hacerlo. Te recuerdo que estás en el consejo municipal y que, a no ser que hayas sido testigo de un asesinato, tienes que asistir a esa reunión.

—No creo que debas quedarte solo con ella —dijo Ethan con firmeza.

—No estaré solo. —Gabe le dirigió a Rachel una sonrisa torcida—. Los alaridos de Rachel me harán compañía.

10

Ethan salió de la casa a regañadientes. Rachel sabía que sólo necesitaba unos minutos a solas con el cofre, unos minutos para mirar bajo el forro y encontrar el compartimiento secreto. Luego se iría.

Agarró el cofre con firmeza y trató de controlarse durante unos segundos.

—Tu hermano es un cascarrabias. Supongo que viene de familia.

Gabe cruzó los brazos sobre el pecho y se apoyó en una de las elaboradas columnas que conducían a la sala de estar.

—Me sorprende que no te quitaras el vestido y le ofrecieras tu cuerpo para que mantuviera la boca cerrada.

—Todo ha pasado demasiado rápido. No se me ocurrió.

Él arqueó una ceja y dio un paso hacia delante.

—Dámelo.

Rachel sintió que se le subía el corazón en la garganta.

—Ni hablar. Es mío. Me lo regaló mi abuela cuando cumplí seis años.

—Dámelo.

—Se pasó todo un verano vendiendo calabacines bajo un sol de justicia para poder regalármelo, y me hizo jurar que jamás me desharía de él.

—Podemos hacerlo por las buenas o por las malas. Tú decides.

Ella tragó saliva.

—De acuerdo, tú ganas. Te lo daré. Pero antes tengo que secarme. Estoy helada. —Rachel se apartó de él, en dirección a la sala.

Él se adelantó, cerrándole el paso.

—Buen intento.

Con un movimiento veloz, le arrebató el cofre de las manos.

Ignorando la exclamación ahogada de Rachel, Gabe se dirigió a las escaleras.

—Venga, sécate mientras guardo esto. Y devuélveme la llave antes de irte.

—¡Detente! —No podía permitir que se llevara el cofre, y lo persiguió por el suelo de mármol—. ¡Estás sacando las cosas de quicio! Sólo quiero examinarlo.

—¿Por qué?

—Porque puede que me haya dejado algo dentro.

—¿El qué?

Ella vaciló.

—Una vieja carta de amor de Dwayne.

Gabe la miró con escepticismo y se volvió hacia las escaleras.

—¡Alto ahí! —Pero él no se detuvo—. ¡Espera! —Rachel lo agarró del brazo, luego deseó no haberlo tocado y lo soltó con rapidez—. Vale, quizá Dwayne haya dejado algo importante en su interior.

Gabe se detuvo en el primer escalón.

—¿Algo como qué?

—Como... —se estrujó la cabeza— un mechón de pelo de Edward recién nacido.

—Vas a tener que hacerlo mucho mejor. —Comenzó a subir.

—¡Está bien! ¡Te lo diré!

Intentó pensar otra mentira, pero no se le ocurrió nada convincente. O le decía la verdad o dejaba que se llevara el cofre. Y eso no podía permitirlo. No podía dejar que el cofre desapareciera de nuevo después de haberlo tenido entre sus manos. Tendría que arriesgarse.

—Puede que ahí se encuentre la respuesta de dónde puede haber escondido mi marido cinco millones de dólares.

Eso lo detuvo en seco.

—Vaya, parece que vamos haciendo progresos.

Rachel alzó la mirada hacia él y tragó con fuerza.

—Ese dinero es mío, Bonner. Es la herencia de Edward. Puede que todavía tenga que pagar alguna deuda, pero el resto me pertenece. ¡Me gané cada centavo!

—¿Por qué piensas eso?

Estaba dispuesta a soltarle su más ingeniosa y descarada respuesta. Pero entonces, cuando iba a escupir las palabras, algo ocurrió; se le quebró la voz y dijo otra cosa.

—Porque vendí mi alma a cambio —murmuró.

Durante un buen rato él no dijo nada. Luego señaló las escaleras con la cabeza.

—Voy a traerte una bata. Te castañetean los dientes.

Media hora más tarde, estaba sentada frente a él en la mesa de la cocina, sólo con las bragas y una bata color granate de Gabe, mirando fijamente el cofre Kennedy. Tenía los ojos secos —no volvería a llorar delante de él—, pero estaba desolada.

—Estaba tan segura...

Meneó la cabeza, todavía incapaz de creer que no hubiera nada dentro del cofre. Habían examinado hasta el último milímetro y no habían encontrado nada: ni un compartimiento secreto que guardara una llave de seguridad, ni el número de una cuenta corriente en Suiza grabado en la madera bajo el forro, ni mapas, ni microfilms, ni claves de ordenador. Nada.

Quiso golpear la mesa con los puños, pero se obligó a pensar.

—El sheriff del condado estaba con la policía de Salvation, así que había muchos representantes de la ley. Creo que alguien registró el cofre cuando lo confiscaron, encontró algo y se lo quedó.

—No creo. —Gabe recogió la taza vacía y la llevó a la encimera, donde se sirvió otro café—. Tú misma me has dicho que lo examinaste antes de meterte en el coche. Si tú no encontraste nada, ¿por qué iban a hacerlo ellos? Además, si el sheriff o algún miembro de la policía local hubiera encontrado tal cantidad de dinero, se habría delatado de alguna manera, y la única persona del pueblo que tiene tanto dinero es Cal.

—Quizás él...

—Olvídalo. Cal ganó millones jugando en la National Football League. Además, si Jane o él hubieran encontrado algo, lo hubieran dicho.

Gabe tenía razón. Ella se hundió de nuevo en el banco de terciopelo rojo de la mesa de la cocina. En su día aquel rincón había estado decorado con un horrible papel pintado estampado con enormes rosas rojas marchitas, pero ahora había sido reemplazado por uno con unos pequeños capullos de rosas amarillas. El empapelado estaba tan fuera de lugar, que supuso que sería una broma privada entre los actuales dueños de la casa.

Gabe le sirvió otra taza de café y le acarició el hombro en un sorprendente gesto de ternura. Rachel quiso apoyar la mejilla en la palma de su mano, pero él la apartó antes de que ella cediera a la tentación.

—Rachel, lo más probable es que el dinero esté en el fondo del océano.

Ella negó con la cabeza.

—Dwayne tuvo que salir del país demasiado rápido, sin tiempo para hacer una transacción de tal calibre. Es imposible que reuniera todo ese dinero de golpe.

Gabe se sentó frente a ella y apoyó los brazos en la mesa. Rachel los miró durante un buen rato. Tenía los antebrazos firmes y muy morenos, salpicados de vello oscuro.

—Cuéntame de nuevo lo que te dijo ese día.

Ella repitió la historia sin omitir nada. Al terminar, cruzó las manos encima de la mesa.

—Quise creerle cuando me pidió que llevara a Edward para despedirse de él, pero algo no encajaba. Intenté convencerme de que Dwayne quería a Edward a su extraña manera, aunque no fuera verdad... porque era demasiado egocéntrico.

—¿Entonces por qué no te pidió que llevaras sólo el cofre? ¿Por qué molestarse en decirte que llevaras también a Edward?

—Porque en ese momento apenas nos hablábamos, y él sabía que lo único que no le negaría sería despedirse de su hijo. —Rachel rodeó la taza de café con las manos—. Fue durante el embarazo de Edward cuando finalmente admití lo que ocurría en el Templo, y decidí abandonarlo. Pero cuando se lo dije a Dwayne se puso furioso. No porque sintiera algo por mí, en esa época yo era muy popular en el programa. —Torció la boca con amargura—. Me dijo que me arrebataría a Edward si me iba. Tuve que quedarme, salir en cada una de las emisiones del programa y no mostrar ninguna señal de descontento. Me amenazó: dijo que conocía a muchos hombres que jurarían que los había seducido, que probaría que era una madre inadecuada.

—Menudo bastardo...

—No desde su punto de vista. Siempre retorcía las Sagradas Escrituras para justificar sus actos.

—También te pidió que le llevaras la Biblia.

—La había heredado de su madre. Sólo tenía valor sentimental. —Se irguió y sus miradas se encontraron—. ¿Crees que habrá dejado alguna pista en la Biblia?

—No creo que haya pistas en ningún lado. El dinero está en el océano.

—¡Te equivocas! Tú no sabes lo frenético que sonaba por teléfono aquel día.

—Estaba a punto de ser arrestado y tenía que huir del país. Eso pondría frenético a cualquiera.

—Piensa lo que quieras. —Se levantó de un salto, frustrada. Tenía que encontrar la Biblia. Localizar el dinero era su única esperanza de obtener un futuro mejor para su hijo. Pero a Gabe eso no le importaba.

Comenzó a moquearle la nariz por las incontenibles emociones. Inspiró profundamente mientras se dirigía hacia el lavadero donde el vestido daba vueltas en la secadora.

Él le habló desde atrás; su voz era tan suave como el repiqueteo de la lluvia que caía fuera.

—Rachel, yo estoy de tu parte.

No estaba preparada para el apoyo de Gabe; se sentía tan cansada de luchar sola que oírle decir aquello casi la desarmó. Quiso apoyarse en él sólo por un momento y dejar que sus robustos hombros aliviaran parte de su carga. La tentación era tan fuerte que se asustó. No podía depender de nadie.

—Eres todo corazón —se burló, resuelta a erigir una barrera tan grande entre ellos que él no se atreviera a cruzarla de nuevo.

Pero Gabe no se enfadó.

—Lo digo en serio, Rachel.

—Gracias por nada. —Se volvió con rapidez hacia él—. No nos engañemos. Después de lo que le sucedió a tu familia, estás tan destrozado que ni siquiera puedes ayudarte a ti mismo, así que mucho menos a mí.

No pudo reprimir aquellas amargas palabras. ¿Qué le ocurría? No había querido ser tan cruel, y sintió una oleada de odio contra la mujer de lengua viperina en que se había convertido.

Él no respondió. Se limitó a alejarse sin decir palabra.

Ni siquiera la desesperación era una excusa para soltar algo tan odioso como eso. Metió las manos en los bolsillos de la bata y lo siguió a la cocina.

—Gabe, lo siento. No debería haberte dicho eso.

—Olvídalo. —Cogió las llaves del mostrador—. Vístete y te llevaré a casa.

Ella se acercó.

—Me he comportado como una bruja. Tú te estabas portando bien conmigo para variar y yo me he lanzado a la yugular. Lo siento mucho.

Él no respondió.

Sonó el timbre de la secadora y ella no supo qué más decir. Gabe podía aceptar o no su disculpa.

Rachel se dirigió al lavadero, donde recogió el vestido rosa. Estaba lleno de arrugas, pero no tenía otra cosa. Cerró la puerta, se quitó la bata de Gabe y se puso el vestido arrugado.

Acababa de meter los brazos en las mangas cuando se abrió la puerta. Se cerró el corpiño y se volvió hacia él.

Parecía hostil e infeliz. Tenía el ceño fruncido, los labios apretados y las manos metidas en los bolsillos de los vaqueros.

—Sólo quiero dejar una cosa clara. No me gusta que nadie me tenga lástima, y mucho menos tú —soltó Gabe.

Rachel bajó los ojos a los botones, porque era más fácil que sostener la mirada de Gabe, y comenzó a abrochárselos.

—No me das lástima —dijo ella—. Estás demasiado seguro de ti mismo para inspirar compasión. Pero me entristece la manera en que perdiste a tu mujer y a tu hijo.

Gabe no dijo nada y, cuando levantó la mirada, ella observó que los tendones de su cuello se habían relajado. Él sacó las manos de los bolsillos. Deslizó los ojos por los pechos de Rachel. Ella se dio cuenta en ese momento de que se había quedado inmóvil, y se obligó a seguir abrochando el vestido.

—¿Qué has querido decir con eso de que Ethan estaba protegiéndome?

—Nada. Hablé sin pensar.

—¡Por el amor de Dios, Rachel! ¿No podrías decir la verdad aunque sólo fuera una vez? —Él se alejó con paso airado.

Ella frunció el ceño. Gabe era tan peligroso como un

alambre de púas oxidado. Terminó de abotonarse el vestido y lo siguió a la cocina, donde él se puso bruscamente una gorra de los Chicago Stars y unas gafas de sol, olvidándose, al parecer, de que estaba lloviznando.

Rachel se acercó a él. El dobladillo del vestido le rozó los vaqueros mientras ella contenía el deseo de rodearle la cintura con el brazo.

—La gente te trata como si temiera que fueras a romperte de un momento a otro. Creo que no te hacen ningún favor. Te impide superar lo que pasó. Eres un hombre fuerte. Todos deberían recordarlo, incluido tú.

—¡Fuerte! —Se quitó las gafas de sol y las arrojó sobre el mostrador—. Tú no me conoces. —Luego arrojó la gorra, que rebotó contra la encimera y cayó al suelo.

Ella no retrocedió.

—Sí que lo eres, Gabe. Eres fuerte.

—¡No me confundas contigo!

Las zancadas de Gabe resonaron contra el suelo de mármol cuando pasó junto a ella en dirección a la sala.

Rachel había sufrido demasiado a solas para pensar en abandonarlo. Cuando entró en la sala no había nadie, pero las puertas correderas que conducían a la terraza estaban abiertas. Al acercarse a ellas, vio a Gabe agarrado a la barandilla con la mirada clavada en la montaña Heartache.

La llovizna se había convertido en una lluvia ligera, pero él no parecía notarlo. Las gotas de agua brillaban en su pelo y oscurecían los hombros de la camiseta. Rachel no recordaba haber visto a nadie que pareciera estar más solo. Salió bajo la lluvia, con él.

Él no pareció percatarse de su presencia, por lo que Rachel se sorprendió cuando le habló.

—Rachel, tengo una pistola en la mesilla de noche. Y te aseguro que no es para protegerme.

—Oh, Gabe...

Quiso abrazarlo y ofrecerle todo el consuelo que pudiera darle, pero parecía rodeado por una barrera invisible que ella no se atrevía a traspasar. Así que se limitó a acercarse a él y a apoyar los brazos sobre la barandilla mojada.

—¿Crees que eso sería más fácil?

—Durante un tiempo pensé que sí. Luego apareciste tú.

—¿Te he complicado la vida?

Él vaciló.

—No lo sé. Pero te aseguro que me la has cambiado.

—Y eso no te gusta.

—Quizá me guste demasiado. —Por fin la miró—. Supongo que estas dos últimas semanas han sido mejores. Has sido toda una distracción.

Rachel le brindó una pequeña sonrisa.

—Me alegro.

Gabe frunció el ceño, pero no había ira en su mirada.

—No digo que hayas sido entretenida. Sólo que has sido una distracción.

—Entiendo. —La lluvia le empapaba el vestido, pero hacía más calor allí que dentro de la casa. No tenía frío.

—La echo de menos a todas horas... —Deslizó la mirada por la cara de Rachel, y su voz se hizo más ronca y profunda—. Así que explícame por qué te deseo tanto que me duele.

El ruido de un trueno distante acompañó las palabras de Gabe, casi pareció parte de ellas. Rachel se estremeció.

—Creo... que los dos sentimos el mismo tipo de desesperación.

—No puedo ofrecerte nada más que sexo.

—Quizá sea eso lo único que necesito.

—No lo dices en serio.

—¿Cómo lo sabes?

De repente, tenerlo tan cerca fue demasiado apabullante, y Rachel tuvo que darle la espalda. Cruzó los brazos y se dirigió al otro lado de la terraza. Sobre ella el cielo estaba gris y la niebla se amoldaba a las montañas como un viejo manto gris.

—Gabe, jamás he disfrutado del sexo. En la noche de

bodas, Dwayne me largó un sermón sobre que mi cuerpo era el recipiente de Dios y que él lo corrompería lo menos posible. Así que se limitó a tumbarme en la cama, sin acariciarme los pechos ni ninguna otra parte del cuerpo. Sólo me penetró. Jamás había sentido un dolor semejante y rompí a llorar. Cuanto más fuerte lloraba, más feliz era él porque eso probaba mi virtud, probaba que no era tan carnal como él. Pero no es cierto. El sexo me ha fascinado desde que tengo uso de razón. Así que no me digas qué es lo que quiero.

—De acuerdo. No lo haré.

La profunda compasión en la voz de Gabe fue demasiado para ella. Se volvió y lo miró con el ceño fruncido.

—Ni siquiera sé por qué te cuento todo esto, ni cómo puedo estar pensando en mantener relaciones sexuales contigo. En vista de la suerte que tengo con los hombres, es probable que seas un amante tan desastroso como Dwayne.

Gabe esbozó una débil sonrisa.

—Puede ser.

Rachel apoyó las caderas en la barandilla.

—¿Le fuiste fiel a tu esposa?

—Sí.

—¿Te has acostado con muchas mujeres?

—No. Me enamoré de ella cuando tenía catorce años.

Gabe le sostuvo la mirada y ella intentó comprender lo que le quería decir.

—¿Quieres decir que...?

—Sí, sólo he estado con mi mujer, Rachel. Ella fue la única.

—¿Y después de su muerte?

—Intenté acostarme con una prostituta en México, pero no había acabado de desnudarse cuando la eché de la habitación. Puede que tengas razón y sea un desastre en la cama.

Ella sonrió, embargada por una extraña sensación de alegría.

—¿No ha habido nadie más?

Él se acercó a ella.

—Nadie. Y ya basta de preguntas.

—Yo te he contado mi patética vida sexual. Podrías ser un poco más comunicativo.

—Ni siquiera he pensado en el sexo en los últimos años. Al menos no hasta que te desnudaste delante de mí.

Cuando se detuvo ante ella, Rachel intentó disimular su vergüenza.

—Estaba desesperada. Sé que no soy gran cosa ahora, pero antes era bastante bonita.

Él la tocó por primera vez, acariciando un mechón del rizado pelo húmedo y colocándoselo detrás de la oreja.

—Eres preciosa, Rachel. Sobre todo ahora que vuelves a comer. Por fin hay algo de color en tu rostro.

Ella sintió como si él se estuviera recreando en su cara y se puso nerviosa.

—Lo dices porque tengo la nariz fría. En serio. No es necesario que mientas. Sólo quería que supieras que me consideraban una mujer bonita.

—Te estaba echando un piropo.

—¿Un piropo? ¿Decir que tengo la nariz fría?

—No lo he dicho yo. Has sido tú. Yo sólo... —Gabe se rio—. Me vuelves loco. No entiendo por qué me gusta estar contigo.

—Ése sí que es un buen piropo, Bonner. Si es así como demuestras interés, mejor será que revises tus habilidades comunicativas

Él sonrió.

—Estás temblando —terció Gabe.

—Tengo frío —mintió.

—Eso puedo solucionarlo. —Volvió a llevar la mano al pelo de Rachel. Inclinó la cabeza y le rozó la barbilla con los labios.

Luego se apretó contra ella. Rachel sintió sus labios en la mejilla y le rodeó la cintura con los brazos, acercándolo más. Oh, sí... Sintió su cuerpo, la tensión de los músculos de su espalda bajo las palmas de las manos, el cálido tórax contra los pechos fríos, su erección contra el vientre. A Rachel le palpitaron las venas bajo la piel.

Gabe acercó los labios a la oreja de Rachel y el aliento áspero le rozó el oído. A la joven se le cerraron los ojos. Estaba jugando con fuego. Si permitía que las cosas fueran más allá, no habría ningún tipo de cortejo, sólo sexo. ¿Podría abandonar su fantasía infantil de un amor perfecto?

Pero entonces comprendió que hacía mucho tiempo que había olvidado aquella fantasía. De alguna manera la vida la había privado también de las fantasías. Su existencia se había reducido a las necesidades más básicas, negándose incluso los placeres más pequeños. ¿Sería tan terrible permitirse eso? ¿Algo que le daría placer?

Él retrocedió unos centímetros y le cubrió los pechos con las palmas de las manos. Las dudas de Rachel desaparecieron al sentir la calidez de su tacto traspasándole la piel.

Gabe le rozó los pezones con los pulgares y le susurró roncamente al oído:

—He querido tocarte desde que entré en la casa y vi el húmedo vestido rosa pegado a tu piel.

Le rozó las duras cimas con los pulgares. Rachel dejó escapar un suspiro de placer. Era tan bueno, tan perfecto...

Él deslizó los pulgares de un lado a otro, rozándola a través del húmedo algodón rosa. El deseo de Rachel se desató. Unas ardientes espirales le recorrieron la sangre, incrementando su placer.

Lo tocó por encima de los pantalones, al principio con vacilación, luego con más fuerza, tratando de sopesarlo bajo la tela de los vaqueros.

La respiración de Gabe se aceleró. Rachel quería más. Extendió la mano hacia la cremallera.

Gabe dio un paso atrás como si le hubiera hecho daño. Tenía la respiración jadeante y sus palabras sonaron entrecortadas.

—Tal vez deberíamos ir más despacio.

Sólo unos segundos antes Rachel se había sentido excitada, pero ahora la recorrió un escalofrío. Oyó el control en la voz de Gabe cuando volvió a hablar otra vez, algo que le había resultado muy familiar durante su matrimonio con Dwayne.

—No quiero forzarte a hacer nada.

De nuevo aquella horrible consideración. Esa cortesía tan sofocante y espantosa que había padecido en su matrimonio, como si ella no fuera capaz de decidir, como si fuera un ser frágil e intocable, no una mujer de verdad.

Ella le había abierto su corazón, pero él parecía no haberla entendido.

—Es demasiado pronto para ti. —Gabe puso distancia entre ellos y se pasó la mano por el pecho, como si estuviera alisando la camiseta—. Entremos.

Rachel quiso pegarle un puñetazo, gritar y echarse a llorar al mismo tiempo. ¿Por qué había esperado que la entendiera? No pudo aguantarlo más.

—¡No soy virgen! Nada de lo que hagas me parecerá demasiado atrevido, ¿entiendes? ¡Nada demasiado pervertido! Lo has echado todo a perder, Bonner. Ya puedes olvidarte de volver a tocarme otra vez. —Rachel hervía de rabia—. ¡Vete al infierno!

Se volvió y bajó con rapidez los resbaladizos escalones de madera hacia el patio cubierto de vegetación. La maleza cubría el camino de losas, y la hierba se le enredaba en los tobillos mientras huía.

—¡Rachel!

Se había dejado los zapatos en el lavadero, pero no le importó. Subiría la montaña Heartache descalza antes de permitir que otro hombre hiciera de ella un icono asexual.

Apretó los puños y se percató de que realmente no quería huir. ¡Lo que de verdad quería era darse la vuelta y decirle a ese pedazo de burro insensible lo memo que era!

Con paso airado se dirigió de nuevo a la terraza, sólo para ver que él se acercaba a ella prometiendo guerra.

—¿No crees que estás exagerando un poco?

Rachel quiso gritarle algo realmente obsceno, pero aún no estaba demasiado familiarizada con las obscenidades. Sin embargo, sabía que si pasaba unas cuantas semanas más en su compañía, se convertiría en toda una profesional.

—Que te jodan.

En tres largas zancadas se plantó ante ella. Le agarró la parte delantera del vestido y comenzó a abrirle los botones. Parecía molesto e irritado, pero no demasiado enfadado.

Finalmente le abrió el corpiño.

—¿Quieres algo pervertido? Yo te contaré algo pervertido. ¿Sabías que hay hombres que disfrutan estrangulando a las mujeres justo cuando éstas alcanzan el orgasmo?

Le bajó bruscamente el vestido, dejándola desnuda hasta la cintura y aprisionándole los brazos con la tela. Luego se inclinó y le mordió el suave montículo del pecho.

—¡Ay! ¡Eso duele!

—Bien. Vuelve a quejarte y lo haré de nuevo. —Le acarició con los labios la punta del pezón húmedo y la rabia de Rachel se evaporó—. Y ahora, ¿dónde estábamos?

Rachel se estremeció con el tono ronco de su voz y el calor de su aliento sobre la piel fría.

—Oh, Gabe, ¿qué pasa si vuelves a pifiarla otra vez?

—Supongo que entonces tendremos que volver a intentarlo.

—Supongo... —suspiró ella apoyando la mejilla en su tórax.

—Bien, mientras tanto, ve pensando cuánto puedes abrir las piernas porque tengo la intención de pasar mucho tiempo entre ellas.

Ella gimió. Después de todo, quizá Gabe no la había pifiado.

11

Cuando ella comenzó a relajarse y a pensar que aquello podría resultar después de todo, él se apartó de nuevo.

—No te enfades conmigo, cariño, pero para ser una mujer liberada tomas muy pocas precauciones.

—¿A qué te refieres?

—Me has hecho un montón de preguntas, pero no me has preguntado si llevaba o no un condón.

Él tenía razón. No se le había pasado por la cabeza utilizar métodos anticonceptivos, probablemente porque nunca los había usado. Había tardado tanto tiempo en quedarse embarazada de Edward que incluso había llegado a pensar que era estéril.

—¿Llevas uno? ¡Qué estupidez! ¡Por supuesto que no! ¿Por qué ibas a hacerlo? —Se cubrió los pechos con el vestido y lo miró con una expresión sombría—. El sexo es muy fácil para otras mujeres... ¿Por qué es tan difícil para mí?

Gabe le acarició la mejilla con los nudillos y sonrió levemente.

—La verdad es que sí llevo uno.

—¿En serio?

Le metió la mano por el borde del vestido y le acarició el cuello.

—Durante la última semana las miradas entre nosotros han sido tan ardientes que compré una caja el lunes en Brevard; no quería que se enterara nadie del pueblo. —Hizo una pausa—. No quiero perjudicarte, cariño.

La consideración de Gabe la enterneció. La voz masculina se volvió más tierna y ronca.

—Ahora tú decides si seguimos con ello o si continuamos hablando otros cien años.

La incertidumbre que invadía a Rachel desapareció.

—Estoy preparada. —Sonrió—. Vamos dentro.

Gabe la miró con aire pensativo.

—Me parece que no. Si fueras una dama te llevaría a la casa. Pero una mujer liberada como tú no necesita una cama. —Le deslizó el vestido por los hombros y le ahuecó los pechos.

Lo siguiente que supo Rachel fue que estaban arrodillados sobre la hierba mojada y que tenía el vestido alrededor de las caderas. A través de la neblina de deseo se dio cuenta de que aún no se habían besado. Y ella quería saber cómo sería enredarse en un beso salvaje con él. Se echó hacia atrás lo suficiente para mirar aquella boca obstinada, luego él inclinó la cabeza hacia ella y Rachel cerró los ojos.

Los labios de la joven rozaron los de él, pero un mechón de su pelo se interpuso entre ellos. Rachel levantó la mano para apartarlo, pero sintió que él la empujaba hacia atrás.

Gabe se tumbó a su lado y le metió la mano bajo la falda, deslizándole la palma por el interior del muslo. Un mechón de pelo oscuro y mojado le cayó sobre la frente. La camiseta blanca se había vuelto transparente a causa de la lluvia y revelaba la piel bajo la tela. Con la punta de los dedos rozó la sedosa entrepierna de las bragas de Rachel.

—Me encanta tocarte —dijo él.

Ella yacía casi desnuda sobre la hierba mojada; debería haber tenido frío, pero le ardía todo el cuerpo. No pudo articular palabra mientras él la acariciaba a través del nailon, pero sin llegar nunca a donde ella quería que la tocara. Gabe colocó una de sus piernas entre las rodillas de Rachel, manteniéndole las piernas separadas, aunque no hacía falta.

—Llevamos demasiada ropa encima —logró decir ella, tirando de la camiseta mojada de Gabe.

—Me has leído el pensamiento.

Pero siguió manteniéndole las piernas separadas, ahuecando y frotándole la entrepierna, mientras la respiración de Rachel se hacía más profunda y rápida. Luego ella le sacó bruscamente la camiseta de los vaqueros y subió la tela mojada por el tórax.

Él deslizó un dedo debajo del borde de las bragas y lo introdujo en su interior.

Rachel se quedó sin aliento y se arqueó contra él.

—No te muevas —susurró él.

Gabe retiró el dedo, dibujó círculos sobre su carne y volvió a introducirlo en ella. Luego volvió a repetir el mismo proceso.

—Oh, no... —gimió ella.

Él le atrapó el lóbulo de la oreja entre los labios y ella sintió como si un gran macho salvaje la aprisionara contra la hierba mientras le proporcionaba placer.

Rachel buscó el cierre de los vaqueros, bajó frenéticamente la cremallera y le envolvió en el puño.

Ahora fue él quien se quedó sin aliento.

—No... —gimió él. Sacó el dedo y lo deslizó hacia delante, rozándole el clítoris.

—No... —gimió ella, mientras lo acariciaba.

Se estremecieron juntos, cada uno al borde del precipicio pero sin estar dispuestos a saltar.

Él retiró la mano.

Ella, la suya.

Se levantaron juntos y se quitaron el resto de la ropa. Hicieron un lecho con el vestido, los vaqueros y la camiseta. Por último, Gabe tiró encima las diminutas bragas amarillas de Rachel y entonces se permitió mirarla de pie ante él, con la lluvia cayéndole en riachuelos desde los hombros hasta las pecas del pecho, deslizándose entre los pechos hasta llegar al vientre.

Mientras la contemplaba, ella se recreó en él. Tenía el pecho musculoso por el arduo trabajo, el abdomen era plano y tenso. La lluvia empapaba el vello oscuro de su ingle haciendo la erección todavía más prominente. No pudo evitar tocarlo.

—Tómate el tiempo que necesites. —Gabe respiró hondo y la voz se le volvió ronca—. Tienes cinco segundos.

Le dio más tiempo, aunque no demasiado. Luego Rachel quedó tendida de espaldas en el lecho improvisado sobre la hierba mojada.

Él le separó las piernas y ella supo que por fin iba a hacer algo dichosamente provocativo. Apretó los párpados mientras Gabe clavaba los ojos entre sus rodillas.

—Oh, Bonner, por favor, no me decepciones.

—Menos mal... —murmuró él contra el interior de sus muslos— que trabajo mejor bajo presión.

—Oh...

Ella no quería que él se demorase tanto, que tardara tanto tiempo en abrirla, en observarla; rozándola aquí y allá con la punta de un dedo calloso, acariciándola con los labios, lamiéndola con la lengua... Cuando Rachel sintió la primera succión, comenzó a gemir.

Gabe captó el mensaje y no se detuvo. Ella explotó a los pocos segundos.

Mientras se recuperaba, sintió que se le llenaban los ojos de lágrimas.

—Gracias, Bonner —murmuró.

—Ha sido un placer.

Él alargó el brazo para recoger la cartera que se había caído de los vaqueros, pero ella lo retuvo.

—Todavía no, ¿vale?

Gabe gimió, pero se tumbó en el suelo. A Rachel le gustó que estuviera dispuesto a dejarla tomar el control, y ahora fue ella la que se demoró, tocó y exploró, satisfaciendo años de curiosidad.

Sin previo aviso, se encontró de nuevo tumbada sobre la espalda mientras él cogía la cartera y le decía en un susurro estrangulado:

—Lo siento, cariño. Sé que esto es importante para ti, pero créeme, disfrutarás mucho más si dejas que me encargue yo de todo a partir de ahora.

—De acuerdo —dijo, y le brindó una sonrisa.

Él le devolvió la sonrisa, pero sólo brevemente. Rachel supo el momento exacto en el que la sombra del recuerdo le nubló la mirada. Fue justo cuando lo vio luchar contra ello.

Gabe cerró los ojos y ella supo que intentaba olvidar que la mujer que yacía bajo su cuerpo no era su esposa. No podía soportar dejar que fingiera que ella era otra, así que le rozó los labios con la yema de los dedos y le dijo suavemente:

—No te me escabullas ahora, tonto, o tendré que buscarme a otro machote.

Gabe abrió los ojos de golpe. Ella sonrió ampliamente y le quitó el condón de la mano.

—Yo lo haré.

Él se lo arrebató de nuevo.

—No, ni hablar.

—Aguafiestas...

—Fresca...

Había logrado borrar la oscuridad de los ojos de Gabe y sólo pasaron unos segundos antes de que él se situase entre sus muslos.

Era perfecto. Pesado, pero sólido. La lluvia había mojado su lecho improvisado y Rachel sintió la humedad de la hierba bajo la espalda. Debería haber estado incómoda, pero no le habría importado seguir así durante otros mil años, a salvo y rodeada por la fuerza de Gabe, mientras la cálida lluvia de verano caía sobre sus cuerpos.

Nunca había imaginado que podría llegar a sentirse excitada y llorosa al mismo tiempo. Se arqueó contra él, incitándolo. Él embistió contra ella, pero el cuerpo de Rachel no estaba tan dispuesto a albergarlo en su interior como lo había estado su mente.

—Lo siento —susurró ella, al borde de las lágrimas.

—Ha pasado demasiado tiempo para ti —replicó él, sin sonar molesto.

Volvió a deslizarse en su interior muy lentamente. Aunque su respiración era entrecortada y ella podía sentir su tensión, él no se apresuró.

Pero Rachel no era paciente. Y aquello era culpa de él; era demasiado grande, demasiado... Se arqueó contra Gabe, contorsionándose. No podía detenerse, porque ahora tenía que...

—Despacio... despacio...

—¡No! —Se lanzó contra él, intentando que la empalara a pesar de todo. Necesitaba tanto... deseaba...

Gabe metió la mano entre sus cuerpos. Pero ¿qué estaba haciendo? ¡Idiota! ¡Imbécil! ¿No podía centrarse en una sola cosa a la vez? No podía...

Rachel explotó en un millón de pedazos mientras Gabe la acariciaba y se introducía en su interior.

Encima de ellos, el cielo se abrió y la lluvia empapó sus cuerpos desnudos. Rachel le rodeó la cintura con las piernas y se aferró a sus hombros, deseando tenerlo más cerca, mucho más cerca.

La lluvia golpeaba la espalda de Gabe mientras la penetraba profundamente, con dureza. Ella enterró la cabeza en el hueco de su cuello porque se ahogaba bajo la lluvia, se ahogaba en unas sensaciones tan abrumadoras que quiso que la tormenta no acabara nunca.

Todo pareció durar una eternidad, pero en realidad terminó demasiado pronto. Rachel se perdió de nuevo mientras él explotaba.

Ella lo abrazó y se deleitó en su brusco estremecimiento. Era demasiado grande para ella, demasiado pesado, pero se sintió vacía cuando finalmente él se retiró de ella.

Llovía tanto que apenas podían ver la casa, y ambos

parecieron darse cuenta a la vez de lo embarazosa que resultaba esa lujuria desenfrenada bajo la lluvia entre dos personas que necesitaban mantener las distancias. Si lo hubieran hecho dentro y en una cama, al menos habría conservado algo de dignidad; pero estar en el patio trasero, bajo una lluvia torrencial, hablaba de una necesidad abrumadora que ninguno de los dos quería admitir, al menos no con palabras.

Él se puso de rodillas y la miró.

—No ha estado mal para una principiante.

Ella rodó a un lado y la hierba se le enredó en el pelo.

—No tan salvaje como me hubiera gustado, pero definitivamente pasable.

Él arqueó una ceja.

Rachel le brindó una sonrisa ladina.

Gabe sonrió. Luego se levantó, se deshizo del condón y se volvió para ayudarla a levantarse. Después de recoger la ropa, regresaron desnudos a la casa. Rachel comenzó a tiritar cuando sintió el frío aire acondicionado sobre la piel.

—Si esa enorme ducha del baño principal funciona, pido ser la primera.

—Considérate mi invitada.

Por alguna razón, Rachel no se sorprendió cuando él se reunió con ella en la ducha y le enseñó una nueva variación de cómo podía hacer el amor una mujer liberada.

Gabe se sentó en la cama vestido sólo con los vaqueros. A lo lejos se oía el zumbido del secador de pelo de Jane que Rachel estaba usando para secarse aquella maraña de pelo rojizo que tenía.

Enterró la cabeza entre las manos. Acababa de perder otra parte de Cherry. Ahora ya nunca podría volver a decir que sólo había hecho el amor con una mujer. Otro lazo roto.

Quizá la peor parte fuera lo mucho que le había gustado hacerle el amor a Rachel. Era escandalosa y exigente, divertida y apasionada. Y le había hecho olvidar a su esposa del alma.

—¿Gabe?

Ella estaba en la puerta del cuarto de baño del dormitorio principal. Llevaba puesta una de las enormes y viejas camisetas de Gabe y los vaqueros de su cuñada Jane, que le quedaban demasiado anchos en las caderas. Había utilizado una goma elástica para recogerse el pelo en una coleta, pero algunos húmedos rizos castaño-rojizos seguían sueltos, enmarcándole el delicado rostro. No llevaba ni pizca de maquillaje, nada que ocultara las pecas que le salpicaban la nariz, nada que ocultara el impacto de aquellos ojos verdes demasiado perspicaces.

—¿Gabe?

No quería hablar con ella ahora. Estaba demasiado afectado para verse envuelto en una de esas discusiones sin fin, y ni por un momento había pensado que hacer el amor hubiese suavizado la afilada lengua de Rachel. ¿Por qué no se largaba y lo dejaba solo?

Pero ella no se fue. Le acarició el hombro y lo miró con tal comprensión en los ojos que a él se le cerró la garganta.

—Gabe, sé que sientes que la estás perdiendo, pero no has hecho nada malo.

A Gabe le ardió el pecho. La comprensión de Rachel lo dejó indefenso. Sólo unos segundos antes había temido su lengua sarcástica, pero ahora daría cualquier cosa por oír uno de sus punzantes comentarios.

—¿Cherry perdió los nervios contigo alguna vez?

Su nombre. Alguien había dicho su nombre. Ya nadie lo hacía.

Sabía que su familia y sus amigos sentían compasión por él, pero Gabe había comenzado a sentir como si ella se hubiera desvanecido de la memoria de todo el mundo excepto de la suya. Y en ese momento, el deseo de hablar de ella se volvió irresistible.

—Ella... a Cherry no le gustaba discutir. Solía guardar un largo silencio. Era así como sabía que tenía problemas con ella.

Rachel asintió.

Mientras la miraba, Gabe vislumbró una generosidad de espíritu que formaba parte de ella, igual que su boca descarada y, por un breve momento, tuvo la sensación de que sólo ella era capaz de comprenderle. Pero era imposible. Rachel no lo conocía, no como sus padres, sus hermanos o la gente del pueblo donde había crecido.

Ella le apretó el hombro, luego se inclinó y le besó en la mejilla. Aquella pequeña boca descarada estaba roja como si hubiera mordido una fresa.

—Tengo que irme.

Él asintió lentamente, se levantó y se enfundó una camisa. Continuó vistiéndose sin dejarle ver que la deseaba una vez más.

Esa noche, después de lavar los platos, Rachel bajó con Edward al pueblo para tomar un helado. Había pasado mucho tiempo desde que había podido proporcionarle un placer tan sencillo. Cuando había estado casada con Dwayne no le había dado mucha importancia al dinero, pero ahora miraba por cada penique, y los que había ahorrado eran preciosos para ella.

Edward se movía todo lo que le permitía el cinturón del asiento del Escort mientras charlaba sin ton ni son sobre los méritos del helado de chocolate respecto al de vainilla. Rachel había invitado a Kristy a ir con ellos, pero ésta había declinado la invitación. Puede que hubiera pensado que Rachel necesitaba pasar ese tiempo a solas con su hijo. O que necesitara estar a solas con sus propios pensamientos.

Mientras Edward seguía hablando sin parar, los recuerdos de esa tarde inundaron su mente: la lluvia, el cuerpo de Gabe, su propio abandono... Hacía tiempo que imaginaba que hacer el amor podía ser así, pero había perdido la esperanza de experimentarlo alguna vez.

Sólo con pensar en él, se excitaba y se removía, inquieta. Sentía una lujuria tan intensa que la asustaba, pero además él la atraía de muchas otras maneras. Le atraía su oscuridad, su brutal honestidad y su reticente bondad. Ni siquiera parecía darse cuenta de que era la única persona del pueblo que no la juzgaba por su pasado.

Su mente comenzó a jugar con una imagen en la cual Gabe era un hombre menos amargado, pero desechó aquella fantasía de inmediato. Era demasiado lista como para enamorarse de él, incluso en su imaginación. Gabe tenía demasiadas sombras. Y si éstas se aclaraban lo suficiente como para enamorarse otra vez, sería de una mujer mucho más dócil que Rachel, que no tuviera tan mala reputación, que fuera bien educada y de buena familia, que no se lanzara a una batalla verbal con él cada dos por tres.

Tiempo atrás, no habría considerado tener relaciones sexuales con un hombre con el que no estuviera casada, pero aquella chica ya no existía. Ahora era más espabilada. Mientras recordara que Gabe era sólo para el sexo y nada más, ¿qué mal podía hacerle? Él sería su pecaminoso placer, un pequeño lujo que haría que su vida fuera más tolerable.

La ventanilla de la heladería estaba justo al final del toldo del Junction Café, y había bastante gente cuando tomó a Edward de la mano y cruzó la calle. Una mujer de unos treinta años con un bebé en brazos se quedó petrificada al verla acercarse y le susurró algo a la delgada mujer que tenía al lado. Al volverse, Rachel vio que era Carol Dennis.

Sabía que estaba hablando de ella, pero Rachel todavía se hallaba demasiado lejos para oír lo que decía. Sin embargo, la gente que estaba a su alrededor sí la oyó. Una persona tras otra comenzaron a mirarla. Rachel oyó un ronco zumbido, como un enjambre de enfurecidas abejas. Duró quizá cinco segundos, luego se interrumpió y fue seguido por un ominoso silencio.

Rachel aminoró el paso mientras el corazón le latía con fuerza. Al principio no ocurrió nada, luego Carol Dennis le dio la espalda. Sin decir palabra, la joven que tenía al lado hizo lo mismo, igual que una pareja de mediana edad, y otra de ancianos. Una por una, las personas de Salvation le dieron la espalda. El mismo rechazo de siempre.

Quiso huir, pero no podía hacerlo. La brisa hizo ondear el vestido de algodón azul marino contra sus piernas. Rachel apretó la mano de Edward mientras lo conducía a la ventanilla.

—¿De qué sabor lo quieres? —logró preguntarle—. ¿De chocolate o de vainilla?

Él no dijo nada. Ella sintió que se quedaba atrás, pero continuó tirando de él hacia la ventanilla, negándose a mostrar debilidad ante todas esas personas.

—Apuesto a que lo quieres de chocolate.

Había un joven atendiendo en la ventanilla. Tenía el pelo de punta y el rostro pálido. La miró, confundido.

—Dos conos pequeños —dijo ella—. Uno de vainilla y otro de chocolate.

Un hombre de más edad apareció detrás de él. Era Don Brady, el dueño del café y fiel asistente al Templo. El propietario apartó al joven de un codazo y la miró con desagrado.

—Está cerrado.

—No puede hacer eso, señor Brady.

—Claro que puedo.

La ventanilla de madera cayó con estrépito.

Se sintió enferma, no por ella, sino por Edward. ¿Cómo podían hacerle eso a un niño?

—Todos nos odian —murmuró el niño a su lado.

—¿Y a quién le importa? —repuso ella en voz alta—. De todas formas, el helado que tienen aquí es malísimo. Sé dónde podemos comprar unos mejores.

Apartó a su hijo de toda esa gente y se dirigió hacia el Escort, obligándose a caminar lentamente, para que no pensaran que estaba huyendo. Le abrió la puerta a Edward, y después se inclinó para abrocharle el cinturón de seguridad, pero le temblaban tanto las manos que le llevó un buen rato.

Sintió que alguien le tocaba en el hombro. Se enderezó y vio a una mujer regordeta de mediana edad con unos brillantes pantalones verdes y una blusa blanca detrás de ella. Llevaba un broche verde con la figura de un loro en el cuello y unos pendientes de madera a juego colgaban de sus orejas bajo su pelo canoso y rizado. Tenía la cara redonda y una mirada directa tras las grandes gafas de pasta cuyas patillas color beige se perdían bajo su pelo.

—Por favor, señora Snopes... Tengo que hablar con usted.

Rachel supuso que vería hostilidad en la cara de la mujer, pero sólo vio preocupación.

—Ya no soy la señora Snopes.

La mujer no pareció oír sus palabras.

—Necesito que ayude a mi nieta. —Rachel se quedó tan sorprendida que no pudo contestar—. Por favor, señora Snopes... Mi nieta se llama Emily, sólo tiene cuatro años y padece leucemia. Hace seis meses pensamos que se había curado, pero ahora... —Tras las gafas, los ojos de la mujer se llenaron de lágrimas—. No sé qué haremos si la perdemos.

Esto era cien veces peor que la pesadilla en la ventanilla de la heladería.

—Siento mucho lo de su nieta, pero yo no puedo hacer nada.

—Sólo necesito que coloque sus manos sobre ella.

—No soy sanadora.

—Puede hacerlo. Sé que puede. La vi en la televisión y, no me importa lo que digan, sé que usted es una mujer de Dios. Es nuestra última esperanza, señora Snopes. Emily necesita un milagro.

Rachel rompió a sudar. El vestido azul marino se le pegó al pecho y sintió que se ahogaba.

—No puedo hacer milagros.

Si la mujer hubiera sido hostil con ella, habría sido más fácil ignorar el profundo sufrimiento que asomaba a su cara.

—¡Sí, puede! ¡Sé que puede!

—Por favor... no puedo hacer nada. Lo siento. —Se apartó de la mujer y se dirigió con rapidez al otro lado del coche.

—Por favor, rece por ella —dijo la mujer, que parecía perdida y desesperada—. Rece por nuestra niña.

Rachel asintió lentamente. ¿Cómo podía decirle a esa buena mujer que ya no rezaba, que había perdido la fe?

Rachel condujo a ciegas de regreso a la montaña Heartache con el estómago encogido. Viejos recuerdos de las milagrosas sanaciones de Dwayne le inundaron la mente. Recordó a una mujer que tenía una pierna más corta que otra, y a Dwayne arrodillado ante ella, sosteniendo la pierna más larga.

«¡En nombre de Jesucristo, sana! ¡Te ordeno que sanes!»

Y en la televisión se vio cómo la pierna encogía.

Lo que no se vio fue el ligero movimiento de Dwayne antes de arrodillarse ante ella. Al levantarle la pierna a la mujer, había deslizado ligeramente el zapato sobre el talón y cuando había clamado a Dios, simplemente lo había empujado de vuelta a su sitio. Para la audiencia fue como si la pierna se hubiese acortado.

Rachel recordaba exactamente el momento en que el amor por su marido se había convertido en desprecio. Fue la noche en que descubrió que usaba un diminuto radiotransmisor durante las sanaciones. Uno de sus ayudantes estaba sentado tras los bastidores y le murmuraba los detalles que la audiencia había apuntado en las tarjetas que se distribuían antes de la emisión. Al decir el nombre de personas que no conocía, y describir con gran precisión sus enfermedades, su fama como sanador se había extendido.

Por eso una mujer con unos pendientes de madera con forma de loro creía que su viuda podía curar a su nieta moribunda.

Apretó los dedos en torno al volante. Poco antes, soñaba despierta con volver a hacer el amor con Gabe, pero la realidad acababa de ponerle los pies en el suelo.

Tenía que irse pronto de ese pueblo o se volvería loca. Con el cofre había llegado a un punto muerto. Debía encontrar la Biblia de Dwayne y rezar para que hubiera alguna pista en ella.

Pero ella ya no rezaba.

Oyó el suave suspiro de Edward. Acababan de detenerse ante la casa de Annie cuando se dio cuenta de que se había olvidado del helado. Lo miró con tristeza.

—Oh, mi amor... me olvidé. Lo siento.

El niño la miró sin protestar, aceptando una vez más que la vida le había negado lo que quería.

—Volveremos a buscarlo.

—No importa, mamá.

Pero sí que importaba. Hizo girar el coche y condujo directamente a los supermercados Ingles, donde le compró una barra de helado de chocolate Dove Bar. Él tiró el envoltorio en el cubo de basura de la puerta principal, lamió el chocolate y atravesaron el aparcamiento hacia el Escort.

Fue entonces cuando Rachel vio que alguien le había pinchado las ruedas.

12

Al día siguiente, Rachel se levantó antes de las seis. No había dormido demasiado bien. Descalza y agotada, caminó sin hacer ruido hasta la cocina vestida con su pijama de costumbre (unas bragas y una camiseta de hombre que había encontrado en un armario).

Mientras hacía el café, observó cómo la tenue luz del amanecer, que se filtraba por las ventanas traseras, proyectaba una sombra cuadriculada sobre la vieja mesa de granja. Fuera, el rocío brillaba en la hierba y el sol anaranjado se elevaba en el cielo. El mirto en la linde del bosque parecía borroso bajo la luz de la mañana, dándole el aspecto de una mujer de vida alegre con una boa de plumas.

Después de la horrible noche pasada, la mirada de Rachel se empañó ante la belleza natural que la rodeaba. «Gracias, Annie Glide, por esta mágica casa en la montaña.»

Ojalá aquella belleza pudiera hacerle olvidar sus problemas. No tenía dinero para pagar las ruedas del Escort y no sabía de dónde lo iba a sacar. Ir a trabajar no sería un problema. Era una larga caminata, pero podía con ello. Pero ¿qué haría con Edward? La noche anterior, Kristy los había ido a buscar, y todas las mañanas lo llevaba a la guardería, pero pronto se mudaría a su nuevo apartamento, y entonces... ¿qué?

Rachel tenía que encontrar la Biblia.

La mañana era demasiado preciosa para echarla a perder con preocupaciones, en especial cuando tendría tiempo de sobra para hacerlo más tarde, mientras trabajaba. El café terminó de hacerse; lo sirvió en una vieja taza donde aún se vislumbraba el dibujo de Peter Rabbit, y salió con ella al porche.

Ése era su momento preferido del día, antes de que Edward se despertase, cuando todo era nuevo y fresco. Saborear el café en la chirriante mecedora de madera del porche mientras el resto del mundo todavía dormía era más valioso que todos los lujos de su vida con Dwayne. En ese momento podía volver a soñar. Tal vez algún día tuviera una casa con un pequeño patio trasero donde Edward podría jugar con sus amigos; una casa con un huerto y un perro. Quería que Edward tuviera una mascota.

Descorrió el pestillo de la puerta principal con la mano libre, accionó el picaporte y abrió la puerta mosquitera. Cuando salió al porche y aspiró el aire limpio de la montaña le inundó un sentimiento de dicha indescriptible. Ahora no le importaba nada de lo ocurrido.

Se giró hacia la mecedora y su euforia se evaporó de golpe. La taza cayó al suelo de madera, y el café caliente le salpicó las piernas y los pies desnudos, pero apenas lo notó. Sólo veía la palabra que habían pintado en color rojo en la fachada de la casa, entre las ventanas.

«Pecadora.»

Kristy salió corriendo al porche, con el largo camisón de algodón ondeando alrededor de sus piernas.

—¿Qué pasa? He oído... Oh, no...

—Bastardos... —siseó Rachel.

Kristy se llevó la mano a la garganta.

—Esto es demasiado. ¿Cómo es posible que alguien haya hecho algo tan repugnante?

—En el pueblo me odian y parece que todos quieren que me vaya.

—Voy a llamar a Gabe.

—¡No!

Pero Kristy ya había entrado en la casa.

La bella mañana se había convertido en algo desagradable. Rachel limpió el café derramado con un paño viejo, como si aquello fuera lo peor que le había ocurrido al porche. Entraba para vestirse cuando la camioneta de Gabe apareció en el camino con las ruedas rechinando sobre la grava. Aparcó el vehículo en un ángulo cerrado y salió en tromba justo cuando Kristy aparecía en la puerta principal con una bata de lino.

Parecía como si Gabe se hubiera vestido a toda prisa. Estaba despeinado y se había calzado unas zapatillas de lona blanca muy gastadas. El día anterior habían hecho el amor, pero ahora les lanzó una mirada asesina.

—Gabe, me alegro mucho de que estés aquí —gimió Kristy—. ¡Mira eso!

Pero él ya había visto el horrible grafiti y lo observaba como si mirándolo fijamente pudiera borrarlo.

—Rachel, hoy mismo hablaremos con Odell Hatcher. —La mirada de Gabe se recreó en las largas piernas desnudas de Rachel bajo la camiseta y tardó un momento en continuar hablando—. Quiero que la policía vigile la zona.

—No sé qué demonios pasa en este pueblo —dijo Kristy suavemente. Mientras Rachel permanecía a su lado en silencio, Kristy lo puso al corriente del incidente de las ruedas y de lo ocurrido en la heladería del Junction Café—. Es como si Dwayne Snopes le hubiera roto el corazón a toda esa gente y la única manera de vengarse fuera desquitándose con Rachel.

—A la policía no le importará —dijo Rachel—. Quieren que me vaya como todos los demás.

—Eso ya lo veremos —respondió él con seriedad.

—Yo no quiero que te vayas... —terció Kristy.

—Pues deberías. He sido muy egoísta. No me había dado cuenta... de que esto se está descontrolando y que los dos os vais a ver afectados.

Los ojos de Kristy chispearon.

—¿Acaso crees que me importa?

—Deberías preocuparte un poco más por ti misma —dijo Gabe.

Antes de que pudiera discutir con ellos, la puerta mosquitera rechinó y apareció Edward en el umbral. Sujetaba a *Caballo* por una de sus largas orejas y se restregaba los ojos con un puño. Su descolorido pijama azul de dos piezas le quedaba demasiado pequeño, y los dálmatas de la parte delantera se habían agrietado y desvanecido por los lavados. Rachel se sintió avergonzada por no haberle comprado uno nuevo.

—He oído voces.

Rachel se apresuró a su lado.

—Está bien, cariño. Ha venido el señor Bonner. Estábamos hablando.

Edward vio a Gabe y apretó los labios en un gesto testarudo.

—Pues grita demasiado.

Rachel lo hizo volver con rapidez hacia la puerta.

—Vamos a vestirnos.

Él se agarró a la mano de su madre sin protestar pero, cuando ella abrió la puerta mosquitera, el niño masculló una palabra que Rachel esperó con todas sus fuerzas que Gabe no hubiera oído.

«Gilipollas.»

Para cuando Edward y ella salieron ya vestidos, Gabe parecía haber desaparecido, pero al entrar en la cocina para darle a Edward el desayuno, lo vio en el porche con una lata de pintura y una brocha. Rachel preparó los cereales de Edward y salió a enfrentarse a él.

—No tienes por qué hacerlo.

—Claro que sí. —Había tapado el grafiti, pero todavía se vislumbraba bajo la pintura—. Voy a tener que dar una segunda mano. Lo haré después del trabajo.

—Lo haré yo.

—No, no lo harás.

Sabía que debería insistir, pero no tenía estómago para hacerlo y sospechaba que Gabe lo sabía.

—Gracias.

Poco después, Gabe asomó la cabeza por la puerta y le dijo que subiera a la camioneta.

—Vamos a hablar con Odell Hatcher.

Veinte minutos más tarde, estaban sentados ante el jefe de policía de Salvation. Delgado, de escaso pelo gris y con una nariz ganchuda, Hatcher miró a Rachel por encima de las gafas negras mientras anotaba la información que Gabe le iba dando.

—Lo investigaremos —dijo cuando terminó.

Pero Rachel detectó un brillo de satisfacción en sus ojos y sospechó que no se esmeraría demasiado. La esposa de Hatcher había sido miembro del Templo, y sin duda se habría avergonzado cuando la corrupción salió a la luz.

Decidió que era el momento de pasar al ataque.

—Oficial Hatcher, el día que Dwayne huyó, su departamento me confiscó el coche. Había una Biblia dentro y me gustaría saber qué sucedió con ella. Es un recuerdo familiar, sólo tiene valor sentimental y me gustaría recuperarla.

—El coche y todo lo que contenía se destinó a pagar las deudas de Dwayne.

—Eso ya lo sé, pero quiero averiguar qué fue de esa Biblia.

Era evidente que Hatcher no quería hacerle ningún favor. Sin embargo, una cosa era ignorar a la viuda del telepredicador y otra a uno de los miembros de la familia más prominente de Salvation.

—Lo averiguaré —dijo con una seca inclinación de cabeza.

—Gracias.

Odell desapareció. Gabe se levantó y se acercó a la única ventana de la habitación que daba a un callejón con una tintorería y una tienda de repuestos para coches.

Delante de la ventana, comentó en voz baja y crispada:

—Me preocupas, Rachel.

—¿Por qué?

—Eres imprudente. Haces las cosas sin pensar en las consecuencias.

Rachel se preguntó si estaría hablando de lo ocurrido el día anterior. Hasta entonces, ninguno de los dos había mencionado lo sucedido.

—Eres demasiado impetuosa, y eso es peligroso. Por ahora, nadie ha tratado de hacerte daño de verdad, pero quién sabe qué ocurrirá mañana.

—No me quedaré demasiado tiempo. En cuanto encuentre el dinero, me iré de Salvation tan rápido...

—Si lo encuentras.

—Lo haré. Y luego me iré tan lejos como sea posible. Seattle, tal vez. Me compraré un coche rápido y una pila de libros y juguetes para Edward, y una casa que sea un hogar de verdad. Luego...

Dejó de hablar cuando el jefe de policía regresó con un informe policial y lo puso ante ella.

—Aquí tiene la lista de lo que había en el coche.

Ella leyó la columna impresa: un raspador de ventana, la documentación del vehículo, un pequeño cofre, un lápiz de labios... Allí estaba todo, la lista de todos los artículos que había en el coche. Llegó al final.

—Hay un error. No se menciona ninguna Biblia.

—Entonces es que no estaba en el coche —dijo Hatcher.

—Sí que estaba. Yo la dejé allí.

—Han pasado tres años. A veces la gente confunde las cosas.

—Tengo una memoria excelente. ¡Quiero saber qué sucedió con esa Biblia!

—No tengo ni idea. No estaba en el coche. De lo contrario, estaría en esa lista. —El oficial la miró con sus pequeños y fríos ojos—. Recuerdo que usted estaba bajo una gran tensión nerviosa aquel día.

—¡Esto no tiene nada que ver con la tensión nerviosa! —Rachel quería gritar, pero se limitó a respirar hondo para calmarse—. El cofre estaba en el coche... —Señaló el informe—. Pero ahora está en la casa. ¿Cómo es posible?

—Debieron de considerarlo parte del mobiliario. El coche se liquidó aparte en la subasta.

—Pues la Biblia estaba con el cofre. Alguien del departamento se la quedó.

A Odell no le gustó nada oír eso.

—Redoblaremos las patrullas en los alrededores de la casa Glide, señora Snopes, pero eso no cambiará el sentir del pueblo: nadie la quiere aquí. Siga mi consejo y váyase a vivir a otra parte.

—Ella tiene tanto derecho a vivir aquí como cualquiera de nosotros —dijo Gabe con suavidad.

Hatcher se quitó las gafas y las dejó encima del escritorio.

—Me limito a exponer los hechos. Tú no vivías aquí cuando la señora Snopes y su marido casi arruinaron al pueblo. No les importaba quién donara el dinero siempre que llenara sus arcas. Sé que tú también has sufrido lo tuyo, Gabe, por eso creo que no piensas con claridad. De lo contrario, serías más selectivo con tus amistades. —La mirada irrespetuosa que Odell dirigió a Rachel decía que él creía que Gabe la mantenía a cambio de sexo. Como eso había sido exactamente lo que ella le había propuesto en su día, supuso que no debería sentirse ofendida.

—Deberías pensar en tu familia, Gabe —continuó—. Dudo que tus padres aprueben que te hayas liado con la viuda Snopes.

Gabe apenas movió los labios.

—Se apellida Stone, y si dice que la Biblia estaba en el coche, entonces es que estaba allí.

Pero Odell Hatcher no dio su brazo a torcer. Creía en la burocracia, y si el informe decía que no, era que no y punto.

Más tarde, cuando Rachel terminó de pintar los módulos de la zona de juegos, se consoló pensando en cómo la había apoyado Gabe a pesar de que creía que su búsqueda carecía de sentido. Miró hacia donde él estaba instalando unos reflectores con el electricista. Pareció notar su mirada porque levantó la vista hacia ella.

Rachel se puso en tensión. Se preguntó cuáles serían las reglas, ahora que su relación había dado un vuelco. Por primera vez, consideró lo difícil que sería arreglar las cosas para poder estar juntos.

Al caer la tarde, Gabe le comunicó que la llevaría a casa. Rachel no disponía de coche, y no le apetecía caminar hasta la montaña Heartache, así que aceptó, agradecida. Había trabajado duro ese día, pero no se quejaba. Comenzaba a creer que le importaba más el autocine a ella que a Gabe. Desde luego estaba bastante más ilusionada con la inauguración que él.

Cuando Gabe puso en marcha la camioneta, la tensión que había flotado entre ellos todo el día se intensificó. Rachel bajó la ventanilla y luego se dio cuenta de que estaba puesto el aire acondicionado.

—¿Tienes calor? —Él le dirigió una leve mirada lobuna, pero ella estaba nerviosa y fingió no haberla visto.

—Hoy ha hecho calor.

—Mucho calor.

Él le apretó el muslo suavemente animándola a acercarse más, pero ella se volvió hacia la ventanilla y se puso a mirar el paisaje. Gabe retiró la mano.

Rachel no quería que pensara que era tímida, especialmente cuando lo deseaba tanto, y supo que tenía que decírselo.

—Gabe, me ha venido el período esta mañana.

Él volvió la cabeza y la miró sin comprender.

—El período —repitió. Cuando la observó con expresión inquisitiva, ella recordó su profesión anterior—. Estoy en celo.

Él soltó una risotada.

—Ya te había entendido, Rachel. Es que no me puedo creer que pienses que eso me importa una mierda.

Rachel se odió a sí misma por sonrojarse.

—No creo que me sintiera cómoda.

—Cariño, si de veras quieres convertirte en una chica descarada, vas a tener que deshacerte de todos esos complejos.

—No es un complejo. Es una cuestión de higiene.

—Chorradas. Es un complejo y punto. —Se rio a sus expensas y tomó el camino a la casa de Annie.

—Adelante, ríete de mí —refunfuñó ella—. Al menos este problema es pasajero. Los demás no desaparecerán tan fácilmente.

—¿A qué problemas te refieres?

Rachel arrancó un largo hilo azul del vestido naranja y blanco, y examinó una mancha de pintura.

—No sé cómo vamos a ingeniárnoslas para seguir adelante con nuestro... ¿cómo lo llamarías tú? ¿Lío?

—¿Lío? —Él sonó ofendido—. ¿Es así como lo llamas?

Tomaron una curva del camino, y ella entornó los ojos contra el sol poniente.

—No es una aventura —dijo; luego hizo una pausa—. Una aventura es algo más serio. Da igual cómo lo llamemos, lo que no sé es cómo vamos a arreglárnoslas.

—Yo no veo ningún problema.

—Si crees eso es porque no te has parado a pensarlo. Quiero decir, no podemos desaparecer en mitad del día y...

—¿Liarnos?

Ella asintió con la cabeza.

—No veo por qué no. —Él cogió las gafas de sol de la guantera y se las puso. Ella se preguntó si sería para protegerse de la luz del sol o de ella.

—Te estás haciendo el tonto a propósito.

—No. De veras que no veo el problema. ¿O te refieres de nuevo al período?

—¡No! —Rachel bajó de un tirón la visera del coche—. Hablo en general. ¿O piensas que vamos a hacerlo en mitad del día?

—Si nos apetece...

—¿Y dónde lo haríamos?

—Donde nos pillara. Después de lo que sucedió ayer, no creo que haya que ponerse quisquillosos ahora.

La miró y ella vio su diminuto reflejo en las gafas de sol de Gabe. Parecía pequeña e insignificante, como si fuera una mota de polvo agitada por la brisa. Apartó la vista de la imagen.

—Si el mostrador de la cafetería no te vale, podemos ir a mi casa —dijo él.

—No has entendido nada.

—Pues vuelve a explicármelo. —Hablaba como un hombre al límite de su paciencia, y ella tuvo que tragarse las palabras.

—Me pagas por horas.

—¿Y eso qué tiene que ver con esto?

—¿Qué pasa con la hora... las horas... en que estemos liándonos?

La miró con cautela.

—Ésa es una pregunta trampa, ¿no?

—No.

—Y yo qué sé. No pasa nada.

—¿Y mi sueldo?

—¿Qué pasa con tu sueldo?

Iba a tener que deletreárselo.

—¿Me pagarás todas las horas en que estemos liándonos o no?

Ahora Gabe sabía que tenía que andarse con cuidado y le respondió con cautela.

—¿Sí?

A Rachel se le encogió el estómago. Se dio la vuelta para mirar por la ventanilla y murmuró:

—Imbécil.

—¡No! ¡Quise decir que no! Por supuesto que no voy a pagarte.

—Apenas gano lo suficiente. ¡Necesito hasta el último centavo! Ayer por la tarde me gasté media semana de sueldo en el supermercado.

Sobre ellos cayó un largo silencio.

—No hay forma de que gane en esta cuestión, ¿verdad?

—¿No lo entiendes? No podemos hacer nada mientras estemos trabajando, incluso aunque lo deseemos con todas nuestras fuerzas, porque eres tú quien me paga el sueldo. Y, al salir del trabajo, tengo que cuidar a un niño de cinco años. Nuestro lío sexual está abocado al fracaso, incluso antes de empezar.

—Eso es ridículo, Rachel. Y no creas que no voy a pagarte el sueldo de ayer.

—¡Claro que no me pagarás!

—De verdad, estás haciendo una montaña de un grano de arena. Si queremos hacer el amor, y podemos, lo haremos. Punto. Tu sueldo no tiene nada que ver con esto.

Gabe se estaba haciendo el tonto, pero sabía muy bien de qué estaba hablando Rachel. Al menos tenía suficiente tacto para no decirle que ya le había ofrecido sexo a cambio del sueldo.

Gabe volvió a concentrarse en la carretera y recorrieron casi dos kilómetros antes de volver a hablar.

—Hablas en serio, ¿no? Esto te supone un problema.

—Sí.

—Bueno. Pensaremos en ello y ya encontraremos una solución mientras estás con el período.

Le puso la mano en el muslo y se lo acarició con el pulgar.

—¿Estás bien? ¿Después de lo de ayer?

Él sonaba tan preocupado que ella sonrió.

—Estoy genial, Bonner. En la cima del mundo.

—Bien. —Le apretó la rodilla.

—¿Y tú?

La risa ahogada de Gabe tuvo un matiz seco, como si no hubiese reído en mucho tiempo.

—No podría estar mejor.

—Me alegra oírlo. —Miró por la ventanilla—. Acabas de saltarte el desvío a la montaña Heartache.

—Lo sé.

—¿No me llevabas a casa?

—Ya te llevaré. —Se quitó las gafas de sol.

Atravesaron Salvation y, cuando dejaron atrás el centro del pueblo, Gabe se dirigió al garaje de Dealy. Aparcó enfrente y Rachel vio el Escort estacionado a un lado.

—Oh, Gabe... —Abrió la puerta y corrió hacia el coche. Luego estalló en lágrimas.

—No hay nada como unas ruedas nuevas para llegar al corazón de una mujer —dijo Gabe secamente, acercándose a ella. Le pasó la mano por la cintura y la acarició.

—Es maravilloso. Pero... no tengo suficiente dinero para pagarte.

—¿Acaso he dicho que tengas que pagarlo? —Parecía realmente indignado—. Lo cubre el seguro de Cal.

—No todo. Ni siquiera los más ricos se libran de pagar franquicia. Dwayne tenía franquicias en los cuatro coches.

Gabe la ignoró, la agarró del brazo y la condujo de nuevo a la camioneta.

—Luego vendremos a por él. Antes tenemos que hacer otra cosa.

Mientras se alejaban del taller, los sentimientos de Rachel se agitaron dentro de ella, como si estuvieran en una licuadora gigante. Gabe era brusco pero amable, despistado para algunas cosas pero muy espabilado para otras, y ella lo deseaba con locura.

La llevó al centro del pueblo y aparcó directamente debajo del toldo del Junction Café.

—Venga. Vamos a tomar un helado.

Ella le agarró del brazo antes de que abriera la puerta de la camioneta. La ventanilla de la heladería estaba muy concurrida a esa hora de la tarde, y Rachel sabía lo que pretendía hacer. Primero las ruedas y ahora esto. Sintió un nudo en la garganta.

—Gracias, Gabe. Pero soy yo quien debo librar mis batallas.

Él no pareció impresionado por aquella muestra de independencia. Apretó los dientes y la miró airado.

—Saca el culo de la camioneta ahora mismo. Vas a tomarte un helado, aunque tenga que abrirte la boca y metértelo dentro yo mismo.

Eso era sensibilidad. Rachel no tenía mucha elección, así que bajó del vehículo.

—Éste es mi problema y lo resolveré yo misma.

La puerta del conductor se cerró de golpe detrás de él.

—Pues estás haciendo un trabajo de mierda.

—Quiero un aumento —dijo Rachel mientras subía a la acera—. Si puedes tirar el dinero en unas ruedas nuevas y en un helado, puedes pagarme algo mejor que un sueldo de esclava.

—Anda, sonríe para toda esa gente.

Sintió las miradas de la gente clavadas en ella: madres con niños pequeños, un par de trabajadores con las camisetas sucias, una mujer de negocios con el móvil pegado al oído. Sólo un grupo de niños patinando pareció no interesarse por que la malvada viuda Snopes estuviera pisando el suelo santo de Salvation.

Gabe se dirigió a la chica que atendía la ventanilla.

—¿Está el jefe? —Ella mascó el chicle y asintió con la cabeza—. Ve a buscarle, ¿vale?

Mientras esperaban, Rachel advirtió un bote de plástico delante de la ventanilla con un cartel que decía «Fondo para Emily» con la foto de una niña de pelo rizado y sonriente cara de pilluela. Solicitaban ayuda para los gastos médicos de la niña que padecía leucemia. Recordó a la mujer con los pendientes en forma de loro.

«Es nuestra última esperanza, señora Snopes. Emily necesita un milagro.»

Por un momento no pudo respirar. Se concentró en

abrir el bolso, coger un billete de cinco dólares y meterlo en la ranura.

La cara de Don Brady apareció en la ventanilla.

—Hola, Gabe, ¿cómo va...? —Se interrumpió al ver a Rachel.

Gabe fingió que no pasaba nada.

—Le estaba diciendo a Rachel que tienes los mejores helados de sirope de fresa. Queremos un par de ellos, y que sean bien grandes.

Don vaciló, y Rachel supo que intentaba encontrar una salida. No quería atenderla, pero no sabía cómo negarse a servir a uno de los hijos predilectos del pueblo.

—Uff..., claro, Gabe.

Unos minutos después, se alejaban de la ventanilla con dos grandes helados cubiertos de sirope de fresa que no les apetecían nada. Mientras se dirigían a la camioneta de Gabe, no miraron al otro lado de la calle. Si lo hubieran hecho, habrían visto a un hombrecillo fumando entre las sombras que no les quitaba el ojo de encima.

Russ Scudder lanzó el cigarrillo al suelo. «Bonner se la tira», decidió. Si no, no hubiera arreglado las ruedas con tanta rapidez. Eso también explicaba que Bonner la hubiera contratado. Así la tenía a mano cuando le entraba el calentón.

Russ apretó los puños en los bolsillos y pensó en su esposa. La había visitado el día anterior, pero seguía negándose a hablar con él. Jesús, la había perdido... Si por lo menos tuviera un empleo podría intentar recuperarla, pero Rachel Snopes se había apropiado del único trabajo que le habían ofrecido en el pueblo.

Se alegró de haber destrozado las ruedas el día anterior. No había planeado hacerlo, pero había visto el coche y como no había nadie cerca... se había dado el gustazo. Igual que cuando se había acercado a la casa de Annie Glide horas después con una lata de pintura y había escrito «Pecadora» en la pared, como predicaba la Biblia. Quizás ahora entendiera de una vez por todas que no era bien recibida allí.

Pensó que al viejo G. Dwayne le habrían gustado las hazañas de la noche anterior. A pesar de sus Rolex y sus trajes de diseño, Dwayne había sido un buen chico. Aunque jamás le había pedido que hiciera daño a nadie, Russ sabía que rezaba mucho y que amaba a Dios sobre todas las cosas. Rachel lo había tentado. Dwayne quería tener a su esposa contenta, así que se había apropiado del dinero de la cuenta del Templo para satisfacer sus caprichos.

La avaricia de Rachel había hecho caer al Templo y a Dwayne Snopes. La codicia de aquella mujer había hecho caer también a Russ, porque, si no fuera por ella, él todavía sería guarda de seguridad. Mientras había tenido un trabajo se había sentido un hombre completo.

Y ahora ella había vuelto a Salvation, como si no hubiera hecho nada malo. Y estaba utilizando a Gabe de la misma manera que había utilizado a G. Dwayne. Pero aquel hijo de perra era demasiado estúpido para darse cuenta.

Russ había intentado hablar con su ex esposa sobre Rachel, había intentado hacerle comprender que Rachel tenía la culpa de todo lo que había pasado, pero ella no lo entendía así. Decía que todo era culpa de Russ.

Necesitaba una copa, y se dirigió al bar donde trabajaba Donny. Un par de copas lo tranquilizarían. Lo harían olvidarse de que no tenía trabajo, de que su esposa lo había echado de casa y de que no podía mantener a su hija.

—¿Él va a estar aquí? —preguntaba Edward una y otra vez la mañana del sábado, mientras Rachel aparcaba el Escort detrás de la cafetería.

No había necesidad de preguntar quién era «él».

—El señor Bonner no es tan malo como tú crees. Me ha dado trabajo y nos permite vivir en la casa de la montaña. Y nos ha dejado un coche para que podamos ir de un lado a otro.

—Fue el reverendo Ethan quien nos dejó la casa y el coche.

—Sólo porque el señor Bonner se lo pidió.

Pero Gabe seguía siendo el enemigo de Edward, y el niño no cedía ni un ápice. Por otra parte, había desarrollado una inquebrantable lealtad hacia Ethan, que al parecer le iba a ver casi todos los días a la guardería. Rachel se dijo a sí misma que tendría que agradecérselo, aunque se atragantara al hacerlo.

Convivir con otros niños había sido bueno para su hijo. Todavía no había hecho amigos, pero parecía algo más hablador, quizás un poco más rebelde, aunque, con Edward, aquello era algo relativo. Aun así, le había replicado dos veces «¿Tengo que acostarme?» cuando lo había mandado a la cama. Para él, esas palabras ya eran un acto de rebeldía.

—Ya verás cómo han quedado los columpios.

Le dio una bolsa con algunos juguetes para mantenerle entretenido todo el día, luego cogió la bolsa que contenía sus almuerzos y algunos bocadillos. Cuando observó a su hijo dirigirse a la zona de juegos, con *Caballo* colgando de su mano, se dio cuenta de que parecía más fuerte. Tenía los brazos y las piernas bronceadas y había una energía en sus movimientos que no recordaba haber visto en él desde antes de su enfermedad.

—Los columpios están arreglados —dijo ella—. Si llevamos allí una mesa y una silla, tendrás un lugar donde sentarte a dibujar.

Le había comprado una caja nueva de colores que incluía sesenta y cuatro lápices, en vez de veinticuatro. También le había comprado unas zapatillas nuevas y un pijama estampado con coches de carreras. Y le había dejado elegir una camiseta barata; él había ignorado las camisetas con estampados infantiles y había escogido una que decía «Macho Man».

Se miró sus propias prendas. Se limpiaba la pintura y la suciedad de los mocasines negros todos los días y se conservaban bastante bien. No necesitaba gastar ni un centavo en sí misma.

En ese momento, llegó la camioneta de Gabe, acompañada de una estela de polvo. Edward se escondió detrás de la tortuga, donde ella supuso que intentaría hacerse tan invisible como fuera posible. Rachel se dirigió a la camioneta y observó cómo salía Gabe, rezumando elegancia felina.

El día anterior le había dado la llave de la casa de Cal para que pudiera buscar la Biblia mientras él salía con Ethan. No la había encontrado, pero Rachel había apreciado el hecho de que él confiara lo suficiente en ella para dejarla buscar a solas.

Los ojos de Gabe la acariciaron mientras se acercaba a ella, y Rachel se sintió aturdida al recordarle en el interior de su cuerpo sólo dos días antes.

—Buenos días. —La voz era profunda y ronca, llena de promesas sexuales.

La brisa levantó el dobladillo de la falda, que rozó los vaqueros de él.

—Buenos días. —Rachel sentía la boca seca.

Él le pasó la mano por el pelo y se la deslizó alrededor de la nuca.

—Hoy no hay ningún electricista por aquí.

Pero no estaban solos, ella tenía el período y él no sabía que había llevado a Edward consigo. Además, Gabe no le había dado aún el cheque semanal. Con un suspiro renuente, Rachel se apartó de él.

—No podemos liarnos hoy.

—¿Ya volvemos con eso?

—Me temo que sí.

Él no dijo nada. Simplemente miró con el ceño fruncido el vestido naranja con algunas manchas de pintura y los mocasines, que parecían molestarle más cada día que pasaba.

—Dejaste los vaqueros de Jane sobre la cama cuando fuiste a buscar la Biblia. ¿Por qué no te los quedaste?

—Porque no son míos.

—Te lo juro, Rachel, hoy pienso comprarte unos.

Ella le respondió arqueando una ceja.

—Olvídate de los vaqueros. Prefiero que me subas el sueldo.

—Olvídalo.

Una buena contienda verbal era justo lo que Rachel necesitaba para distraerse y, apoyando la mano en la cadera, le contestó:

—Me mato trabajando para ti, Bonner. Nadie paga tan poco como tú, que, por si no lo sabías, es mucho menos que el salario mínimo.

—En eso tienes razón —repuso él con amabilidad—. Eres toda una ganga.

—¡Me pagas lo mismo que a una esclava!

—Por eso eres una ganga. Y te pago lo que acordamos.

Mucho más, si tenía en cuenta lo de la casa y el coche. Pero aun así, nunca podría ahorrar lo suficiente para que Edward y ella pudieran irse de Salvation para siempre. Tenía que encontrar la Biblia.

Y todavía tenía que decirle que se había traído a Edward con ella. Aunque estaba de mejor humor esos días, a Rachel no le entusiasmaba darle la noticia. Demoró el tema unos segundos mientras se recogía el pelo en una coleta.

—Espero que no te importe, pero he tenido que traer a Edward conmigo.

La expresión de Gabe se tornó cautelosa.

—¿Dónde está? No lo veo.

Ella señaló la zona de juegos con la cabeza.

—Se está escondiendo de ti. Te tiene miedo.

—Pues yo no le he hecho nada.

Aquello era una mentira tan flagrante que Rachel ni siquiera se tomó la molestia de negarlo.

Gabe le dirigió una mirada significativa.

—Te dije que no lo quería aquí.

—Es sábado y no he podido dejarlo en ningún otro lado.

—¿Los sábados no se quedaba con Kristy?

—Kristy tiene un corazón enorme, pero no podía pedírselo otra vez. Además, pronto se mudará al apartamento y tiene que arreglar algunas cosas.

Él recorrió con la vista la zona de juegos, pero Edward permaneció escondido. El antagonismo de Gabe hacia su hijo le dolía. ¿Acaso no veía lo especial que era Edward? ¿Cómo alguien inteligente podía conocer a Edward y no quererlo?

—De acuerdo —espetó él—. No le quites el ojo de encima, y que no se cargue nada.

—Estamos en un autocine, Gabe, no en una tienda de porcelana china. No creo que pueda cargarse nada.

En vez de replicarle, él se dirigió al almacén, donde cogió un rollo de cable antes de salir de nuevo.

La actitud de Gabe hacia Edward era una traición. Si la apreciaba a ella, debería apreciarlo a él. Si...

Se contuvo a tiempo. Estaba pensando como si tuviera un futuro con Gabe, en vez de recordar que su relación se limitaba sólo a dos cosas: por un lado, era su jefe y, por otro, su juguete sexual. Nada más.

13

«Soy una zorra.»
«Soy una zorra.»
«Soy una zorra.»

Kristy apretaba la palma de la mano contra el pecho, apenas cubierto por un top azul remetido dentro de unos vaqueros blancos, tan ceñidos que le hubiera marcado las bragas si no llevara puesto algo llamado tanga y que, si bien no dejaba marca, se le metía en el culo.

Al sentarse tras el escritorio pulcramente ordenado en la oficina, sintió el corazón palpitando en la garganta, un corazón que no sentía bajo la palma de la mano porque se interponían sus pechos; unos monumentales pechos increíblemente realzados por el Wonderbra que la dependienta de la tienda de lencería de Asheville le había dicho que debía comprarse sin falta. También había adquirido otra docena de artículos de primera necesidad que habían mermado considerablemente los ahorros reservados para comprar el dormitorio del nuevo apartamento.

Llevaba dos semanas con los nervios de punta, desde la noche en que le había confesado a Rachel sus sentimientos por Ethan. En cuatro días se mudaría al apartamento. Era tiempo de cambios.

La brisa entró por la ventana abierta y meció un mechón de su pelo, oscuro y fino como el de un bebé. Se lo colocó detrás de la oreja. Ahora lo llevaba corto y emplumado. Eso era lo que le había dicho el estilista: «Los humanos tenemos nuestro propio plumaje... un plumaje sencillo, cierto, pero no menos importante.»

Ahora su sencillo y no menos importante plumaje le rozaba las mejillas y la nuca. Algunas plumas le caían sobre los ojos. Otras, sobre las orejas donde relucían unos brillantes pendientes de circonita. Plumas, plumas y más plumas... Se sentía como un canario, y un tanto desaliñada.

Cuando el día anterior entró en la casa de Annie tras haber ido a la peluquería y observó cómo Rachel abría la boca de asombro, se había echado a llorar.

Rachel, sin embargo, había estallado en carcajadas.

—¡Kristy, estás hecha una auténtica chica moderna! Y lo digo en el mejor de los sentidos.

Rachel la había abrazado y se había interesado por todo lo que había comprado, obligándola a enseñarle hasta el último artículo: ropa, lencería, el nuevo y carísimo maquillaje y el exquisito y empalagoso perfume que había conseguido que Edward arrugase la nariz y le dijera a Kristy que olía como una revista.

Después de admirar todas las compras de Kristy, Rachel le había dicho que estaba guapísima, luego la había mirado de esa forma intimidante que tenía.

—Lo estás haciendo por ti, ¿verdad, Kristy? Lo estás haciendo porque tú quieres, no sólo para llamar la atención de ese inútil de Ethan Bonner, ¿no?

—Lo estoy haciendo por mí misma —le aseguró Kristy, si bien las dos sabían que era mentira. Si fuera por ella, seguiría llevando el pelo largo, y también sus viejos y sencillos vestidos, y el mínimo maquillaje posible. Si estuviera haciéndolo por ella, volvería a ser invisible porque le gustaba ser invisible. Porque deseaba ser invisible. Porque había nacido para ser invisible.

Pero si seguía siendo invisible, no llamaría la atención del reverendo de sus sueños.

Se le detuvo el corazón cuando oyó los pasos confiados de Ethan en el pasillo. La oficina de la iglesia estaba cerrada los lunes, así que aprovechaban para poner al día el trabajo atrasado. «Querido Dios, por favor, haz que se muera de lujuria rápidamente porque no aguantaré mucho más tiempo así.»

—Buenos días. —Ethan entró con brío en la oficina—. ¿Puedes traerme el informe del comité? Quiero echarle un vistazo. Y mira en la agenda si nos queda un hueco en julio. —Luego entró en su despacho, sin dirigirle una sola mirada.

La buena e invisible Kristy Brown de siempre.

Ella cogió el bolso y sacó el diminuto frasco de perfume para rociarse al menos diez dólares entre los pechos. Se estudió con rapidez en un espejito: maquillaje discreto, cejas bien perfiladas, largas pestañas oscuras, un toque de colorete y labios rojos de prostituta.

Por el amor de Dios... ¡Vaya boca! Pero la dependienta le había asegurado que le quedaba perfecto, y Kristy recordó algo que le había dicho Rachel esa misma mañana. «Una mirada a tu boca, Kristy, y el hombre ardiente que oculta el reverendo tendrá unos pensamientos muy pecaminosos. Aunque eso a ti no te importa, ya que te has comprado la barra sólo porque a ti te gusta.»

Kristy recogió los dossieres pulcramente ordenados, pero con los nervios se le cayeron al suelo. Cuando se inclinó a recogerlos, observó que las uñas de los pies, pintadas en un llamativo color magenta, asomaban entre las finas tiras de las sandalias doradas. Le pareció estar viendo el pie de otra persona.

«Soy una zorra. Soy una zorra. Soy una zorra tonta y emplumada.»

Ethan estaba inclinado sobre un catálogo. Ese día llevaba una camisa blanca con estrechas rayas marrones y pantalones azul marino. Sus dedos delgados jugueteaban con los bordes del catálogo. Ella se los imaginó jugueteando con las tiras del Wonderbra.

Con el corazón latiendo con fuerza, dejó el informe

que le había pedido sobre el escritorio y enderezó de manera automática un montón de cartas. Luego se sentó en el lugar acostumbrado enfrente de él. Cuando cruzó las piernas, los vaqueros blancos se le ciñeron tanto que casi le cortaron la circulación, pero ignoró la incomodidad.

Ethan estudió el informe.

—Me gustaría que este año el cartel transmitiera más emoción. Quiero que la Campaña de Ayuda sea mejor que la del año pasado, más agresiva, pero el comité no quiere invertir más dinero en un póster.

—¿Por qué no lo incluimos como una actividad en el Curso para Adultos? Les entusiasmará hacerlo.

«¡Mírame! ¡Quiero dejarte sin aliento!»

—Mmm... buena idea... ¿Por qué no llamas a Mary Lou y se lo explicas?

«¡Mírame, siénteme!»

En cuanto lo pensó, se puso roja como un tomate. Se removió, impregnando el aire de perfume.

Ethan pareció detectarlo, pero no levantó la vista.

Kristy deslizó el calendario de julio sobre el escritorio para que él viera que llevaba seis anillos en la mano y un seductor brazalete de oro y plata con dos manos enlazadas.

Por supuesto, no lo vio.

—El día diez no puede ser, tengo que dar una conferencia. De todas maneras, puedo cancelar el pícnic del «Campamento de la Escuela de la Biblia», o no asisto y punto.

Kristy quería salir de la oficina, pero si huía ahora, nunca tendría valor para hacer aquello de nuevo. Se obligó a ponerse en pie, luego rodeó el escritorio y se detuvo a su lado.

—Los niños se desilusionarán si no vas. ¿Por qué no cambio el día y vas el jueves?

Ethan estornudó. Kristy le dio un pañuelo de papel y él se limpió aquella aristocrática nariz.

—¿No es ése el día que invitamos a los padres a comer?

—No hay problema. —Acercó más la cadera hacia él—. Lo adelantaremos un par de días.

—De acuerdo. —Lanzó el pañuelo a la papelera—. Recuérdamelo.

Ya no podía más. Señalando el calendario, se inclinó todo lo que pudo y le plantó los pechos justo debajo de los ojos.

—El día veintitrés es la fecha ideal para el desfile de la Hermandad de los amigos de Jesús.

Silencio. Un largo y pesado silencio.

Ethan tensó el cuello. Sus elegantes dedos apretaron el escritorio. En ese momento, toda la vida de Kristy pareció pasar ante sus ojos —cada uno de sus treinta aburridos años—, mientras esperaba que él levantara la mirada de sus pechos.

Él alzó la cabeza lenta, muy lentamente. Parecía haberse quedado sin palabras cuando sus ojos alcanzaron la cara de la joven. Finalmente los músculos de su garganta recuperaron su función y tragó saliva.

—¿Kristy?

Ella se dijo a sí misma que podía ser como Rachel. ¿Cómo actuaría Rachel en esa situación? Levantó la barbilla y apoyó una mano temblorosa en la cadera.

—¿Síííí? —Casi se atragantó al responder. Nunca había respondido «¿síííí?» a nadie.

Él la miró a los ojos.

—La... la blusa..., el top...

Ella ladeó la cabeza haciéndose la indiferente, algo sumamente difícil ya que ésa era la primera vez en su vida que atraía por completo la atención de Ethan Bonner. Rompió a sudar, pero esperó que no se notara.

Se dio cuenta de que Ethan esquivaba su mirada. En realidad, parecía como si hubiera perdido el control sobre sus ojos. Le miró el pelo, el maquillaje, la boca pintada en ese color rojo carmesí, los pechos y la ropa, y de nuevo los pechos.

Luego pareció recuperarse lentamente. Se le unieron

las cejas en el entrecejo y se percibió cierta brusquedad en su voz, que indicaba que no había enloquecido de lujuria precisamente.

—¿Qué te has hecho?

Kristy quiso llorar, pero Rachel la mataría si se desmoronaba.

—Estaba aburrida. Pensé que ya era hora de cambiar de imagen.

—¡Cambiar de imagen! Pero si pareces una... —De nuevo, sus ojos se clavaron en los pechos de Kristy, luego respiró hondo—. Por supuesto, no voy a decirte lo que puedes ponerte fuera del trabajo, pero esa ropa no es apropiada para la oficina de la iglesia.

—¿Que no es apropiada?

—Te has puesto unos vaqueros.

—Tú vienes en vaqueros a la oficina todos los días. Y Billie Lake hace exactamente lo mismo cuando me sustituye.

—Sí, pero... No digo que los vaqueros no estén bien. Por supuesto que están bien, pero... —Volvió a mirarle los pechos—. La... la barra de labios es un poco... Bueno, es un poco roja.

Kristy se puso furiosa. Ethan se echaba a babear cada vez que veía a Laura Delapino, ¡y ella usaba una barra de labios igual de roja! Pero claro, como se trataba de la buena de Kristy Brown, había que criticarla. No se imaginaba a Rachel callándose y permitiendo que un hombre le dijera cómo tenía que vestirse.

—No te gusta mi barra de labios —dijo sin ambages.

—Yo no he dicho eso. No es cuestión de si me gusta o no. Pero creo que en la oficina de la iglesia...

Rachel jamás aguantaría eso. Ni en un millón de años. Y ella tampoco pensaba hacerlo.

—Si no te gusta como visto, despídeme.

Él pareció genuinamente estupefacto.

—¡Kristy! —Tenía que salir de allí antes de romper a llorar—. No es necesario que te pongas así. —Él se aclaró la garganta—. Estoy seguro de que una vez que lo hayas pensado bien...

—Lo he hecho, y ¡dimito!

Salió del despacho de Ethan con todo el plumaje alborotado, agarró rápidamente el bolso de su mesa y se dirigió al coche, donde se derrumbó sobre el volante y rompió a llorar. ¿De verdad había esperado que él se enamorara de ella sólo porque había exhibido los pechos? Era la misma mujer tonta y patética que llevaba toda la vida soñando con un hombre que no la había mirado dos veces. Y para colmo, ahora tampoco tenía trabajo.

A través de las lágrimas vio que se abría la puerta trasera y que Ethan salía corriendo. No quería que la viera así, una patética perdedora llorando por su miserable vida. Sacó la llave del bolso y la metió en el contacto.

—¡Kristy!

El motor cobró vida. Ethan corrió hacia ella. Kristy salió disparada del aparcamiento.

El reverendo corrió hacia el coche.

—¡Detente, Kristy! ¡Estás exagerando las cosas! Hablémoslo.

Fue entonces cuando ella hizo algo inconcebible. Bajó la ventanilla, sacó la mano y le enseñó el dedo corazón al reverendo Bonner.

Ya habían pasado dos días desde que Kristy había aparecido en la oficina de la iglesia vestida y maquillada como una prostituta de lujo y Ethan seguía sin asimilarlo.

—¡Pero mira cómo se mueve! —El reverendo no apartaba la mirada de la diminuta pista de baile del Mountaineer, donde Kristy Brown bailaba con Andy Miels, que era casi diez años más joven que ella.

Los movimientos de Kristy eran algo tímidos, pero nadie del local parecía notarlo.

Kristy había aparecido en el Mountaineer con una falda negra muy ceñida que sólo le cubría la mitad de los muslos y un top amarillo con un profundo escote que exhibía unos pechos que nadie había pensado que poseyera. Se había puesto un collar dorado y negro en forma de «Y» cuyo colgante descansaba en la uve del escote. Los pendientes de circonita relucían entre los mechones de pelo oscuro que se agitaban en torno a su rostro mientras bailaba.

Hasta que Kristy entró por la puerta, Ethan había estado comiendo una hamburguesa a la vez que intentaba sonsacar información a Gabe sobre su relación con la viuda negra. Desde que Ethan había pillado a Rachel la semana anterior tratando de robar el cofre donde Jane guardaba los disquetes del ordenador, se había preguntado si su hermano y Rachel tendrían algo más que una relación de trabajo. La posibilidad le ponía los pelos de punta. A esas alturas, Rachel tenía que saber que Gabe estaba forrado. Su hermano jamás le había dado importancia al dinero, y ella era una aprovechada. Cada vez que la miraba, le parecía como si en sus ojos brillara el signo del dólar.

Pero el interrogatorio a Gabe terminó de golpe cuando apareció Kristy.

—¡Y ha venido sola! —exclamó Ethan—. Ni siquiera ha tenido la decencia de presentarse con una amiga. —Miró con odio a la pareja de Kristy—. ¡Te lo juro, Gabe, fue la canguro de Andy Miels!

—Pues me parece que ninguno de los dos se acuerda de eso ahora —dijo Gabe.

Kristy solía frecuentar el Mountaineer. Como en el condado existía la Ley Seca, los residentes de Salvation pagaban una pequeña cuota para ser socios del local y poder beber alcohol. Junto a la entrada se encontraba el mejor restaurante del pueblo y, un poco más allá, el bar donde se centraba la vida social.

El Mountaineer era un local respetable, y Kristy había comido allí a menudo durante años; había compartido mesa en el pintoresco comedor con familiares o amigos, pero nadie la había visto nunca así. Sola. En el bar. Por la noche. Y vestida de esa manera.

Ethan apenas podía contenerse.

—¿Sabes qué me hizo el martes cuando salía del aparcamiento? Un gesto obsceno. ¡Nuestra Kristy!

—Ya lo has mencionado —dijo Gabe—. Tres veces.

—Se muda al apartamento este fin de semana. ¿No crees que si se ha pasado el día embalando y llenando cajas debería estar cansada para salir?

—No parece nada cansada.

Kristy se rio de algo que Andy le dijo y dejó que éste la guiara a la mesa que compartía con dos amigos de la universidad que habían venido de visita. A Ethan no le parecían de fiar. Gorras hacia atrás, pendientes, perillas descuidadas...

«Unos holgazanes, seguro.» Andy jugaba al fútbol americano en North Carolina State y, dada la estatura de los demás miembros de la mesa, Ethan sospechaba que serían sus compañeros de equipo.

—Esto es culpa de Rachel Snopes.

Gabe apretó los dedos en torno al vaso de agua.

—Se apellida Stone. Rachel Stone.

—Es ella quien ha convertido a Kristy en una... mujerzuela.

—Contrólate, Eth.

—Lleva la ropa tan ajustada que es un milagro que pueda moverse. Pero mover, se mueve bien. Mira eso. —Kristy acababa de apoyar las manos en la mesa y se inclinaba para oír algo que decía uno de los jugadores de fútbol americano—. ¡Talmente se las está metiendo por los ojos!

—Me cuesta creer, Eth, que no te hayas fijado en sus tetas antes.

—Tú tampoco te habías fijado.

—Pero yo no llevo trabajando con ella ocho años.

La frustración de Ethan se desbordó.

—Es mejor que haya dimitido ella, porque si no tendría que despedirla yo. No puedo permitir ese comportamiento en la secretaria de un reverendo.

Gabe le habló con suavidad.

—Laura Delapino o Amy Majors visten igual, y a ti parecen gustarte.

—Ellas no son como Kristy, y no sé por qué me llevas la contraria en esto. Era una chica normal hasta que se puso a compartir casa con la viuda Snopes. Es obvio que corromper a Kristy es sólo una parte del plan de Rachel para provocar al pueblo.

—¿Crees que tiene un plan?

Ethan se encogió de hombros.

Gabe bajó la voz.

—Escúchame, Eth. Rachel intenta mantenerse a flote como puede. Todos la han rechazado, se han cargado sus ruedas, han aparecido pintadas en la casa de Annie. No me digas que tiene un plan para provocar al pueblo.

Sí, tenía razón, pero el ramalazo de culpabilidad de Ethan desapareció cuando observó cómo Andy llevaba su jarra de cerveza a los labios de Kristy. Se puso en pie de un salto.

—¡Se acabó! Me la llevo de aquí.

Desde el otro extremo del bar, Kristy observó cómo Ethan se acercaba echando pestes hacia ella. Y también observó que había planchado la camiseta otra vez. Era una de sus favoritas, del grupo de rock psicodélico Grateful Dead.

Ethan siempre llevaba la ropa limpia. Planchaba hasta los vaqueros más descoloridos que tenía. Su cabello rubio siempre estaba perfectamente cortado y peinado. Tenía los ojos profundamente azules. Su madre le había dicho una vez a Kristy que la familia Bonner guardaba un enorme secreto. Aunque ninguno lo había dicho en voz alta, todos adoraban a Ethan, el perfecto.

Bueno, pues Kristy no. No adoraba a míster Perfecto. La había traicionado, y ahora era inmune a esa rata que predicaba la palabra de Dios.

—Kristy, me gustaría hablar contigo.

—Dispara —logró decir con el mismo descaro que hubiera mostrado Rachel. Para dar más énfasis a sus palabras, Kristy meneó la cabeza haciendo ondular su plumaje.

No pensaba dejarle ver lo afligida que se sentía por la actitud que él había mostrado el martes. Al abandonar la oficina de la iglesia, había regresado a toda velocidad a casa de Annie y había amontonado toda la ropa nueva para tirarla. Pero justo entonces había visto su reflejo en el viejo espejo sobre el tocador de cerezo y se había detenido.

Al verse allí reflejada, había entendido finalmente lo que Rachel había intentado hacerle comprender desde el principio. Lo que hiciera, tenía que hacerlo por ella misma, no por un encantador y remilgado predicador con la madurez emocional de un muchacho de dieciséis años. Había decidido entonces que le daría otra oportunidad a su nueva imagen para comprobar si realmente le gustaba.

—Quiero hablar contigo en privado, Kristy.

Quería sermonearla. Sin pensar lo que hacía, Kristy tomó una servilleta y empezó a limpiar una mancha de agua. Había reunido todo su valor para ir allí esa noche, y no quería acabar gritando. Negó con la cabeza.

El reverendo endureció la voz.

—Ahora, Kristy.

—No.

—Que te jodan, gilipollas.

Ése había sido el compañero de habitación de Andy, y Kristy clavó los ojos en él, estupefacta. Nadie se dirigía a Ethan en esos términos. Luego recordó que Jason era de Charlotte y no sabía quién era Ethan.

Andy le dio un puñetazo en el brazo a su amigo.

—Esto... lo siento, reverendo Ethan. Jason no es de aquí.

Ethan les dirigió a ambos una mirada que amenazaba

con la condenación eterna, después volvió aquella mirada «Elmer Gantry»* hacia ella.

—Estoy esperando, Kristina.

En la gramola comenzó a sonar *You Don't Own Me.***

A Kristy se le oprimió el estómago por los nervios. Dobló la arrugada y mojada servilleta, el celofán de un paquete de cigarrillos y colocó la jarra de cerveza en el centro de la mesa para que todos pudieran servirse con más comodidad.

Ethan se inclinó y le habló al oído en voz tan baja que Kristy fue la única que lo escuchó.

—Si no haces lo que te he dicho, te echaré al hombro y te sacaré de aquí.

Ése no parecía el reverendo Ethan, amigo de todo el mundo, y tardíamente Kristy recordó que era un hombre de mucho carácter. Puede que no lo mostrara a menudo y que luego siempre se arrepintiera de su mal genio, pero esto no era luego, esto era ahora, y Kristy prefirió no tentar a su suerte.

Levantándose con toda la dignidad que pudo reunir, asintió con la cabeza.

—Bueno. Supongo que puedo dedicarte unos minutos.

A Ethan no le bastó con haber ganado.

—¿Unos minutos? Eso está por ver.

La tomó por el brazo con firmeza. En cuanto echó a andar, Kristy observó que su nerviosismo había desaparecido. Parecía flotar en una nube rosa, envuelta por una sensación de bienestar. Kristy no solía beber alcohol y, aunque apenas había tomado dos cervezas, notó que estaba algo achispada. Era una sensación maravillosa; Ethan

---

* Protagonista de la novela homónima de Sinclair Lewis. Es un jugador de póker que se hace pasar por predicador para obtener dinero fácil. *(N. de las T.)*

** El título de esta canción de los Blow Monkeys que formó parte de la banda sonora de *Dirty Dancing* significa «No te pertenezco». *(N. de las T.)*

podía sermonearla todo lo que quisiera, para el caso que le iba a hacer...

El reverendo la condujo a su coche. Al acercarse, se palpó con la mano libre el bolsillo izquierdo de los vaqueros. Como no encontraba lo que quería, buscó en el bolsillo derecho y luego en los de atrás.

Se había olvidado las llaves de nuevo. Seguramente se las había dejado dentro, encima de la mesa. Por eso ella siempre llevaba unas de repuesto en el bolso.

Automáticamente, Kirsty se dispuso a buscarlas; luego recordó que no llevaba el bolso de siempre, sino uno más pequeño con una cadena dorada. También recordó que Rachel le había dicho que dejara de comportarse como si fuera la madre de Ethan.

—Me he dejado las llaves dentro. —Ethan le tendió la mano—. Dame las de repuesto.

La buena y predecible Kristy Brown. Él estaba completamente seguro de que ella seguía llevando las llaves de repuesto, aunque ya no trabajara para él. Eso abrió un enorme agujero en la nube rosa que la envolvía y comprendió que no estaba tan achispada como quería.

—Mala suerte, amigo.

Él le soltó el brazo. Dirigiéndole una mirada irritada, Ethan le arrancó el bolso del hombro. Ella observó en silencio cómo hurgaba en el interior.

—No las tienes.

—Ya no trabajo para ti, ¿recuerdas? Y no tengo tus llaves de repuesto.

—Claro que todavía trabajas para... —Se interrumpió de golpe y pareció quedarse helado. Sacó la mano lentamente del bolso, sujetando entre los dedos un pequeño envoltorio cuadrado de papel metalizado.

—¿Qué es esto?

Ella se sintió avergonzada. Se ruborizó de golpe y eso la avergonzó todavía más hasta que recordó que el aparcamiento estaba demasiado oscuro para que él lo notara. Respiró hondo y se obligó a hablar con calma.

—Es un condón, Ethan. Me sorprende que no lo sepas.

—¡Por supuesto que sé lo que es!

—Entonces ¿por qué me preguntas?

—Quiero saber qué está haciendo en tu bolso.

Cualquier rastro de vergüenza abandonó a Kristy para ser reemplazada por una profunda furia.

—No es asunto tuyo. —Le arrebató el bolso y volvió a colgárselo del hombro.

Dos parejas, una de las cuales pertenecía a la congregación de Ethan, salieron del Mountaineer. Ethan volvió a agarrarla del brazo y la empujó hacia el coche, deteniéndose al recordar que no podía abrirlo. Miró de reojo a las parejas que bajaban del porche. Kristy supo que él quería desaparecer antes de que lo vieran.

El Mountaineer estaba situado en una tranquila calle secundaria sin salida, entre una tienda de ropa de niños y otra de regalos. Las dos estaban cerradas. Enfrente había un pequeño parque arbolado con mesas de pícnic y juegos para niños. Ethan debió de decidir que el parque era la vía de escape más segura porque se volvió hacia allí y, con un tirón no demasiado tierno, la arrastró en esa dirección.

Cuando hacía buen tiempo, muchos de los empleados de los negocios del pueblo comían en las mesas de pícnic distribuidas bajo los árboles. Guiándose por la luz de las farolas para no tropezar, Ethan la condujo a la mesa más alejada.

—Siéntate.

A ella no le gustó su orden, así que, en lugar de tomar asiento donde le indicaba, se subió al banco y se sentó en la mesa. Él no tenía intención de renunciar a la autoridad sentándose más abajo que ella, así que tomó asiento a su lado.

Tenía las piernas más largas que ella, y cuando se sentó adoptaron un ángulo más agudo. La miró de arriba abajo y Kristy creyó notar que su mirada se había demorado en el escote, pero al oír la nota remilgada en su voz supo que se había equivocado.

—Soy tu pastor, y por lo tanto es asunto mío el hecho de que una soltera de mi congregación lleve un condón en el bolso.

¿Por qué estaba actuando así? Ethan siempre respetaba a la gente aunque no estuviera de acuerdo con sus ideas, y ella le había oído sermonear muchas veces a los jóvenes sobre la responsabilidad sexual. Era cierto que predicaba vehementemente el celibato, pero también hablaba del control de natalidad y de las enfermedades de transmisión sexual.

—Cada soltera de tu congregación que sea sexualmente activa debería llevar uno en el bolso —comentó Kirsty.

—¿Sexualmente activa? Pero ¿qué estás diciendo...? Pero... ¿cómo...? —Ethan Bonner, conocido por su franqueza a la hora de hablar de sexo, no hacía más que farfullar. Finalmente se recompuso y dijo—: No sabía que hubiera un hombre en tu vida.

Los restos de nube rosa que aún envolvían a Kristy se evaporaron de golpe y una desesperada audacia ocupó su lugar. Después de todo... ¿qué tenía que perder?

—¿Y cómo ibas a saberlo? No sabes nada de mí.

Él la miró, estupefacto.

—Nos conocemos desde primaria. Y eres mi mejor amiga.

—¿Así es como me ves?

—Por supuesto.

—Es cierto que soy tu amiga. —Tragó saliva para armarse de valor—. Pero tú no eres mi amigo, Ethan. Los amigos saben cosas el uno del otro, pero tú no sabes nada de mí.

—No sabes lo que dices. Claro que sé cosas de ti.

—¿Como cuáles?

—Conozco a tus padres, la casa donde creciste. Sé que te rompiste el brazo hace dos años. Sé muchas cosas.

—Todo el mundo sabe esas cosas. Pero no me conocen. No saben cómo soy.

—Eres una cristiana decente y trabajadora, eso es lo que eres.

Se había ido por la tangente. Ella había intentado hablarle con sinceridad, pero él no quería escucharla. Comenzó a levantarse del banco.

—Tengo que irme.

—¡No! —La hizo volver a sentarse. Durante el proceso, le rozó los pechos con el brazo. Él se apartó como si hubiera tocado material radioactivo.

—Mira, no te enfades... Ya sé que tu vida sexual es asunto tuyo, no mío, pero soy tu pastor, estoy aquí para aconsejarte.

Era muy raro que Kristy se enfadara, pero empezaba a enfadarse en serio.

—No te he pedido consejo, Ethan, ¡porque ya he tomado una decisión! Ese condón está en mi bolso porque estoy haciendo cambios en mi vida, y quiero estar preparada para ellos.

—Mantener relaciones sexuales antes del matrimonio es pecado.

No parecía ser él quien hablaba. Se removió sobre la mesa con inquietud, como si supiera que había sonado pomposo. De nuevo pareció que le miraba los pechos. Luego apartó la vista.

Ella le respondió enérgicamente.

—Yo también creo que es pecado. Pero hay pecados y pecados. ¿O vas a decirme que el asesinato o la violación son pecados menores, comparados con el de una chica soltera de treinta años que ha decidido perder su virginidad?

Si ella esperaba que Ethan se sorprendiera de su condición virginal, se llevó un buen chasco. Se desmoralizó un poco más al darse cuenta de que él ya asumía que ella era virgen.

—¿Y con quién tienes intención de perderla?

—Aún no lo sé, pero estoy en ello. Busco a alguien que sea soltero, por supuesto, inteligente y sensible. —Enfatizó la última palabra para que entendiera que ésa era una cualidad de la que él carecía.

Él se erizó como un puercoespín.

—No puedo creer que vayas a mandar al garete toda una vida de integridad por unas cuantas emociones carnales.

Sonaba más pomposo cada minuto que pasaba.

—¿Y qué me ha aportado una vida de integridad? Desde luego, nada importante. Ni marido, ni hijos. Ni siquiera me gusta mi trabajo.

—¿No te gusta el trabajo? —repuso él. Parecía herido y sorprendido.

—No, Ethan. No me gusta.

—¿Y por qué no lo has dicho nunca?

—Porque he sido una cobarde. Preferí lamentarme por la vida que llevaba a intentar cambiarla.

—Entonces, ¿te has sentido así durante estos años?

Ésa era una pregunta a la que Kristy no podía contestar con franqueza. Además, seguro que él ya sabía que no había dimitido porque estaba enamorada de él.

—Me daban miedo los cambios. Pero ya no.

—Ha sido Rachel la que te ha metido esas ideas en la cabeza, ¿verdad?

—¿Por qué te cae tan mal Rachel?

—Porque quiere cazar a Gabe.

Kristy no creía que eso fuera cierto, pero Ethan no estaba en condiciones de atender a razones.

—Tienes razón. Rachel ha sido quien me ha animado a hacer lo que realmente quiero. Jamás había admirado tanto a alguien. Su vida está siempre al borde del desastre, pero trabaja duro y nunca la he oído quejarse.

—Gabe se lo ha puesto muy fácil. Le ha dado un trabajo y un coche. La deja vivir en casa de Annie y paga la guardería de Edward.

—Eso es confidencial. Y Rachel ha hecho por Gabe mucho más que eso. Ha vuelto a la vida desde que la conoce. Incluso le he oído reírse.

—Está superando lo que le pasó, la vida sigue su curso, punto. No tiene nada que ver con ella. ¡Nada!

Discutir con él sobre ese tema era perder el tiempo. Por alguna razón, Ethan hacía oídos sordos con respecto a Rachel.

Él apretó los labios en una línea terca.

—Al menos deberías tener la cortesía de avisarme con dos semanas de antelación, y no dejarme tirado de esta manera.

En eso tenía razón. No estaba bien dejarlo tirado sin importar lo que él hubiera hecho. Kristy pensó en lo difícil que le resultaría verlo cada día de las dos próximas semanas. Pero si llevaba haciendo eso ocho años, ¿qué más daban otras dos semanas más? Por otra parte, no le vendría mal disponer de ese sueldo mientras buscaba trabajo.

—De acuerdo. Pero mantendrás las narices fuera de mi vida privada. Y me vestiré como quiera.

—No quise herir tus sentimientos, Kristy. Me impactó verte tan diferente.

Ella se levantó de la mesa.

—Tengo frío. Me voy adentro.

—Me gustaría que no lo hicieras.

—Pues vete olvidándote de las dos semanas.

—Está bien. Lo siento. Vamos adentro. Puedes sentarte con Gabe y conmigo.

—Ni hablar. Quiero bailar.

—Yo bailaré contigo.

—Menudo favor... —Evidentemente, Ethan había llegado a la conclusión de que la única manera de salvarla del pecado era bailando él mismo con ella.

—¿Por qué te estás poniendo tan difícil?

—¡Porque sí! —El corazón le latía a toda velocidad. Jamás había sido tan grosera, pero no parecía poder contenerse, y las palabras salieron atropelladamente de su boca—. Porque estoy harta de amoldar mi vida a la de los demás sólo para que todo les resulte más fácil a ellos.

—Lo dices por mí, ¿verdad?

—No quiero hablar más de esto.

Kristy pasó por su lado en dirección al Mountaineer, aunque en ese momento sólo quería irse a casa y estar sola.

Mientras la veía desaparecer, Ethan se sintió culpable, pero se dijo a sí mismo que no tenía por qué sentirse culpable.

—¡Tu vida es maravillosa! —le gritó—. ¡Tienes el respeto de todos!

—Ya, pero el respeto no te da calor en una fría noche de invierno —le replicó por encima del hombro justo al pasar bajo una farola. La luz definió su figura de una manera que hizo sudar las manos de Eth.

Ethan decidió que el mundo se había vuelto loco. Ante sus propios ojos, Kristy Brown se había convertido en una nena. Era como si las luciérnagas bailaran sobre sus cabellos oscuros bajo la luz de la farola. No era guapa; poseía unos rasgos demasiado anodinos. Aunque eran bonitos, no eran excepcionales. Era... sexy.

Le molestó pensar que Kristy era sexy. Había algo antinatural en eso, como si de repente sintiera lascivia por una hermana. Pero desde la mañana del martes sólo había podido pensar en sus pechos.

«Cerdo... —dijo Oprah—. Kristy posee muchas más cualidades que esos grandes pechos.»

«¡Lo sé!», replicó.

Era todo el conjunto: la cintura pequeña y las caderas redondeadas, las piernas delgadas, el peinado vaporoso, y aquella nueva vulnerabilidad..., quizás eso fuera lo más sexy de todo. Kristy ya no parecía tan competente como antes, sino alguien con las mismas inseguridades que los demás.

Ethan metió las manos en los bolsillos de los vaqueros e intentó convencerse de que le molestaban los cambios de Kristy porque había perdido una secretaria fantástica, y nada más.

«Estás muy equivocado», dijo Oprah.

«¡De acuerdo!»

Había mucha verdad en las palabras de Kristy de esa noche. La consideraba su mejor amiga, pero hasta ese momento no se había dado cuenta de lo egoísta que había sido con ella.

Tenía razón. Ella lo sabía todo de él, pero él apenas sabía nada de ella. No sabía qué hacía en su tiempo libre, qué cosas la alegraban o ponían triste. Intentó recordar qué le gustaba comer, pero lo único que le venía a la memoria era que Kristy siempre se aseguraba de que hubiera mostaza de café en la nevera de la iglesia para los sándwiches de él.

Cuando él pensaba en Kristy, pensaba en...

Se estremeció.

Pensaba en un felpudo eficiente. Siempre a su servicio, siempre dispuesta a echarle una mano. Sin pedir nada para ella, sólo para los demás.

Miró la noche que se extendía ante él. Qué hipócrita había sido... ¿Él se hacía llamar reverendo? Ése era un ejemplo más de su flaco carácter y de por qué necesitaba buscarse otra profesión.

Kristy era una buena persona, una buena amiga, y él le había hecho daño. Tenía que reconciliarse con ella. Y sólo quedaban dos semanas para que desapareciera de la vida de Ethan.

14

La tarde siguiente, Gabe abrió la tapa del envase de Kentucky Fried Chicken y se lo pasó a Rachel. Estaban sentados en el que se había convertido en su lugar preferido para almorzar, justo al lado de la tortuga de hormigón de la zona de juegos, donde la gran pantalla blanca se alzaba sobre ellos y les protegía del sol del mediodía.

Ya habían pasado nueve días desde aquella tarde lluviosa en que habían hecho el amor. En una semana abriría el autocine, pero Gabe sólo podía pensar en tener de nuevo el dulce cuerpo de Rachel debajo del suyo. Ella, por el contrario, no parecía demasiado interesada. Primero fue su problema con el período, algo de lo que él se hubiera encargado si le hubiera dejado. Pero tampoco la había presionado porque sabía que el tema del dinero seguía rondándole la cabeza, aunque no podía ser él quien le dijera lo ridículo que era eso.

Sin embargo, se le había acabado la paciencia. Ya no soportaba verla ni un día más con esos vestidos de algodón ciñéndole el cuerpo cada vez que había una ligera brisa, así que iba a proponerle algo.

—Te alegrará saber que ya he encontrado la solución a nuestro pequeño dilema.

—¿De qué dilema hablas? —dijo Rachel cogiendo un muslo del envase.

Él sabía que le gustaban los muslos de pollo. Él, por

su parte, prefería las pechugas, y, mientras cogía una, disfrutó mirando de reojo el escote del horroroso vestido que Rachel llevaba puesto ese día, uno de algodón rojo que Gabe creía que Annie había usado cuando él era tan pequeño como para sentarse en su regazo.

Rachel se había recogido las faldas y estirado las piernas desnudas. Las tenía bronceadas y llenas de pecas. En una de sus rodillas había una costra, y en la otra una tirita que él mismo le había puesto esa mañana, después de que se hubiera hecho un arañazo. Sin embargo, las pantorrillas se llevaban la peor parte. Una magulladura aquí, un arañazo allá. Rachel trabajaba muy duro y no se limitaba a los trabajos más fáciles que él intentaba que hiciera.

Las piernas de Rachel eran delgadas y sexys. Contrastaban con los gastados calcetines blancos que se le enrollaban en los tobillos por encima de los horrorosos mocasines negros que ella siempre mantenía brillantes, a pesar de que todos los días se manchaban de pintura. Al principio, Gabe no entendía por qué se tomaba tantas molestias, pero luego cayó en la cuenta de que eran sus únicos zapatos.

No le gustaba pensar en Rachel limpiando como una esclava aquellos zapatos tan feos. Si por él fuera, le compraría una docena de pares, pero sabía que ella no dudaría en arrojárselos a la cara.

Gabe se aclaró la garganta.

—El dilema sobre las horas y tu sueldo, y lo que puedes o no puedes hacer en esas horas.

—¡Me vas a subir el sueldo!

—Demonios, no... Por supuesto que no te voy a subir el sueldo.

Intentó con todas sus fuerzas no sonreír ante la mirada de decepción de la joven. Aunque no era fácil, se esforzaba en no pagarle demasiado, pero siempre se aseguraba de que tuviera todo lo necesario. Al observar cómo administraba cada dólar, se había dado cuenta de que, si le pagaba demasiado, no tardaría en ahorrar un buen dinero, el suficiente para abandonar el pueblo.

Tarde o temprano, Rachel aceptaría que G. Dwayne no había escondido cinco millones de dólares en Salvation, y entonces nada la retendría allí. Aunque sabía que ese pueblo no era un buen lugar para ella, Gabe no quería que se marchara. Aún no. Si se iba ahora, sólo lograría sobrevivir a duras penas, y él quería asegurarse de que no acababa de nuevo como cuando llegó allí.

—Me merezco un aumento, y lo sabes.

Ignorándola, Gabe continuó:

—No sé cómo no se me había ocurrido hasta ahora. —Él se estiró sobre la hierba, se apoyó en un codo y cogió otro trozo de pollo que no le apetecía comer—. A partir de hoy, tendrás un sueldo semanal. Así tus ganancias no se verán afectadas, nos enrollemos o no.

En los ojos de Rachel brilló el signo del dólar.

—¿Cuánto cobraré?

Gabe se lo dijo y esperó a que esa boquita del color de las fresas maduras le arrancara la cabeza de un mordisco. No lo defraudó.

—Eres el más agarrado, el más avaro...

—Mira quién habla.

—Yo no soy rica como tú. Tengo que escatimar gastos.

—Sales ganando con un sueldo semanal. Incluso te pagaré horas extras, pero no perderás dinero si tienes que dedicar una hora a hacer un recado. O a cualquier otra cosa. —Hizo una significativa pausa y tomó otro bocado de pollo—. Deberías agradecer mi generosidad de rodillas.

—Lo que haré será darte con un palo en las rodillas.

—¿Perdón? No he oído lo último que has dicho.

—¡Da igual!

Hubiera querido abrazarla allí mismo. Pero no podía hacerlo, no después de cómo había sido la primera vez. A pesar de que presumía de ser una mujer fácil, Rachel se merecía una cama la próxima vez, y no precisamente la cama de G. Dwayne.

Y también se merecía una cita, aunque ella no parecía echarla en falta. Gabe quería llevarla a comer a un restaurante de cuatro tenedores sólo para disfrutar viéndola comer.

Le encantaba hacer eso. Todos los días se le ocurría una excusa para traerle comida. Por la mañana llevaba consigo unos Egg McMuffins y le decía que no soportaba desayunar solo. A mediodía le decía que no podía continuar trabajando hasta no dar cuenta de una buena ración de pollo frito. A media tarde, sacaba fruta y queso de la nevera de la cafetería y la obligaba a comer un poco. De continuar así, Gabe acabaría por reventar los vaqueros, pero habría merecido la pena: ella mejoraba día a día.

A Rachel se le habían rellenado las mejillas y ya no parecía que aquellos ojos verdes ocuparan toda la cara. Y las ojeras habían desaparecido. Su piel había adquirido un tono saludable y le habían salido más pecas en las mejillas. Su cuerpo también estaba ahora un poco más relleno. Nunca sería gorda, pero ya no se la veía esquelética.

Una sombra cayó sobre él al recordar cómo Cherry se había preocupado por su peso. Gabe siempre le había dicho que la amaría aunque pesara más de cien kilos, pero ella no había dejado de contar calorías. Él la hubiera amado, gorda o delgada. La hubiera amado coja, vieja y marchita. Nada podría hacer que dejara de amarla. Ni siquiera la muerte.

Tiró el trozo de pollo a medio comer en el envase y se recostó sobre la hierba, cubriéndose los ojos con un brazo, como si quisiera echar una siesta.

Sintió la mano de Rachel sobre el pecho, y cuando habló ya no parecía enfadada.

—Háblame de ellos, Gabe. De Cherry y Jamie.

Se le erizó el vello. Había ocurrido de nuevo. Rachel había dicho sus nombres. Ni siquiera Ethan lo hacía. Su hermano no quería ponerle triste, pero Gabe comenzaba a sentir como si su mujer y su hijo sólo existieran en sus recuerdos.

La tentación de hablar de ellos fue casi apabullante, pero se aferró a los retazos de cordura que le quedaban y se contuvo. Estaba loco, pero no tanto como para contarle las virtudes de su esposa muerta a una mujer a la que tenía intención de llevarse a la cama en cuanto fuera posible. Además, no quería ni imaginar lo que la impulsiva Rachel y su lengua afilada podrían hacer con sus recuerdos.

Flexionó los músculos de los hombros. Sabía que se estaba engañando a sí mismo. Rachel podía meterse con él por diferentes y variados motivos, pero no por sus recuerdos. Eso nunca. Y él lo sabía.

La mano de Rachel se detuvo sobre su corazón y su suave aliento le calentó la mejilla mientras le hablaba con una ternura que nunca le había oído.

—Bonner, vas camino de convertirte en una de esas personas amargadas y autocompasivas a las que nadie puede aguantar. —Le acarició con ternura—. No es que no tengas motivos para sentir lástima de ti mismo, pero si vivieras un poco más la vida, sería mucho mejor.

La sangre hirvió en las venas de Gabe, que sintió cómo una terrible rabia inundaba su interior. Ella debió de sentir la tensión de sus músculos, porque apoyó la cabeza sobre su pecho para apaciguarlo. Un mechón de su pelo le cayó sobre los labios y el olor de su champú le recordó el brillo del sol y la lluvia fresca.

—Cuéntame cómo conociste a Cherry.

Una vez más, había mencionado su nombre. La rabia se evaporó y sintió la urgente necesidad de hablar de ella, de hacerla real otra vez. Le llevó un rato encontrar las palabras.

—En una excursión de la escuela dominical.

Gabe soltó un gruñido cuando Rachel le clavó su afilado codo en el estómago. Automáticamente levantó el brazo y abrió los ojos.

Ella se había acomodado sobre su pecho como si él fuera un sillón mullido, y en vez de dirigirle una de esas miradas compasivas que le dirigía todo el mundo, estaba sonriendo.

—¡Erais niños! ¿Adolescentes quizá?

—Aún no. Teníamos once años, y ella acababa de mudarse a Salvation. —Se incorporó un poco, moviéndole el codo al mismo tiempo para que no volviera a clavárselo en el estómago—. Yo iba corriendo sin mirar y derramé un vaso de Kool-Aid sobre ella.

—Supongo que se enfadaría.

—Hizo algo impredecible. Me miró, sonrió y dijo: «Sé que lo sientes.» Así, como si tal cosa. «Sé que lo sientes.»

Rachel se rio.

—Parece como si fuera un poco inocentona.

Se encontró riendo con ella.

—Es que lo era. Siempre pensaba bien de todo el mundo. No sabes cuántas veces acabó metiéndose en líos por culpa de eso.

Él se recostó en la hierba bajo la sombra de la pantalla gigante, pero esta vez abrió la puerta a los recuerdos felices. Lo inundaron uno tras otro.

Una abeja zumbó cerca. Los grillos chirriaron. El perfume del pelo de Rachel le inundó de nuevo.

Comenzaron a pesarle los ojos y se durmió.

La noche siguiente, Rachel y Edward ayudaron a Kristy a deshacer la maleta. El nuevo apartamento de Kristy era pequeño y acogedor; tenía una diminuta terraza y una cocina americana con un tragaluz. Las paredes brillaban por la reciente mano de pintura y todo olía a nuevo.

Ese mismo día habían trasladado el mobiliario desde el guardamuebles. En su mayoría, eran antiguas piezas familiares que los padres de Kristy no se habían llevado a Florida, y que ahora Kristy miraba con desagrado.

Hablando en voz baja para que sólo Rachel pudiera oírle dijo:

—No tengo dinero para comprar muebles nuevos, pero... es que ya no me gustan. —Se rio de sí misma—. Mírame. Hace cinco días que me corté el pelo y me compré ropa nueva y ya me considero alguien diferente. Probablemente me sentiré culpable por no mudarme a Florida como quieren mis padres.

—La última semana ha sido difícil para ti. —Rachel colocó el último vaso en la alacena cubierta por papel azul y lavanda—. Y no te preocupes por los muebles. Son piezas clásicas. Se pueden animar con cojines. Quedará genial cuando cuelgues los cuadros y todo eso.

—Supongo...

Edward salió dándose aires del dormitorio.

—Necesitamos un destornillador para montar la cama. ¿Dónde hay uno?

Kristy se acercó a una pequeña caja de herramientas, pulcramente ordenada, colocada sobre el mostrador blanco que separaba la cocina del comedor del apartamento.

—A ver si te vale éste.

Con un aire de suficiencia que hizo sonreír a Rachel, Edward cogió el destornillador y se reunió con Ethan en el dormitorio. Puede que en ese momento el reverendo encabezara la lista de personas *non gratas* de Kristy, pero no la de Rachel, ya que Ethan demostraba una gran amabilidad con su hijo. Ésa era la primera oportunidad que Edward tenía de hacer una tarea con un hombre, y lo estaba disfrutando.

Kristy dirigió una mirada furiosa al dormitorio y siseó:

—Ethan se portó fatal el jueves por la noche en el Mountaineer, pero actúa como si no hubiera pasado nada.

—Pues a mí me parece que le cuesta tanto olvidarlo como a ti.

—Ja.

Rachel sonrió y abrazó a su amiga. Esa noche Kristy se había puesto una camiseta roja y unos vaqueros nuevos. No se había maquillado y había sustituido las sandalias doradas por unas zapatillas de lona. No había nada demasiado sexy en su ropa, pero Rachel se había fijado en cómo Ethan había paseado la mirada por su cuerpo.

—¡He malgastado un montón de años soñando con un hipócrita inmaduro, pero se acabó!

Si Kristy hablaba más fuerte, Ethan la oiría, pero Rachel ya había interferido bastante y no dijo ni mu.

—Al estar viviendo en casa de Annie, he podido ahorrar casi todo el sueldo, así que tengo dinero de sobra para pagarme las clases que me quedan para obtener el título de educación infantil. Mientras tanto, no creo que tenga problemas para conseguir un trabajo como ayudante de guardería que me permita pagar la hipoteca.

—Es una buena idea.

—Ojalá lo hubiera hecho hace años.

—Puede que no estuvieras preparada hasta ahora.

—Puede. —Kristy le dirigió una triste sonrisa—. Me gusta, ¿sabes? Por primera vez en mi vida no me siento invisible.

Rachel sospechaba que era más una cuestión de actitud que de maquillaje, pero se reservó su opinión.

Ethan apareció en la puerta del dormitorio con Edward a su lado.

—Ya está. ¿Quieres que Edward y yo montemos esa librería?

—Gracias, pero no quiero montarla todavía. —Kristy le contestó con una brusquedad que rozaba la rudeza.

—Muy bien. Instalaremos el televisor.

—Ya has hecho suficiente, Ethan. Gracias de todos modos.

No podía haberle despachado con más claridad, pero Ethan no se dio por aludido y dijo:

—Ven, Edward. A ver si conseguimos que abra bien la puerta del baño.

—El constructor va a mandar a alguien mañana. De veras, Ethan, no necesito que hagas nada más. Te veré mañana en el trabajo.

Eso era demasiado directo para ignorarlo, y mientras él guardaba las herramientas en la caja y se dirigía a la puerta, Rachel sintió lástima por el guapísimo reverendo Bonner.

Por las ventanas no se veía ninguna luz. Desde el incidente de la cruz ardiente, Gabe sabía que Rachel no podía quedarse sola en la montaña Heartache. Y ahora que Kristy ya no vivía allí, temía por ella.

Gabe quiso llegar mucho antes, pero Ethan lo había pillado por banda y se había visto forzado a escuchar un largo monólogo sobre lo mal que lo trataba Kristy ahora; después, su hermanito se había dedicado a enumerar todos los sutiles indicios que, según él, demostraban que Rachel andaba detrás de su dinero. Era cierto, pero no en el sentido en el que Ethan creía. Después, una cosa había llevado a la otra y ya era más de medianoche.

Aparcó la camioneta y permaneció allí a oscuras un momento, intentando aclarar sus confusos pensamientos. Aunque había hablado muy poco de Cherry con Rachel, algo había comenzado a sanar en su interior. Si Rachel viviera sola en la casa, las cosas serían más sencillas. Pero sabía que también tendría que convivir con su hijo y le atormentaba pensar en tener a aquel silencioso niño a su alrededor.

El niño no tenía la culpa, y aunque había intentado por todos los medios cambiar sus sentimientos por él, no lo había conseguido. Cuando miraba a Edward, veía a Jamie, y no podía evitar pensar que había muerto el mejor de los dos.

Suspiró con fuerza. Era un pensamiento horrible e imperdonable, y lo apartó a un lado mientras cogía la maleta y se dirigía a la casa. Aunque la noche era oscura y no había ninguna luz, no tuvo ningún problema para orientarse. Había pasado centenares de noches en esa casa cuando era un niño.

¿Cuántas veces Cal y él se habían escabullido por la ventana de atrás para ir a explorar después de que Annie se hubiera acostado? Ethan era demasiado pequeño para acompañarlos, y aún ahora se quejaba por haberse perdido las mejores aventuras de Cal y Gabe.

Un búho ululaba a lo lejos mientras rodeaba la casa.

La hierba crujía bajo sus zapatos y las llaves tintineaban en su mano.

—¡Quieto!

La sombra de Rachel surgió en el porche, alta y tensa. Gabe estuvo a punto de soltar un comentario sarcástico, pero al ver la vieja escopeta de su abuela apuntándole al pecho decidió que pasarse de listo no sería una buena idea.

—¡Tengo una escopeta y sé cómo usarla!

—Soy yo. Maldita sea, Rachel. Pareces el malo de una peli de serie B.

Ella bajó la escopeta.

—¿Gabe? ¿Qué haces aquí? ¡Me has dado un susto de muerte!

—He venido a protegerte —dijo él secamente.

—Es más de medianoche.

—Pensaba venir antes, pero he tenido que quedarme a oír todos los problemas de Ethan.

—Tu hermano es un imbécil.

—Él también te adora. —Subió los escalones del porche y le quitó la escopeta con la mano libre.

Ella abrió la puerta mosquitera y encendió la luz del porche. A Gabe se le secó la boca cuando pudo observarla. Estaba descalza y llevaba la misma camiseta azul que el día que apareció la pintada. Sus enmarañados rizos parecían oro viejo bajo la pálida luz del porche.

—¿Qué llevas ahí? —preguntó ella.

—Como ves, una maleta. Me vengo a vivir aquí.

—¿Es cosa de Kristy?

—No. Kristy está preocupada, pero la idea ha sido mía. Mientras ella estaba viviendo aquí no creí que pasaran de las amenazas, pero ahora que no está, eres más vulnerable.

Gabe entró en la sala, dejó la maleta en el suelo y comprobó la escopeta. No estaba cargada, así que se la devolvió. A la vez, pensó en el calibre 38 que acababa de guardar bajo llave. De pronto, tener un revólver cargado en la mesilla de noche le había parecido demasiado obsceno.

—Guárdala.

—Piensas que no puedo arreglármelas sola, ¿verdad? Pues te equivocas. Así que ya puedes subirte a esa camioneta tuya y largarte.

Él no pudo evitar esbozar una sonrisa. Rachel siempre conseguía hacerlo sonreír.

—Ya basta, Rachel. Nunca te has alegrado tanto de ver a alguien en toda tu vida, reconócelo.

Ella hizo una mueca.

—¿Te vienes a vivir aquí de verdad?

—Ya tengo suficientes problemas para dormir sin tener que preocuparme de lo que pueda pasarte.

—No necesito niñera, pero no me importa tener un poco de compañía.

Sabía que eso era lo más cerca que ella estaría de reconocer que estaba preocupada. Desapareció para guardar la escopeta y él llevó la maleta al antiguo dormitorio de su abuela, de donde Kristy ya había retirado sus cosas. Mientras observaba la vieja cama con el cabecero tallado y la mecedora en la esquina, recordó lo asustado que había estado algunas noches durante su infancia. Había entrado a hurtadillas en aquella habitación para meterse en la cama de Annie. Podría haber ido a la cama de Cal, pero no quería que su hermano mayor supiera que tenía miedo. Sin embargo, algunas veces había encontrado a su hermano Cal durmiendo con su abuela.

Oyó a Rachel a sus espaldas y se volvió hacia ella. Estaba despeinada, hermosa. La marca con forma de «V» de su mejilla le indicaba que ya estaba dormida cuando él llegó. Miró con atención la camiseta que llevaba puesta y se sintió un poco irritado.

—¿No puedes ponerte otra cosa para dormir?

—¿Qué le pasa a esto?

—Es de Cal. Si quieres una camiseta, ponte una de las mías. —Dejó la maleta sobre la cama, la abrió y sacó de un tirón una camiseta limpia con algunas manchas imposibles de quitar.

Ella la cogió y la estudió con una mirada crítica.

—La de él es más suave.

Gabe la fulminó con la mirada.

Rachel le brindó una sonrisa traviesa.

—Pero la tuya parece más cómoda.

—Por supuesto que sí.

Rachel sonrió otra vez y un enorme placer invadió los lugares más áridos del interior de Gabe. Pensó en cómo ella disfrutaba de las cosas más nimias, incluso aunque su vida se desmoronara a su alrededor.

Observó la astucia que mostraban aquellos ojos verdes y se preparó para lo que se avecinaba. Ella apoyó una mano en la cadera, un gesto que hizo que la camiseta se le subiera unos centímetros. Lo estaba matando y ni siquiera lo sabía.

—Pues si esperas que cocine, tendrás que comprar la comida.

Rachel tenía más maneras de sacarle dinero de las que Ethan imaginaba, pero Gabe no pudo resistirse a ponérselo difícil.

—¿No crees que das por supuestas demasiadas cosas? Es posible que cocine mejor que tú.

Ella lo meditó un momento.

—Pero tú comes mucho. No sería justo que yo pagara tu comida. En serio, Gabe, siempre pareces muerto de hambre. Te pasas la vida comiendo.

Antes de que Gabe pudiera responderle, los interrumpió una vocecita.

—¿Mamá?

Él se giró rápidamente y vio al niño en la puerta. Llevaba los puños del pijama enrollados, ya que le quedaba demasiado grande. Otra manera que tenía Rachel de sacarle partido al dinero.

Ella se acercó al enfurecido niño y, cuando se agachó, Gabe le vio el borde de las bragas. El niño le dirigió una mirada breve e impenetrable y luego bajó los ojos al suelo. Gabe se volvió y se puso a deshacer la maleta.

—Vamos, cariño —dijo Rachel—. Deja que te arrope.

—¿Qué hace él aquí?

Ella lo empujó fuera de la habitación mientras le contestaba.

—Ésta es la casa de Gabe. Puede venir aquí cuando quiera.

—Esta casa es del reverendo Ethan.

—Gabe y él son hermanos.

—No lo son.

Gabe los oyó meterse en el viejo cuarto de costura de Annie. El niño dijo algo que no pudo oír con claridad, pero que sonó como «gilipollas»; una palabra peculiar en boca de un niño de cinco años. Aquel niño era raro, y Gabe sabía que debería sentir lástima por él, pero los recuerdos no se lo permitían.

Recordaba a Jamie en pijama después del baño, con sus pequeños rizos oscuros mojados. Recordaba cómo se acurrucaba en su regazo con su libro favorito, y cómo casi siempre se dormía antes de terminarlo. Recordaba cómo era estar sentado con el niño dormido entre sus brazos, asiéndole el pie con una mano y...

—¿Necesitas algo más?

No había oído entrar a Rachel. Parpadeó y meneó la cabeza.

—Sí. —Soltó el aire mientras lo recorría un escalofrío—. Te necesito a ti.

Ella se acercó de inmediato y presionó su cuerpo contra el de él. Gabe supo entonces que la espera le había resultado tan difícil como a él. Deslizó las manos bajo la camiseta, la camiseta de su hermano, y acarició la suave piel de Rachel. Pero entonces ella se escabulló. No entendió por qué se apartaba hasta que vio que sólo era para echar el cerrojo a la puerta.

¿Cuántas veces lo habían hecho Cherry o él? ¿Cerrar la puerta del dormitorio de su casa de Georgia para que Jamie no entrara? El dolor regresó con fuerza.

Rachel le acarició las mejillas, y su suave susurro fue como una dulce bendición para el afligido corazón de Gabe.

—No te vayas... Te necesito aquí conmigo.

Rachel siempre parecía entenderlo. Una vez más, Gabe buscó su cálida piel. Ella se retorció contra él y empezó a tironearle de la ropa. Era impetuosa, impaciente y sus ansias excitaron a Gabe de tal manera que ya no pudo pensar. En unos segundos quedó completamente desnudo, excepto por un calcetín.

Había conocido el cuerpo de Cherry tan íntimamente como el suyo. Sabía dónde le gustaba que la tocaran y cómo quería que la acariciaran. Pero Rachel seguía siendo un misterio para él.

Le quitó de un tirón la camiseta de su hermano, desgarrándole las costuras para que no pudiera volver a ponérsela. Luego la tendió de espaldas en la cama.

De inmediato, Rachel rodó y se echó encima de él.

—¿Quién te ha dicho que eres el jefe aquí?

Él se rio y apretó la boca contra su seno. Ella se montó a horcajadas sobre sus caderas. No se había quitado las bragas y lo torturó con ellas, deslizando el nailon una y otra vez, a lo largo y a lo ancho, dejando un rastro húmedo y sedoso.

Cuando Gabe no pudo soportarlo más, la agarró por las caderas y la apretó contra su erección.

—Se acabó, cariño.

Rachel se inclinó, rozando los pezones contra el torso masculino. El pelo se le rizaba alrededor de los hombros pecosos y un mechón cayó sobre los labios de Gabe mientras ella le dirigía una mirada traviesa.

—¿Quién lo dice?

Él gimió, le metió los dedos en las bragas y le dio una dosis de su propia medicina.

A partir de ahí, los dos perdieron el control. No podían hacer ruido, y contener los gemidos de lujuria los puso cada vez más frenéticos. Ella le mordió una tetilla y luego se la lamió. Él la sujetó por las nalgas y la besó hasta hacerle perder el aliento. Rachel se irguió para empalarse ella misma. No llegó a quitarse las bragas, sólo apartó la entrepierna a un lado. La pasión que los envolvía era roja, ardiente y visceral. Increíble y estremecedora. Hasta las paredes de la habitación exudaban sexo.

Gabe odió despertarse en medio de la noche y ver que ella había vuelto a su cama.

Una idea tomó forma en su mente. Quizá debería casarse con ella. La mantendría a salvo y evitaría que se metiera en problemas. Pero si bien quería estar con ella, no la amaba; no cómo había amado a Cherry. Y tampoco podía criar a su hijo. No ahora. Tal vez nunca.

El sueño lo eludió el resto de la noche, y al amanecer se rindió y se dio una ducha. Sabía que Rachel era madrugadora, pero aún no se había despertado cuando él se vistió. Sonrió. La había dejado agotada.

La cocina estaba tranquila. Abrió la puerta trasera y salió. Una oleada de nostalgia lo invadió. Fue como si hubiera retrocedido en el tiempo, a su infancia.

Cal nació cuando sus padres eran adolescentes. Todavía estudiaban en el instituto; luego su padre fue a la universidad antes de establecerse como médico en Salvation. Su padre pertenecía a una de las familias más ricas del pueblo y los abuelos de Gabe se avergonzaron de que su único hijo se hubiera visto obligado a casarse con la chica de los Glide, una familia de clase inferior. Pero Gabe y sus hermanos adoraron a su abuela Glide y pasaron en la montaña Heartache tanto tiempo como sus padres les permitían.

Recordó cómo salía corriendo de la casa al amanecer, tan ansioso por comenzar un nuevo día que Annie tenía que amenazarle con su cuchara de madera para que desayunara. Tan pronto como acababa, salía a buscar a todas aquellas criaturas que podían necesitar su ayuda: ardillas y mapaches, mofetas, zarigüeyas y algún que otro oso. Pero ahora los osos ya no eran comunes. Su comida favorita, las castañas, había sido sustituida por bellotas poco nutritivas.

Lo echaba de menos. Echaba de menos trabajar con los animales. Pero no podía pensar en eso, tenía que poner en marcha el autocine.

Ese pensamiento le deprimió. Bajó las escaleras del porche y miró el huerto. El verano anterior, su madre y la esposa de Cal, Jane, habían estado trabajando en él durante el tiempo que ambas estuvieron alejadas de sus maridos. Ahora volvía a estar cubierto de maleza, aunque parecía que alguien —probablemente Rachel, que parecía incapaz de relajarse— había comenzado a cuidarlo.

Un agudo grito rompió la quietud matutina. Venía de la parte delantera de la casa. Gabe la rodeó corriendo, con el corazón latiendo con fuerza, esperando encontrar algo peor que la pintada.

Se detuvo en seco al ver al niño al fondo del porche. Estaba en pijama y se había quedado paralizado de miedo mirando algo en el suelo que Gabe no podía ver.

Gabe corrió hacia él y de inmediato vio lo que había hecho gritar al niño. Una pequeña serpiente estaba enrollada junto a la pared de la casa.

En tres rápidas zancadas llegó hasta el porche, metió la mano a través de la barandilla y agarró con rapidez la serpiente antes de que pudiera alejarse reptando.

Rachel salió en ese momento por la puerta principal.

—¡Edward! ¿Qué pasa? ¿Qué...? —Se interrumpió al ver la serpiente en la mano de Gabe.

Gabe miró al niño con impaciencia.

—Es sólo una culebra. —Le enseñó la serpiente al niño—. ¿Ves esta mancha amarilla del lomo? Es lo que las diferencia. Vamos. Tócala.

Edward negó con la cabeza y dio un paso atrás.

—Vamos —ordenó Gabe—, no te hará daño.

Edward retrocedió aún más.

Rachel se acercó a su hijo para protegerlo como hacía siempre.

—No pasa nada, cariño. Esas culebras son inofensivas. Las había también en la granja donde creció mamá.

Rachel se volvió y le dirigió a Gabe una mirada fría y furiosa. Estirando el brazo, arrebató la serpiente de la mano de Gabe y la lanzó por encima de la barandilla.

—Ya está. Ahora que es libre volverá con su familia.

Gabe le lanzó una mirada de reproche. No conseguiría que ese niño se convirtiera en un hombre hecho y derecho si continuaba tratándole de esa forma. Gabe le había enseñado a Jamie a distinguir las serpientes en cuanto dio los primeros pasos, y su hijo había disfrutado tocándolas. La lógica le decía que había una gran diferencia entre un niño que había crecido entre serpientes y otro que no, pero su hijo estaba muerto y él no atendía a razones.

Edward se apretó contra ella, que le dio una palmadita en la cabeza.

—¿Vamos a desayunar, madrugador?

Él asintió contra el vientre de su madre y Gabe apenas logró entender sus palabras.

—El reverendo Ethan dijo que hoy podíamos ir a la escuela dominical.

Rachel pareció irritada.

—Quizás otro día.

Gabe maldijo mentalmente a su hermano por haber metido esa idea en la cabeza del niño. A Ethan no se le había ocurrido pensar que Rachel preferiría arder en el infierno antes que entrar en una iglesia.

—Eso es lo que dijiste el domingo pasado —se quejó Edward.

—Vamos a abrir la caja de Cheerios.

—Quiero ir hoy.

Gabe no pudo soportar escuchar las réplicas del niño.

—Haz lo que tu madre te ha dicho.

Rachel se volvió hacia él. Empezó a decir algo, pero luego se lo pensó mejor y empujó a su hijo al interior de la casa.

Gabe los evitó dando una larga caminata por el bosque hasta el lugar que una vez había sido su refugio para animales. Había construido algunas jaulas cuando tenía diez u once años. Las había usado para dar cobijo a los animales heridos. Al recordarlo, le sorprendió darse cuenta de cuántos había logrado salvar.

Pensarlo le entristeció. Ahora no quería tener animales a su alrededor. Él, que había curado a tantas criaturas, no podía curarse a sí mismo.

No estaba listo para enfrentarse a Rachel ni al niño, así que se dirigió al pueblo, donde tomó un café en el McDonald's. Luego condujo hasta la iglesia de Ethan y aparcó en su lugar de costumbre, a una manzana. Había acudido a algunos servicios los últimos domingos. Siempre se sentaba en el último banco, entraba el último y salía el primero, para no tener que hablar con nadie.

Rachel le había dado la espalda a Dios, pero él nunca había podido hacerlo. Su fe no era tan fuerte como la de su hermano, y desde luego no le había ayudado a superar lo ocurrido. Pero nunca había podido renunciar a sus creencias.

A pesar de su creciente irritación con Ethan, le gustaba oír sus sermones. Ethan no era uno de esos hombres de Dios que gritaba y predicaba un único camino al cielo. Hablaba de tolerancia y perdón, justicia y compasión, pero Gabe había notado que no aplicaba esas ideas con Rachel. Su hermano nunca había sido hipócrita, por lo que Gabe no podía entender aquella actitud.

Paseó la mirada por la congregación y vio que no era el único que llegaba tarde. Kristy Brown se había sentado en silencio en uno de los últimos bancos de la iglesia bastante después de la Oración de Confesión. Llevaba puesto un vestido amarillo con una falda cortísima y su mirada era desafiante, como si retara a todo el mundo a ponerle peros. Él sonrió. Como el resto de los habitantes de Salvation, nunca había prestado demasiada atención a Kristy a menos que la necesitara. Pero ahora mostraba una fortaleza envidiable.

Después del servicio religioso se dirigió a casa de Cal

y llamó a su hermano para decirle que se mudaba por unos días. Cuando Cal lo oyó, explotó:

—¿Que te vas a vivir con la viuda Snopes? Ethan dijo que te habías liado con ella, pero no podía creerlo. ¿Y ahora me dices que te vas a vivir con ella?

—No es eso —contestó Gabe, aunque ésa era la verdad—. Está sola en casa de Annie y creo que corre peligro.

—Pues deja que Odell se encargue de ello.

Gabe oyó un chillido agudo al fondo y supo que era su sobrina. Rosie era un bebé precioso que comenzaba a descubrir el mundo. Sintió una punzada de dolor en el pecho.

—Mira, Gabe, he hablado con Ethan. Sé que siempre has tenido debilidad por los animales heridos, pero ella no es un animal herido, es una serpiente de cascabel. No hace falta ser muy listo para darse cuenta de que te importa un carajo el dinero y... ¡ehhhhh!

—¿Gabe?

Era la voz de su cuñada. Aunque Gabe sólo había hablado con Jane Darlington Bonner un par de veces, le había caído bien de inmediato. Era lista, emprendedora y decente, justo lo que Cal necesitaba después de un largo historial de jovencitas memas y débiles.

—Gabe, no le hagas caso —dijo Jane—. Y a Ethan tampoco. La viuda Snopes me cae bien.

Gabe se sintió obligado a señalar lo obvio.

—Me alegra mucho saberlo, pero que yo sepa no la conoces.

—Pues no... —contestó su cuñada con su voz más sensata—. Pero viví en esa horrible casa cuando Cal y yo tuvimos todos esos problemas. Sé que parece una tontería, pero al estar en su dormitorio o en la habitación infantil, me sentí identificada con ella. El resto de la casa rezumaba maldad, pero en esas dos habitaciones había bondad. Siempre pensé que era gracias a ella.

Oyó la risa escéptica de su hermano de fondo.

Gabe sonrió.

—Rachel no es precisamente una santa, Jane. Pero tienes razón. Es una buena persona y lo está pasando mal. ¿Harás lo posible para que mi hermano no se meta en mis asuntos?

—Haré lo que pueda. Buena suerte, Gabe.

Hizo otras llamadas, incluyendo una a Odell Hatcher, luego recogió los comestibles de la nevera y regresó a la montaña Heartache. Ya era media tarde cuando aparcó. Las ventanas y la puerta de la casa estaban abiertas, pero Rachel y el niño no estaban dentro.

Llevó los víveres a la cocina y los metió en la nevera. Al darse la vuelta, vio al niño en la puerta trasera. Había entrado tan sigilosamente que Gabe no le había oído.

Recordó la manera en que Jamie se comportaba en la vieja granja de Georgia del Norte: cerrando las puertas de golpe y caminando ruidosamente. De vez en cuando le gritaba con toda la fuerza de sus pequeños pulmones que había encontrado una lombriz o que necesitaba que le arreglase un juguete roto.

—¿Dónde está tu madre?

El niño miró al suelo.

—Por favor, contéstame, Edward —dijo Gabe en voz baja.

—Fuera —murmuró el niño.

—¿Fuera?

—Sí.

El niño tensó los hombros pero no levantó la cabeza.

Definitivamente, ese niño necesitaba un poco de mano dura. Gabe se armó de paciencia y se obligó a hablar con calma.

—Mírame.

Lentamente, Edward levantó la cabeza.

—Cuando te dirijas a mí, tienes que decir «Sí, señor» o «No, señor». «Sí, señora» o «No, señora» cuando te dirijas a tu madre, a Kristy o a cualquier otra mujer. Ahora vives en Carolina del Norte, y es así como hablan aquí los niños bien educados. ¿Has entendido?

—Ajá.

—Edward... —La voz de Gabe contenía una suave nota de advertencia.

—No me llamo Edward.

—Así es como te llama tu madre.

—Ella puede hacerlo —dijo el niño con irritación—. Tú no.

—¿Y cómo tengo que llamarte?

El niño vaciló y luego masculló:

—Chip.

—¿Chip?

—No me gusta Edward. Quiero que todo el mundo me llame Chip.

Gabe consideró explicarle que Chip Stone* no era un buen nombre, pero desistió. Siempre se le habían dado bien los niños, pero ése no. Era muy extraño.

—Edward, ¿has encontrado el ovillo?

Se abrió la puerta trasera y Rachel entró en la cocina. Las manos sucias y la nariz manchada indicaban que había estado trabajando en el huerto. Al instante, dirigió la mirada a su hijo, como si temiera que Gabe lo estuviera torturando mientras ella no estaba. Su actitud lo hizo sentirse culpable, y eso no le gustó nada.

—¿Edward?

El niño se dirigió a la alacena, abrió el cajón izquierdo con las dos manos y cogió el ovillo que había estado allí desde siempre.

—Déjalo en el cubo, ¿entendido?

Él inclinó la cabeza; luego dirigió a Gabe una mirada cautelosa.

—Sí, señora.

Rachel lo miró con una mueca burlona. Edward desapareció por la puerta trasera.

—¿Por qué le pusiste Edward? —preguntó Gabe, antes de que ella sacara a relucir el tema de la culebra.

* En castellano significa literalmente «patata frita de piedra». (N. de las T.)

—Así se llamaba mi abuelo. Mi abuela me hizo prometerle que le pondría ese nombre a mi primer hijo.

—¿No puedes llamarle Ed o algo por el estilo? ¿Eddie? Nadie llama Edward a un niño de cinco años.

—Perdón. Creo que me he perdido... ¿Desde cuándo esto es asunto tuyo?

—Lo que trato de decir es que a él no le gusta su nombre. Me ha pedido que le llame Chip.

En los ojos de Rachel pareció formarse una tormenta verde.

—¿Estás seguro de que no has sido tú el que le ha dicho que no le gustaba su nombre? Quizá le has sugerido que Chip es un nombre más bonito.

—No.

Ella se inclinó hacia delante apuntando con el dedo hacia el pecho de Gabe como si fuera una pistola.

—Deja en paz a mi hijo. —«¡Bang!»—. Y no te atrevas a interferir como hiciste esta mañana. —«¡Bang! ¡Bang!»

Rachel nunca había tenido pelos en la lengua, y tampoco ahora.

—Lo que hiciste con la culebra fue cruel. Repítelo y te irás de aquí.

El hecho de saber que ella tenía razón lo hizo sentirse acorralado.

—Por si lo has olvidado, esta casa es mía. —Era de su madre, pero para el caso daba lo mismo.

—No lo he olvidado.

Gabe percibió un movimiento con el rabillo del ojo. Miró por encima del hombro de Rachel hacia la puerta mosquitera y vio a Edward allí, observándolos discutir.

Incluso a través de la tela mosquitera, Gabe pudo sentir que lo vigilaba, que protegía a su madre.

—Lo he dicho en serio, Gabe. Deja en paz a Edward.

Él no comentó nada, sólo clavó la mirada en la puerta. Edward se dio cuenta de que lo había visto y desapareció de su vista.

Las líneas de tensión de la boca de Rachel le quitaron las ganas a Gabe de discutir con ella. Lo que quería era llevarla en volandas al dormitorio y volver a hacer el amor con ella. Pero no estaban solos.

Sacó el papel que había metido en el bolsillo trasero y lo desdobló. Era una ofrenda de paz por lo sucedido esa mañana, pero ella no tenía por qué saberlo.

—Odell me ha dado los nombres de todos los hombres que estaban en la pista de aterrizaje la noche que G. Dwayne escapó.

Eso pareció evaporar el mal humor de Rachel.

—¡Oh, Gabe, gracias! —Le arrebató la lista y se sentó a la mesa de la cocina—. ¿Están todos? Sólo hay diez nombres en la lista. Me pareció que había más de cien hombres aquella noche.

—Cuatro de la oficina del sheriff y todos los policías de Salvation. Nada más.

Mientras Rachel estudiaba la lista detenidamente, oyeron un coche acercándose. Gabe entró en la sala antes que ella y se relajó al ver que era Kristy quien salía del Honda. Se había puesto unos pantalones cortos de color caqui y un top verde musgo.

Rachel se acercó a saludarla. Edward pasó como una tromba junto a Gabe y se lanzó contra Kristy.

—¡Has vuelto!

—Ya te dije que lo haría. —Se inclinó y le besó en la coronilla—. Me he cansado de ordenar el apartamento, así que he venido a ver si quieres venir conmigo a la barbacoa del lechón.

—¡Guau! ¿Puedo ir, mamá? ¿Puedo?

—Claro. Pero antes lávate las manos.

Gabe regresó a la cocina y se estaba sirviendo una taza de café cuando entraron las dos mujeres.

—¿Para qué quieres la Biblia de Dwayne? No lo entiendo... —Kristy se interrumpió. Él sabía que a Kristy le preocupaba que Rachel se quedara allí sola, y observó el alivio de su cara al verlo—. Hola, Gabe.

—Kristy.

—Quiero la Biblia para Edward —dijo Rachel sin mirarla a los ojos—. Es un recuerdo de familia.

«Vaya», pensó Gabe. A Kristy no le había dicho la verdad. Él era el único que conocía la historia.

Kristy se sentó a la mesa y estudió la lista.

—Alguno de estos hombres tuvo que quedársela la noche que me confiscaron el coche. —Rachel cogió la taza de café que Gabe acababa de servirse y tomó un sorbo. Él no se explicaba por qué, pero le gustaba que ella confiara en él. Parecía que Rachel era la única persona que contaba con él esos días.

Kristy miró la lista con atención.

—Pete Moore, no. Lleva años sin pisar una iglesia.

Rachel se apoyó contra el fregadero con la taza entre las manos.

—La persona que se la quedó podría no haberlo hecho por razones religiosas. Pudo hacerlo por simple curiosidad.

Finalmente, Kristy eliminó seis nombres y concluyó que el resto era muy improbable, pero Rachel se negó a sentirse desalentada.

—Comenzaré con ésos; si no descubro nada, hablaré con los demás.

El niño entró corriendo en la cocina.

—¡Ya estoy limpio! ¿Nos vamos, Kristy? ¿Es un lechón de verdad?

Mientras Rachel se despedía de Edward, Gabe tomó la taza de café que ella había dejado y salió al porche trasero de la casa. Unos minutos más tarde, escuchó cómo se alejaba el coche de Kristy.

El silencio cayó de nuevo sobre la montaña Heartache. Rachel y él tendrían la casa para ellos solos durante el resto de la tarde. El deseo corrió por las venas de Gabe. Dios bendijera a Kristy Brown.

Cerró los ojos por un momento, avergonzado en aquel instante de desear tanto a Rachel y no amarla. No podía.

Esa parte de él había muerto. Pero le gustaba estar con ella. Lo sosegaba interiormente.

La puerta mosquitera se cerró de golpe a sus espaldas. Él se volvió hacia ella y notó que sus espectativas se desvanecían en cuanto vio la determinación en sus ojos.

—Vamos, Gabe. Tenemos que encontrar esa Biblia.

Pensó en discutir, pero luego se rindió. ¿Qué sentido tenía hacerlo? La mente de Rachel ya estaba en otra parte.

15

—Es una pérdida de tiempo —dijo Gabe cerrando la puerta de la camioneta.

En el interior del vehículo hacía calor y Rachel se quemó los dedos con el cinturón de seguridad cuando lo pasó por encima del vestido que había reservado para una ocasión especial. Era de algodón amarillo con un estampado de mariposas amarillas y negras y un escote cuadrado.

—Sólo nos queda un nombre.

—Sería mejor que fuéramos a comer. Me muero por una hamburguesa.

—Debes de tener la solitaria. Hemos comido hace una hora.

—Pues vuelvo a tener hambre. Además, investigar la vida de Rick Nagel es una pérdida de tiempo. Que copiara el examen de geografía de Kristy cuando estaban en quinto no lo convierte en sospechoso.

—Me fío del instinto de Kristy.

La grava crujió bajo las ruedas cuando Gabe dio marcha atrás por el corto camino de entrada de Roy Warren. Rachel lo miró mientras él pulsaba el botón del aire acondicionado. A su vez, Gabe le dirigió una mirada entre paciente e irritada. Él creía que aquella búsqueda no tenía sentido, y seguramente tenía razón. La mirada confusa de los dos primeros hombres a los que habían visitado la había convencido de que ninguno tenía ni idea de qué les estaban hablando. Pero la Biblia tenía que estar en algún sitio.

Rachel sabía que había algo en aquella lista que no encajaba, y sacó de nuevo el papel para estudiar los nombres. Bill Keck, Frank Keegan, Phil Dennis, Kirk DeMerchant... No conocía a ninguno de ellos.

«Dennis.» Regresó al principio de la lista.

—¿Phil Dennis? ¿Es familiar de Carol?

—Es su cuñado. ¿Por qué?

Ella señaló el papel con el dedo.

—Estaba allí aquella noche.

—Pues no estás de suerte. He oído que se mudó al oeste hace un par de años, así que si fue él quien cogió la Biblia, no vamos a poder localizarlo.

—Bueno, puede que se la haya dado a Carol.

—¿Por qué haría eso?

—Ella sigue siendo leal a Dwayne. Sigue creyendo en él, y esa Biblia significaría mucho para ella. Puede que su cuñado lo supiera y se la haya regalado.

—O tal vez no.

—Podrías ser un poco más optimista, ¿sabes?

—Prefiero ser realista.

Su actitud era irritante, pero al menos se preocupaba por ella. Rachel estudió los duros rasgos y los marcados ángulos del perfil de Gabe y se le ocurrió sugerirle el juego del «Toc-toc, ¿quién es?» para ver cómo su rostro se suavizaba cuando sonreía. El deseo la inundó; el anhelo que sentía por él era cada vez mayor. Quería decirle que diera marcha atrás y regresara a la montaña Heartache, pero no podía hacer eso, así que se concentró en doblar el papel.

—Quiero hablar con Carol.

Rachel esperaba que Gabe protestara, pero él se limitó a suspirar.

—¿Estás segura de que no quieres una hamburguesa?

—Si como una hamburguesa más, comenzaré a mugir. Por favor, Gabe. Llévame a casa de Carol.

—Seguro que es la socia fundadora de tu club de fans —murmuró.

—Mmm... —No hacía falta decir que a ella tampoco le gustaba Carol Dennis.

Carol vivía en una casa blanca de estilo colonial con dos jóvenes arces plantados simétricamente justo delante. Había también grandes macetas con petunias rosas y púrpuras a ambos lados de la puerta principal, que estaba pintada de azul y decorada con una corona de flores amarillas. Rachel se adelantó a Gabe y se preparó para lo que sólo sería una conversación desagradable. Pero antes de llamar al timbre, la puerta se abrió y salieron dos adolescentes con Bobby Dennis.

Había pasado casi un mes desde que se lo había encontrado con su madre en el supermercado, pero al verla su cara se endureció con el mismo gesto hostil de entonces.

—¿Qué quiere?

Gabe se puso rígido a su lado.

—Me gustaría hablar con tu madre —se apresuró a decir ella.

El hijo de Carol cogió el cigarrillo que acababa de encender el chico pelirrojo y le dio una calada, luego se lo devolvió.

—No está en casa.

Rachel se estremeció al pensar que Edward podría llegar a comportarse así.

—¿Sabes cuándo estará de vuelta?

El adolescente se encogió de hombros, como si estuviera de vuelta de todo cuando ni siquiera había empezado a vivir.

—Mi madre no me dice dónde mierda se mete.

—Modera tu lenguaje —dijo Gabe, con una voz tan baja y fría que Rachel sintió un escalofrío en la espalda. Aunque no los había amenazado directamente, pareció cernirse ominosamente sobre los malhumorados adolescentes, y Bobby se dedicó a mirar las petunias.

El chico pelirrojo, el que había encendido el cigarrillo, cambió el peso de pierna con nerviosismo.

—Mi madre y ella han ido a la barbacoa del lechón.

Gabe apenas movió los labios al responder.

—No me digas...

La prominente nuez del pelirrojo subió y bajó en su garganta.

—Iremos allí más tarde. ¿Quieren que le demos un mensaje o algo?

Rachel decidió intervenir antes de que el pobre chico se tragara el cigarrillo.

—Ya la encontraremos. Gracias.

—Menudos matones... —dijo Gabe mientras regresaban a la camioneta. En cuanto se acomodaron dentro, se volvió hacia ella—. No vamos a ir a la barbacoa.

—Sabes, Bonner, encontrar esta Biblia ya es bastante difícil sin tener que arrastrarte a cada paso que damos.

—En cuanto te vean, te atarán en el asador junto al lechón.

—Si no quieres ir, deja que me baje aquí. Volveré a casa con Kristy.

Gabe pisó el embrague y metió la marcha atrás.

—Teníamos la casa para nosotros solos toda la tarde. Pero ¿qué hacemos? ¡La desaprovechamos!

—Pareces un adolescente cachondo.

—¡Me siento como un adolescente cachondo!

—¿Sí? —Ella sonrió—. Yo, también.

Gabe detuvo la camioneta en medio de la calle, se inclinó hacia ella y la besó; fue un roce de labios suave, dulce y fugaz. Una oleada de sensaciones se extendió por el cuerpo de Rachel.

—¿De veras prefieres ir a la barbacoa? —Gabe apoyó el brazo en el respaldo del asiento de Rachel y la miró con una expresión tan pícara que la hizo reír.

—No, pero es lo que vamos a hacer. Te prometo que será la última parada. Hablaré con Carol Dennis, y luego nos iremos a casa.

—¿Por qué tengo la impresión de que no resultará tan fácil? —Con una expresión de resignación, condujo hacia el pueblo.

La barbacoa se celebraba en el parque que había al lado del cementerio, el espacio público más grande del pueblo. Había bancos verdes de metal y cuidados parterres donde florecían caléndulas y begonias. El sol caía a plomo sobre el campo de deportes, y la única sombra existente procedía de las casetas y carpas erigidas por las diversas fundaciones y ONGs del condado para recaudar fondos. El olor a carbón y a carne asada impregnaba el aire.

Casi al momento, Rachel vio a Edward y a Ethan acercándose a una pequeña carpa donde tocaba una banda de blues. Edward comía una nube de algodón rosa sin apartar la vista de los músicos. Ethan no quitaba ojo a la carpa de comida situada a unos seis metros. Rachel siguió la dirección de su mirada y vio a Kristy escuchando a un hombre rubio que hacía todo lo posible para impresionarla.

Ethan tenía el ceño fruncido. A Rachel le recordaba a un joven dios malhumorado, con aquel cabello rubio brillando bajo los rayos de sol. Pensó que se lo tenía merecido por ser tan superficial.

Cuando Gabe y ella se acercaron a ellos, Rachel sintió la mirada de la gente que la rodeaba. Sólo algunos jubilados de Florida parecían ignorar que la tristemente famosa viuda Snopes se había unido a la fiesta.

Edward se volvió hacia ella como si tuviera un radar de madres.

—¡Mamá!

Corrió hacia ella volando sobre el césped con el algodón de azúcar en una mano y *Caballo* en la otra. Su boca se curvaba en una pegajosa sonrisa. Parecía tan feliz, tan saludable, que a Rachel se le llenaron los ojos de lágrimas.

«Gracias, Dios mío...»

La oración había sido automática, pero rectificó mentalmente cuando Edward le rodeó las piernas con los brazos. Dios no existía.

—¡El reverendo Ethan me ha comprado algodón de azúcar! —exclamó Edward, tan pendiente de su madre que no vio a Gabe, quien aguardaba unos metros por detrás—. Y Kristy me ha comprado un perrito caliente porque casi me eché a llorar al ver al pobre lechón... —Se le descompuso la cara—. No podía soportarlo, mamá. Estaba muerto. No tenía ojos y... Lo han matado para asarlo en el fuego.

Otra pequeña pérdida de inocencia abandonada en el camino a la madurez. Le limpió con el pulgar una mancha de ketchup de la mejilla.

—Por eso lo llaman lechón asado, cariño.

Él negó con la cabeza.

—No volveré a comer carne de cerdo en mi vida.

Ella prefirió no mencionarle el perrito caliente.

—Kristy también me ha comprado un globo rojo, pero se pinchó, y...

Edward vio a Gabe y se calló. Ella observó cómo apretaba a *Caballo* contra el pecho. Su retraimiento fue casi palpable, y Rachel recordó la desagradable escena de la serpiente en el porche. Algunas veces creía entender a Gabe, pero lo sucedido esa mañana probaba lo poco que lo conocía en realidad.

Ethan se acercó a ellos, la saludó con una brusca inclinación de cabeza y luego se volvió hacia su hermano, ignorándola. Pero no fue la única que se sintió ignorada. Detectó un pequeño movimiento a su lado y bajó la mirada a tiempo de ver cómo Edward dejaba caer el algodón de azúcar sobre el zapato de Gabe.

Gabe retiró el pie, pero fue demasiado tarde. Gruñó con disgusto cuando un pegote rosado cayó sobre la piel marrón del zapato.

—Ha sido un accidente —intervino ella con rapidez.

—No me lo parece. —Gabe bajó la vista hacia Edward, que le sostuvo la mirada. El resentimiento inundaba los ojos castaños del niño. Con cinco años, tenía la astucia suficiente para no disculparse diciendo que había sido un accidente. Había querido disfrutar de toda la atención de Ethan y no quería que Gabe estuviera allí.

Rachel metió la mano en su viejo bolso de tela para coger un trozo de papel higiénico que utilizaba como pañuelo de papel para ahorrar. Lo dobló pulcramente y se lo dio a Gabe para que se limpiase el zapato.

Ethan acarició el pelo del niño.

—Tienes que tener cuidado con esas cosas, Edward.

Edward desplazó la mirada de Gabe a Ethan.

—Me llamo Chip.

Ethan sonrió.

—¿Chip?

Edward asintió.

Rachel lanzó una furiosa mirada a Gabe. Sabía que eso era culpa de él.

—No seas tonto. Te llamas Edward, y deberías estar orgulloso de tu nombre. ¿Recuerdas lo que te conté de mi abuelo? Él también se llamaba así.

—Edward es un nombre estúpido. Ahora nadie se llama así.

Ethan apretó afectuosamente el hombro de Edward; luego miró a su hermano.

—Va a empezar el partido de voleibol. Vamos a verlo.

—Ve tú —dijo Gabe—. Rachel y yo tenemos que hablar con alguien.

Ethan no pareció contento.

—Creo que no es buena idea.

—No te preocupes, ¿vale?

Un músculo palpitó en la mandíbula del reverendo. Rachel supo que se moría por decirle cuatro frescas, pero la hostilidad no formaba parte de su naturaleza. Acarició la cabeza de Edward.

—Nos vemos después, cariño.

Edward pareció profundamente infeliz al ver que se

marchaba. Le habían echado a perder el día, separándole del hombre al que idolatraba.

Rachel lo tomó de la mano.

—¿Quieres que te compre otro algodón de azúcar?

Gabe se metió las manos en los bolsillos. En su ceño se leía claramente lo que pensaba. Creía que debería castigar a Edward por haber dejado caer el algodón de azúcar en vez de comprarle otro, pero Gabe no entendía por todo lo que había pasado el niño.

—No —murmuró Edward.

En ese momento Kristy se acercó a ellos. Tenía las mejillas ruborizadas y los ojos brillantes de excitación.

—¿Sabéis qué? Tengo una cita esta noche. Mike Reedy me ha invitado a cenar. Lo conozco desde hace años, y aún no puedo creer que haya aceptado. —Mientras soltaba la noticia, Kristy comenzó a fruncir el ceño con incertidumbre—. Será mejor que no vaya. Estaré tan nerviosa que no sabré qué decir.

Antes de que Rachel pudiera tranquilizarla, Gabe le rodeó los hombros con un brazo y le dio un rápido abrazo.

—Eso no importa, Kristy. A los tíos les gusta hablar, y tú sabes escuchar.

—¿De veras?

—Mike es un gran chico. Os lo pasaréis bien. Pero no dejes que se tome demasiadas libertades en la primera cita.

Kristy lo miró fijamente y luego se sonrojó.

—¿Crees que alguien querrá tomarse libertades conmigo?

—Ésa es la clase de actitud que deja a las mujeres desnudas y embarazadas.

Kristy se rio, y los tres charlaron unos minutos más antes de que ella se excusase para ir a revisar la enorme carpa de la iglesia. Rachel observó que había esperado a que Ethan saliera antes.

—Quiero irme a casa. —Edward estaba de mal humor.

—Aún no, cariño. Antes tengo que hablar con una

persona. —Se colocó entre Gabe y Edward y echó a andar hacia las carpas.

Pasaron por delante de las enormes parrillas donde se asaban las mazorcas de maíz y se acercaron a la carpa donde se hacían palomitas de maíz.

—¡Gabe! —Un hombre delgado con el pelo canoso que solicitaba fondos para la Sociedad Humanística salió de detrás del mostrador.

—Hola, Carl. —Gabe se acercó a él, pero a Rachel le pareció que lo hacía con cierta reticencia. Edward y ella lo siguieron.

Carl la miró con curiosidad pero sin hostilidad aparente, así que Rachel se figuró que no había pertenecido al Templo. Los dos hombres se dieron la mano, luego Carl fue directo al grano.

—Gabe, necesitamos un veterinario en el refugio. La semana pasada perdimos un dóberman de dos años porque Ted Hartley no llegó a tiempo desde Brevard.

—Siento oír eso, Carl, pero no tengo licencia para ejercer en Carolina del Norte.

—No creo que al dóberman le importara el papeleo.

Gabe se encogió de hombros.

—Quizá yo tampoco hubiera podido hacer nada.

—Lo sé, pero al menos lo habríamos intentado. Se necesita un veterinario en el pueblo. Siempre he pensado que era una pena que no ejercieras en Salvation.

Gabe cambió de tema a propósito.

—El autocine abrirá de nuevo sus puertas el viernes. Habrá fuegos artificiales y la entrada es libre. Espero que vengas con tu familia.

—Gracias... Allí estaré.

Al seguir adelante, pasaron por una mesa donde se vendían camisetas para reunir fondos contra la distrofia muscular. La multitud empujó a Rachel, que soltó la mano de Edward.

Alguien chocó contra su espalda y ella cayó contra Gabe. Él la agarró del brazo para ayudarla a recuperar el equilibrio. Rachel miró a su alrededor, pero no vio nada sospechoso.

Edward se acercó de nuevo, pero no la tomó de la mano. Era como si quisiera poner tanta distancia como pudiera entre Gabe y él. Un poco más adelante había una mesa cubierta de bandejas con pastas recién horneadas, y detrás estaba Carol Dennis, desempaquetando un plato con *brownies*.

—Allí está.

—Recuerdo a Carol cuando era joven —dijo Gabe—. Era una buena chica antes de hacerse tan religiosa.

—¿No te parece irónico lo que la religión le hace a la gente?

—Creo que es más irónico lo que la gente hace con la religión.

Carol levantó la vista. Se quedó paralizada, y Rachel vio que todas las viejas acusaciones asomaban a sus ojos. Rachel sabía lo desagradable que esa mujer podía llegar a ser, y deseó que Edward no estuviera con ella. Al menos se había quedado un poco más atrás.

Mientras Gabe y ella se acercaban, Rachel pensó que todo en Carol era demasiado severo. El contraste entre su pálida piel y el pelo teñido de negro la hacía parecer frágil. Tenía los pómulos afilados, la barbilla puntiaguda y el pelo tan corto que resultaba poco favorecedor. Su cuerpo delgado estaba tenso como un alambre, como si cualquier tipo de suavidad la hubiera abandonado. Rachel recordó a su malencarado hijo y sintió una punzada de pena por los dos.

—Hola, Carol.

—¿Qué quieres?

—Tengo que hablar contigo.

Carol miró a Gabe, y Rachel percibió la incertidumbre de la mujer. Puede que le compadeciera, pero estaba claro que no podía perdonarle la manera en que se había unido al enemigo.

—No creo que tengamos nada de qué hablar. —Se le

suavizó la expresión al ver al regazado Edward acercándose a su lado—. Hola, Edward. ¿Quieres una galleta? Ten, toma una...

Le ofreció un gran plato de plástico. Edward estudió el contenido, luego seleccionó una gran galleta de azúcar.

—Gracias.

Rachel suspiró y fue directa al grano.

—Estoy buscando algo y creo que lo tienes tú.

—¿Yo?

—La Biblia de Dwayne.

La sorpresa asomó al rostro de la mujer, seguida de una expresión de cautela. Rachel sintió un hormigueo de excitación.

—¿Por qué crees que la tengo yo?

—Porque sentías mucha admiración por Dwayne. Creo que tu cuñado se apropió de la Biblia la noche en que arrestaron a Dwayne y te la dio a ti.

—¿Estás acusándome de robo?

Rachel supo que debía ir con cuidado.

—No. Sólo creo que la guardaste para que no se perdiera, y te lo agradezco. Pero ahora me gustaría recuperarla.

—Eres la última persona que debería tener la Biblia de Dwayne.

Ella vaciló.

—No es para mí. Es para Edward. No tiene nada que perteneciera a su padre, y la Biblia debería ser suya. —Eso, al menos, era cierto.

Rachel contuvo el aliento. Carol miraba a Edward, que ahora tenía la boca manchada de azúcar. Debía de haberlo conquistado con la galleta porque le sonrió.

Carol se mordió el labio sin dejar de mirar a Edward.

—Sí. De acuerdo. Tengo la Biblia. La policía habría dejado que se perdiera en algún almacén y no podía dejar que ocurriera eso. Nunca tienen cuidado con esas cosas.

Rachel quiso abrazar a Gabe y girar hasta marearse, pero se obligó a hablar con serenidad.

—Te agradezco que te ocuparas de ello.

Carol se volvió hacia ella.

—No me importa tu gratitud. Lo hice por Dwayne, no por ti.

—Entiendo. —Rachel se forzó a seguir hablando—. Sé que Dwayne también lo habría apreciado.

Carol se apartó, como si no pudiera aguantar estar en presencia de Rachel mucho más tiempo.

—Quizá podríamos pasar por tu casa dentro de un rato. —Rachel no quería presionarla demasiado, pero estaba resuelta a hacerse con la Biblia tan pronto como fuera posible.

—No. Se la daré a Ethan.

—¿Cuándo?

Fue un error mostrar su impaciencia, pues Carol supo que tenía poder sobre ella y, evidentemente, le gustó.

—Creo que el lunes es el día libre de Ethan. Se la llevaré el martes a la iglesia.

No iba a ser capaz de esperar hasta el martes, y comenzó a protestar cuando Gabe la interrumpió.

—Nos parece bien, Carol. No hay prisa. Avisaré a Ethan para que esté pendiente.

Apretó con fuerza el brazo de Rachel y la guio hacia la multitud.

—O reprimes tu impaciencia o no volverás a ver la Biblia.

Rachel miró hacia atrás para comprobar si Edward los seguía.

—No aguanto a esa mujer. Le gusta atormentarme.

—Dos días más o menos no tienen importancia. Vamos a comer algo.

—¿Es que sólo piensas con el estómago?

Gabe deslizó el pulgar bajo la manga corta del vestido y le acarició el interior del brazo.

—Bueno, reconozco que de vez en cuando pienso con otras partes de mi cuerpo.

A Rachel se le puso la piel de gallina. Deseó que él sintiera algo más que atracción sexual por ella.

—¿Qué quieres comer?

Pareció divertido.

—Cualquier cosa.

Ella volvió la cabeza y miró por encima del hombro.

—Venga, Edward. Vamos a comer algo.

—No tengo hambre.

—Te encanta la sandía. Te compraré un trozo.

Mientras se dirigían hacia las carpas de comida, Gabe oyó cómo el niño arrastraba las zapatillas de lona por el suelo. Al pensar en cuánto había tenido que ahorrar Rachel para comprarlas, quiso decirle al niño que anduviera bien, pero sabía que no estaba siendo razonable y guardó silencio.

Se acercaron al centro del campo, donde varios lechones se asaban sobre grandes hoyos cubiertos con carbón. Rachel arrugó la nariz.

—Creo que prefiero una mazorca de maíz.

—Creía que las chicas del campo erais poco sentimentales con los animales.

—Yo no. Además, me gusta más el maíz.

A Gabe no es que le entusiasmara la idea del lechón asado, así que no le hizo pasar un mal rato. Poco después se sentaron en uno de los extremos de una mesa de pícnic para comer mazorcas con mantequilla. Gabe también había comprado un perrito caliente y una ensalada de col para Rachel, pero ella se negó a probarlo y él se encontró con más comida de la que deseaba.

—¿Seguro que no quieres otro perrito caliente, Edward? Ni siquiera lo he tocado.

El niño negó con la cabeza y cogió el trozo de sandía de su plato. Desde que se habían sentado, Gabe había observado cómo Edward miraba a hurtadillas la mesa de al lado, donde un hombre comía con un niño de su misma edad. Edward volvió a mirarlos y esta vez Rachel se dio cuenta.

—¿Es un compañero de la guardería, Edward? Parece conocerte.

—Sí. Se llama Kyle. —Edward clavó los ojos en la sandía—. Y yo, Chip.

Por encima de la cabeza de Edward, Rachel le dirigió a Gabe una mirada exasperada. En la mesa de al lado, Kyle y su padre recogieron sus platos vacíos y los llevaron a la papelera. Edward los observó con atención.

Después de tirar hasta el último vaso, el niño se volvió hacia su padre y le tendió los brazos. El padre sonrió, lo alzó y se lo puso en los hombros.

La expresión de anhelo que apareció en la cara de Edward fue tan intensa que Gabe se estremeció. Eran sólo un padre con su hijo sobre los hombros. Edward pesaba demasiado para que Rachel lo llevara de ese modo. Demasiado pesado para su madre, pero no para un hombre.

«¡Súbeme, papá! ¡Súbeme, que quiero ver!»

Gabe apartó la mirada.

Rachel había presenciado toda la escena, y Gabe notó su dolor al darse cuenta de que no podía hacer nada. Abrió el bolso para no delatarse a sí misma.

—Edward, te has puesto perdido. Déjame que te limpie...

Metió la mano en el bolso y comenzó a revolver frenéticamente el contenido.

—¡Gabe, no llevo la cartera!

—A ver... —Tomó el bolso y examinó el desordenado contenido: una pluma, un tique del ultramarinos, papel higiénico doblado, un pequeño juguete de plástico y un tampón que casi se había salido del envoltorio. Gabe sabía cuánto le molestaba a ella malgastar el dinero en tampones.

—Tal vez te la dejaste en casa.

—¡No! La tenía en el bolso cuando cogí el papel para limpiarte el zapato.

—¿Estás segura?

—Sí. —Estaba afligida—. ¿Recuerdas cuando choqué contigo? Alguien me empujó. Puede que se me cayera entonces.

—¿Cuánto llevabas en la cartera?

—Cuarenta y tres dólares. Todo lo que tengo.

Parecía tan perdida y confusa que a él le dio un vuelco el corazón. Sabía lo fuerte que era Rachel y se dijo a sí mismo que también se recobraría de este contratiempo, pero se preguntó cuánto más soportaría antes de derrumbarse.

—Deja que eche un vistazo al lugar donde ocurrió. Quizás alguien la ha encontrado y la ha dejado sobre las mesas.

Rachel no creía eso y Gabe tampoco. Ella no tenía tanta suerte.

Después de tirar las sobras, Rachel intentó ocultarle lo alterada que estaba. No podía perder aquellos cuarenta y tres dólares. Los necesitaba para los gastos de la semana.

Edward se quedó rezagado cuando abandonaron la zona de mesas. Pasaron por delante de Carol, que seguía trabajando junto a una mujer mayor con unos pantalones rojos y una blusa de manga corta con la imagen de un hibisco rojo y amarillo. Rachel reconoció a la abuela de Emily, la niña que padecía leucemia. Se le cayó el alma a los pies cuando la señora la vio.

—¡Señora Snopes!

—¿Qué haces, Fran? —Carol frunció el ceño cuando la mujer salió disparada del mostrador hacia Rachel.

Los pendientes de madera con forma de loro de la mujer oscilaron en su rostro mientras sonreía a Rachel. Luego volvió la cabeza hacia Carol.

—Le he pedido a la señora Snopes que vaya a casa de mi hija y rece por Emily.

—¿Cómo has podido hacer eso? —gimió Carol—. No es más que una charlatana.

—No es cierto —le reprendió Fran con suavidad—. Todas las oraciones son buenas. Sólo un milagro puede salvar a Emily.

—¡Ella no puede hacer milagros! —Carol taladró a Rachel con aquellos ojos negros y frunció el ceño con consternación—. ¿Tienes idea de lo mucho que ha sufrido esta familia? ¿Cómo has podido darles esperanzas?

Rachel comenzó a negar que hubiera engañado a nadie, pero Carol se lo impidió.

—¿Cuánto les cobras? Supongo que tus oraciones son muy caras.

—Yo ya no rezo —contestó Rachel con franqueza. Respiró hondo y miró fijamente a la abuela de Emily—. Lo siento señora, pero ya no soy creyente. No puedo ayudarla.

—Como si lo hubieras sido en algún momento... —replicó Carol.

Pero Fran sólo sonrió y miró a Rachel con una profunda compasión.

—Si mirara en su corazón, señora Snopes, sabría que eso no es cierto. No nos dé la espalda. Sé que usted puede ayudar a Emily.

—¡No puedo!

—No lo sabrá si no lo intenta. ¿Qué pierde por ir a verla?

—No quiero darle falsas esperanzas.

—Saca la cartera, Fran —dijo Carol—. Ya verás como cambia de idea.

Para ser una mujer que decía profesar amor a Dios, estaba llena de amargura. En los años que Rachel había pasado en el Templo, había visto a muchas personas como Carol, hombres y mujeres profundamente religiosos, pero tan críticos e inflexibles que no les quedaba ni un ápice de alegría en el cuerpo.

Rachel era una buena teóloga, y entendía lo que le sucedía a Carol. Para ella todo el mundo era malo, todo el mundo estaba condenado al infierno. En gente como Carol, la fe se convertía en una fuente constante de ansiedad.

También había visto a muchas Fran en el Templo, gente con luz interior, gente que nunca veía maldad en los demás. Estaban demasiado ocupadas amando y dispensando compasión y perdón.

Irónicamente, a Dwayne le habían frustrado los cristianos como Fran. Creía que carecían de armas para luchar contra el diablo y temía por sus almas.

—Lo siento —dijo con la voz ronca por la emoción—. Lo siento mucho.

Gabe dio un paso adelante.

—Señoras, tendrán que disculparnos, pero Rachel ha perdido la cartera y tenemos que buscarla. —Se despidió con la cabeza y la alejó de allí.

Rachel se sintió agradecida. Sabía que él no entendía lo que había sucedido, pero una vez más había notado lo que ella sentía y había intervenido.

—No sabía que conocieras a Fran Thayer —dijo él mientras pasaban por delante de las barbacoas.

—¿Se apellida así? No me lo había dicho.

—¿Qué le pasa?

Rachel se lo explicó.

—No pierdes nada por ir a ver a su nieta —dijo cuando terminó.

—Me comportaría como una hipócrita.

Por un momento Rachel pensó que él se lo discutiría, pero no lo hizo. En su lugar señaló una de las carpas.

—Me parece que estábamos allí cuando tropezaste. Voy a preguntar.

Volvió al cabo de unos minutos y, antes de que dijese nada, ella supo que no tenía buenas noticias.

—Quizás alguien la encuentre y la lleve a la policía dentro de un rato —dijo para consolarla.

Rachel forzó una sonrisa que ambos sabían que era falsa.

—Quizá.

Gabe le acarició suavemente la barbilla con los nudillos.

—Volvamos a casa. Creo que hemos tenido suficiente por hoy.

Rachel asintió con la cabeza y los tres se pusieron en camino.

Cuando se alejaron, Russ Scudder salió de detrás de la carpa de bebidas. Esperó a que desaparecieran de su vista. Cogió la cartera de Rachel del envase de palomitas en el que la había metido y sacó el dinero.

Cuarenta y tres dólares. No era demasiado. Miró los billetes arrugados y lanzó la cartera a la papelera más cercana, luego se acercó a la mesa donde estaba la Sociedad Humanística.

Carl Painter pedía donaciones a la gente, pero Russ ignoró esa colecta. Metió los cuarenta y tres dólares en el bote de plástico que había al lado, el del fondo para Emily.

16

Esa noche, Rachel le leyó a Edward *Stelaluna* por enésima vez. El cuento tenía bellas ilustraciones y trataba sobre una cría de murciélago que era separada de su madre y criada por aves con costumbres y hábitos distintos a los de su especie. Cuando terminó el libro, Edward se sacó la oreja de *Caballo* de la boca y la miró lleno de preocupación.

—La mamá de *Stelaluna* tuvo un accidente y luego vivieron separadas durante mucho tiempo.

—Pero al final se reunieron de nuevo.

—Supongo.

Rachel sabía que esa respuesta no le había gustado. Edward no tenía padre, ni casa, ni familia numerosa, y empezaba a darse cuenta de que sólo la tenía a ella.

Después de arroparlo, se dirigió a la cocina y vio a Gabe en la puerta de atrás. Él se giró al oírla y Rachel lo vio meterse la mano en el bolsillo. Sacó varios billetes y se los dio.

Ella contó cincuenta dólares.

—¿Y esto?

—Es una gratificación. Has trabajado de más. Me parece justo.

Estaba poniendo de su bolsillo el dinero que le habían robado y, al mismo tiempo, trataba de que ella no perdiera el orgullo. Miró los billetes nuevos y parpadeó.

—Gracias —se forzó a decir.

—Voy a salir un rato. Regresaré pronto.

No la invitó a ir con él y ella no se ofreció a acompañarlo. En momentos como ése recordaba la distancia que había entre ellos.

Más tarde, cuando se preparaba para acostarse, lo oyó regresar. Terminó de desvestirse y se puso la vieja camiseta de Gabe. Después de lavarse la cara y cepillarse los dientes, fue a la cocina y encontró a Gabe agachado al lado de una caja de cartón que había colocado al lado de la cocina.

Se acercó a mirar y vio que en la caja había metido una manta eléctrica y un envase verde de plástico lleno de pañuelos de papel rosa. Dentro había una cría de gorrión manchada de barro.

El martes, cuando faltaban tres días para reabrir el autocine, Rachel pensaba que no estaría listo a tiempo. Le entusiasmaba la idea de que el pueblo pudiera disfrutar del Orgullo de Carolina de nuevo. Lanzar fuegos artificiales la noche del estreno había sido idea suya y había conseguido que Gabe pusiera banderines en la entrada.

Por desgracia, Gabe no compartía su entusiasmo y su falta de interés era más patente cada día. En cambio, Rachel le había tomado cariño al lugar. Mirar la pintura fresca, los electrodomésticos nuevos y brillantes y el lugar libre de maleza le producía una sensación de bienestar.

A las tres de la tarde, sonó el teléfono de la cafetería. Dejó el paño con el que frotaba la nueva máquina de palomitas de maíz y contestó.

—Tengo la Biblia —dijo Kristy—. Acaba de traerla el hijo de Carol.

Rachel soltó un suspiro de alivio.

—No puedo creer que vaya a recuperarla. La recogeré esta noche.

Charlaron durante unos minutos y, justo cuando colgaba el teléfono, Gabe entró en la cafetería. Rachel salió disparada del mostrador.

—¡Kristy tiene la Biblia!

—No pongas demasiadas esperanzas en ella.

Ella escrutó sus esquivos ojos plateados y no pudo evitar acariciarle la mejilla.

—Te preocupas demasiado, Gabe.

Él sonrió brevemente. Rachel supo que iba a soltarle otro sermón, así que se apresuró a cambiar de tema.

—¿Cómo van las cosas con Tom?

—Parece saber lo que se hace.

Tom Bennett era el proyeccionista que había contratado Gabe. Una vez inaugurado el autocine, Gabe tenía intención de abrirlo cuatro noches a la semana. Tom vivía en Brevard e iría cada día desde allí. Gabe se ocuparía de la taquilla y Rachel de la cafetería en los descansos, ayudada por una chica llamada Kayla que Gabe había contratado para echar una mano.

Rachel había reflexionado mucho sobre qué haría con Edward cuando tuviera que trabajar por la noche, pero al final había tomado una decisión. No podía pagar una canguro, así que la mayoría de los días lo traería con ella. Improvisaría una cama para él en la oficina de Gabe, al lado de la sala de proyección, y esperaba que no tuviera problemas para conciliar el sueño.

Gabe la miró con severidad.

—¿Has comido?

—No he dejado una miga.

Observando la malhumorada expresión de Gabe, Rachel esbozó una ligera sonrisa tonta. Había pasado mucho tiempo desde que alguien se había preocupado por ella. Dwayne nunca lo había hecho, y cuando Rachel alcanzó la adolescencia, la salud de su abuela se había deteriorado tanto que había tenido que cuidar de ella. Pero ese hombre gruñón, que siempre quería estar solo, se había nombrado a sí mismo su Ángel de la Guarda.

Se estaba poniendo sentimental, así que regresó al mostrador.

—¿Cómo está *Piolín*?

—Aún está vivo.

—Bien. —Había traído al gorrión al autocine para darle de comer con frecuencia. Un poco antes, Rachel se había acercado a la oficina de Gabe para hacerle una pregunta y lo había visto inclinado sobre la caja, alimentando a la pequeña criatura con la punta de una pajita cortada.

—¿Dónde lo encontraste?

—Al lado del porche trasero. Si el nido hubiera estado cerca, lo hubiera dejado en él de nuevo; las crías son rechazadas por sus madres si huelen demasiado a humano. Pero no encontré el nido.

La expresión de Gabe se volvió todavía más irritable, como si encargarse de la supervivencia del pajarito le desagradara sobremanera. Pero ella sabía que no era así, y su sonrisa se hizo más amplia.

—¿Por qué estás tan contenta? —gruñó él.

—Estoy contenta por ti, Bonner. —No pudo resistirse a tocarle de nuevo y soltó el trapo que había cogido. Cuando Gabe la abrazó, apoyó la cabeza sobre su pecho y escuchó el firme latido de su corazón.

Él le deslizó los pulgares por la espalda, acariciándola a través del suave vestido de algodón. Rachel notó el pujante deseo masculino contra su vientre.

—Salgamos de aquí, cariño, y volvamos a casa.

—Tenemos demasiado que hacer. Además, hicimos el amor ayer por la noche. ¿Ya lo has olvidado?

—Sí. Se me ha borrado por completo de la memoria. Tendrás que recordármelo.

—Te lo recordaré esta noche.

Él sonrió, pero sólo por un momento, antes de bajar la cabeza y besarla.

No iba a ser más que un beso fugaz, pero el encuentro pleno de sus bocas hizo que rápidamente se volvieran hambrientos y exigentes. Rachel sintió los dedos de Gabe en el pelo antes de que él le metiera la lengua en la boca y ella se recreó en la sensación salvaje y erótica de dos personas fuera de control.

El beso se hizo más profundo. Gabe deslizó la mano bajo el vestido de Rachel y comenzó a bajarle las bragas. Ella se dispuso a bajarle la cremallera de los vaqueros.

Resonó un fuerte golpe en el techo. Se separaron como niños culpables y se dieron cuenta de que a Tom se le había caído algo en la sala de proyección.

Rachel se agarró al borde del mostrador.

Gabe respiró hondo.

—He olvidado que no estamos solos.

Ella se sentía encantada.

—Desde luego. Te has dejado llevar por la lujuria, Bonner.

—No he sido el único. Y no te lo tomes a broma. Si alguien nos pilla juntos, tu reputación quedará por los suelos. Ya es bastante malo que viva en casa de Annie desde que Kristy se fue.

—Sí, sí. —Lo miró divertida—. Pero volvamos a lo que importa, eso que acabas de hacer con la lengua... me gusta mucho. —Él cerró los ojos, exasperado pero divertido a la vez—. ¿Sabes quién fue la última persona con la que hice algo parecido?

—Apuesto lo que sea a que no fue con G. Dwayne.

Él se acercó a la cafetera como si no confiara en sí mismo si seguía cerca de ella. Rachel vio una inconfundible protuberancia en la parte delantera de los vaqueros y sintió una gran satisfacción femenina.

—¿Estás de broma? Sólo sabía dar picos.

—¿¿Picos??

—Esos besos secos y rápidos, que no son realmente besos en la boca. La última vez que di un beso de tornillo fue en mi último año de secundaria, a Jeffrey Dillard, en el armario de la escuela dominical. Los dos habíamos comido gominolas. Es el beso más dulce que recuerdo.

—¿No has dado ningún beso con lengua desde tu último año de secundaria?

—Patético, ¿verdad? Tenía miedo de ir al infierno. Me he estado perdiendo una de las mejores cosas de la vida.

—¿Y eso?

—Ahora no me preocupa el infierno. Si quiero hacer algo lo hago y punto.

—Rachel...

Él parecía tan afligido que ella quiso haberse mordido la lengua. Ser irreverente la ayudaba a ignorar el miedo, pero a él le molestaba.

—Ha sido un mal chiste, Bonner. Será mejor que volvamos al trabajo antes de que el jefe nos pille haciendo el vago. Es un usurero y, como bien sabes, podría bajarnos el sueldo. Personalmente, me da un miedo de muerte.

—¿En serio?

—No conoce la piedad, por no mencionar que es un agarrado. Por fortuna, soy más lista que él y he descubierto cómo conseguir un aumento.

—¿Cómo? —Él le dio un sorbo al café.

—Voy a desnudarlo y a lamerlo de arriba abajo.

Que Gabe se atragantara con el café dejó a Rachel satisfecha durante el resto de la tarde.

Edward se inclinó y apoyó las manos en las rodillas para mirar el interior de la caja de cartón.

—Aún no se ha muerto.

La actitud pesimista del niño molestó a Gabe, pero intentó no exteriorizarlo. Revolvió la mezcla de carne picada, yema de huevo y cereales para bebé con la que alimentaba al gorrión y la metió en la nevera. Edward llevaba toda la noche rondando alrededor de la caja para mirar, pero al final se incorporó, metió la cabeza del conejo en la cinturilla elástica de los pantalones cortos y se fue a la sala.

Gabe asomó la cabeza por la puerta.

—Deja tranquila a tu madre un rato, ¿vale?

—Quiero estar con ella.

—Después.

El niño sacó el conejo de los pantalones cortos, lo estrechó contra su pecho y le lanzó a Gabe una mirada resentida.

Rachel se había recluido en el dormitorio con la Biblia de G. Dwayne desde que Kristy la había traído. Si hubiera encontrado algo, habría salido de la habitación dando brincos, pero como no lo había hecho, Gabe sabía que se estaba enfrentando a otra decepción. Al menos podía ayudarla manteniendo al niño ocupado un rato.

Observó que el niño ignoraba sus instrucciones y se movía disimuladamente hacia la zona de los dormitorios.

—Te he dicho que dejes tranquila a tu madre.

—Prometió leerme *Stelaluna*.

Gabe sabía lo que debería hacer. Debería coger el libro y leerle él mismo el cuento, pero no podía. Sencillamente, no podía sentarse con el niño y leerle ese libro.

«Una vez más, papá. Léeme *Stelaluna* una vez más. Por favor...»

—Es el libro del murciélago ¿no?

Edward asintió con la cabeza.

—Es buena. No me da miedo.

—¿Quieres salir a ver si vemos uno?

—¿Un murciélago de verdad?

—Claro. —Gabe se dirigió a la puerta trasera y la abrió—. Ésta es la hora en la que salen. Se alimentan de noche.

—Prefiero quedarme aquí.

—Sal, Edward. Ahora.

El niño pasó con rapidez por debajo del brazo que mantenía la puerta abierta.

—Me llamo Chip. Y no deberíamos salir. Deberíamos quedarnos con *Piolín* para que no se muera.

Gabe se armó de paciencia y siguió al niño al exterior.

—He recogido pájaros heridos desde que tenía tu

edad, así que supongo que sé lo que me hago. —El niño dio un respingo ante la dureza de sus palabras, y Gabe respiró hondo, intentando desagraviarlo—. Cuando mis hermanos y yo éramos pequeños, encontramos muchas crías fuera del nido. Al principio no sabíamos que debíamos devolverlas a él de inmediato y nos las llevábamos a casa. Algunas veces morían, pero otras pudimos salvarlas.

Ahora que lo recordaba, comprendió que había sido él quien había hecho todo el trabajo. Las intenciones de Cal eran buenas, pero enseguida se entretenía lanzando canastas o jugando al *softball*, y se olvidaba de alimentar al pájaro. Y Ethan era demasiado joven para asumir tales responsabilidades.

—Le has dicho a mi madre que el reverendo Ethan es tu hermano.

A Gabe no se le escapó el tono acusador en la voz de Edward, pero lo ignoró.

—Es cierto.

—No te pareces a él.

—Ethan se parece a mi madre. Cal y yo nos parecemos a mi padre.

—No te comportas como él.

—Todos somos algo diferentes, incluso los hermanos. —Tomó una de las sillas plegables del lateral de la casa y la abrió.

Edward removió la tierra con el talón mientras manoseaba el conejo de trapo.

—Mi hermano es igual que yo.

Gabe lo miró.

—¿Tu hermano?

Edward frunció el ceño, concentrándose en las zapatillas de lona.

—Es muy fuerte y puede darle una paliza a varias personas a la vez. Se llama... *Fortachón*. Jamás está enfermo y siempre me llama Chip, no por el otro nombre.

—Creo que a tu madre le duele que le digas a la gente que no te llamen Edward —dijo Gabe suavemente.

Al niño no le gustó oírlo y Gabe observó el despliegue de emociones que cruzó por su cara: infelicidad, duda, obstinación.

—Ella puede llamarme así. Tú no.

Gabe tomó otra silla plegable y la abrió.

—Presta atención a esa montaña. En ella hay una cueva donde viven los murciélagos. A lo mejor podemos ver alguno.

Edward se sentó, mientras sostenía el conejo, en la silla que había abierto Gabe. Los pies no le llegaban al suelo y balanceó las delgadas piernas. Gabe sintió la tensión del niño y le molestó que lo considerara una especie de monstruo.

Pasaron unos minutos. Su hijo, Jamie, era más impaciente que Edward, y a esas alturas ya habría saltado de la silla, pero el hijo de Rachel se quedó sentado en silencio, sintiendo demasiado miedo de Gabe para rebelarse. Gabe odiaba ese miedo, aunque no podía hacer nada para remediarlo.

Las luciérnagas revoloteaban a su alrededor y la brisa nocturna se calmó poco a poco. El niño no se movió. Gabe pensó en algo que decirle, pero al final fue el niño el que habló primero.

—Creo que eso es un murciélago.

—No. Eso es un halcón.

El niño dejó el conejo en su regazo e introdujo el dedo índice por un diminuto agujero de la costura.

—Mi madre se pondrá furiosa si me quedo fuera demasiado tiempo.

—Observa los árboles.

Edward se metió el conejo de trapo bajo la camiseta y se reclinó en la silla. Ésta chirrió. El niño comenzó a moverse adelante y atrás, haciendo que chirriara una vez más. Y otra.

—Estate quieto, Edward.

—No soy Ed...

—¡Chip, joder!

El niño cruzó los brazos sobre la camiseta llena de bultos.

Gabe suspiró.

—Lo siento.

—Tengo que hacer pis.

Gabe se rindió.

—De acuerdo.

La silla plegable se tambaleó cuando el niño saltó.

Justo entonces, llegó la voz de Rachel desde la puerta trasera.

—Es hora de acostarse, Edward.

Gabe observó la silueta de la mujer recortada contra la luz de la cocina. Se la veía delgada y hermosa. Y en ese momento, era como todas las madres del mundo llamando a su hijo a casa en una cálida noche de julio.

Pensó en Cherry y esperó la familiar oleada de dolor, pero todo lo que sintió fue melancolía. Tal vez si pudiera dejar de pensar en Jamie, podría volver a vivir.

Edward corrió hacia el porche trasero de la casa, y tan pronto como llegó al lado de su madre, se agarró a su falda.

—Está mal decir palabrotas, ¿verdad, mamá?

—Claro que sí. Son palabras feas.

El niño miró a Gabe.

—Pues él ha dicho una. Una palabrota muy fea.

Gabe lo miró, molesto. Menudo chivato...

Rachel acompañó al niño dentro sin hacer ningún comentario.

Gabe volvió a alimentar al pequeño gorrión, intentando no tocarlo mientras le ofrecía diminutos pegotes de comida. El hecho que le resultara muy fácil obtener la comida acostumbraría al pájaro al contacto humano y lo convertiría en una mascota, por lo que luego le sería más difícil devolverlo a su hábitat.

Como suponía que Rachel aún tardaría un poco más, limpió el nido del pájaro y cambió los pañuelos de papel por otros nuevos antes de dirigirse a la sala. A través de la mosquitera la vio sentada en las escaleras del porche con los brazos apoyados en las rodillas.

Rachel oyó abrirse la puerta tras ella. El porche vibró bajo su trasero cuando Gabe se acercó y se sentó a su lado en el escalón.

—No has encontrado nada en la Biblia, ¿verdad?

Rachel no pensaba darse por vencida, a pesar de la decepción.

—No. Pero hay mucho texto subrayado y notas al margen por todas partes. Tengo que ir página por página. Seguro que hay una pista en alguna parte.

—Nada te resulta fácil, ¿verdad, Rachel?

Ella estaba cansada y frustrada, y la energía que la había sostenido durante toda la tarde había desaparecido. Le había molestado mucho releer aquellos viejos versículos familiares. Se le metían dentro, intentando arrastrarla hacia algo en lo que ya no creía.

Le escocieron los ojos, pero intentó contenerse.

—No te pongas sentimental conmigo, Bonner. No podría soportarlo.

Él le pasó el brazo por los hombros.

—No te preocupes, cariño. No te traicionaré.

«Cariño.» Era la segunda vez que la llamaba así ese día. ¿Sentiría cariño por ella?

Rachel se recostó contra él y aceptó la verdad. Se había enamorado de Gabe. Quería negarlo, pero le era imposible.

Lo que sentía era distinto a cuando se creía enamorada de Dwayne. Aquello había sido una enfermiza combinación de servilismo y búsqueda de la figura paterna. Éste era un amor maduro, sin ningún artificio. Conocía todos los defectos de Gabe, y también los suyos. Pero era una locura imaginar un futuro con un hombre que todavía estaba enamorado de su esposa muerta. O lo que era peor: un hombre que no quería a su hijo.

La enemistad entre Gabe y Edward iba a peor, y no se le ocurría ninguna manera de conseguir que mejorara. No podía obligar a Gabe a cambiar de actitud ni a que le tomara cariño a Edward.

Se sintió cansada y derrotada. Él tenía razón. Nada le resultaba fácil.

—¿Puedes intentar no decir palabrotas delante de Edward?

—Fue sin querer... —Él observó la línea oscura de los árboles que delimitaban el patio delantero—. Rachel, es un buen niño, está bien educado y todo eso, pero tienes que ser un poco más dura con él.

—Mañana a primera hora lo apuntaré al curso de «Cómo mirar con el ceño fruncido».

—Quiero decir que..., por ejemplo, ese conejo de trapo que lleva a todas partes. Ya tiene cinco años. Es muy posible que los demás niños se rían de él.

—Me ha dicho que lo deja en la taquilla cuando está en la guardería.

—Aun así. Es demasiado mayor.

—¿Acaso Jamie no tenía un muñeco preferido?

Gabe se puso tenso y ella supo que había pisado terreno prohibido. Podía hablar de su esposa, pero no de su hijo.

—No cuando tenía cinco años.

—Bueno, pues siento que Edward no sea lo suficientemente machote para ti, pero los últimos años no han sido un camino de rosas para él. Por no hablar del mes que pasó en el hospital.

—¿Qué le ocurrió?

—Tuvo neumonía. —Siguió con el dedo la línea del bolsillo del vestido. La depresión planeaba sobre ella desde que comprendió que la Biblia no iba a resolver sus problemas—. Le llevó mucho tiempo recuperarse. Llegué a pensar que no lo haría. Estuvo muy mal.

—Lo siento.

La discusión sobre Edward había abierto una brecha entre ellos. Supo que Gabe quería cerrarla tanto como ella cuando oyó sus palabras.

—Vamos a la cama, Rachel.

Ella lo miró fijamente a los ojos, y ni se le pasó por la cabeza decir que no. Él le tendió la mano y entraron juntos en la casa.

La luz de la luna caía sobre la vieja cama, tiñendo las sábanas revueltas con sus rayos plateados e iluminando el pelo de Rachel cuando Gabe se dejó caer sobre su cuerpo desnudo. El deseo que sentía por ella lo asustaba. Era un hombre callado y solitario. Los últimos años le habían enseñado que era mejor estar solo, pero ella lo había cambiado todo. Hacía que se replanteara cosas que no quería considerar.

Rachel se contorsionó debajo de él con las piernas abiertas. Su manera de hacer el amor era tan apasionada que Gabe nunca podía controlarse. Algunas veces tenía miedo de lastimarla.

Le estiró los brazos por encima de la cabeza, sujetándole las muñecas con una mano. Sabía que la sensación de impotencia la volvería loca. Casi de inmediato, Rachel comenzó a gemir.

Con la mano que le quedaba libre comenzó a acariciarla. Le rozó los pechos, frotándole con el pulgar las cimas hinchadas. Lo sustituyó por la boca y llevó la mano entre sus piernas.

Estaba mojada para él, lubricada por el deseo. La acarició... le gustaba sentir el tacto de una mujer bajo la palma de su mano. ¿Cómo se había podido olvidar de algo así? ¿Cómo había dejado que el dolor le impidiera recordar algo tan bueno?

Los roncos gemidos ahogados de Rachel le hacían perder el control. Forcejeó contra la mano que la sujetaba, pero él no la soltó. En su lugar, deslizó un dedo en el interior de su cuerpo.

Ella soltó un grito entrecortado.

Él no pudo resistirse más a esos dulces contoneos. Se

movió y luego entró en ella con un envite duro y profundo.

—Sí... —jadeó ella.

Gabe le cubrió la boca abierta con la suya. Sus dientes se rozaron. Sus lenguas se encontraron. Le sujetó las muñecas con las dos manos y se movió en su interior.

Ella se arqueó contra él, luego le rodeó las caderas con las piernas. Un momento más tarde, ella explotó.

En ese instante no existía nada más que esa mujer vibrante, la luz de luna y la perfumada brisa de verano que rozaba sus cuerpos al entrar por la ventana abierta. Gabe encontró el olvido que necesitaba.

Después no quiso soltarla. Dejó que la sábana se enredara alrededor de sus caderas, besó el cuello de Rachel y cerró los ojos.

Un pequeño manojo de furia cayó sobre su espalda.

—¡Suelta a mi madre! ¡Suéltala!

Edward le golpeó con sus pequeños puños y le clavó las uñas en el cuello. En la habitación resonaron sus gritos.

—¡Detente! ¡Detente!

Rachel se puso rígida bajo Gabe.

—¡Edward!

Algo mucho más duro que los puños de un niño de cinco años cayó sobre la nuca de Gabe. Las lágrimas y el pánico inundaban la voz del niño.

—¡Deja de hacerle daño!

Gabe trató de desviar los golpes, pero su radio de acción era limitado. El niño estaba montado a horcajadas sobre sus caderas y, si Gabe se daba la vuelta, dejaría al descubierto la desnudez de Rachel. ¿Cómo había entrado en la habitación? ¿No había echado Rachel el cerrojo?

—¡Edward, para! —Rachel agarró la sábana.

Gabe le sujetó un afilado codo.

—No la estoy lastimando, Edward.

Un golpe monumental, mucho más duro que los anteriores, cayó sobre la cabeza de Gabe.

—Me llamo...

—¡Chip! —dijo Gabe sin aliento.

—¡Te mataré! —sollozó el niño, y volvió a golpearlo.

—¡Edward Stone, basta ya! ¡¿Me has oído?! —La voz de Rachel era acerada.

El niño se detuvo poco a poco.

Rachel suavizó la voz.

—Gabe no me está haciendo daño, Edward.

—Entonces, ¿qué está haciendo?

Por primera vez desde que Gabe la conocía, Rachel se quedó sin palabras.

Gabe volvió la cabeza y pudo ver el pelo revuelto y las mejillas enrojecidas y manchadas de lágrimas del niño.

—La estaba besando, Ed... Chip.

Una expresión de absoluto horror apareció en la cara del niño.

—No vuelvas a hacerlo nunca más.

Gabe sabía que su peso hacía que a Rachel le costase respirar, pero ella habló tan suavemente como pudo.

—Edward, a mí me gusta que Gabe me bese.

—¡No! ¡No te gusta!

De esa manera no iban a conseguir nada, así que Gabe le habló con firmeza.

—Quiero que vayas a la cocina y le traigas a tu madre un vaso grande de agua. Tiene mucha sed.

El niño le dirigió una mirada testaruda.

—Por favor, Edward, haz lo que Gabe ha dicho. De verdad que necesito beber agua.

El niño se bajó de la cama a regañadientes, no sin antes dirigirle a Gabe una mirada que prometía la aniquilación total si le hacía algo a su madre.

En cuanto desapareció por la puerta, Gabe y Rachel saltaron de la cama y empezaron a vestirse frenéticamente. Gabe se puso con rapidez los vaqueros. Rachel agarró la camiseta y se la metió por la cabeza, luego buscó las bragas en el suelo. Al no encontrarlas, se puso los calzoncillos de Gabe. Aquello les hubiera parecido divertido si no fuera porque estaban demasiado ocupados vistiéndose antes de que el niño volviese.

Gabe se subió de un tirón la cremallera.

—Creía que habías cerrado la puerta.

—No. Pensé que lo habías hecho tú.

El niño regresó en un tiempo récord, tan deprisa que el agua se derramó por el borde del vaso de plástico azul de Bugs Bunny.

Cuando Rachel se inclinó para recogerlo, tropezó con algo. Gabe bajó la mirada y reconoció el ejemplar de *Stelaluna* en el suelo. Le llevó un momento entender qué hacía allí y luego se dio cuenta de que había sido con eso con lo que Edward le había golpeado la cabeza.

Lo había asaltado con un libro mortífero.

17

Rachel se bebió el vaso de agua y luego acarició la cabeza de Edward.

—Venga, te llevaré a la cama.

Gabe dio un paso adelante. Tenían que resolver eso antes de que salieran de la habitación. Miró al niño, recordando la furia de esos pequeños puños y, por un momento fugaz, vio al niño tal como era, no como la sombra de otro.

—Me gusta tu madre y nunca le haría daño. Quiero que lo recuerdes. Si nos ves tocándonos de nuevo, será porque queremos hacerlo y no porque sea algo malo.

Edward le dirigió a su madre una mirada incrédula.

—¿Quieres tocarle?

—Sé que te resulta difícil entenderlo, ya que Gabe y tú no os lleváis bien, pero me gusta estar con él.

El niño la miró con rebeldía.

—Si quieres tocar a alguien, ¡tócame a mí!

Ella sonrió.

—Me encanta tocarte. Pero soy una mujer, Edward, y algunas veces necesito tocar a un hombre.

—Entonces toca al reverendo Ethan.

Rachel tuvo el descaro de reírse.

—No, cielo... El reverendo Ethan es amigo tuyo y Gabe mío.

—No son hermanos, no importa lo que él diga.

—Mañana verás al reverendo Ethan en la guardería. ¿Por qué no se lo preguntas?

Gabe se dio cuenta de que sus calzoncillos estaban a punto de deslizarse por las caderas de Rachel.

—Ven conmigo, Chip. Vamos a alimentar a *Piolín* antes de que vuelvas a la cama.

Pero Edward no se dejaba embaucar tan fácilmente.

—¿Vas a volver a besarla?

—La besaré —dijo con firmeza—, pero sólo cuando tu madre quiera.

—¡No quiere! —Edward salió disparado hacia la puerta—. ¡Y pienso decírselo al reverendo Ethan!

—Genial —masculló Gabe—. Es justo lo que necesitamos.

Sin embargo, el reverendo Ethan tenía sus propios problemas. Eran las once de la mañana y no quedaba ni media taza de café en la cafetera que compartía con Kristy.

No es que no supiera preparar café. Se lo hacía en casa por las mañanas. Pero ahora no estaba en casa, sino en la oficina y, durante los últimos ocho años, Kristy se había encargado de mantener la cafetera llena.

Tomó la jarra de cristal de la cafetera y, con aire decidido, se encaminó hacia la pequeña cocina de la parte trasera, donde se salpicó de agua el polo nuevo de GAP. Volvió a la oficina, puso la jarra en la base, echó las cucharadas de café sin medirlas y apretó el interruptor. ¡Ya estaba! ¡Eso le enseñaría!

Por desgracia, Kristy estaba demasiado ocupada tarareando una vieja canción de Whitney Houston y tecleando en el ordenador como para darse cuenta. Ethan no podía decidir qué era peor: si lo del café, el alegre canturreo de la joven o que llevara puesto uno de sus antiguos vestidos al trabajo.

El vestido color caqui sin forma lo enloquecía más que la cafetera vacía. Se lo había visto antes docenas de veces.

Era amplio, cómodo y sin estilo. ¿Por qué no se ponía esa ropa que él desaprobaba? ¿El top y los ceñidos vaqueros blancos? ¿Dónde estaban el escote y las estúpidas sandalias doradas?

Y si había decidido volver a ser la antigua Kristy, ¿por qué no lo había hecho por completo? ¿Por qué no había domado ese pelo rebelde y por qué no había dejado el lápiz de labios rojo en un cajón de casa junto al mortífero perfume que le hacía pensar en tangas negros y cuerpos calientes?

Mientras las manos de Kristy volaban por el teclado del ordenador, los anillos de oro y plata de sus dedos brillaban bajo la luz del sol que entraba por la ventana, igual que las circonitas de los pendientes. La mirada de Ethan se deslizó por la parte superior del horrible vestido. Si por lo menos no supiera lo que había allí debajo...

«Piensa en otra cosa, querido —le sugirió Marion Cunningham con su voz dulce y comprensiva—. Concéntrate en el sermón del domingo. Estoy segura de que, si te esfuerzas un poco más, será todavía mejor.»

Ethan se quedó consternado. ¿Por qué el Dios-abuelita tenía que aparecer siempre que pensaba en pechos?

El tecleo se detuvo. Kristy se levantó del escritorio, lo miró por encima del hombro y se dirigió al baño, en el vestíbulo de abajo.

Ethan sabía que en cuanto llegara a casa, Kristy se quitaría ese horrible vestido y se pondría unos pantalones cortos y un top con escote. Y él no estaría allí para verlo porque ella le había dejado claro que no quería verlo en su apartamento. Se habían acabado las comidas caseras y que escuchara sus problemas con un parroquiano irrazonable. ¡Santo Dios!, la había perdido. Había perdido a su mejor amiga.

Clavó los ojos en el escritorio vacío de Kristy y recordó que ella había cenado en el Mountaineer con Mike Reedy la noche anterior. Bueno, aquélla era la segunda vez que quedaban. El sábado, Mike la había llevado a un restaurante en Cashiers. Por lo menos tres personas de la congregación se habían asegurado de que se enterara.

Kristy aún no había regresado del baño. Ethan sentía las manos húmedas y pegajosas. Sabía dónde dejaba el bolso. En el último cajón de la izquierda, al lado de una caja de pañuelos de papel y del botiquín de primeros auxilios. Durante toda su vida —incluida su época más salvaje—, Ethan había tratado de comportarse con honradez. Lo que quería hacer ahora no tenía nada de honrado, pero no podía detenerse.

Sin pérdida de tiempo atravesó la oficina, abrió el cajón de un tirón y agarró el bolso, el mismo bolsito negro que Kristy había llevado al Mountaineer la semana anterior, cuando le había puesto los puntos sobre las íes y le había dicho que no era su amigo.

Un reverendo de verdad, alguien que no tuviera tantos defectos como él, alguien que tuviera una verdadera vocación, nunca haría eso. Abrió el bolso y hurgó dentro. La cartera, un peine, una caja de caramelitos Tic Tacs, maquillaje, las llaves del coche, la hoja dominical... Ningún condón.

Oyó los pasos de Kristy, cerró el bolso, lo metió en el cajón y cogió el botiquín de primeros auxilios.

—¿Te pasa algo?

Sólo unos minutos antes, la expresión de interés de su cara lo habría puesto de mejor humor, pero ahora no.

—Me duele la cabeza.

—Siéntate. Buscaré una aspirina.

Ethan le pasó el botiquín y, por primera vez en toda la semana, Kristy se preocupó por él. Le llevó un vaso de agua y le dio la aspirina, preguntándole si había dormido bien la noche anterior. Pero Ethan se sintió culpable porque no recordaba ni una sola vez que a Kristy le hubiera dolido la cabeza y él le hubiera llevado una aspirina.

«¿Y qué demonios había sucedido con el condón?» Sólo de pensar que podía haberlo usado con Mike lo ponía enfermo. Por una parte, sabía que debía alegrarse de que hubiera encontrado a alguien, pero no a Mike Reedy. Y eso que a Ethan siempre le había caído bien Mike y no podía pensar en nada malo de él, salvo que no debería hacer el amor con Kristy Brown.

Después de tragarse una aspirina que no necesitaba, la miró y se preguntó por qué había tardado tanto en darse cuenta de lo bonita que era. No era una chica llamativa —salvo cuando se ponía esa ropa—, pero poseía una belleza apacible y dulce.

—El viernes por la noche, Gabe abrirá las puertas del autocine —dijo.

—Espero que vaya alguien. La gente está furiosa con Gabe por haber ayudado a Rachel y quieren hacerle boicot. —Kristy parecía preocupada—. La gente puede ser muy mala.

Él continuó como quien no quiere la cosa.

—Ya que tú también quieres ir a la inauguración... ¿qué te parece si te recojo a las ocho?

Kristy lo miró fijamente.

—¿Quieres que vayamos juntos?

—Claro. ¿No te parece una forma estupenda de mostrarle nuestro apoyo a Gabe?

El teléfono sonó en el escritorio. Kristy se quedó mirándolo un momento antes de cogerlo. Él supo al instante que hablaba con Patty Wells, la coordinadora de la guardería.

—Sí, Ethan está aquí. Por supuesto. Dile a Edward que suba, Patty.

Colgó el teléfono y frunció el ceño.

—Edward lleva toda la mañana preguntando si puede hablar contigo. Patty ha intentado distraerlo, pero no ha servido de nada. Espero que no le haya pasado nada.

Los dos conocían a Edward lo suficiente como para saber que nunca pedía nada, y compartieron en silencio su preocupación por el niño.

Kristy regresó al escritorio y, unos minutos más tarde, hizo pasar a Edward. Le dirigió a Ethan una mirada de preocupación, una de las muchas que habían compartido a lo largo de todos esos años cuando ella hacía pasar a un parroquiano a la oficina de Ethan. Luego se retiró.

—Puedes cerrar la puerta si quieres privacidad —dijo Ethan.

Edward vaciló y miró a Kristy. Ethan sabía lo cariñosa que era con él. Se sorprendió cuando Edward empujó la puerta con ambas manos y la cerró. Fuera lo que fuese lo que le rondaba en la cabeza, era algo serio.

Ethan evitaba, siempre que podía, hablar con el escritorio de por medio y se acercó a la ventana donde había un sofá y dos cómodas sillas.

Edward se sentó en el centro del sofá y al reclinarse le quedaron las piernas colgando. Tenía una mancha de pintura roja en un zapato. Ethan sabía lo impoluta que mantenía Rachel la ropa gastada del niño, y supuso que se había manchado en la clase de dibujo de esa mañana.

Edward hizo ademán de buscar algo y, al no encontrarlo, se rascó el codo. Ethan dedujo que se trataba del conejo de trapo.

—¿Qué pasa, Edward?

—Gabe es un mentiroso. Anda diciendo que sois hermanos.

Ethan iba a corregirle, pero la profunda infelicidad en la expresión del niño lo hizo vacilar.

—¿Por qué crees que miente?

—Porque es un gilipollas y lo odio.

Ethan llevaba años aconsejando a la gente y sabía que tenía que preguntarle expresando de otro modo las palabras del niño.

—Gabe no te cae demasiado bien, ¿no?

Edward negó con la cabeza vigorosamente.

—Y no quiero que le caiga bien a mi madre.

«Justo lo mismo que yo, compañero.»

—Y a ti no te gusta que sea así.

—Le dije que podía tocarme a mí, pero dijo que a veces prefería tocar a un hombre.

«Claro que sí. En especial si ese hombre tiene una saneada cuenta corriente y no le da importancia al dinero.»

—Le dije que era mejor que te tocara a ti, Ethan, pero ella dijo que tú eras mi amigo y Gabe el suyo; que quería besarle y tenía que dejar de pegarle.

«¿Besarle? ¿Pegarle?» A Ethan le llevó un momento decidir qué preguntarle antes.

—¿Has pegado a Gabe?

—Me monté de un salto en su espalda cuando estaba besando a mi madre, y le pegué con *Stelaluna* hasta que la soltó.

Si aquella historia hubiera sido sobre alguna otra persona, a Ethan le hubiera parecido divertida, pero le había pasado a su hermano. Sabía que no debía preguntar, pero no pudo evitarlo.

—¿Dónde estaba Gabe cuando montaste de un salto en su espalda?

—Estaba aplastando a mi mamá.

—¿Aplastándola?

—Ya sabes. Estaba encima de ella. Aplastándola.

«Maldición...»

A Edward se le llenaron los ojos de lágrimas.

—Gabe es malo, y quiero que le eches, y que mi mamá te toque a ti en vez de a él.

Ethan dejó a un lado sus preocupaciones y se acercó al niño, pasándole el brazo por los hombros.

—No funciona así con los mayores —le dijo con suavidad—. Gabe y tu madre son amigos.

—¡Estaba aplastándola!

Ethan se obligó a hablar con calma.

—Son adultos y se pueden aplastar si quieren. Pero eso no quiere decir que tu mamá no te quiera como siempre. Lo sabes, ¿verdad?

El niño lo pensó un momento.

—Supongo.

—Puede que Gabe no te caiga bien, pero te aseguro que es un buen hombre.

—Es gilipollas.

—Le han pasado cosas muy malas y se ha vuelto un poco gruñón, pero es bueno.

—¿Qué cosas malas?

Ethan vaciló, luego decidió que el niño tenía derecho a saber la verdad.

—Tenía una esposa y un hijo a los que quería muchísimo. Murieron en un accidente hace un tiempo. Aún está muy triste por eso.

Edward no dijo nada durante un rato. Finalmente se acercó más y dejó caer la cabeza contra el pecho de Ethan.

Ethan acarició el brazo del niño y pensó en los misteriosos caminos del Señor. Ahí estaba él reconfortando al hijo de un hombre al que despreciaba y de una mujer a la que no podía ni ver. Pero... ¿quién lo reconfortaba a él?

—Gabe es mi hermano —dijo suavemente—, y lo quiero mucho.

El niño se puso rígido, pero no se apartó.

—Es malo.

A Ethan le costaba creer que su gentil hermano pudiera ser cruel con ese precioso niño.

—Piénsalo bien. ¿Gabe no ha hecho nada bueno por ti...?

Edward comenzó a negar con la cabeza, luego se detuvo.

—Bueno, sí.

—¿Qué?

—Me llama Chip.

Quince minutos más tarde, Ethan llamaba a Cal por teléfono. Sin violar la confidencialidad de lo que Edward le había contado, le hizo saber a su hermano mayor que se enfrentaban a un grave problema.

—¿Me regalas una entrada, hermanito?

Rachel levantó la cabeza cuando una profunda voz masculina llegó desde la puerta de la cafetería.

—¡Cal! —Gabe soltó la caja de bollos que llevaba y salió disparado del mostrador para saludar a un hombre que se parecía mucho a él.

Mientras los dos se palmeaban la espalda, Rachel estudió a Cal Bonner y se preguntó qué afortunada combinación de genes había puesto a tres rompecorazones en la misma familia.

A diferencia de Ethan, Cal y Gabe eran morenos y poseían una ruda belleza masculina que los identificaba como hermanos. Gabe tenía el pelo más largo y sus ojos plateados eran más claros que los de Cal, pero los dos eran altos, delgados y musculosos. Aunque sabía que el antiguo *quarterback* era casi dos años mayor, parecía más joven que Gabe. Quizá fuera el aire de felicidad que lo envolvía como una capa invisible.

—¿Cómo no me has avisado de que venías? —dijo Gabe.

—¿Creías que me iba a perder la inauguración de esta noche?

—Es sólo un autocine, Cal.

Esas palabras molestaron a Rachel. Para ella, no sólo era un autocine. Ella quería que el viejo lugar brillara esa noche.

Durante todo el día había estado enseñando a Kayla, la joven a la que Gabe había contratado para echar una mano en la cafetería. También le había enseñado a Gabe lo más básico para que pudiera echar una mano durante el intermedio. Él había aprendido con rapidez, pero era una tarea mecánica y nada más. Gabe debería estar curando animales, no vendiendo patatas fritas y bocadillos.

—¿Quieres un café? —preguntó Gabe a su hermano—. ¿Un helado? Me he convertido en todo un experto haciendo conos de helado.

—No, gracias. Rosie armó un escándalo en el coche después de dejar Asheville. Odia la silla de seguridad como si fuera veneno... así que tengo que volver al mausoleo para echarle una mano a Jane.

Rachel no tenía dudas de a qué mausoleo se refería.

Cal continuó con entusiasta cordialidad:

—Sólo he venido para invitarte al desayuno que dará Jane sobre las once de la mañana para celebrar la inauguración. Vendrá Eth. ¿Te apuntas?

—Claro.

—Y Gabe, no se lo menciones a Jane, pero yo en tu lugar comería algo antes de ir. Conociendo a mi esposa, nos obsequiará con panecillos integrales y tofu. Deberías ver qué porquerías le da a Rosie, nada que lleve azúcar, ni conservantes, todo alimentos bajos en calorías. La semana pasada Jane me pilló dándole cereales Lucky Charms a Rosie y casi me arranca la cabeza.

Gabe sonrió.

—Lo tendré en cuenta.

—Tío, ¡esto está de fábula! —Cal miró la cafetería con la misma admiración que si fuera un restaurante de cinco tenedores—. Has hecho un buen trabajo.

Rachel apenas pudo ocultar su disgusto. Cal era igual de condescendiente que Ethan. Puede que a ella le gustara el autocine, pero aquel lugar no era lo mejor para Gabe. ¿Por qué ninguno de sus hermanos se enfrentaba a él y le decía lo que en verdad opinaba de todo aquello?

Entonces, Cal la vio. Se le borró la sonrisa de la cara y Rachel supo que él había deducido quién era ella.

—Rachel, éste es mi hermano Cal. Rachel Stone.

Cal la saludó con una brusca inclinación de cabeza.

—Señora Snopes.

Ella le dirigió una agradable sonrisa.

—Encantada de conocerte, Hal.

—Me llamo Cal.

—Ah. —Y continuó sonriendo.

Cal apretó los labios y Rachel lamentó haber actuado con tanta ligereza. Ése era un hombre que no dudaría en recoger el guante que ella le había arrojado.

Tras el incidente con Cal, el resto de la tarde fue de mal en peor. Kayla dejó caer una enorme jarra de salsa, salpicándolo todo, y uno de los chicos de los fuegos artificiales se hizo un corte tan grande en la mano que tuvieron que darle puntos. Gabe se encerraba más en sí mismo cada hora que pasaba. Más tarde, cuando Rachel fue corriendo al pueblo para recoger a Edward, casi chocó con un Chevy Lumina, que había salido disparado de una calle lateral. Mientras tocaba el claxon, alcanzó a vislumbrar la cara hostil de Bobby Dennis detrás del volante. Una vez más se preguntó cómo podía odiarla tanto alguien tan joven.

Por la noche, Edward entró como una centella en la cafetería.

—Puedo quedarme levantado hasta tarde, ¿verdad, mamá?

—Tan tarde como quieras. —Rachel sonrió mientras seguía llenando de maíz la máquina de palomitas. Los fuegos artificiales no comenzarían hasta que fuera noche cerrada y ella dudaba que el niño se mantuviera despierto hasta ese momento, a pesar de que la película era del bobo de Jim Carrey.

Una pareja con varios niños atravesó la puerta —sus primeros clientes—, y ella se concentró en ayudar a Kayla a despachar el pedido. No mucho después, entró un trío de adolescentes malencarados liderados por Bobby Dennis.

En ese momento, Rachel atendía a un señor y a su esposa, y fue Kayla quien se encargó de atenderles, pero antes de que saliesen, Rachel dijo:

—Espero que disfrutéis de la película.

Bobby le dirigió una mirada venenosa, como si lo hubiera maldecido.

Rachel se encogió de hombros. Ese chico le tenía demasiada manía y no pensaba ceder.

Hicieron buena caja, aunque no tanto como habían previsto, y cuando comenzaron los fuegos artificiales, Rachel echó un vistazo fuera y vio que no se había cubierto ni la mitad del aforo. Ya que no había demasiado que hacer en Salvation un viernes por la noche, supo que la gente del pueblo le estaba pasando factura a Gabe por haberla ayudado.

Edward no se quedó dormido hasta bastante después de que diese comienzo la película de Carrey. El niño protestó cuando ella lo despertó para llevarlo a la cama improvisada, pero no por mucho tiempo. Mientras se apoyaba en ella para subir las escaleras metálicas, Rachel se sintió inquieta y preocupada por Gabe y su propio futuro. La Biblia de Dwayne no había revelado ni una sola pista, y Rachel comenzaba a perder las esperanzas. Tal vez Gabe tuviera razón y el dinero iba en el avión con Dwayne.

Miró a su somnoliento hijo. Gabe se esforzaba en llevarse bien con él. Había enseñado a Edward cómo alimentar a *Piolín* sin dañar el suave pico del ave y lo había llevado a una caverna donde había murciélagos, pero Gabe no ponía el corazón en ello y la atmósfera de la casa era cada día más tensa. Rachel tenía que hacer algo al respecto.

Tom, el proyeccionista, le sonrió cuando pasó por la sala de proyección para acostar a Edward en el saco de dormir que había colocado en la oficina de Gabe. Tenía un montón de nietos bulliciosos y le había prometido a Rachel que le echaría un vistazo de vez en cuando.

Cuando bajó las escaleras, vio a Gabe saliendo de la cafetería. En ese momento lo abordó un hombre que le sonaba de vista, pero al que no pudo identificar.

—Parece que esta noche no vas a llenar el cine, Bonner.

Gabe se encogió de hombros.

—No todas las noches se puede colgar el cartel de completo.

—En especial si la viuda Snopes trabaja aquí.

Gabe se puso tenso.

—¿Por qué no te ocupas de tus asuntos, Scudder?

—Lo que tú digas. —Con una sonrisa burlona, se dio la vuelta y se alejó.

Russ Scudder. Había perdido mucho pelo desde la última vez que Rachel lo había visto, y también algo de peso. Lo recordaba más musculoso.

Gabe levantó la mirada cuando ella bajaba los últimos escalones.

—Russ era guarda de seguridad en el Templo —dijo ella.

—Lo sé. Lo contraté antes de que tú llegaras para que me echara una mano. Lo despedí después de un par de semanas. No era de fiar.

—Pero tiene razón. Debería haber asistido mucha más gente. Te están castigando por mi culpa.

—No me importa.

Rachel sabía que era así y eso la preocupaba más que la falta de público.

—¿Por qué crees que ha venido?

—Es probable que buscara un lugar oscuro en el que emborracharse.

Gabe se dirigió hacia un coche de ruidosos adolescentes, y ella regresó a la cafetería para prepararse para el intermedio. Él regresó a ayudar en cuanto acabó el primer acto.

Se formó una cola, pero no lo suficientemente larga como para darles problemas. Los dos hermanos de Gabe fueron a comprar algo de comer. Cal hizo un pedido para dos, así que Rachel supuso que su esposa estaba esperándole en el coche con el bebé.

Ethan también pidió para dos, pero como fue Kayla quien lo atendió, Rachel no se dio cuenta. Si lo hubiera hecho, se habría sentido tentada de salir y ver con quién había venido.

18

Ethan le pasó la bandeja de comida a Kristy por la ventanilla del coche, luego abrió la puerta y se sentó tras el volante. De inmediato se vio envuelto en su perfume. Le hacía pensar en tangas y rumbas, algo absolutamente ridículo, pues no había bailado una rumba en su vida y no tenía intención de hacerlo ahora.

Cerró la puerta del coche.

—Tienen galletas de chocolate. He traído un par de ellas.

—Qué bien... —dijo Kristy con esa voz fría y educada que le había estado dirigiendo durante toda la noche, como si fuera sólo su jefe y no su amigo.

Los anillos de la joven brillaron bajo la tenue luz de los focos encendidos en el intermedio. Ethan observó con inquietud cómo Kristy colocaba la comida entre ellos y desenvolvía el perrito caliente. Le había echado mostaza porque así le gustaban a él los perritos calientes, pero lo cierto era que no sabía si a ella le gustaba la mostaza. Puede que hubieran comido juntos más de mil veces en los últimos ocho años, pero no recordaba nada de lo que Kristy había tomado. Puede que alguna ensalada.

—No había ensalada.

Ella le dirigió una mirada burlona.

—¿Cómo iba a haberla?

Ethan se sintió como un idiota.

—No estaba seguro de si preferías la mostaza normal o con especias. —Hizo una pausa—. Tenían de los dos tipos.

—Así está bien.

—¿No prefieres ketchup?

—No importa.

—¿Y salsa de frutas? —Dejó su perrito caliente en el salpicadero—. ¿Quieres que te traiga salsa de frutas?

—No es necesario.

—¿De veras? Porque no me importa... —Ya había abierto la puerta cuando ella lo detuvo.

—¡Ethan, no me gustan los perritos calientes!

—Ah... —Cerró la puerta y se hundió en el asiento, sintiéndose tonto y abatido. En la pantalla, un reloj marcaba el tiempo que quedaba de descanso. Le pareció como si fueran los últimos minutos de su vida.

—Pero me encantan las galletas de chocolate.

Él negó con la cabeza.

—Esto prueba todo lo que me dijiste la noche del Mountaineer. Que no sé nada de ti.

—Ahora ya sabes que no me gustan los perritos calientes —dijo ella en voz baja.

Podría haber sido maliciosa, pero estaba siendo agradable. Era una de sus mejores cualidades. ¿Por qué Ethan había tardado tanto en darse cuenta? Se había pasado la mayor parte de su vida sin dedicarle un solo pensamiento a Kristy Brown y ahora no podía dejar de pensar en ella.

Kristy volvió a meter el perrito caliente en la bolsa y tomó una galleta de chocolate. Antes de darle un mordisco, abrió una servilleta y la extendió sobre los vaqueros. Aquellos vaqueros y la blusa blanca que vestía habían decepcionado a Ethan. Supuso que Kristy había decidido reservar las minifaldas y los tops ceñidos para Mike Reedy.

Él sacó una pajita del envoltorio y la clavó en la tapa de la Cherry Coke.

—He oído que sales con Mike. —Trató de sonar despreocupado, como si el tema no le interesara más que el tiempo de la semana anterior.

—Es un buen tío.

—Sí, lo es. —Los rizos oscuros de Kristy le enmarcaban las mejillas. Ethan deseó acariciarlos y por un momento se imaginó haciéndolo con los labios.

Ella lo miró.

—¿Qué ocurre?

—Nada.

—Venga, suéltalo —dijo Kristy con impaciencia—. Sé cuándo te preocupa algo.

—Es sólo que..., Mike es un buen tío, no me malinterpretes..., pero en el instituto, no sé... Quizá sea un poco salvaje o... —Para alguien que tenía tan buena oratoria, estaba liándolo todo.

—¿Salvaje? ¿Mike?

—No ahora. —Ethan rompió a sudar—. Como ya he dicho es un tío genial, pero puede ser un poco... alocado. Ya sabes. Distraído.

—¿Y?

—Y... —Ethan tenía la garganta seca y tomó un gran sorbo de su bebida—. Sólo creí que deberías saberlo.

—¿Que es distraído?

—Sí.

—Bien, gracias por decírmelo. —Kristy mordisqueó la galleta de chocolate con tanto cuidado que sobre la tapicería del coche no cayó ni una miga.

Ethan pensó en cuánto le gustaba la pulcritud de Kristy. No sólo porque simplificaba las cosas para él, sino porque su propio mundo era a veces tan caótico que ella le proporcionaba paz.

Sin embargo, ahora se sentía intranquilo. Era por culpa de ese dichoso perfume que usaba Kristy —el que le traía por la calle de la amargura—, y de la impecable blusa blanca abotonada hasta el cuello. Mientras se decía a sí mismo que debía cambiar de tema, se encontró haciendo todo lo contrario.

—Lo digo por si él está conduciendo o algo por el estilo, y se... ya sabes...

—¿Distrae?

—Sí.

Ella dejó la galleta sobre la servilleta; los seductores anillos brillaron bajo la tenue luz.

—Muy bien, Ethan. ¿De qué va esto? Llevas toda la noche actuando de forma extraña.

Kristy tenía razón, así que Ethan no entendía por qué, de repente, se sentía molesto con ella.

—¿Yo? ¡Has sido tú la que ha venido en vaqueros! —Sólo después de escupir las palabras, se dio cuenta de lo inoportunas que eran.

—Tú también llevas vaqueros —señaló ella con paciencia—. Vale, tú planchas los tuyos y yo no, pero...

—No me refiero a eso y lo sabes.

—Pues no, no lo sé. ¿A qué te refieres? —Kristy añadió la galleta al creciente montón de comida descartada.

—¿Te pusiste unos vaqueros cuando saliste con Mike?

—No.

—Entonces ¿por qué te los pones cuando sales conmigo?

—¿Quizá porque esto no es una cita?

—¡Es viernes por la noche y estamos aparcados en la penúltima fila del Orgullo de Carolina! Diría que sí es una cita, ¿no crees?

Kristy entornó los ojos.

—¿Perdón? ¿Me estás diciendo que, después de tantos años, el gran Ethan Bonner me ha invitado finalmente a salir y yo no me he enterado?

—Bueno, eso no es culpa mía. ¿Qué quieres decir con «finalmente»?

Él la oyó soltar un largo suspiro antes de hablar.

—Dime qué quieres de mí.

¿Qué debía responder? ¿Debería decirle «quiero tu amistad» o «quiero ese cuerpo de infarto que me has estado ocultando todos estos años»? No, definitivamente lo último no. Ésa era Kristy, por el amor de Dios... Quizá sólo debería decirle que no era bueno haber cambiado tanto y que quería que todo volviera a ser como antes, aunque no fuera cierto. De momento, sólo tenía clara una cosa.

—No quiero que te acuestes con Mike Reedy.

—¿Y por qué crees que lo he hecho?

Las circonitas de los pendientes de Kristy brillaron en sus orejas. Se había enfadado con él. Estupendo, él también estaba enfadado con ella. ¿Qué más daba decirle la verdad?

—He mirado en tu bolso. No encontré el condón.

—¿Has registrado mi bolso? ¿Tú, que eres la honradez personificada?

El hecho de que pareciera confundida, en vez de irritada, bajó los humos de Ethan.

—Lo siento. No volveré a hacerlo. Pero es que... —Dejó la Cherry Coke a un lado—. Estaba preocupado por ti. No deberías acostarte con Mike Reedy.

—Entonces ¿con quién debería acostarme?

—¡Con nadie!

Ella se puso rígida.

—Lo siento, Ethan, pero eso ya no puede ser.

—Yo no me acuesto con nadie. ¡No entiendo por qué tú no puedes hacer lo mismo!

—Porque no puedo, ya no puedo. Al menos tú puedes recordar los miles de rollos que tuviste en el pasado. Yo no.

—¡Yo no he tenido miles de rollos! Puede que alguno que otro, pero... Kristy, deberías esperar al hombre adecuado. Deberías hacerte valer. Cuando llegue el hombre adecuado, lo sabrás.

—Quizás ya lo sepa ahora.

—¡Mike Reedy no es el hombre adecuado!

—¿Y tú cómo lo sabes? Ni siquiera sabías que no me gustaban los perritos calientes. No sabes cuándo es mi cumpleaños, ni quién es mi cantante favorito. ¿Cómo vas a saber tú quién es el hombre adecuado para mí?

—Tu cumpleaños es el once de abril.

—El dieciséis.

—¡Oye! ¡Sabía que era en abril!

Ella arqueó la ceja como única respuesta, luego respiró tan hondo que él sospechó que estaba contando hasta diez.

—Saqué el condón del bolso porque me sentía ridícula llevándolo encima.

—Así que Mike y tú aún no lo habéis hecho.

—Todavía no. Pero puede que lo hagamos. Me gusta mucho.

—Gustar no es suficiente. También te gusto yo, y no por ello vas a acostarte conmigo.

—Por supuesto que no.

Él sintió una punzada de decepción.

—Por supuesto que no.

—¿Cómo iba a poder hacerlo? Eres célibe.

¿Qué quería decir con eso exactamente? ¿Que si no fuese célibe, lo consideraría?

—Y además —continuó Kristy—, no te atraigo.

—Eso no es cierto. Pero eres mi...

—¡Ni se te ocurra decirlo! —Los mechones del pelo oscuro de Kristy revolotearon cuando volvió la cabeza, haciendo chispear sus pendientes—. ¡No te atrevas a decir que soy tu «mejor amiga», porque sabes que no es cierto!

Él sintió como si le hubiera dado un puñetazo. Gran parte de su trabajo consistía en aconsejar a la gente. Entendía la complejidad de la conducta humana mucho mejor que la mayoría de la gente. Entonces, ¿por qué no sabía qué decirle a Kristy?

El reloj en la pantalla señaló el final del descanso. Ethan siempre había sido tenaz, pero ya no tenía fuerzas para seguir discutiendo. Sabía que le estaba haciendo daño a Kristy, pero no sabía cómo evitarlo. Lo último que quería era lastimarla.

—Kristy, ¿qué te está pasando?

—La vida —dijo ella suavemente—. Por fin.

—¿Qué quieres decir?

El silencio duró tanto que Ethan llegó a pensar que no le contestaría, pero lo hizo.

—Quiero decir que por fin he decidido dejar de vivir en el pasado. Quiero seguir adelante con mi vida. —Lo miró de una manera que le hizo pensar que libraba una batalla interna—. Quiere decir que ya no voy a seguir enamorada de ti, Ethan.

Fue como si lo hubiera atravesado una descarga eléctrica, aunque sabía que no debería sentirse conmocionado. En su fuero interno sabía que estaba enamorada de él, pero no se había permitido pensar en ello.

Ella soltó una risita despectiva que a él le hirió profundamente.

—He sido tan patética... He desperdiciado tanto tiempo... Durante ocho años me he sentado tras ese escritorio siendo la eficiencia personificada, asegurándome de que tuvieras las llaves del coche a mano, de que no faltara tu leche favorita en la nevera... y ni siquiera te diste cuenta. Ni siquiera me preocupé de mí misma.

Él no sabía qué decir.

—¿Sabes lo más irónico? —No había amargura en su voz. Hablaba con serenidad, como si se dirigiera a sí misma—. Hubiera sido la mujer perfecta para ti, pero no te diste cuenta. Y ahora es demasiado tarde.

—¿La mujer perfecta para mí?

«¿Y por qué era demasiado tarde?»

Ella le dirigió una mirada llena de tristeza, como si al no entenderla la hubiera decepcionado.

—Nos interesan las mismas cosas y tenemos gustos similares. Me preocupo por la gente, y tú también. Compartimos las mismas creencias religiosas. —Se encogió ligeramente de hombros—. Pero nada de eso importa porque no soy lo suficientemente sexy para ti.

—¿Lo suficientemente sexy? ¿Qué quieres decir? ¿Crees que eso es lo que me atrae de una mujer?

—Sí. Y, por favor, no te molestes en negarlo. Te conozco desde hace demasiado tiempo.

Él se enfureció.

—Ahora empiezo a entenderlo todo. Por eso te pusiste esa ropa ceñida, por eso has cambiado de peinado y usas ese maldito perfume. Es para que me fije en ti, ¿no es cierto? Bueno, pues ya me he fijado, vale, espero que estés orgullosa.

La voz del Dios-entrevistadora le retumbó en la cabeza.

«Ethan, Ethan...»

En vez de tomarse a mal sus palabras, Kristy acabó sonriendo.

—Pues menos mal, porque no sé cuánto tiempo hubiera podido aguantar esto.

—¿De qué hablas?

—Debí de habérmelo imaginado, Ethan. Pero supongo que no quería ver la verdad. Rachel me advirtió al principio que, si quería cambiar de aspecto, tenía que hacerlo por mí, no por ti ni por otra persona. Fingí estar de acuerdo con ella, pero no supe cuánta razón tenía hasta el día en que fui a trabajar con mi nueva imagen y tú pareciste tan consternado.

—Kristy, yo no...

Ella alzó una mano para interrumpirlo.

—No te preocupes, Ethan. No me importa. Incluso te estoy agradecida. Tu rechazo me empujó a tomar algunas decisiones importantes.

—¡No te rechacé! Y explícame cómo puedes dejar de estar enamorada de alguien que amas desde hace años. Así, de repente. —¿Qué estaba haciendo? ¿Estaba intentando decirle que lo amase?

—Tienes razón. No es posible. —Él vio un rayito de esperanza, pero desapareció de golpe cuando ella siguió hablando—: Ahora sé que no ha sido amor. El amor es más profundo. Lo que sentía por ti era un simple encaprichamiento, una obsesión. Una atracción fatal.

«Y ahora estás descartado», señaló el poderoso Dios-entrevistadora.

—Creo que te has rendido demasiado pronto —se oyó decir a sí mismo.

—¿De qué hablas?

—De nuestra relación.

—Ethan, no tenemos una relación.

—¡Sí, la tenemos! ¿Desde cuándo nos conocemos? Desde... ¿sexto curso?

—Yo estaba en tercero. Tú en cuarto. Tu clase estaba enfrente de la mía.

Él asintió con la cabeza como si estuviera recordándolo, pero no era cierto.

—Ricky Jenkins y tú salisteis corriendo por la puerta a la salida del colegio, y Ricky chocó conmigo. —Ella empezó a recoger la comida intacta, de forma automática—. Yo llevaba unos libros y un mapa de México hecho con sal. Me caí, los libros salieron volando y el mapa de México se rompió. Yo era muy tímida entonces. Siempre he odiado hacerme notar y, claro está, estaba avergonzada. Ricky siguió andando, pero tú te detuviste y me ayudaste a recogerlo todo. Cuando Ricky miró hacia atrás y vio lo que hacías, gritó «No la ayudes, Ethan. Es medio boba».

Kristy lo miró con una pequeña sonrisa en los labios.

—Quise morirme cuando dijo eso, pero tú no le hiciste caso, aunque algunos niños habían comenzado a reírse. Me tomaste del brazo y me ayudaste a levantarme, luego me entregaste mis libros y me dijiste que no creías que tuviera problemas para arreglar el mapa de México.

El reloj de la pantalla desapareció y comenzó el segundo acto. Ella cruzó las manos en el regazo, como si la conversación hubiera llegado a su fin. Ethan sintió cómo se distanciaba de él.

—¿Lo hiciste?

—¿El qué?

—¿Arreglaste el mapa de México?

Ella sonrió.

—No lo recuerdo.

Ethan se sintió fatal y deseó haber facilitado las cosas a la tímida niña que Ricky Jenkins había empujado. La mano de Ethan pareció tener voluntad propia cuando se deslizó por el respaldo del asiento de Kristy y se detuvo en su nuca.

Ella abrió la boca, alarmada. De pronto, los focos se apagaron y todo quedó a oscuras.

Él apartó la bolsa de comida, se acercó a ella y la besó. Fue un beso cariñoso y reconciliador.

Y entonces ocurrió algo inexplicable. Cuando él sintió esos labios suaves moverse bajo los suyos, el mundo desapareció a su alrededor y la música le inundó la cabeza, pero no eran los coros de Händel ni una ópera de Puccini, sino un grito provocativo y sudoroso, vibrante, lleno de sensaciones y deseos, un «¡Venga, nena!» del más puro rock & roll.

La recorrió de arriba abajo con las manos. Le moldeó los pechos, tironeó de los botones y le abrió el broche del sujetador para tocar su dulce y ardiente piel. Ella no se resistió. Oh, no..., no se resistió en absoluto. Ethan tomó entre sus labios el tierno y pequeño pezón que le ofrecía.

Las manos de Kristy, rápidas y eficientes, volaron bajo la camisa de Ethan, sacándosela de los vaqueros pulcramente abrochados y dejando marcas febriles en su espalda mientras ella gemía y suspiraba, llena de pasión bajo las rápidas y ardientes caricias masculinas.

Ethan le metió la mano entre las piernas, ahuecándola por encima de la tela de los vaqueros. Ella se arqueó contra él, con una necesidad tan abrumadora que casi le hizo perder la cordura. Ethan le bajó la cremallera mientras Kristy le bajaba la suya.

La lengua de Kristy se movía dentro de la boca de Ethan con toda libertad.

La piel de ella era suave, húmeda y sudorosa. Ethan hundió los dedos en su humedad.

Ella lo sostuvo entre sus manos; la danza de su lengua lo llevaba al borde de la inconsciencia.

«¿Dónde estáis ahora? —gritó su mente—. ¿Por qué no me decís que me detenga?» Esperó al Dios-vengador, al Dios-sabio, a la Abuelita-Dios, pero sólo oyó silencio.

—Detente —murmuró Kristy.

Ethan introdujo los dedos en el cuerpo femenino; ella le agarró la muñeca.

—Detente —repitió ella.

Pero ninguno de los dos se detuvo.

Ella se estremeció, y él notó que ella estaba a punto de alcanzar el orgasmo. Cuando le habló, la voz de Kristy era ronca.

—No puedes hacerlo, Ethan.

Su preocupación lo atravesó como una brisa limpia y fresca. Se estaba preocupando por él, como siempre. Nunca pensaba en sí misma.

Había pasado mucho tiempo, pero no se había olvidado de cómo hacerlo. La acercó más y movió el pulgar en círculos... muy despacio. Ella se quedó sin aliento. Ethan la besó y, con toda la ternura de su corazón, hizo que alcanzara el clímax.

Luego, ninguno de los dos habló. Se reacomodaron la ropa, se separaron, limpiaron la Cherry Coke derramada y fingieron ver la película. Él la llevó a su casa y no le sorprendió que no le invitara a entrar, pero cuando le abrió la puerta del coche, la invitó al desayuno que ofrecería su cuñada al día siguiente.

—No, gracias —respondió Kristy cortésmente.

—Te recogeré un poco antes de las once.

—No voy a ir.

—Sí —contestó él con firmeza—. Irás.

Cuando Rachel se secaba el pelo después de ducharse, sonó el teléfono. Gabe estaba en el patio trasero haciendo mucho ruido y Edward jugaba en el porche delantero, así que se envolvió la toalla en la cabeza y se dirigió a la cocina para contestar.

—Quisiera hablar con Rachel Snopes, por favor —dijo una mujer.

—Soy Rachel Stone.

Oyó un bebé llorando al fondo y la voz de la mujer sonó un poco alejada.

—Tranquila, Rosie. Ya voy. —Volvió a hablar directamente al teléfono—. Lo siento, señora Stone, pero mi hija está insoportable desde el viaje en coche. No tuvimos oportunidad de conocernos en el autocine. Soy Jane Darlington Bonner, la esposa de Cal.

La voz de la mujer era seria, pero no hostil.

—Usted dirá, señora Bonner.

—Por favor, llámame Jane. Voy a ofrecer un desayuno familiar dentro de una hora. Perdona que te haya llamado tan tarde, pero soy de las que siempre lo deja todo para el final. Me gustaría que tú y tu hijo vinierais a desayunar.

Rachel recordó la visita de Cal al autocine la tarde anterior. Ella había estado presente cuando había invitado a su hermano a desayunar. De haber querido le habría invitado también a ella.

—Gracias, pero no creo que sea buena idea.

—Es evidente que ya has conocido a mi marido. —El tono de su voz contenía un atisbo de risa.

—Sí.

—Ven de todos modos.

Rachel sonrió y sintió simpatía por esa mujer a la que sólo había visto en la foto de una revista.

—No es sólo tu marido. Ethan tampoco me aprecia demasiado.

—Lo sé.

—Y dudo que Gabe quiera que me relacione con su familia. Creo que es mejor que no vaya.

—No voy a presionarte, pero espero que cambies de idea. Cal y Ethan son hombres testarudos, pero tienen buenas intenciones, y yo me muero por conocer a la famosa viuda Snopes.

Rachel se rio ante el tierno sentido del humor de la mujer.

—Pásate por la casa de Annie cuando quieras.

—Lo haré.

Acababa de colgar el teléfono cuando Gabe entró desde el patio trasero. Tenía una mancha de serrín en los vaqueros y parecía más feliz que en los últimos días.

Ella le sonrió.

—¿Qué estabas haciendo ahí fuera con tanto estruendo?

—Construía un aviario. *Piolín* tendrá que acostumbrarse al aire libre antes de soltarlo.

—¿No te estás tomando demasiadas molestias por un pequeño gorrión?

Él se acercó al fregadero y abrió el grifo para lavarse las manos.

—Le pregunté a Chip si quería ayudarme, pero me dijo que no.

—¿Cuándo dejarás de llamarle así?

—Cuando él me lo pida. —Cogió un trozo de papel de cocina y se inclinó para darle un beso de buenos días.

Fue un beso fugaz, pero aquella intimidad le recordó a Rachel cómo habían hecho el amor la noche anterior. Después apoyó la mejilla en su pecho e intentó no pensar en lo pronto que se acabaría todo aquello.

Gabe le atusó un mechón de pelo. La besó en la oreja y luego dio un paso atrás.

—Tenemos que estar en casa de Cal y Jane dentro de un rato, y aún tengo que ducharme, así que no me distraigas.

—¿«Tenemos»?

—No quiero que te quedes sola.

La decepción la embargó al darse cuenta de que la invitación no había sido por motivos personales. No es que quisiera presentarle a su familia, sólo estaba cumpliendo su labor de guardaespaldas. Rachel sólo ocupaba un lugar en la vida de Gabe, y era en el dormitorio; no podía esperar nada más.

—No creo que sea una buena idea. No podría comer con tus dos hermanos fulminándome con la mirada.

—Aún no te he visto rehuir una pelea.

—¡Gabe, tus hermanos me odian!

—Allá ellos. Yo tengo que ir, y tú vas a venir conmigo.

Ella ocultó el dolor con una sonrisa.

—En fin... Puede que sea divertido torturar a tus odiosos hermanos.

19

Una hora más tarde atravesaban las puertas de hierro forjado adornadas con las doradas manos orantes. Edward, sentado entre Gabe y Rachel en el asiento delantero de la camioneta, se inclinó hacia delante al divisar la gran mansión blanca.

—¿De verdad viví aquí, mamá?

—De verdad.

—¡Es enorme!

Rachel iba a añadir que era horrible, pero se contuvo. Intentaba no hacer comentarios negativos sobre Dwayne y su vida en común delante de Edward.

Jane Darlington Bonner les saludó desde la puerta con el bebé en brazos y una mancha de harina en la mejilla, lo que la hacía parecer una aprendiza de cocinera en vez de una física de renombre. Tenía la típica apariencia de alguien criado en una familia adinerada, pero por algún comentario de Gabe, Rachel sabía que procedía de la clase media. Llevaba el cabello rubio recogido en una trenza francesa y vestía unos pantalones cortos con una blusa color melocotón a juego. Aquella ropa elegante hizo que Rachel fuera consciente del descolorido vestido y de los lustrosos zapatos negros que llevaba puestos.

A Jane, sin embargo, no pareció importarle. Saludó a Gabe con un beso y, a continuación, le dirigió a Rachel una sonrisa de bienvenida.

—Me alegro de que decidieras venir. Y tú debes de ser Edward.

—Chip —corrigió Gabe para disgusto de Rachel—. Chip Stone.

Jane arqueó una ceja rubia con diversión.

—Me alegro mucho de conocerte, Chip. Ésta es Rosie. Aún sigue enfurruñada.

Pero Rosie no parecía enfadada. En cuanto el bebé de nueve meses vio a Edward, emitió un gritito de deleite que dejó a la vista cuatro dientes diminutos. Comenzó a mover sus regordetas piernas y la baba infantil del labio inferior brilló con la tenue luz mientras tendía los brazos hacia él.

—Le gusto —dijo Edward, lleno de asombro.

—Pues menos mal —contestó Jane—, porque ahora mismo no le gusta nadie. Ni siquiera su padre sabe qué hacer con ella. Venga, vamos a la cocina. La dejaré en el suelo a ver si quiere jugar contigo. ¿Te parece bien?

Edward asintió con entusiasmo.

—La dejaré jugar con *Caballo*.

Rachel tuvo que reconocérselo a Jane. Ni siquiera pestañeó cuando Edward tendió a su brillante, rubio y limpio bebé el mugriento conejo de trapo tuerto que pedía a gritos un lavado.

—Es una idea estupenda.

Los precedió a la cocina, donde Cal vertía zumo de naranja en una jarra, mientras Ethan descorchaba una botella de champán a su lado. Ambos saludaron a Gabe efusivamente, pero cuando vieron a Rachel se les endureció el rostro.

Gabe posó la mano en la cintura de Rachel en un gesto protector. Saludó a sus hermanos con la cabeza.

—Cal. Eth.

—¿Quieres que lleve algo más a la terraza, Jane? —Para sorpresa de Rachel, Kristy entró en la cocina—. Hola, Rachel. Hola, Edward. —Estaba fantástica con unos vaqueros y un top blanco ceñidos. Las sandalias doradas centelleaban en sus pies. Una sombra de incertidumbre cruzó por la cara de Ethan al verla, pero Kristy no pareció notarlo; Rachel tuvo la impresión de que evitaba mirarlo.

Mientras Edward jugaba con Rosie en el suelo de mármol negro y Cal lanzaba miradas hostiles a Rachel, Jane empezó a pasar platos, tazas y bandejas a todo el mundo.

—Desayunaremos en la terraza. Es uno de los pocos lugares en este mausoleo donde se está a gusto. —Se dio cuenta de lo que había dicho y se volvió hacia Rachel—. Oh, querida, lo siento. Llevo tanto tiempo conviviendo con Cal, que ya no vigilo lo que digo.

—No te preocupes. —Rachel sonrió—. Era un mausoleo para todo el mundo menos para Dwayne.

Sonó el timbre del horno y Jane se acercó a él. Cal cogió a Rosie del suelo de la cocina, donde mascaba feliz la mugrienta oreja de *Caballo*. El bebé dejó escapar un ensordecedor chillido de protesta y pataleó con fuerza, golpeando a su padre en el muslo.

Su agudo aullido divirtió a Ethan.

—Apunta más alto la próxima vez, Rosie Posie. Te aseguro que así captarás toda la atención de tu padre.

Edward recogió al conejo de trapo del suelo y se lo devolvió a Rosie, que se calló de inmediato. Luego todos se dirigieron a la terraza.

Al salir fuera, Rachel recordó aquel día lluvioso, dos semanas antes, cuando Gabe y ella habían hecho el amor por primera vez. Gabe debió recordarlo también, porque la buscó con la mirada y algo cálido brilló en sus fríos ojos plateados.

En contra de la advertencia de Cal, Jane no sirvió tofu ni pan integral. Les obsequió con un revuelto de setas y compota de manzana y arándanos, café y unas apetitosas mimosas.

Mientras los adultos se sentaban a una mesa con sombrilla, Edward se sentó en el suelo de la terraza al lado del parque infantil donde habían dejado a Rosie para que no se hiciera daño. Rachel disfrutó observando cómo Edward le pasaba los juguetes a Rosie, le cosquilleaba la barriga y hacía muecas para distraerla.

Rachel no tardó mucho en comprobar lo enamorados que estaban Cal y Jane. La expresión del antiguo *quarterback*, que tan arisca era cuando miraba a Rachel, brillaba de amor cuando observaba a su esposa. Parecían buscar excusas para tocarse o acariciarse, se buscaban con la mirada e intercambiaban sonrisas. Y los dos adoraban a su vivaz hija rubia.

Pero, además, había unas perturbadoras corrientes subterráneas alrededor de la mesa. Aunque estaba acostumbrada a ser blanco del odio, la hostilidad de Cal hacia ella era más intensa que la de Ethan. Sospechaba que era aún más protector con Gabe que el hermano menor. Para colmo, Ethan y Kristy evitaban mirarse, y Gabe estaba tan tenso que Rachel casi le oía rechinar los dientes. Sabía cuánto le costaba estar junto a una familia cuando la suya había desaparecido.

Fue Cal quien sacó a colación el tema del autocine.

—Es increíble lo que has hecho con ese lugar.

Ethan intervino.

—Has cogido la mayor monstruosidad del condado y la has convertido en algo maravilloso.

Los dos hermanos de Gabe lo siguieron alabando con voz dulce y falsa, diciéndole a Gabe lo genial que era haber inaugurado el autocine y el servicio que prestaba a la comunidad. Ninguno de los dos mencionó la antigua vida de Gabe. Era como si su carrera como veterinario —igual que su esposa e hijo— nunca hubiera existido. Y cuanto más hablaban, más tenso se ponía Gabe. Al final, Rachel no pudo aguantarlo más y soltó:

—Gabe, cuéntales lo de *Piolín*.

—No hay mucho que contar.

—*Piolín* es un pequeño gorrión que está criando Gabe.

Gabe se encogió de hombros. Aquel pequeño gesto fue todo lo que sus hermanos necesitaron para intervenir y rescatarle de un tema del que parecía no querer hablar.

—Los fuegos artificiales de ayer por la noche fueron espectaculares. A Rosie le encantaron, ¿verdad, Jane?

Ethan asintió.

—Tuviste una gran idea. Sé que en el pueblo aprecian que haya un sitio donde llevar a los niños sin tener que gastar mucho dinero.

Por puro instinto, Rachel volvió al tema anterior.

—Gabe le ha construido un aviario en el patio trasero de la casa de Annie para que el gorrión se aclimate al aire libre.

Gabe la miró con irritación.

—No es nada del otro mundo, Rachel.

Había conseguido que los tres hermanos Bonner la miraran con el ceño fruncido. Sólo Jane y Kristy la observaban con interés.

—Pues yo sí creo que lo es. Te hace más feliz cuidar de ese gorrión flaco y huesudo que el autocine.

—¡*Piolín* no es flaco y huesudo! —exclamó Edward.

Gabe retiró la silla y se levantó de un salto.

—El café está frío. Voy a hacer más. —Y desapareció por las puertas que daban a la terraza.

Cal se reclinó en la silla y clavó en Rachel aquellos ojos del color del acero.

—¿Por qué haces sufrir a mi hermano?

—Cal...

La única reacción de Cal a la exclamación de su esposa fue un leve movimiento de la mano, haciéndola callar sin palabras. Pero Jane Darlington Bonner no parecía el tipo de mujer a la que nadie pudiera callar si no quería, lo que hizo pensar a Rachel que su silencio había sido voluntario. Quizás había decidido que el enfrentamiento era inevitable y que Rachel era lo suficiente fuerte como para plantarle cara.

—Le he dicho a Ethan lo mismo que voy a decirte a ti —contestó Rachel—. Deja de protegerlo. Sacar adelante el Orgullo de Carolina no es su vocación, y los dos lo sabéis. Gabe es veterinario, y debería dedicarse a ello.

—¿Acaso crees conocer a Gabe mejor que su propia familia? —dijo Cal con frialdad.

—Bueno, eso parece.

Gabe reapareció en ese momento.

—El café estará listo enseguida.

La mirada de Ethan se paseó de un hermano al otro.

—Hay un balón en el garaje. Vamos a lanzarnos unos pases mientras míster *Quarterback* recoge la cocina. ¿Te apetece venir con nosotros, Edward?

Edward tardó en contestar.

—Sí, pero si lo hago, Rosie empezará a llorar, así que será mejor que me quede aquí y juegue con ella.

Rachel pudo ver que la respuesta de su hijo le había granjeado el afecto de los padres de Rosie. Ambos sonrieron y le animaron a ir a jugar con ellos, pero Edward se negó.

Ethan y Gabe bajaron los escalones de la terraza. Rachel estaba recogiendo la mesa cuando Cal se le acercó por detrás y le dijo en voz baja:

—¿Puedes venir al estudio? Quiero enseñarte algo.

Era lo último que quería hacer, pero Jane y Kristy acababan de desaparecer en la cocina y no quedaba nadie para rescatarla. Le respondió con un gesto de hombros y lo siguió.

Al llegar al estudio, él cerró la puerta. A través de la ventana podía ver a sus hermanos jugando al fútbol americano. Luego Gabe se perdió de vista.

Cal se sentó detrás del escritorio que había pertenecido a Dwayne y abrió un cajón.

—Tengo algo para ti. —Sacó un papel y lo deslizó por encima de la mesa hacia ella. Incluso antes de tocarlo, Rachel supo que era un cheque. Lo miró y contuvo la respiración.

Era un cheque a su nombre por la cantidad de veinticinco mil dólares.

Rachel se quedó sin voz.

—¿Qué significa esto?

Él se reclinó en la silla y la miró.

—Es para asegurar tu futuro.

Ella miró fijamente el cheque y sintió que se le encogía el estómago. Sabía la respuesta antes de hacer la pregunta.

—¿Qué quieres a cambio?

—Quiero que te vayas de Salvation y que jamás vuelvas a ponerte en contacto con mi hermano. —Hizo una pausa—. Tienes responsabilidades, Rachel. Un niño que mantener. Ese dinero te facilitará las cosas.

—Ya veo. —Se le hizo un nudo en la garganta. Había ido a Salvation para encontrar un tesoro, pero jamás había imaginado que sería ése. Tragó saliva intentando aligerar el nudo—. ¿Cuánto tiempo tengo?

—Supongo que necesitarás unos días para encontrar un lugar adonde ir, así que he fechado el cheque para dentro de diez días.

Rachel lo miró por encima del escritorio y le sorprendió observar un destello de compasión en sus ojos. Lo odió por ello. Intentó mostrarse dura.

—Ahora Gabe se ríe. Quizá no muy a menudo, pero lo hace. ¿No te lo ha dicho Ethan?

—Trabajar en el autocine ha sido bueno para él. Está comenzando a superar lo que le pasó.

Quiso discutir con él, decirle que ella era la razón de que Gabe hubiera comenzado a superar lo sucedido, pero no la creería. Además, tampoco estaba segura de ello. Quizá para Gabe sólo fuera unas horas de olvido por la noche.

—Ethan y yo creemos que si te vas, lo superará con más rapidez todavía.

—Si Gabe se entera de esto, se pondrá furioso.

—Por eso no le dirás ni una sola palabra. Insinúaselo siquiera y el trato quedará roto. ¿Entendido?

—Oh, sí. Lo entiendo perfectamente. —Jugueteó con

el cheque entre los dedos—. Sólo quiero que me digas una cosa. ¿Exactamente qué piensas que le hago a tu hermano que sea tan terrible?

—Creo que te estás aprovechando de él.

—¿De qué manera?

Cal entrecerró los ojos.

—¡No juegues conmigo, señora, porque te aplastaré! Gabe es un hombre rico al que no le importa nada su dinero. Quieres sacarle hasta el último penique y luego largarte.

—¿Por qué estás tan seguro?

—¿Vas a quedarte el cheque o no?

Rachel observó el cheque y se preguntó si llegaría el momento en que su pasado dejara de perseguirla.

—Sí. Claro que voy a cogerlo, señor Bonner. Ya lo creo que sí.

Se metió el cheque en el bolsillo de su vestido y se dirigió a la puerta, pero la suave voz de Cal la detuvo antes de salir.

—Y señora Snopes, procure no joderme o lo lamentará.

Rachel agarró el pomo de la puerta.

—Créame, señor Bonner, es el último hombre de la tierra al que jodería.

Se obligó a no salir corriendo de la habitación, pero se estremecía cuando llegó a la terraza, donde Jane y Kristy ya lo habían recogido todo y estaban sentadas hablando.

En cuanto Jane vio a Rachel, su expresión se volvió cautelosa.

—¿Qué te ha dicho?

Rachel no pudo controlar el ligero temblor en su voz.

—Tendrás que preguntárselo tú misma.

Jane se levantó y tomó las manos de Rachel.

—Lo siento. Los Bonner son... son una familia en toda la extensión de la palabra. Cualquiera de ellos se enfrentaría al mundo por los demás, pero a veces les ciega la lealtad.

Rachel sólo pudo asentir con la cabeza.

—Intentaré hacerle razonar —dijo Jane.

—No servirá de nada. —Vio las llaves de Gabe sobre la mesa y las cogió—. No me encuentro bien. Estoy segura de que a Ethan no le importará llevar a Gabe a casa. Vamos, Edward, tenemos que irnos.

Edward protestó ante el anuncio de Rachel, y Rosie se echó a llorar al darse cuenta de que se marchaba su compañero de juegos. Se le arrugó la cara cuando Edward le quitó a *Caballo* de las manos. Tendió sus brazos hacia él pidiéndole el conejo de trapo, y comenzó a aullar.

Edward la consoló con una torpe palmadita en la cabeza.

—No pasa nada, Rosie. Sólo estás teniendo un mal día.

Rosie dejó de llorar, pero siguieron cayendo lágrimas de sus ojos azules, y lo miró con una expresión tan lastimosa que encogía el corazón.

Edward bajó la mirada a *Caballo*. Luego, para sorpresa de Rachel, le devolvió a Rosie el conejo de trapo.

Rosie se aferró a él con sus diminutas manos, lo apretó contra el pecho y miró a Edward con gratitud.

Rachel miró a su hijo con preocupación.

—¿Estás seguro, Edward?

Él vaciló un momento antes de asentir con la cabeza.

—Ahora ya soy mayor, mamá. Rosie necesita a *Caballo* más que yo.

Ella sonrió, le apretó la mano e intentó no llorar.

Gabe saltó del Camry de Ethan antes de que el coche se detuviera y se abalanzó hacia el porche delantero, donde Edward construía una casita con trozos de madera.

—¿Dónde está tu madre?

—No sé. Supongo que dentro. —Desvió la mirada hacia Ethan y Kristy, que en ese momento bajaban del coche.

Gabe se encaminó a la puerta, pero se detuvo al ver

que el niño echaba el brazo hacia un lado, tratando de coger algo que ya no estaba allí. Luego dejó caer el brazo y soltó un profundo suspiro.

Gabe deseó no haber entendido el gesto.

—¿Estás buscando tu conejo de trapo?

Edward bajó la cabeza y se rascó la rodilla.

—Me han dicho que se lo regalaste a Rosie, pero nadie se molestará si quieres recuperarlo. —Trató de contener la brusquedad en su voz, pero no pudo evitarla.

—A Rosie sí que le molestará.

—Es un bebé. Se olvidará enseguida.

—*Caballo* no es algo que se olvide así como así.

Lo dijo con una certeza tan absoluta que Gabe no supo qué responder. En eso era exactamente igual que su madre.

—¡Reverendo Ethan! ¡Kristy! —El niño sonrió cuando subieron las escaleras del porche—. ¿Queréis ver mi cabaña? —Era demasiado pequeño para sentir la tensión que había entre ellos, pero Gabe sí la había sentido.

—Por supuesto que sí —dijo Kristy.

Gabe se volvió y entró en la casa.

—¿Rachel?

No hubo respuesta. Recorrió con rapidez todas las habitaciones. La encontró en el huerto, inclinada sobre una tomatera llena de malas hierbas.

Se había puesto el vestido naranja que usaba para pintar. La luz del sol se reflejaba en su pelo y en los brazos bronceados. Tenía los pies desnudos con los dedos enterrados en la tierra suave. Parecía eterna y sensual, hecha de tierra y fuego. Cal quiso acostarse con ella en ese huerto imperfecto. Quiso cubrir su cuerpo con el suyo, olvidar quién era él y quién era ella. Sin pensar en el pasado ni el futuro, sin pensar en nada que no fuera ese único momento.

Ella levantó la vista. Unas gotas de sudor le humedecían las mejillas. Al verlo separó los labios, sorprendida.

—No te he oído llegar.

No sonrió. No hizo ningún gesto de que se alegrase de verlo.

—¿Por qué te has marchado sin avisar? —le espetó.

—No me encontraba bien.

—Pues no lo parece.

Ella no contestó. Inclinó la cabeza y empezó a trabajar en una mata de pamplinas.

—Si querías irte deberías habérmelo dicho. Sabes que no me gusta que estés aquí sola.

—No puedes estar conmigo todo el tiempo. Y además, no deberías preocuparte tanto.

—¿Qué quieres decir?

—Quiero decir que no soy responsabilidad tuya.

La nota insolente en su voz lo molestó. Era ella la que estaba equivocada, no él. Gabe estaba intentando contenerse con todas sus fuerzas, pero ella no colaboraba.

—Eres responsabilidad mía mientras estés bajo mi techo —dijo sin pensar.

Pero ella no se impresionó demasiado ante aquel arrebato.

—Si quieres ser útil, coge una pala y cava una zanja junto a los arbustos en vez de gruñirme.

—Yo no gruño.

—Lo que tú digas.

—¡Maldita sea, Rachel, te has largado sin avisarme! No sabía qué te había ocurrido. Estaba preocupado.

—¿De veras? —Rachel ladeó la cabeza y le dirigió una lenta sonrisa que estremeció a Gabe hasta los huesos.

Gabe se deshizo con determinación del hechizo que ella le había lanzado.

—No tienes por qué parecer tan satisfecha. Ahora mismo no estoy de buen humor y no sólo por cómo te fuiste. —Sabía que debía detenerse ahí, pero no pudo evitarlo—. De ahora en adelante te agradecería que dejaras de psicoanalizarme delante de mi familia.

—No encontraré mejor lugar para hacerlo que con la gente que quiere que estés bien.

—¡Estoy bien! Lo digo en serio, Rachel. No quiero oír más comentarios negativos sobre el autocine. Todo salió bien anoche. Deberías celebrarlo.

—No todo salió bien. ¡Yo amo ese autocine, pero tú no! Y celebraré algo el día que vuelvas a ejercer de veterinario.

—¿Por qué no dejas de presionarme? ¿Por qué no puedes dejar las cosas tal como están?

—Porque todo esto te está destrozando.

—Pero ése no es tu problema.

—No, claro que no lo es, ¿verdad?

Gabe supo que le había hecho daño, pero antes de que pudiera disculparse, los interrumpió el sonido de una risa. Gabe se volvió hacia allí y vio algo que le puso los pelos de punta: Ethan daba vueltas alrededor de la casa con Edward en los hombros mientras Kristy los perseguía.

Parecía que el niño estuviera en el séptimo cielo. Le brillaban los ojos al azuzar con las piernas a Ethan. Aquello era justo lo que Edward había soñado el día de la barbacoa, cuando vio a su amigo en los hombros de su padre. Gabe quería alegrarse por lo que veía, pero le invadió una sensación de completa injusticia.

No podía entender esa reacción. Ese niño había recibido pocas alegrías en la vida, y ahora Gabe le envidiaba incluso aquel pequeño y simple placer. Se sintió mezquino y ruin, pero no podía reprimir esos sentimientos, y no podía hacer desaparecer la absoluta certeza de que el lugar de Edward Stone no eran los hombros de su hermano.

Rachel se puso en pie. Pero en vez de disfrutar de la felicidad de su hijo o de acercarse para saludar a Kristy, se mantuvo inmóvil con los brazos caídos a los costados mientras observaba a Gabe.

Él sintió un escalofrío al darse cuenta de que ella sabía exactamente lo que estaba pensando. Le estaba leyendo el pensamiento y sabía lo que sentía con respecto a Edward. Quiso explicárselo, ¿pero cómo hacerlo cuando ni siquiera se entendía a sí mismo? ¿Cómo podía justificar sus sentimientos hacia ese niño que ella amaba más que a su propia vida?

Evitó la mirada de Rachel y se volvió hacia su hermano. Estaba seguro de que Ethan no lo juzgaría, al contrario de Rachel.

—Gracias por traerme, Eth.

—De nada.

—¿Me disculpáis? Tengo que encargarme de unos asuntos. —Se dirigió hacia la casa lentamente, para que no pareciera que huía.

Rachel dio un brinco ante el portazo de la mosquitera. Se sentía aturdida por el dolor que había visto en los ojos de Gabe. ¿Por qué odiaba a Edward? Aquel resentimiento que Gabe no había podido ocultar había sido un mazazo en su corazón de madre. Trastabilló cuando las débiles esperanzas que había estado alimentando se desintegraron a su alrededor.

Comprendió que los demonios de Gabe no desaparecerían nunca. Y que el amor que tanto deseaba que sintiera por ella y su hijo jamás se materializaría.

Durante los últimos años, se había sentido orgullosa de ser realista, pero llevaba semanas ocultándose la verdad. Los sentimientos de Gabe no iban a cambiar, y cada instante que permaneciera con él haría más difícil la inevitable despedida. No existía un futuro feliz para ella. Ninguna fortuna escondida en la Biblia de Dwayne. Ningún amor eterno. Y, salvo ella misma, nadie que se preocupara de Edward.

Había llegado el momento de abandonar Salvation.

La noche del sábado siguiente había mucha más gente en el autocine, pero Gabe estaba cada vez más abstraído e infeliz. Después de cerrar, cuando acudió a la cama de Rachel, no se dijeron nada y su pasión pareció mancillada.

La tarde del domingo Rachel observó por la ventana del dormitorio cómo trasladaba a *Piolín* al aviario que había construido. Había nacido para ese tipo de cosas, pero cuando se diera cuenta, ella no estaría allí para verlo.

La expresión de amargado resentimiento que había visto el día anterior en la cara de Gabe cuando miraba a Edward la había obligado a tomar una decisión. Había hablado con Kristy esa mañana y había puesto en marcha su plan. Ahora cada momento se había convertido en algo precioso. Ojalá pudiera odiar a Gabe para que nada de aquello le resultara tan doloroso. Pero ¿cómo odiar a un hombre cuyo mayor defecto era amar de una manera incondicional?

Pasó los pulgares sobre la cubierta abollada de la Biblia de Dwayne. Había leído cada nota del margen y había estudiado cada párrafo subrayado, pero todo lo que había encontrado era el familiar consuelo que ofrecían los versículos en los que había creído toda su vida.

Apoyando la frente en el cristal de la ventana, miró al hombre de quien se había enamorado. Tenía que decirle a Gabe que se iba, mientras Edward jugaba en el porche delantero.

Las desvencijadas escaleras rechinaron bajo sus pies cuando las bajó rumbo al patio trasero. Observó cómo Gabe ajustaba el pestillo de la puerta del aviario con un par de alicates con los chillones gorjeos de *Piolín* resonando a su alrededor. Él levantó la vista y sonrió al verla, provocándole un vuelco en el corazón.

Rachel respiró hondo.

—Gabe, tengo que irme.

—Muy bien. —Él terminó de asegurar el pestillo—. Deja que guarde las herramientas y te acompaño.

—No, no me has entendido. —«¡No lo hagas!», gritaba su corazón. «¡No lo digas!» Pero su cerebro era más sabio—. Me voy de Salvation.

Gabe siguió sin captarlo. En el magnolio del fondo una ardilla chilló y un cuervo graznó en el viejo tejado de cinc.

—¿De qué hablas? —Se puso en pie lentamente, con los alicates olvidados en la mano.

—He hablado con Kristy esta mañana. Hace unos meses, sus padres se trasladaron a Clearwater y abrieron allí una tienda de regalos. Me han ofrecido un empleo. —Notó que se estaba clavando las uñas en las palmas de las manos y se obligó a relajarse—. Kristy dice que se preocupará menos sabiendo que estoy allí para cuidar de ellos. Edward y yo viviremos en un apartamento que tienen sobre la tienda. Además, podremos disfrutar del sol de Florida —concluyó con torpeza.

Hubo una pausa larga.

—Ya veo. —Él bajó la vista a los alicates que tenía en la mano, pero Rachel tuvo la sensación de que en realidad no los veía—. ¿Cuánto van a pagarte?

—Más o menos lo mismo que tú. No pueden pagarme mucho en este momento, pero lo harán cuando mejore el negocio. Al menos me ahorraré el alquiler. —Pensó en el cheque de veinticinco mil dólares que tenía guardado en el cajón superior del tocador y se le oprimió el estómago—. En cuanto Edward comience a ir al colegio, intentaré obtener una beca para mí en la universidad. No podré asistir a demasiadas clases a la vez, pero conseguiré sacar el título de Administración de empresas.

Él metió los alicates en el bolsillo trasero de los vaqueros, con una expresión de dureza en los ojos.

—Ya veo que lo tienes todo planeado. —Ella asintió—. Ni siquiera vas a discutirlo conmigo, ¿no? ¿No crees que deberíamos hacerlo antes de tomar una decisión?

—¿Por qué? Nosotros no tenemos futuro, y los dos lo sabemos —le dijo con voz suave porque no quería que él pensara que le echaba la culpa.

Pero Gabe no estaba de humor para mantener la calma. Se acercó a ella, acortando la distancia entre ellos en dos largas zancadas.

—No vas a marcharte.

—Tengo que irme, Gabe.

Él se cernió sobre ella y Rachel se preguntó si estaba usando su tamaño a propósito para intimidarla.

—Ya me has oído. ¡No vas a moverte de aquí! Marcharte a Florida es una locura. ¿Crees que te irá mejor trabajando por unos peniques y dependiendo de la caridad de la gente para tener un techo sobre tu cabeza?

—Es lo que hago ahora —señaló ella.

Por un momento él pareció sorprendido, luego hizo un gesto brusco con la mano.

—De eso nada. Aquí tienes amigos.

—Y enemigos.

—Eso cambiará en cuanto la gente te conozca y asuman que vas a formar parte de la comunidad.

—¿Cómo podría formar parte de la comunidad? Aquí jamás tendré una oportunidad.

—¿Y crees que tendrás una oportunidad trabajando por una miseria en una tienda de baratijas en Florida?

Ella le dio la espalda.

—No es una tienda de baratijas, y no pienso discutirlo contigo. Tengo que irme.

—No.

—Por favor. No me lo hagas más difícil. —Rachel caminó hasta una de las sillas plegables y se agarró al respaldo. El borde le raspó la palma de la mano—. Me quedaré hasta el próximo fin de semana. Le enseñaré a Kayla todo lo que hay que saber de la cafetería. Puedes contratar a alguien para que la ayude.

—¡Me importa un carajo la cafetería!

Eso era cierto, pero ella no iba a señalárselo. En el aviario, *Piolín* seguía piando. ¿Quién, salvo Gabe, habría hecho todo eso para rescatar a un gorrión?

Él se metió las manos en los bolsillos como si de repente se hubieran convertido en sus enemigas.

—No vas a ir a Florida.

—No tengo otra opción.

—Sí la tienes. —Hizo una pausa y la miró fijamente,

apretando los labios con terquedad—. Nos casaremos.

El corazón de Rachel se detuvo, luego comenzó a latir con fuerza. Lo miró a los ojos.

—¿Casarnos? ¿Qué quieres decir?

—Lo que has oído. —Sacó las manos de los bolsillos y se acercó a ella con expresión beligerante—. Estamos bien juntos. No veo por qué no podemos casarnos.

—Gabe, no me amas.

—¡Significas más para mí de lo que significaste para Dwayne!

Gabe le estaba rompiendo el corazón.

—Lo sé. Pero no puedo casarme contigo.

—Dame una buena razón.

—Ya te la he dado. No hay mejor razón que ésa.

Un atisbo de vulnerabilidad brilló en los ojos de Gabe.

—¿Qué quieres de mí?

Ella quería lo que les había dado a Cherry y Jamie, pero sería una crueldad decirlo. Y total, ¿para qué? Él ya lo sabía.

—No más de lo que ya me has dado.

Pero él no la creyó.

—Puedo cuidar de ti. Cuando estemos casados, no tendrás que preocuparte de nada. —Hizo una pausa—. Edward tendrá todo lo que necesite.

Eso no era justo. Gabe sabía que ella vendería el alma por su hijo. Se le llenaron los ojos de lágrimas. Sabía que había llegado el momento de hablar de ese tema.

—La seguridad económica no lo es todo para Edward. Pasar la infancia con un hombre que lo odia sería peor para él que la pobreza. —Ya lo había dicho. Había puesto las cartas sobre la mesa.

—Yo no odio a Edward —afirmó Gabe sin convicción y rehuyendo su mirada.

—Estoy siendo sincera contigo. ¿Por qué no haces lo mismo?

Él le dio la espalda y se acercó al aviario.

—Simplemente llevará su tiempo, eso es todo. Tú deseas que ocurra todo de golpe.

—Te desagrada tanto ahora como el primer día. —El resentimiento de Rachel salió a la luz—. Es muy injusto. No puede evitar no ser Jamie.

Él se volvió hacia ella.

—¿Tienes idea de cuántas veces me lo he dicho a mí mismo? —Gabe respiró hondo, intentando recobrar el control—. Mira, dame un poco de tiempo y lo resolveremos. Sé que te ha pillado por sorpresa, pero una vez que pienses en ello, te darás cuenta de que casarnos es lo mejor.

Ella quiso acurrucarse en una esquina oscura y llorar. Pero se obligó a permanecer allí y terminar la discusión.

—No voy a cambiar de idea. No me casaré contigo. Kristy ya ha llamado a sus padres, y me enviarán los billetes del autobús. Estaré aquí hasta el próximo fin de semana, y después Edward y yo nos iremos a Florida.

—¡No!

Gabe y Rachel dieron un brinco cuando Edward apareció corriendo por la esquina de la casa, con las lágrimas resbalándole por las mejillas.

A Rachel se le revolvió el estómago. ¿Qué había hecho? Había querido decírselo de una manera más suave, no que se enterara así.

20

—¡No quiero ir a Florida! —Las lágrimas resbalaban por las enrojecidas mejillas de Edward. El niño agitó los brazos cuando se plantó ante ellos—. ¡Vamos a quedarnos aquí! ¡No quiero irme! ¡Quiero quedarme aquí!

—Oh, cariño... —Rachel se acercó a él e intentó rodearlo con los brazos, pero Edward se apartó de ella. Por primera vez desde que había comenzado a andar, su hijo tenía una pataleta.

—¡Vivimos aquí! —gritó—. ¡Vivimos aquí y no quiero irme! —Se volvió con rapidez hacia Gabe—. ¡Esto es por tu culpa! ¡Te odio!

Una vez más, Rachel intentó abrazarle.

—Cariño, déjame explicártelo. Siéntate y hablaremos de ello.

Él se alejó de un salto y se lanzó hacia Gabe, golpeándolo en las rodillas.

—¡Tú tienes la culpa! ¡Eres tú el que nos echa!

Gabe recuperó el equilibrio y tomó a Edward por los hombros.

—¡No! ¡Yo no quiero que os vayáis...! Y no os he echado.

Edward volvió a golpearle en las piernas.

—¡Sí, lo has hecho!

Gabe le agarró los puños.

—Chip, tranquilízate y escucha a tu madre.

Pero Edward no se calmó y comenzó a patalear de nuevo.

—Tú me odias, y ¡yo sé por qué!

—No te odio.

—¡Sí, lo haces! Me odias porque no soy fuerte.

—Chip... —Gabe miró a Rachel con impotencia, pero ella no sabía cómo ayudarlo.

Edward corrió al lado de Rachel. Ya no gritaba, intentaba tomar aire entre sollozos.

—No lo hagas... no te cases con él, mamá. ¡Cásate con el reverendo Ethan!

Rachel se arrodilló a su lado, lamentando que hubiera oído esa parte de la conversación.

—Oh, Edward, no voy a casarme con nadie.

—¡Sí! Cásate con el reverendo Ethan. Así podremos quedarnos aquí...

—El reverendo Ethan no quiere casarse conmigo, cariño.

Volvió a intentar abrazarle, pero él la empujó.

—¡Yo le diré que lo haga!

—No puedes pedirle eso a nadie.

Edward soltó otro sollozo.

—Entonces cásate con el papá de... Rosie. Me cae bien. Me llama Chip y... me... abraza.

—El padre de Rosie está casado con su madre. Edward, no voy a casarme con nadie.

Una vez más, Edward se volvió hacia Gabe, pero esta vez no lo atacó. Hipó entre sollozos.

—Si mi madre... se casa contigo..., ¿podremos... quedarnos aquí?

Gabe vaciló.

—No es tan fácil, Chip.

—¿Vives aquí?

—Ahora sí.

—Has dicho que querías casarte con ella.

Gabe le dirigió una mirada impotente a Rachel.

—Sí.

—Te dejo hacerlo. Pero sólo si podemos quedarnos aquí.

Edward ya no gritaba. Rachel sintió que se rompía por dentro. Sabía que estaba haciendo lo mejor para él, pero no sabía cómo explicárselo.

—No podemos —dijo.

Edward dejó caer la cabeza. Le cayó una lágrima sobre el pie, pero las ganas de luchar parecían haberle abandonado.

—Sé que es por mí —murmuró—. Dijiste que no te casabas con él porque yo no le gusto.

¿Cómo podía hacerle entender algo tan complicado?

—No, Edward —dijo ella con firmeza—. No es por eso.

Él la miró con una sutil reprimenda en los ojos, como si supiera que mentía.

Gabe la interrumpió.

—Rachel, ¿puedes dejarnos solos unos minutos, por favor? Chip y yo tenemos que aclarar unas cosas.

—No...

—Por favor.

Nunca se había sentido más impotente. Gabe no le haría daño a Edward. Jamás se lo haría. Y la relación entre ellos no podía ir peor. Aun así, dudó. Y luego comprendió que no tenía ni idea de cómo enfrentarse a esa situación. Debería dejar que Gabe lo intentara.

—¿Estás seguro?

—Sí. Vete.

Rachel vaciló un buen rato, pero la implacable expresión de Gabe decía que no iba a cambiar de idea. Y con gran cobardía por su parte, y porque necesitaba unos minutos para recomponerse, asintió renuentemente y se puso en pie.

—Está bien.

Tras haber tomado la decisión, no supo adónde ir. No podía soportar la idea de meterse en casa sin otra cosa que hacer que pasear de arriba abajo. Tomó el camino que conducía al bosque, por donde paseaba con Edward casi todos los días, y esperó estar haciendo lo correcto al dejarlos solos.

Gabe observó a Rachel hasta que la vio desaparecer entre los árboles; luego miró al niño.

Edward le devolvió la mirada con cautela.

Ahora que había llegado el momento, Gabe no podía pensar en nada que explicara su comportamiento, pero cada átomo de decencia que poseía le decía que no descansaría en paz hasta que le explicara a ese niño torturado que él no tenía la culpa de nada. Dio un paso atrás y se sentó para no cernirse sobre el niño.

Edward sorbió por la nariz y se la frotó con la manga de la camiseta.

Gabe no había tenido intención de pedirle a Rachel que se casara con él pero, ahora que lo había dicho, necesitaba hacerlo. Los dos lo necesitaban. Pero el niño se interponía entre ellos.

—Chip —se aclaró la garganta—, sé que nosotros no nos hemos llevado demasiado bien, pero no tiene nada que ver contigo. Es por... por cosas que me ocurrieron hace mucho tiempo.

Edward lo miró fijamente.

—Cuando murió tu hijo.

Gabe no esperaba esa respuesta, y sólo pudo asentir con la cabeza.

Transcurrió un largo silencio, luego Edward dijo:

—¿Cómo se llamaba?

Gabe suspiró.

—Jamie.

—¿Era fuerte?

—Tenía cinco años, igual que tú, así que no era tan fuerte como una persona mayor.

—¿Era más fuerte que yo?

—No lo sé. Era un poco más alto que tú, así que puede que lo fuera, pero eso no importa.

—¿Te caía bien?

—Lo quería con todo mi corazón.

Edward se acercó con cautela.

—¿Te pusiste muy triste cuando Jamie murió?

¡Su nombre! Gabe intentó recuperar la voz.

—Sí. Me puse muy triste cuando Jamie murió. Todavía sigo estando triste.

—¿Te enfadabas tanto con él como te enfadas conmigo?

Gabe pensó que nunca se había enfadado de la misma forma.

—Algunas veces. Cuando hacía mal las cosas.

—¿Y a él le caías bien?

Gabe se quedó sin palabras. Asintió con la cabeza.

Edward levantó el brazo. Miró a su alrededor, luego lo dejó caer. Buscaba el conejo de trapo.

—¿No le dabas miedo?

—No. —Gabe se aclaró la garganta de nuevo—. No, él no me tenía miedo. Sabía que nunca le haría daño. Y tampoco te lo haría a ti.

Supo que el niño quería hacerle más preguntas, pero Gabe se adelantó.

—Chip, ojalá no hubieras oído lo que hablamos tu madre y yo, pero ahora ya sabes que quiero casarme con ella. Tu mamá no cree que sea una buena idea, y yo no quiero que se lo eches en cara. Voy a tratar de que cambie de opinión, pero ella hará lo que crea correcto, y si decide no casarse conmigo, no es por nada que tú hayas hecho. ¿Entiendes lo que te digo? No es por tu culpa.

Podría haberse ahorrado esas palabras.

—Sí es por mi culpa.

—Tiene algo que ver contigo —dijo Gabe lentamente—, pero no es por tu culpa. Es por la mía. A tu madre no le gusta la manera en que te he tratado desde el principio. No he sido demasiado simpático contigo. Y por eso no nos llevamos demasiado bien. Pero soy yo quien tiene la culpa, Chip, no tú. Tú no has hecho nada malo.

—No soy tan fuerte como Jamie. —Manteniendo las

distancias, se rascó una pequeña costra en el dorso de la mano—. Ojalá pudiera jugar con él.

Gabe no pudo contener las lágrimas.

—Estoy seguro de que él también hubiera querido jugar contigo.

—Me habría dado una paliza. —Edward se sentó en el suelo como si las piernas ya no pudieran sostenerle.

—A Jamie no le gustaba pelear. Le gustaba construir cosas, como a ti. —Por primera vez, Gabe pensó en las similitudes entre los dos niños, y no en las diferencias. A los dos les gustaban los libros, las adivinanzas y dibujar. Y los dos eran capaces de entretenerse solos durante mucho tiempo.

—Mi padre murió en un accidente de avión.

—Lo sé.

—Ahora mismo está con Dios. Quizás esté cuidando de Jamie —terció el niño.

Para Gabe la idea de que G. Dwayne Snopes estuviera cuidando de Jamie era demasiado surrealista, pero no dijo nada.

—Me gustaría que mi madre se casara con el reverendo Ethan o con el padre de Rosie.

—Sé que te costará entenderlo, pero te agradecería que dejaras de intentar casar a tu madre con cualquiera de mis hermanos.

—Mi madre no se casará contigo porque no te llevas bien conmigo.

A Gabe no se le ocurrió qué responder. Ya le había dicho que él no tenía la culpa. ¿Qué más podía añadir para convencerle?

—No quiero ir a Florida. —Edward levantó la cabeza para mirar a Gabe, pero no a los ojos—. Si nosotros nos lleváramos bien, puede que se casara contigo y así no tendríamos que irnos.

—No lo sé. Es posible. Existen otros problemas que no tienen nada que ver contigo. Así que no lo sé.

Una expresión testaruda apareció en la cara manchada de lágrimas de Chip y, en ese momento, se pareció tanto a Rachel que Gabe quiso llorar.

—¡Ya lo tengo! ¡Ya sé qué podemos hacer!

—¿Qué?

—Podemos conseguir que cambie de idea y que se case contigo.

El niño parecía tan seguro que, por un momento, Gabe se alimentó de esperanzas.

—¿Cómo?

Edward empezó a tirar de la hierba.

—Puedes fingir.

—¿Fingir? ¿A qué te refieres?

Arrancó una brizna de hierba.

—Podríamos fingir los dos. Entonces, mi mamá se casaría contigo y no tendríamos que irnos.

—Mira... creo que eso no funcionará.

Los ojos castaños de Edward lo miraron llenos de dolor.

—¿No puedes fingir que te gusto? No tiene por qué ser verdad.

Gabe se obligó a sí mismo a mirar al niño a los ojos y a mentir con convicción.

—Me gustas.

—No. —Edward negó con la cabeza—. Pero puedes fingir que es así. Yo haré lo mismo. Si lo hacemos bien, mi madre no se dará cuenta de que estamos fingiendo.

La mortal seriedad del niño destrozó a Gabe. Se miró las botas gastadas.

—No es tan sencillo. Hay otras cosas que...

Pero Chip se puso rápidamente en pie, sin querer oír más. Ya había dicho lo que tenía que decir y ahora quería compartir las noticias. Se dirigió hacia el camino del bosque, gritando y corriendo al mismo tiempo.

—¡Mamá! ¡Mamá!

—Estoy aquí.

Gabe oyó la voz de Rachel, débil pero audible. Se sentó en el escalón y escuchó.

—¡Mamá, tengo algo que decirte!

—¿Qué, Edward?

—Gabe y yo... ¡nos caemos bien!

Rachel dejó a Edward en la guardería el lunes por la mañana, y permaneció sentada en el coche mientras se armaba de valor. Sabía lo que tenía que hacer, pero había una gran diferencia entre saber y hacer. Tenía que atar los cabos sueltos antes de irse.

Apoyó la cabeza en la ventanilla del Escort y se obligó a aceptar que Edward y ella subirían al autobús en dirección a Clearwater al cabo de una semana. Sufría y sentía que el corazón se le desangraba en el pecho. Ver cómo por arte de magia Edward y Gabe se habían hecho amigos le dolía. Edward se había pasado la tarde sonriendo a Gabe, una sonrisa tensa y falsa que había enseñado todos los dientes. A la hora de acostarse, lo había observado armarse de valor para decir:

—Buenas noches, Gabe. Me caes muy bien.

Gabe se había sorprendido antes de responderle:

—Muchas gracias, Chip.

Rachel le echaba la culpa a Gabe, aunque sabía que él lo hacía para no herir los sentimientos de Edward. La impotencia de Gabe ayudaba a que la situación fuera más dolorosa, y la decisión de irse, más irrevocable.

Cuando había arropado a Edward, había tratado de sacar el tema, pero él había negado con la cabeza.

—Como Gabe y yo nos llevamos bien, ya no tenemos que irnos a Florida.

Una madre entró en el aparcamiento y miró a Rachel. Ésta arrancó el motor. Sólo quedaba una semana.

«Oh, Gabe, ¿por qué no puedes aceptar a mi hijo tal como es? Y ¿por qué no olvidas al fantasma de Cherry y me amas a mí?»

Quiso apoyar los brazos en el volante y llorar hasta quedarse sin lágrimas, pero si se rendía ahora, acabaría tan destrozada que jamás volvería a ponerse en pie. Y sentir lástima de sí misma no cambiaría las cosas. No permitiría que su hijo se criara con un hombre que no lo quería. Y ella no viviría bajo la sombra de otra mujer. No obstante, tenía que hacer una cosa antes de irse.

El Escort avanzó a sacudidas por el aparcamiento. Rachel respiró hondo y enfiló por Wynn Road hacia el entramado de callejuelas que conducían a la parte más humilde de Salvation. Se desvió hacia Orchard por un estrecho sendero que se curvaba bruscamente al subir una colina. Al fondo había un montón de casitas casi a punto de desmoronarse con un césped seco y desatendido. Había un viejo Chevy sin ruedas apoyado en unos bloques de hormigón al lado de una casa, y un remolque oxidado al otro.

La última casa era de color verde y estaba mejor conservada que las demás. El porche estaba limpio y el patio despejado. Una maceta de geranios colgando de un gancho al lado de la puerta principal.

Rachel aparcó en la calle y subió el accidentado camino de acceso. Al llegar al porche, oyó un concurso en la tele del interior. Como el timbre parecía no funcionar, llamó a la puerta.

Le atendió una mujer pálida, pero bonita y joven, con el cabello dorado muy corto. Era menuda y delgada, y vestía una camisa blanca sin mangas y unos vaqueros cortados que le caían hasta las caderas, mostrando el ombligo. Parecía rondar la treintena, pero Rachel sospechaba que era más joven. El cansancio y la expresión cautelosa de su cara hicieron que Rachel reconociera a una compañera en el tortuoso camino de la vida.

—¿Eres la madre de Emily?

Cuando la mujer asintió con la cabeza, Rachel se presentó.

—Soy Rachel Stone.

—Oh... —Pareció muy sorprendida—. Mi madre me dijo que a lo mejor venías, pero no la creí.

Rachel había temido esa parte.

—No vengo por lo que tu madre cree. Es... es una buena mujer... pero...

La joven sonrió.

—No te preocupes. Tiene mucha más fe en los milagros que yo. Lamento que te haya molestado, pero no lo hizo con mala intención.

—Lo sé. Ojalá pudiera ayudarla como ella quiere, pero me temo que no puedo.

—Entra de todas formas. No suelo tener compañía. —Abrió la puerta—. Me llamo Lisa.

—Encantada de conocerte.

Rachel entró en una salita pequeña y amueblada con un sofá color beige, una vieja mecedora, algunas mesitas y un televisor. El mobiliario era de buena calidad, pero estaba gastado y mal combinado, lo que llevó a Rachel a sospechar que había sido cedido por la madre de Lisa.

A la izquierda estaba la cocina, separada de la sala por unas mamparas que se doblaban en acordeón contra la pared. En la cocina, había un mueble de formica beige atestado de latas, con una tostadora, un frutero de mimbre con dos plátanos maduros y una caja sin tapa de caramelos Russell Stover, llena de lápices de colores rotos. Mientras Rachel observaba a su alrededor, se preguntó cuándo conseguiría ella tener un lugar así.

Lisa apagó la televisión y le señaló la mecedora.

—¿Te apetece una Coca-Cola? ¿O prefieres café? Mi madre trajo ayer unas magdalenas.

—No, gracias.

Rachel se sentó en la mecedora, y hubo un incómodo silencio en el que ninguna de las dos supo qué decir.

Lisa apartó del sofá el ejemplar anual de la revista médica de pediatría *Red Book* y tomó asiento.

—¿Cómo se encuentra tu hija?

Lisa se encogió de hombros.

—Ahora está dormida. Nos dijeron que la leucemia se había curado, pero tuvo una recaída. Los médicos ya han hecho todo lo que han podido, así que me la he traído a casa.

Sus ojos dijeron lo que sus labios callaban, y Rachel supo la verdad. Había traído a la niña a casa para morir.

Rachel se mordió el labio inferior y rebuscó en el bolso. Siempre había sabido lo que tenía que hacer, y lo haría en ese momento.

—Te he traído algo.

Rachel sacó el cheque de veinticinco mil dólares que Cal Bonner le había entregado y se lo tendió.

—Es para ti.

Rachel observó las confusas e incrédulas emociones que atravesaron el rostro de Lisa.

Le temblaba la mano. Parpadeaba como si tuviera problemas para enfocar.

—Esto es tuyo. ¿Qué quieres que haga con él?

—Ya lo he firmado, es para el Fondo de Emily. Está fechado para dentro de una semana, por lo que tendrás que esperar para cobrarlo.

Lisa estudió la firma en el dorso del cheque, luego miró a Rachel con la boca abierta.

—Pero es mucho dinero... Y no nos conocemos. ¿Por qué haces esto?

—Porque quiero hacerlo.

—Pero...

—Por favor. Significa mucho para mí. —Rachel sonrió—. Pero hazme un favor. Me voy del pueblo el lunes y me gustaría que, después de que me haya ido, le enviaras a Cal Bonner una nota agradeciéndole su generosidad.

—Cuenta con ello. Pero... —Lisa parecía aturdida, como una persona poco acostumbrada a oír buenas noticias.

—Le gustará saber que ese dinero servirá para ayudar a tu hija. —Y Rachel sentiría una profunda satisfacción. Habría cumplido las condiciones de Cal, así no podría pedirle que le devolviera el dinero, y además sabría que ella era distinta a como él pensaba.

—Mamá...

Lisa irguió los hombros al oír una vocecita cansada proveniente de la parte trasera de la casa.

—Ya voy. —Lisa se levantó con el precioso cheque en la mano—. ¿Te gustaría conocer a Emily?

Si la madre de Lisa hubiera estado presente, Rachel se habría excusado, pero Lisa no parecía esperar ningún milagro de ella.

—Me encantaría.

Lisa guardó el cheque en el bolsillo y guio a Rachel por el estrecho pasillo de la casa. Pasaron ante un dormitorio a la derecha con un cuarto de baño enfrente, y luego llegaron a la habitación de Emily.

Había un empapelado con motivos de niñas tomando el sol y unas cortinas amarillas enmarcaban la única ventana de la habitación. Unos globos algo desinflados se balanceaban en una esquina y las tarjetas con buenos deseos de recuperación colgaban por todas partes. Muchas de ellas empezaban a doblarse por las esquinas.

Rachel deslizó los ojos por la cama de la habitación, donde una niña pálida permanecía acostada entre las arrugadas sábanas celestes. Tenía la cara hinchada y oscuros moratones en los brazos. Unos escasos mechones de pelo oscuro le cubrían la cabecita. Sostenía un osito de peluche rosa y miraba a Rachel con unos ojos verdes y luminosos.

Lisa se acercó a su lado.

—¿Quieres un zumo, cariño?

—Sí, por favor.

Lisa colocó la almohada para que Emily pudiera sentarse.

—¿De manzana o naranja?

—De manzana.

Lisa alisó la sábana de arriba.

—Ésta es Rachel. Es una buena amiga, no es médico. ¿Por qué no le enseñas a *Blinky* mientras voy a por el zumo? Rachel, ésta es Emily.

Rachel se acercó a la niña cuando Lisa salió de la habitación.

—Hola, Emily. ¿Te importa si me siento a tu lado?

Emily negó con la cabeza, y Rachel se sentó en una esquina de la cama.

—Seguro que adivino dónde está *Blinky*.

Emily miró a su osito de peluche rosa y lo abrazó con más fuerza.

Rachel le tocó con suavidad la punta de la nariz.

—Aquí está *Blinky*.

Emily sonrió y negó con la cabeza.

—¿No? Bueno, pues entonces... —Tocó la oreja de Emily—. *Blinky* debe de estar aquí.

Emily soltó una risita tonta.

—No.

Continuaron jugando a ese juego hasta que Rachel identificó correctamente al osito de peluche. La niña era fascinante... A Rachel le desconsoló observar lo que la devastadora enfermedad había provocado en ese cuerpecito.

Lisa entró con un vaso de plástico amarillo. Cuando Rachel intentó incorporarse de la cama para que la joven pudiera darle el zumo a su hija, sonó el teléfono. Lisa le tendió el vaso a Rachel.

—¿Quieres dárselo tú?

—Claro.

Cuando Lisa se alejó, Rachel ayudó a Emily a ponerse derecha y le acercó el vaso a los labios.

—¿Puedo cogerlo yo?

—Por supuesto. Ya eres una chica mayor.

La niña cogió el vaso con ambas manos, dio un sorbo y se lo devolvió.

—¿Quieres un poco más?

Pero ese pequeño esfuerzo la había dejado agotada y se le cerraron los ojos.

Rachel la recostó en la cama y dejó el vaso en la mesilla de noche, en medio de un montón de botes con pastillas.

—Tengo un hijo un poco mayor que tú.

—¿Le gusta jugar al escondite?

Rachel asintió y agarró la mano de la niña.

—A mí también me gusta jugar al escondite, pero ahora no puedo porque tengo «ecemia».

—Lo sé.

Los viejos hábitos eran difíciles de cambiar, y al mirar la pálida cara de la niña, se encontró recriminando a un Dios en el que ya no creía. «¿Cómo has podido hacer esto? ¿Cómo has permitido que le ocurra algo tan horrible a esta preciosa niña?»

En ese momento recordó las palabras de Gabe. «Quizás has confundido a Dios con Santa Claus.»

Sentada junto a esa niña, que se aferraba con tanta desesperación a la vida, empezó a notar que aumentaban sus percepciones. Las palabras la sobrecogieron de una manera que no lo habían hecho antes... La paz la inundó por dentro y, por primera vez, entendió lo que Gabe había intentado decirle. Hasta entonces, su visión de Dios había sido muy infantil.

Toda su vida había visto a Dios como a alguien ajeno a la humanidad, un viejo que dispensaba suerte arbitrariamente. No era extraño que no hubiera podido amar a ese Dios. ¿Quién podría amar a un Dios tan cruel e injusto?

Asumió que no había sido Dios quien le había hecho eso a Emily. Había sido la vida.

Y allí sentada, la idea de lo que era la teología para Dwayne la golpeó. Dios era omnipotente. «Omnipotente.» ¿Qué significaba eso para aquella niña moribunda a la que sostenía la mano?

De repente, pensó en lo que ella siempre había creído que era la omnipotencia de Dios sobre todas las cosas. Lo había comparado con un dirigente que tuviera el poder de otorgar vida y muerte a su antojo. Pero Dios no era un tirano y, justo en ese momento, con la pequeña mano de Emily en la suya, cambió la idea que tenía Rachel de la Creación.

Dios era omnipotente, cierto, pero no como los reyes de la tierra, sino de la misma manera en que era omnipotente el amor. El amor era lo más poderoso y el poder omnipotente de Dios era el poder del amor.

El calor atravesó cada célula del cuerpo de Rachel hasta llegar a su corazón y, con esa calidez, llegó una sensación de éxtasis.

«Querido Dios, llena a esta niña con la omnipotencia bendita de Tu amor.»

—Estás muy caliente.

La voz de la niña le hizo dar un respingo. Parpadeó y el sentimiento de dicha se desvaneció. Sólo entonces se dio cuenta de cuán fuerte agarraba la mano de la niña, y la soltó de inmediato.

—Lo siento. No quería apretarte tanto la mano.

Cuando Rachel se puso en pie, le temblaron las piernas. Se sentía débil, como si acabara de correr un montón de kilómetros. ¿Qué le había sucedido? Había vislumbrado algo importante, pero no podía decir con exactitud qué era.

—Quiero sentarme.

—Espera que le pregunte a tu madre.

La puerta mosquitera se cerró de golpe, y una fuerte voz masculina llegó desde la entrada de la casa.

—Conozco el coche que está ahí fuera. ¡Maldita sea, Lisa! ¿Qué hace esa tía aquí?

—Tranquilízate. Ella...

Pero él no escuchaba. Rachel oyó unos pasos en el pasillo, después apareció un hombre —que Rachel reconoció como Russ Scudder— en la puerta de la habitación de Emily.

—Hola, papá.

21

Lisa apareció por detrás de Russ.

—Emily, ¿qué haces sentada?

—Tengo calor.

La joven puso la mano en la frente de su hija.

—No estás caliente. —Tomó el termómetro de un vaso de la mesilla de noche y lo colocó entre los labios de Emily—. No parece que tengas fiebre.

Russ miró a Rachel enfadado y luego se acercó a su hija.

—Hola, cariño.

—Me dijiste que vendrías ayer, papá —dijo Emily con el termómetro en la boca.

—Sí, no pude... Pero ya estoy aquí. —Cuando se sentó en la cama y acarició la mano de Emily, dirigió a Rachel una mirada venenosa.

—Rachel también tiene un niño —añadió Emily—. Tiene las manos muy calientes.

La mirada de Russ se volvió feroz.

—Largo de aquí.

—Ya basta, Russ —dijo Lisa, dando un paso adelante.

—No quiero que se acerque a Emily.

—Ésta es ahora mi casa, y lo que tú quieras ya no importa.

—No te preocupes —dijo Rachel—. De todos modos ya me iba. Adiós, Emily. Cuídate.

Emily se sacó el termómetro de la boca.

—¿Puedes traer a tu hijo a jugar conmigo?

—Nos vamos dentro de poco. No creo que tenga tiempo.

Lisa quiso volver a ponerle el termómetro, pero Emily negó con la cabeza.

—Quiero que me leas un cuento. Y un zumo de manzana.

—¿Qué le pasa? —dijo Russ—. ¿No me habías dicho que estaba demasiado enferma para estar sentada?

—Supongo que tiene un buen día. —Lisa acompañó a Rachel a la puerta. La tomó de la mano y la abrazó en el vestíbulo—. Jamás podré agradecértelo. Ese dinero servirá para muchas cosas.

Russ apareció por detrás.

—¿Qué dinero?

—Rachel nos ha regalado veinticinco mil dólares para Emily.

—¿Qué? —Sonó como si se hubiera atragantado.

—El cheque es de Cal Bonner —dijo Rachel—. Es un donativo suyo, no mío.

La expresión de Lisa indicaba que no la creía, y parecía como si Russ hubiera sido fulminado por un rayo. De repente, Rachel sólo quiso alejarse de allí lo más rápido posible.

—Buena suerte.

La vocecita de Emily le llegó desde el dormitorio.

—Adiós, Rachel.

—Adiós, cariño.

Salió de la casa y corrió hacia el coche.

Mientras Ethan se pasaba al carril izquierdo de la interestatal y adelantaba a una caravana con dos bicicletas en la parte trasera, Kristy observó su perfil de chico de calendario.

—¿No estarás hablando en serio?

Él regresó de nuevo al carril derecho.

—No poseo las cualidades necesarias para ser reverendo. Lo sé desde hace mucho tiempo, y ya no puedo seguir postergándolo. Tengo intención de dimitir el lunes, en cuanto regresemos.

El primer impulso de Kristy fue rebatírselo, pero cerró la boca. ¿Acaso valdría de algo? Él había dejado caer la bomba al salir de Salvation. Habían estado discutiendo durante todo el trayecto a Knoxville. Pero las palabras de Kristy habían caído en saco roto.

Ethan Bonner había nacido para ser reverendo. ¿Cómo era posible que él no lo supiera? Si renunciaba, cometería el mayor error de su vida. Pero no importaba lo que ella le dijera, no la escuchaba.

—Por favor, ¿no podríamos cambiar de tema? —intervino él.

Casi había anochecido. Era viernes y estarían de vuelta en Salvation después del almuerzo ofrecido tras el congreso de oración del domingo por la mañana, por lo que Kristy no tenía demasiado tiempo para hacerle razonar.

—¿Y a qué piensas dedicarte?

—Quizá monte un gabinete psicológico. Tal vez antes regresaré a la universidad y me sacaré el doctorado en psicología. No lo sé.

Ella jugó su mejor baza.

—Decepcionarás a tus hermanos, por no mencionar a tus padres.

—Cada uno debe vivir la vida como mejor considere. —Estaban cerca de una salida de la interestatal y Ethan se desvió por ella—. Tengo hambre. Vamos a comer algo.

Él sabía tan bien como ella que el congreso empezaba con una cena bufet a las siete, y el coche estropeado de Kristy ya los había retrasado bastante. Como ella no quería pasar demasiado tiempo a solas con él, había decidido ir en su propio coche hasta Knoxville pero, al intentar encender el Honda, el coche no había respondido y se había visto obligada a viajar con Ethan.

—Ya son las seis. Si paramos ahora, llegaremos tarde.

—¿Crees que nos pondrán falta si llegamos tarde?

Ethan nunca había sido sarcástico. Ése era otro de los cambios que había sufrido desde que ella le había dicho que dejaba el trabajo, y a Kristy no le gustaba.

—Es tu congreso, no el mío. Ni siquiera asistiría si no hubieras insistido tanto.

Las dos semanas de gracia habían terminado una semana antes, pero Ethan la había intimidado para que se quedara hasta ese fin de semana. Como no tenía que empezar a trabajar en la guardería de Brevard hasta el lunes siguiente, a Kristy no le había importado. Ahora deseaba no haberse dejado convencer.

Estar con él había sido más doloroso desde lo ocurrido la noche de ese viernes en el Orgullo de Carolina. Lo sucedido en el asiento delantero del coche de Ethan había destruido todas las ilusiones de Kristy. Aún lo amaba, y siempre lo haría, por lo que trabajar con él esos últimos días había sido una montaña rusa emocional.

Ethan había alternado rachas de rudeza inusuales en él y momentos en los que se mostraba tan dulce y considerado que ella apenas podía contener las lágrimas. Cuando no estaba gruñéndole, exhibía un servicial entusiasmo por complacerla. Sabía que le había hecho daño al acusarlo de no ser su amigo, pero le hubiera gustado no tener que atribuir su comportamiento a la culpabilidad.

Algunas veces lo pillaba observándola, e incluso los inexpertos ojos de la joven reconocían el deseo con que la miraba. Debería sentirse contenta. ¿No era eso lo que había querido? Pero saberlo la deprimía. No quería ser una chica fácil con la que él aplacara su lujuria. Quería que la amara.

Observó que él había dejado atrás todos los restaurantes de comida rápida cercanos a la salida de la autopista.

—¿No tenías hambre?

—La tengo. —Pero continuó avanzando por la carretera comarcal. Finalmente redujo la velocidad y giró hacia el aparcamiento de un sucio bar de carretera junto a un motel.

El aparcamiento estaba lleno. Cuando él aparcó entre dos coches, ella lanzó una mirada de desagrado al lugar. El asfalto estaba sucio y los letreros de neón anunciando marcas de cerveza apenas se sostenían en su sitio.

—Preferiría tomar algo en Hardee's —dijo Kristy refiriéndose al local de la cadena de comida rápida que acababan de dejar atrás.

—Me gusta este lugar.

—No me parece que sea respetable.

—Mejor. —Ethan apagó el coche y sacó las llaves antes de abrir la puerta de par en par.

Iba a ser un fin de semana muy largo si él no cambiaba pronto de humor. Gruder Mathias, el reverendo jubilado del pueblo, sustituiría a Ethan el domingo, y el lunes era su día libre, así que no tendría prisa por regresar.

Con un suspiro de resignación lo siguió hasta las dos pesadas puertas de madera con motivos de inspiración mediterránea que daban paso al local. Ya antes de entrar se oían las notas de una balada country.

Una bocanada de aire acondicionado le aplastó el vestido rojo contra las piernas. Olía a cerveza y a grasa rancia. En la barra mal iluminada había un grupo de hombres con cazadoras y pantalones vaqueros manchados de lodo bebiendo cerveza y fumando.

Como todavía era relativamente temprano, casi todos los asientos de vinilo marrón de las mesas estaban vacíos. Unas flores de plástico cubiertas de polvo, que parecían haber sido grapadas a las paredes hacía más de una década, y algunos certificados del Ministerio de Salud —obviamente falsos— decoraban las paredes.

Ethan la guio hasta una mesa del fondo. En cuanto se sentaron, el camarero, un hombre calvo y sin cuello, se acercó a tomar nota.

—¿Qué van a tomar?

—Una Coca-Cola —contestó ella. Después de vacilar un momento, agregó—: De lata, por favor.

—Un whisky con hielo.

Kristy miró a Ethan, sorprendida. Jamás lo había visto beber alcohol. Ni siquiera pedía margaritas en los restaurantes mexicanos.

Se recordó a sí misma que él no era responsabilidad suya, así que se mordió la lengua.

Uno de los hombres de la barra se puso a observarla. Que los hombres se la comieran con los ojos era demasiado novedoso y la hacía sentir incómoda, así que fingió no darse cuenta.

El camarero llevó las bebidas y dejó caer dos menús, pegajosos por la comida rancia, sobre la mesa.

—Jeannie vendrá a tomar nota enseguida. La especialidad de hoy es barbo frito —dijo, y se fue.

Kristy apartó a un lado los mugrientos menús con el dedo meñique. Ignorando el vaso con cubitos de hielo, limpió el borde de la lata con una servilleta antes de tomar un sorbo. La Coca-Cola estaba caliente, pero al menos se podía beber.

El hombre de la barra seguía mirándola. Era más joven que ella; debía de tener veinticinco años. Llevaba una ceñida camiseta de propaganda de las cervezas Miller Lite que dejaba a la vista unos bíceps abultados. Kristy jugueteó nerviosamente con uno de sus pendientes de circonitas. El corto vestido de Kristy era provocativo, pero ella no le había lanzado ninguna invitación, y deseó que mirase a otra parte.

Ethan tomó un trago de whisky y taladró al hombre con la mirada.

—¿Qué estás mirando?

—¡Ethan! —exclamó Kristy.

El hombre de la barra se encogió de hombros.

—No veo ningún cartel de «propiedad privada».

—A lo mejor es porque no sabes leer.

Kristy abrió mucho los ojos. El siempre pacifista

Ethan Bonner estaba buscando pelea con un matón que le llevaba al menos veinte kilos de músculo.

El hombre de la barra se bajó del taburete, y Kristy creyó detectar una chispa de expectación en los ojos azules de Ethan. Pensó a toda velocidad. ¿Qué haría Rachel en su lugar?

Tragó saliva y saludó con la mano al musculitos.

—Por favor, no se ofenda. No ha sido el mismo desde que renunció al clero. —Algo que no era totalmente mentira.

Pero el matón no pareció convencido.

—No parece sacerdote.

—Es que ya no lo es. —Kristy respiró hondo—. Es muy protector conmigo... soy la hermana... Kristina..., su hermana.

—¿Es monja? —El hombre deslizó la mirada por el escote del vestido de Kristy.

—Sí, lo soy. Dios le bendiga, hermano.

—No parece monja.

—En mi orden no se usa hábito.

—¿No debería llevar un crucifijo o algo así?

Kristy tiró de la delicada cadena de oro que le rodeaba el cuello y sacó una pequeña cruz de oro que había estado oculta entre sus pechos.

—Lo siento, hermana. —El hombre le dirigió otra oscura mirada a Ethan, y regresó al taburete.

Ethan la miró, enojado.

—¿Por qué demonios has hecho eso?

—Para intentar evitar que te vieras envuelto en una pelea de bar.

—Pero yo sí quiero verme envuelto en una pelea de bar.

—¡Queremos barbo! —Le dijo a la camarera—. Tomaremos barbo frito. Y que Dios la bendiga también. —Agregó demasiado tarde.

Ethan puso los ojos en blanco, pero al menos no volvió a tocar el tema. Se dedicó a beber el whisky y, cuando la maquillada camarera de pelo oscuro con una camiseta de Garth Brooks llegó con la comida, ya se lo había acabado.

—Póngame otro whisky.

—Ethan, tienes que conducir.

—Ocúpate de tus asuntos, hermana Bernardine.

La camarera le dirigió una mirada desconfiada.

—¿Pero no es la hermana Kristina?

—Me llamaba Bernardine antes de ingresar en el convento. Allí me convertí en la hermana Kristina.

Ethan soltó un bufido.

La camarera le miró. Ethan estaba tan guapo como siempre, y la camarera pareció claramente interesada.

—¿Así que ya no es sacerdote?

Él señaló a Kristy con el pulgar.

—Pregúntale a ella.

—Él... bueno... esto es demasiado duro para él. Es lo que suele pasar cuando se da la espalda a la verdadera vocación. —Giró el tapón del ketchup y lo limpió con otra servilleta antes de ofrecérselo a él—. Se siente un gran vacío por dentro. Un vacío que se intenta llenar con alcohol hasta que uno acaba por convertirse en un alcohólico solitario sin rumbo en la vida.

La camarera acarició el hombro de Ethan con una uña pintada de azul.

—No creo que acabe así, padre.

Él le brindó una sonrisa perezosa.

—Muchas gracias.

—A su disposición.

Cuando la camarera se dirigió con paso provocativo hacia la barra, Ethan disfrutó sin cortarse un pelo de la imagen que ofrecía aquel trasero contoneante. Luego, ella regresó con el whisky y se fue con una sonrisa provocativa.

—Come antes de que se enfríe —dijo Kristy con voz cortante.

Ethan tomó un sorbo del frío licor.

—Y ¿qué te importa a ti si se me enfría o no la comida…?

—No me importa.

—Mentirosa… —Le lanzó una mirada tan feroz que ella sintió deseos de removerse en el asiento—. ¿Sabes qué pienso? Que todavía estás enamorada de mí.

—Y yo, que estás borracho. —Intentó convencerse de que no se había ruborizado—. Jamás has aguantado el alcohol.

—¿Y qué más da si estoy borracho?

Kristy comenzaba a enfadarse de verdad.

—¡Aún no has dimitido, Ethan Bonner! Todavía eres un pastor.

—No en mi corazón —replicó él con ira—. En mi corazón ya he renunciado.

Las palabras salieron de su boca antes de que pudiera contenerlas. Luego se quedó muy quieto y Kristy tuvo la impresión de que Ethan estaba oyendo una voz interna que le decía algo que no quería oír. Finalmente, masculló algo para sí mismo que ella no entendió y clavó el tenedor en el barbo.

—Ya está muerto —señaló ella.

—Mira, ocúpate de tu comida y deja la mía tranquila. ¿Dónde está la sal?

—A tu derecha.

Ethan miró el salero pero, a pesar de estar enfadada con él, Kristy seguía amándole y no podía dejar que se envenenara; cogió el salero antes que él y limpió la tapa con otra servilleta. Luego lo empujó hacia él.

—Intenta no tocar nada.

Él tomó el salero mientras la recorría con los ojos.

—Sabes qué quiero tocar, ¿verdad?

Kristy no supo qué decir.

—Quiero tocarte a ti. Como la otra noche, en el autocine.

—No quiero hablar de eso.

—Bueno, yo tampoco quiero hablar. —Apartó a un

lado el barbo, cogió el vaso de whisky y la miró por encima del borde—. Quiero hacerlo.

Ella tiró la Coca-Cola sin querer, luego levantó la lata antes de que se derramara todo el contenido en la mesa. Sintió la piel ardiendo bajo el vestido.

—Tenemos... que estar en Knoxville dentro de media hora.

—No tenemos por qué. Es más, no me importa si vamos al congreso o no.

—Has pagado la inscripción.

—¿Y qué?

—Eth...

—Vámonos de aquí.

Él lanzó unos billetes sobre la mesa, la agarró de la muñeca y la arrastró fuera del local. A Kristy le latía el corazón a toda velocidad. Éste era un Ethan nuevo y peligroso que ella no conocía.

La atrajo hacia su cuerpo tras bajar las escaleras y, a continuación, la empujó contra el lateral del Camry con las caderas.

—No puedo dejar de pensar en esa noche.

Le acarició los hombros desnudos con los pulgares, y Kristy notó el calor del cuerpo masculino a través de la tela del vestido. Cerca de ellos pasó un camión zumbando.

—Yo te importo —murmuró él—. ¿Por qué no pierdes tu virginidad conmigo en vez de con alguien que no te importa?

—¿Cómo sabes que no la he perdido antes?

—Lo sé.

La conciencia de Kristy luchaba ferozmente contra su deseo por él.

—No sería correcto.

Él bajó la cabeza y ella notó su mandíbula contra el pelo.

—¿Por qué no perdemos nuestras virginidades juntos?

—Tú no eres virgen.

—Ha pasado mucho tiempo desde la última vez que mantuve relaciones sexuales. Es como si fuera virgen.

—No..., no es lo mismo.

—Te aseguro que sí. —Le rozó la oreja con los labios y su aliento a whisky le acarició suavemente la mejilla—. Sí o no. Tú decides.

Él era la tentadora serpiente del paraíso. Ethan sabía lo que ella sentía por él, y no era justo que se aprovechara de sus emociones de esa manera.

—Ya no te amo —mintió ella—. Jamás te amé. Sólo fuiste un capricho.

Ethan la tomó por las caderas y rozó con los pulgares el borde elástico de las diminutas bragas de Kristy por encima de la tela.

—Hueles tan bien... Me encanta cómo hueles.

—No me he echado perfume.

—Lo sé.

Ella suspiró.

—Oh, Eth...

—¿Sí o no?

Algo se hizo añicos en el interior de Kristy, y le apartó las manos.

—¡Sí! ¡Por supuesto que sí! Porque soy débil y te deseo, pero no me caes bien en este momento.

Si Kristy esperaba que aquel estallido de ira le hiciera ir más despacio, se equivocó.

—Le pondré remedio a eso. —En menos que canta un gallo, abrió la puerta del coche y la empujó dentro.

En vez de regresar a la carretera, condujo el Camry por el aparcamiento de grava hasta la recepción del Motel EZ Sleep.

—Oh, no... —Ella miró con gran decepción la hilera de bungalows de madera pintados de blanco y los tres enormes pinos que parecían hacer guardia delante.

—No puedo esperar más. Te lo prometo, Kristy, la próxima vez tendrás champán y sábanas de raso. —La voz de Ethan contenía una súplica que ella no le había escuchado antes.

En vez de esperar respuesta, Ethan saltó del coche y salió disparado hacia la recepción del motel. Regresó al cabo de unos minutos. Volvió a sentarse detrás del volante y se dirigió al bungalow del fondo, donde aparcó lo más rápido que pudo. Volvió a salir del coche y se apresuró a abrirle la puerta.

El buen reverendo Bonner la empujó al bungalow como un adolescente a punto de estallar.

Ethan abrió la puerta y la cerró de un portazo. Dejó escapar un suspiro de alivio al ver que la habitación era anticuada pero estaba limpia. Sabía que no existía fuerza sobre la tierra que consiguiera que Kristy permaneciera allí si hubiera estado sucia. Y no iba a dejarla salir. Sencillamente, no podía soportar durante más tiempo aquella sensación de distanciamiento entre ellos. No permitiría que se fuera hasta dejar su marca sobre ella.

La necesidad de demostrar que era suya era acuciante, aunque no iba a marcarla con un mordisco o una señal, eso sería intolerable. Pero tenía que ser algo permanente. Algo que la mantuviera siempre a su lado y que hiciera que volvieran a ser amigos. Y la única manera de lograrlo era con sexo.

No importaba lo que ella dijera, el sexo significaba algo para Kristy o no seguiría siendo virgen. Cualquier hombre con el que mantuviera relaciones sexuales sería importante para ella y, por eso tenía que ser con él. Sólo con él.

Intentó buscar una razón menos egoísta para justificar lo que pensaba hacer, y la encontró con rapidez. Ella valía demasiado para permitir que otro hombre la arruinara. Kristy era única, pero no todo el mundo lo sabía. ¿Qué pasaría si su primer amante no se preocupaba por ella? ¿Si no entendía lo preciosa que era?

Podía haber muchos escollos en el camino. Kristy era una fanática de la limpieza, y eso podía convertir el sexo en un problema. Un hombre tendría que tener paciencia con sus manías, distraerla con tiernos jugueteos y besos profundos para conseguir que se olvidara de la higiene durante un buen rato.

—La habitación está limpia —señaló él.

—No he dicho lo contrario.

La idea de que ella pudiera estar decepcionada lo puso a la defensiva.

—Sé lo que piensas. Pero aunque la habitación sea anticuada, está limpia. —Se acercó a la cama y apartó la colcha para revelar una sábana de un blanco impoluto—. ¿Lo ves?

—Ethan, ¿estás borracho?

Kristy estaba tan hermosa con su corto vestido rojo y los grandes ojos llenos de incertidumbre que a Ethan se le hizo un nudo en la garganta.

—Estoy un poco achispado, pero no borracho. Si lo que preguntas es si sé lo que me hago, sí, lo sé.

«No tienes ni idea de lo que estás haciendo.»

Ignoró la voz que había ignorado desde aquella noche en el Orgullo de Carolina.

El viejo suelo de linóleo rechinó bajo los pies de Ethan cuando se acercó a ella, la atrajo a sus brazos y la besó. Sabía a menta verde, había tomado un caramelito de menta mientras él estaba en la recepción, como si necesitara disfrazar su dulce sabor.

El cuerpo de Kristy, cálido y flexible, se apretó contra el suyo. Ethan le deslizó las manos por la espalda y las posó en las caderas.

Kristy abrió los labios y le rodeó el cuello con los brazos.

Él dejó de pensar y se perdió en el beso.

No supo cuánto tiempo había pasado cuando ella interrumpió el beso y lo miró profundamente a los ojos.

«Te amo, Eth.»

Kristy no había movido los labios, pero él la oyó con

la misma claridad que oía la voz de Dios. Lo recorrió una oleada de alivio. Luego Kristy empezó a hablar.

—Esto no está bien. Lo deseo más que nada en el mundo, pero no es bueno para ti ni para mí. Esto no es lo que espera Dios de nosotros.

Las palabras eran suaves, le salían del corazón, pero Ethan las ignoró.

«Escúchala, Ethan —aconsejó Oprah—. Escucha lo que dice.»

No. No quería oírla. Era un hombre, no un santo, y se había cansado de que Dios manejara su vida. Le deslizó la mano por debajo del vestido y tocó la suave piel.

—Pensabas dejar que fuera Mike Reedy quien hiciera esto. —Subió la mano y con ella el vestido hasta el sujetador. Le apretó suavemente el pecho a través del encaje.

—Así es.

—No me importa lo que digas. Soy más amigo tuyo que él.

—Sí.

Ethan pasó el pulgar sobre el suave montículo que sobresalía por la parte superior del sujetador.

—No entiendo por qué estás tan dispuesta a hacer el amor con él y no conmigo.

Ella guardó silencio durante tanto rato que él llegó a creer que no respondería. Luego Kristy le agarró la muñeca.

—Porque no necesito sentirme comprometida con Mike Reedy para mantener relaciones sexuales con él.

Él se quedó paralizado.

—¿Compromiso? —Ella le lanzó una mirada anhelante—. ¿Compromiso? ¿Es eso lo que quieres de mí?

Ella asintió con pesar.

Ethan esperaba sentirse presa del pánico, pero no fue así. Compromiso. Lo que ella quería decir de verdad era «matrimonio». Él tenía intención de casarse algún día. Sacó la mano de debajo del vestido.

—Y necesito que me quieras —dijo ella, intentando tragarse el nudo que tenía en la garganta—. Es lo que más necesito.

Él tenía que aclararse las ideas.

—¿Y no quieres comprometerte con Mike?

Ella negó con la cabeza.

—¿Y tampoco necesitas que él te quiera?

Ella negó otra vez.

—¿Y conmigo sí?

Ella asintió.

Tampoco entonces se sintió aterrorizado. En realidad, sintió una oleada de exultación en todo su cuerpo. Fue como si se librara de un enorme peso. «Por supuesto.»

Tan claramente como si alguien hubiera encendido el pequeño televisor de la habitación, Ethan oyó una nueva voz en su cabeza, cantando una canción infantil.

Mientras la canción continuaba, se le formó una imagen en la mente en la que se combinaban todas las facetas de Dios: Eastwood, el Dios acusador; Oprah, el Dios consolador; Marion Cunningham, la Abuelita Dios... mezclándose de una forma nueva y sencilla.

La canción infantil finalizó y la voz comenzó a hablar.

«Te amo como eres, Ethan. Eres muy especial para Mí. A través de ti ilumino con Mi amor a todo el mundo. Eres Mi creación perfecta. Así. Tal como eres.»

Y luego, en la mente de Ethan, ese Dios maravilloso se deshizo de su rígido traje y de sus zapatos formales. Y con un suave suéter y zapatillas de lona, cantó Su canción de amor perfecto, diciéndoles a todos Sus niños —a cada uno de ellos— que era un día perfecto en Su barrio.

Justo entonces, Ethan Bonner dejó de luchar contra su destino.

Kristy estudió su expresión, pero a pesar de lo mucho que lo conocía, no supo qué estaba pensando. Sólo sabía que ella ya no podía retroceder. Había renunciado al orgullo y había hablado con el corazón. Si a Ethan no le gustaba lo que había dicho, no era problema suyo.

Él suspiró y dijo:

—De acuerdo.

—¿De acuerdo?

—Sí. —Asintió con la cabeza temblorosamente—. De acuerdo.

—De acuerdo, ¿qué? —dijo ella pasmada.

—Amor. Compromiso. Absolutamente todo. —Dejó caer el vestido en su lugar—. Vayamos a Kentucky.

—¿A Kentucky? ¿De qué hablas? Oh, Eth, estás borracho. ¡Lo sabía!

—¡No estoy borracho! —La hizo volverse hacia la puerta—. Venga, deprisa. Nos vamos ahora mismo.

La actitud de Ethan hizo que a Kristy se le cayera el alma a los pies, y con un nudo en la garganta se volvió para enfrentarse a él.

—Ya no me deseas.

Él la rodeó de nuevo con los brazos.

—Oh, mi amor, te deseo tanto que casi no puedo contenerme... Yo también te amo, así que deja de mirarme así. No he podido pensar en nada más que en ti desde que entraste en mi oficina con aquellos ceñidos vaqueros blancos.

La llama de esperanza que había comenzado a arder en el interior de Kristy se apagó, y lo miró, furiosa.

—¿Que tú me amas? ¿Por qué no llamas a las cosas por su nombre? Quieres acostarte conmigo.

—Eso, también.

Kristy siempre había podido leerle el pensamiento, pero ahora parecía tener delante de ella a un desconocido.

—Y no te amo por tu cambio de imagen —dijo—, no soy tan superficial. Pero es cierto que me hizo darme cuenta de lo que tenía delante de mis narices todo el tiempo. —La miró como si pudiera ver su alma y ella la suya. La llama de esperanza comenzó a arder nuevamente en el corazón de Kristy.

Ethan le acarició el cuello con el pulgar.

—Formas parte de mi vida desde hace tanto tiempo

que dejé de verte como alguien separado de mí. Sencillamente, eras parte de mí. Y luego cambiaste de imagen y
decidiste dejarme, y me has vuelto loco desde entonces.

—¿De veras? —Ella se sentía delirante, encantada.

Ethan sonrió.

—No deberías parecer tan feliz, ¿sabes? —Luego
frunció el ceño y una nota de súplica tiñó su voz—. Hablaremos de camino. Venga, cariño. Deprisa. No quiero
perder más tiempo. —Agarró el pomo de la puerta con
una mano y la empujó a ella con la otra.

—¿Adónde vamos? ¿Y por qué tanta prisa?

—Nos vamos a Kentucky. —Salió y la arrastró al coche—. No estamos lejos de la frontera. Allí no hay que
esperar licencia para casarse. Y nos vamos a casar esta noche, Kristy Brown, no me importa lo que digas. ¡Y tampoco voy a renunciar al clero!

Cuando llegaron al coche, él parecía haberse quedado
sin aliento y se detuvo ante la puerta del acompañante
para respirar hondo.

—Nos casaremos de nuevo con nuestras familias de
testigos cuando regresemos. Incluso podemos fingir que
es la primera vez, pero vamos a casarnos esta noche porque los dos queremos hacer el amor, y eso no ocurrirá
sin que antes hayamos pronunciado los votos ante Dios.
—Se quedó quieto—. ¿Quieres casarte conmigo?

La felicidad burbujeó en el interior de Kristy. Ella sonrió, luego estalló en carcajadas.

—Sí, claro que quiero.

Él apretó los párpados.

—Venga. Hablaremos de los detalles en el camino.

—¿Qué detalles?

Él la empujó para que entrara en el coche.

—Dónde vamos a vivir. Cuántos niños tendremos.
De qué lado de la cama dormiremos cada uno. Ya sabes,
ese tipo de cosas. —Cerró la puerta de golpe, rodeó el
coche y subió—. Además, debo confesarte que la razón
por la que tu coche no arrancó esta mañana fue porque me

colé en tu garaje y desconecté el cable de la batería para que no tuvieras más remedio que venir conmigo. ¡Y no lo siento, así que no pienso disculparme!

Ella no dijo nada, y al cabo de unos minutos estaban ya en la carretera.

Durante los siguientes ciento cincuenta kilómetros, Kristy escuchó con aturdimiento el sermón más extraño de su vida. Ethan siempre había insistido en darles un buen asesoramiento prematrimonial a las parejas que se casaban, y ahora condensó todo lo que sabía en el tiempo que les llevó cruzar la frontera al estado de Kentucky. Habló, habló y siguió hablando.

Kristy sonrió y ladeó la cabeza.

Encontraron un pastor que consintió en casarlos, pero fue Ethan quien dirigió la ceremonia. Fue él quien le dijo que repitiera los votos y quien recitó sus propios votos con una voz profunda que provenía directamente del corazón.

Sin embargo, fue Kristy quien divisó el Holiday Inn en las afueras del Cumberland Falls Resort State Park.

Apenas habían dejado las maletas en el suelo cuando Kristy se lanzó encima de Ethan haciéndole caer sobre el enorme colchón. Parecía tan ansiosa, tan excitada, tan contenta consigo misma, que él se rio.

—¡Te pillé! —dijo ella.

Mientras él intentaba coger aliento, ella le arrancó los botones de la camisa, luego se abalanzó sobre la hebilla del cinturón.

Él buscó los inocentes y hermosos ojos de su novia virgen.

—Si te asusto me lo dices, ¿eh?

—Cállate y quítate los pantalones.

Comenzaron a reírse a carcajadas. Pero no demasiado tiempo. Tenían los labios demasiado ocupados con unos besos ardientes y húmedos. Y ninguno de los dos tuvo paciencia para quitarse la ropa con lentitud. Estuvieron desnudos y metiéndose mano en sólo unos segundos.

—Eres perfecto —suspiró ella sin dejar de acariciarle—. Justo como había imaginado.

Él le cubrió los pechos y le dijo con voz ronca:

—Tú eres incluso más hermosa de lo que me imaginaba.

—Oh, Eth... Eso me gusta.

—Qué me vas a decir a mí...

—Quiero que lo hagas a menudo.

—Recuérdamelo si me olvido.

Ella lanzó un gemido gutural cuando él pasó los pulgares por los pezones.

—Haz eso otra vez. Oh, sí...

—Túmbate, cariño, y deja que te toque.

Ella lo hizo. Las caricias de Ethan se hicieron más íntimas y ella sollozó de placer.

—Oh, Eth, quiero hacerlo todo. —Gimió—. Sí, eso. Y quiero... quiero que me digas cosas. Quiero que me digas guarradas. Y también quiero decírtelas yo. Que me digas frases guarras.

—¡Adelante!

—No se me ocurre nada.

Él le murmuró algo realmente guarro al oído.

Ella abrió mucho los ojos y llegó al clímax bajo su mano.

Y si bien él estaba tan duro que le dolía, se rio porque era la única persona del mundo que conocía su secreto.

Kristy Brown Bonner era una chica fácil.

Ella se había calmado, pero él estaba a punto de explotar. Deseaba hundirse en su interior pero, en el último momento, recordó algo que se le había olvidado comentar en la condensada sesión de asesoramiento prematrimonial. Le acarició el pelo y se fijó en que la mano le temblaba por el esfuerzo de controlarse.

—¿Nos importa que te quedes embarazada?

—Creo que no. —Lo miró inquisitivamente—. ¿Nos importa?

Él tomó la decisión colocándose entre los muslos de Kristy. La besó e imaginó los bebés que tendrían.

—No, definitivamente no nos importa.

Ella estaba tensa, virgen y húmeda. Ethan trató de tomarse su tiempo para entrar en ella, pero Kristy no le dejó.

—Ahora, Eth... por favor, deja de torturarme. Oh, por favor... quiero recordarlo siempre.

Él entró en su hogar y, mientras la poseía por completo, la miró a los ojos, que brillaban con lágrimas de amor.

Con la vista nublada, la profundidad de su amor por esa mujer hizo aparecer en su mente las palabras de la primera pareja.

—Huesos de mis huesos —murmuró—, carne de mi carne...

Ella le acarició las caderas con las palmas de las manos y murmuró en respuesta:

—Huesos de mis huesos. Carne de mi carne...

Sonrieron. Sus lágrimas se mezclaron. Y cuando alcanzaron el clímax, los dos supieron que sólo Dios podía haber creado algo tan perfecto.

22

—No te acerques tanto, Chip.

—¿Qué estás haciendo?

Gabe rechinó los dientes.

—Estoy quitando la barandilla del porche para añadir una terraza.

Era un sábado por la tarde y Gabe se había quedado a cargo de Chip. Era la primera vez que Rachel lo dejaba solo con el niño, pero sabía que no lo hubiera hecho de no haber necesitado hacer un misterioso recado en el pueblo. Gabe sospechaba que era otra excusa para alejarse de él. Desde que le había dicho que se iba, había intentado mantenerse distanciada de él.

Hizo palanca debajo de una junta podrida y la arrancó de golpe. Estaba enfadado con ella. Como no podía tenerlo todo de la manera que ella quería, renunciaba a él. ¡Renunciaba a ellos! Gabe la había considerado una mujer fuerte, pero estaba claro que no era lo suficiente fuerte como para luchar por ellos. En vez de quedarse hasta el final e intentar resolver sus problemas, huía.

—¿Cómo será la terraza?

Miró al niño con impaciencia. Había comenzado a despedazar el porche trasero para desfogarse, pero Chip había abandonado el agujero que estaba cavando en el huerto y se había acercado a incordiar.

—¿Recuerdas donde estuvimos desayunando en casa

de Rosie el sábado pasado? Pues será algo así. Ahora da un paso hacia atrás, o te harás daño.

—¿Por qué lo haces?

—Porque quiero. —No iba a decirle al niño que lo hacía porque no quedaba nada por hacer en el autocine y temía volverse loco.

Estar en la taquilla la noche anterior había estado a punto de destrozarlo. Era el segundo fin de semana que abría las puertas del autocine, y lo odiaba. Podría haber matado el tiempo con Ethan si su hermano no se hubiera ido el día anterior a un congreso en Knoxville, o con Cal si éste no hubiese estado ocupado con su familia, pero a Gabe no le había quedado más remedio que entretenerse construyendo una terraza.

Se había convencido a sí mismo de que sería un bonito lugar para que sus padres y hermanos comieran al aire libre en verano. Legalmente, la casa era de su madre, pero como sus padres estaban todavía en Sudamérica, no podía discutir sus planes con ella. Daba igual, sabía que no le importaría. A nadie le importaba lo que él hiciera, salvo a Rachel. Era la única que criticaba todo lo que hacía.

Y se iría pasado el fin de semana. No sabía cuándo. No se lo había preguntado.

¿Qué coño quería de él? La había ayudado de todas las formas posibles. ¡Incluso se había ofrecido a casarse con ella! ¿Acaso no sabía lo difícil que había sido eso para él?

—¿Puedo ayudarte?

El niño todavía pensaba que quizá su madre cambiaría de idea mientras él siguiera fingiendo ser el mejor amigo de Gabe, pero eso era imposible. Era demasiado testaruda. A Rachel le parecía que todo era muy fácil, creía que él podía volver a ejercer de veterinario porque ella quería. Pero las cosas no funcionaban así. Eso era parte del pasado y no podía volver atrás.

—Quizá dentro de un rato. —Hizo palanca. La vieja madera cedió y los trozos de madera volaron en todas direcciones. Chip dio un salto atrás, pero no lo suficientemente rápido como para que no le alcanzara un trozo.

Gabe arrojó la palanca al suelo.

—¡Te he dicho que no te acercaras tanto!

El niño hizo el inútil gesto de buscar a su conejo de trapo.

—Has asustado a *Piolín*.

Pero no era a *Piolín* a quien había asustado, y los dos lo sabían. Gabe se sintió enfermo. Se obligó a hablar con serenidad.

—Coge ese par de trozos de madera. ¿Por qué no intentas hacer algo con ellos?

—No tengo martillo.

—Pues finge que lo tienes.

—Tú tienes un martillo de verdad. No tienes que fingir.

—Eso es porque... Mira en la caja de herramientas. Allí hay otro martillo. —Gabe se puso a trabajar de nuevo.

—No tengo clavos.

Gabe hizo fuerza con la palanca. La madera crujió cuando arrancó otra tabla del entarimado.

—No puedes usar clavos. Haz como si los tuvieras.

—Tú usas clavos.

Gabe controló su temperamento.

—Yo soy mayor.

—Tú no finges como yo. —El niño golpeó el martillo contra un pedazo pequeño de madera que Gabe había arrancado antes—. Mi madre sigue queriendo irse a Florida.

—Lo sé, pero no puedo impedirlo —le espetó Gabe, ignorando el primer comentario del niño.

Chip comenzó a golpear la madera con el martillo, una y otra vez, sin finalidad alguna, sólo por hacer ruido.

—Tienes que hacerlo. Eres mayor.

—Ya, pero ser mayor no significa que las cosas ocurran como uno quiera. —El golpeteo le estaba crispando los nervios—. Coge la madera y vete a jugar al huerto.

—Quiero quedarme aquí.

—Estás demasiado cerca. Es peligroso.

—No, no lo es.

—Ya me has oído. —Gabe estaba enfadado. Estaba enfadado por no poder controlar las cosas. La muerte de su familia. La huida de Rachel. El odio que tenía al autocine. Y ese niño. Ese niño tranquilo que se interponía en la única paz que Gabe había encontrado desde que había perdido a su mujer y su hijo—. ¡Deja de hacer ese puto ruido!

—¡Has dicho «puto»! —El niño volvió a golpear con el martillo. Pero dio en el borde de la madera y ésta salió volando.

Gabe la vio venir, pero no pudo apartarse con suficiente rapidez y le golpeó en la rodilla.

—¡Por el amor de Dios! —Abalanzándose sobre Chip, lo agarró del brazo y lo puso en pie—. ¡Te he dicho que pares!

En lugar de acobardarse, el niño lo desafió.

—¡Tú quieres que nos vayamos a Florida! ¡Por eso no has fingido! ¡Dijiste que lo harías, pero no lo has hecho! ¡Eres un maldito gilipollas!

Gabe echó el brazo hacia atrás y le dio un azote en el trasero.

Durante unos breves segundos, los dos se quedaron paralizados.

Poco a poco, Gabe se dio cuenta de lo que había hecho. Miró su mano como si no le perteneciera.

—Jesús... —Soltó el brazo del niño. Sintió una opresión en el pecho.

«Adoro tu dulzura, Gabe. Eres el hombre más tierno que conozco.»

Chip arrugó la cara. Le tembló el labio inferior y se apartó como si temiera que volviera a pegarle.

Gabe se arrodilló a su lado.

—Oh, Dios. Chip..., lo siento. Lo siento mucho.

El niño se frotó el codo, aunque no le había dado en él. Ladeó la cabeza y se mordió el tembloroso labio inferior. No miró a Gabe. No miró nada. Sólo intentaba no llorar.

En ese momento, Gabe vio por fin al niño tal como era, y no como un reflejo de Jamie. Vio un niño valiente con los codos nudosos, el cabello oscuro y una boquita temblorosa. Un niñito dócil y reservado al que le gustaba construir cosas. Un niño que no encontraba satisfacción en los juguetes caros ni en los últimos videojuegos, sino observando cómo se fortalecía un gorrión recién nacido, juntando piñas de cipreses, viviendo con su madre en la montaña Heartache y subiéndose a los hombros de un hombre y fingiendo, aunque sólo fuera por un momento, que tenía un padre.

¿Cómo podía haber confundido a Chip y a Jamie alguna vez? Jamie era Jamie, una persona única. Y Chip era este niñito vulnerable al que él había golpeado.

—Chip... —El niño retrocedió un poco—. He perdido el control. Estaba enfadado conmigo mismo y la he tomado contigo. Ha estado mal y me gustaría que me perdonaras.

—Bueno —masculló Chip, sin perdonarle en absoluto, queriendo sólo salir del paso.

Gabe dejó caer la cabeza y clavó los ojos en la tierra, pero veía borroso.

—No había golpeado a nadie desde que era niño.

Cal y él solían meterse con Ethan. No porque Ethan hubiera hecho algo, sino porque creían que no era tan resistente como ellos y habían temido que no supiera defenderse. Ninguno de ellos había pensado que el más débil resultaría ser Gabe.

—Te prometo... —se obligó a decir las palabras— que no volveré a pegarte nunca.

Chip dio otro paso atrás.

—Mi mamá y yo nos vamos a Florida. Ya no tienes que fingir más. —Con un hipido entrecortado, corrió hacia la casa, dejando a Gabe más solo de lo que lo había estado en toda su vida.

Rachel cerró la puerta del apartamento de Kristy y metió las llaves de repuesto en el bolso con los billetes de autobús que Kristy había dejado para ella sobre la mesa de la cocina antes de irse con Ethan a un congreso. Al regresar a la montaña Heartache en el coche, se encontró memorizando cada curva del camino, cada grupo de árboles y cada campo de flores silvestres. Ya era sábado y tenía intención de irse de Salvation el lunes. Quedarse más tiempo era demasiado doloroso.

Si tenía que seguir adelante con su vida, debía esforzarse por ser positiva. Después de todo, no dejaba Salvation con las manos vacías. Edward volvía a estar sano. Kristy era su amiga. Y, durante el resto de su vida, recordaría a un hombre que había sido casi maravilloso.

Gabe la estaba esperando en el porche delantero. Rachel aparcó el Escort en el garaje y, mientras caminaba hacia él, sintió que cada parte de su cuerpo le pesaba como una losa. Ojalá todo hubiera sido diferente.

Él estaba sentado en el escalón superior, con los codos apoyados en las rodillas abiertas y las manos colgando entre ellas. Parecía tan triste como ella.

—Tengo que hablar contigo —dijo él.

—¿De qué?

—De Chip. —Levantó la vista—. Le he pegado.

A Rachel se le subió el corazón a la garganta. Subió rápidamente las escaleras, pero él la alcanzó antes de que llegase a la puerta mosquitera.

—Está bien. Sólo fue un cachete en el trasero. No le he pegado de verdad.

—¿Y crees que eso lo justifica?

—Claro que no. Nada justifica que le pegase. Jamás... nunca había golpeado a un niño. Eso... —Se apartó de ella y se pasó la mano por el pelo—. Dios, Rachel, perdí los nervios y, simplemente, ocurrió. Le he pedido perdón y le he dicho que lo sentía mucho, que él no ha hecho nada malo. Pero no lo entiende. ¿Cómo va a entender algo así?

Rachel clavó los ojos en él. Se había equivocado tanto... A pesar de que todas las señales indicaban lo contrario, había estado segura de que Gabe no le haría daño a Edward. Pero lo había hecho, y eso significaba que ella era la peor madre del mundo por haberlos dejado solos.

Se dio la vuelta y entró en la casa.

—¡Edward!

Apareció en el pasillo de atrás. Parecía pequeño y ansioso. Se obligó a sonreírle.

—Recoge tus cosas, cariño. Pasaremos las próximas noches en casa de Kristy. Incluso buscaré una canguro para que no tengas que venir al autocine esta noche.

Oyó como la puerta mosquitera se cerraba tras ella y supo, por la expresión cautelosa de los ojos de Edward, que había entrado Gabe.

—¿Nos vamos ya a Florida? —preguntó Edward.

—Pronto. Pero no ahora.

Gabe habló detrás de ella.

—Le he contado a tu madre lo que ha sucedido, Chip. Está muy enfadada conmigo.

¿Por qué no se iba? ¿No entendía que nada de lo que dijera mejoraría las cosas? Le tembló la mano cuando tocó la mejilla de Edward.

—Nadie tiene derecho a golpearte.

—Tu madre tiene razón.

Edward la miró.

—Gabe se enfadó conmigo porque estaba haciendo mucho ruido con el martillo, y cuando me dijo que parara no le hice caso. Luego lo llamé con esa palabra. —Edward bajó la voz hasta que fue sólo un susurro—: «Gilipollas.»

En otras circunstancias, eso habría resultado gracioso, pero no ahora.

—Gabe no debería haberte pegado. Pero no está bien que le hayas llamado eso y tienes que pedirle perdón.

Edward se acercó con valentía y le dirigió a Gabe una mirada de resentimiento.

—Perdona que te haya llamado «gilipollas».

Gabe se agachó y lo miró con una franqueza que nunca antes había mostrado. Ahora que era demasiado tarde, por fin podía mirarlo a los ojos.

—Te perdono, Chip. Sólo espero que tú me perdones a mí algún día.

—Ya lo he hecho antes.

—Lo sé. Pero no fue de verdad, y no te culpo.

Edward miró a Rachel.

—Si fuera de verdad, ¿nos iríamos igual a Florida?

—Sí —dijo ella con voz ahogada—. Sí. Nos iríamos igual. Ahora vete a tu habitación y recoge tus cosas.

Edward no discutió más, y ella supo que quería huir de los dos.

En cuanto él desapareció, Gabe se volvió hacia ella.

—Rachel, hoy ha ocurrido algo. Cuando yo..., Chip no derramó ni una lágrima, pero fue como si se desmoronase ante mis ojos. No física, sino mentalmente.

—Si lo que quieres es mejorar las cosas, no lo estás consiguiendo. —No quería mirarlo, así que se dirigió a la cocina, pero él la siguió.

—Sólo quiero que me escuches. No sé si fue la conmoción por lo que había hecho... pero por primera vez lo vi a él. Sólo a él. No a Jamie.

—Gabe, ¿por qué no me dejas sola?

—Rachel...

—Por favor. Te veré en el autocine a las seis.

Él no dijo nada y, finalmente, oyó cómo se marchaba.

Rachel recogió todo lo que Edward y ella poseían y lo cargó en el Escort. Al alejarse de la casa de Annie, se tragó las lágrimas. Esa casita de montaña era todo lo que había soñado, y ahora tenía que dejarla atrás.

A su lado, Edward buscó a tientas a *Caballo* y, al no encontrarlo, se mordisqueó el pulgar.

Rachel llamó a Lisa Scudder desde el apartamento de Kristy para que le diera el nombre de una chica de confianza que pudiera cuidar a Edward. Luego hizo la cena con las sobras que había llevado, aunque estaba demasiado alterada para comer. Tras ponerse un vestido limpio, se despidió de Edward, que estaba viendo la televisión con la canguro.

Rachel habría dado cualquier cosa por no tener que trabajar esa noche. No quería encontrarse a Gabe, no quería pensar en cómo había depositado su confianza en él y la había traicionado, pero lo vio en cuanto entró en el autocine. Estaba de pie en medio del recinto con los puños apretados. La alarmó la tensión de su gesto. Siguió la dirección de su mirada y contuvo la respiración.

Alguien había pintarrajeado la pantalla con pintura negra, como si fuera un mural gigante. Rachel bajó de un brinco del coche.

—¿Qué ha pasado?

Gabe le respondió con voz baja e inexpresiva:

—Alguien entró anoche después de que cerrásemos y destrozó el lugar. La cafetería, los servicios... —Cuando finalmente la miró, tenía los ojos vacíos—. Tengo que salir de aquí. Ya he avisado a Odell y está de camino. Cuéntale cómo hemos encontrado el lugar.

—Pero...

La ignoró y se dirigió hacia la camioneta. Un momento después salía disparado, dejando tras de sí una estela polvorienta.

Ella corrió a la cafetería. Habían destrozado el cerrojo y la puerta estaba parcialmente abierta. Echó un vistazo dentro y vio que habían roto los electrodomésticos y que habían arrojado al suelo los refrescos, el helado derretido y el aceite de la cocina. Corrió a los servicios y encontró un lavabo arrancado parcialmente de la pared. Los rollos de papel higiénico taponaban los inodoros y las tejas del tejado estaban desparramadas por el suelo.

Antes de poder registrar la sala de proyección, llegó Odell Hatcher. Salió del coche patrulla acompañado de otro hombre, el oficial Jake Armstrong, el que había tratado de encerrarla por vagancia.

—¿Dónde está Gabe? —preguntó Odell.

—Se fue de aquí muy enfadado. Estoy segura de que volverá pronto. —Pero no estaba segura de nada—. Me dijo que les enseñara lo que nos encontramos al llegar.

Odell frunció el ceño.

—Debería haber esperado a que llegáramos. No se vaya hasta que la avise, ¿me ha entendido?

—No pensaba hacerlo. Pero tengo que llamar a Kayla Miggs y decirle que no venga. —Tom Bennett vivía más lejos y ya habría salido hacia allí. Era demasiado tarde para llamarle.

Odell se fue a llamar por teléfono. Luego le pidió que lo acompañara a evaluar los daños.

Faltaban los cien dólares para el cambio y la radio que escuchaba Gabe cuando trabajaba, pero Rachel no sabía si faltaba algo más. Mientras observaba los destrozos, recordó la horrible calma de Gabe. ¿Provocaría aquel desastre que él regresara a ese lugar vacío donde estaba antes de que ella llegara a Salvation?

Llegó Tom y, tras ponerle al corriente de lo sucedido, los acompañó a la sala de proyección. Habían arrojado el equipo de sonido al suelo, pero el proyector era demasiado grande, así que el atacante lo había golpeado con algo pesado, posiblemente la silla plegable de metal que estaba tirada en el suelo.

La destrucción era tan absoluta que Rachel se estremeció. Se volvió hacia Odell.

—Tengo que cerrar la entrada antes de que lleguen los clientes. Tom le explicará mejor que yo si falta algo aquí.

Para su alivio, el policía no puso objeción alguna, y ella salió corriendo. Pero cuando bajaba las escaleras exteriores, un Range Rover blanco cruzó la entrada. A Rachel se le cayó el alma a los pies. El hermano mayor de Gabe encabezaba la lista de gente a la que no quería ver en ese momento.

Cal bajó del vehículo de un salto y caminó hacia ella.

—¿Qué ha pasado? ¿Dónde está Gabe? Tim Mercer oyó en la radio de la policía que había problemas aquí.

—Gabe no está. No sé adónde ha ido.

Cal vio la pantalla.

—¿Qué diablos ha ocurrido?

—Alguien destrozó el lugar anoche después de que cerrásemos.

Cal maldijo por lo bajo.

—¿Alguna pista de quién ha podido hacerlo?

Ella negó con la cabeza.

Cal divisó a Odell y se acercó a él. Rachel se dirigió a la taquilla.

Colocó la cadena en la entrada y arrastró el caballete con el letrero de «Cerrado» a su lugar. Lo había rotulado ella misma en color púrpura, igual que la taquilla.

Después entró en la taquilla y clavó los ojos en la carretera. ¿Sólo habían pasado seis semanas desde que llegó a Salvation? Imágenes de lo sucedido durante ese tiempo comenzaron a desfilar por su mente como si se tratara de un vídeo.

Una sombra apareció en la puerta.

—Odell quiere hablar contigo.

Ella salió con rapidez y vio a Jake Armstrong allí; había adoptado un aire todavía más insolente que el día que había tratado de arrestarla. Tuvo un mal presentimiento, pero lo descartó.

—Ya voy.

Jake estaba cerca de la puerta, por lo que se vio obligada a girarse para pasar por su lado sin tocarle. Apenas había dado tres pasos cuando vio que el jefe de policía, Cal y Tom rodeaban el Escort, y que las cinco puertas del coche estaban abiertas.

Lo primero que pensó fue que no tenían ningún derecho a registrarle el coche, luego recordó que el vehículo pertenecía a la esposa de Cal. Aun así, seguía sin gustarle. El desasosiego fue en aumento, y apretó el paso.

—¿Algún problema?

Cal se volvió hacia ella con una expresión fiera en la cara.

—Un gran problema, señora. Supongo que querías vengarte antes de irte del pueblo.

—¿«Vengarme»? ¿De qué hablas?

Odell rodeó el capó del coche. Sostenía en la mano una bolsa arrugada de papel blanco, de las que usaban en la cafetería. Parecía manchada de helado derretido.

—Hemos encontrado los cien dólares del cambio. Estaban en esta bolsa, debajo del asiento de tu coche. —Señaló con la cabeza las cajas del asiento trasero donde estaban sus magras pertenencias—. El pequeño televisor de Tom estaba ahí debajo y también la radio que te faltaba.

El corazón de Rachel golpeó contra sus costillas.

—Pero... no lo entiendo.

Tom parecía herido y confundido.

—Era el televisor que mi esposa me regaló por mi cumpleaños. ¿Recuerdas que te lo dije? Para que viera el béisbol mientras trabajaba.

La comprensión la golpeó. La creían culpable. El pánico le puso la piel de gallina.

—Esperad un minuto. ¡Yo no lo he hecho! ¿Cómo podría hacerlo si ni siquiera...?

—Ya se lo explicarás al juez —espetó Cal, que se volvió hacia Odell—. Ya que Gabe no está aquí, seré yo quien presente los cargos.

Ella se tambaleó y le agarró del brazo.

—Cal, no puedes hacerlo. Yo no he robado nada.

—¿Y por qué están en el Escort?

—No lo sé. Pero adoro este lugar. Nunca podría destruirlo.

Podría haberse ahorrado las palabras. Con una sensación de irrealidad, escuchó cómo Odell le leía sus derechos. Cuando terminó, Cal seguía observándola fijamente con una mirada dura y condenatoria.

—A Jane le caíste bien desde el principio —dijo amargamente—. Y habrías terminado conquistando a Ethan. Él comenzaba a creer que realmente querías a Gabe. Pero lo único que quieres es su cuenta corriente.

Rachel estalló.

—¡Idiota, si hubiera querido su dinero, ya sería mío! Me ha pedido que me case con él.

—Mentirosa... —Cal escupió las palabras—. Así que por eso lo hiciste. El matrimonio era tu objetivo desde el principio. Sabías lo vulnerable que era mi hermano, y tú...

—¡No es ni la mitad de vulnerable de lo que tú piensas! —gritó—. Maldito seas, Cal Bonner, eres...

Soltó una exclamación de dolor cuando Jake Armstrong la agarró por los brazos y se los retorció en la espalda. Antes de que pudiera reaccionar, la había esposado como si fuera una criminal peligrosa.

Cal frunció el ceño. Por un momento, Rachel pensó que iba a decir algo, pero entonces Odell le palmeó la espalda.

—Tengo que reconocértelo, Cal. Jamás se me habría ocurrido mirar en su coche.

Rachel estaba a punto de llorar. Se tragó las lágrimas y miró a Cal.

—Jamás te lo perdonaré.

Por primera vez él pareció vacilar, luego endureció la expresión.

—Has obtenido lo que te mereces. Intenté facilitarte las cosas con ese cheque, pero has sido demasiado avariciosa. Lo anularé el lunes por la mañana.

Jake Armstrong le puso la mano en la cabeza y la empujó al asiento trasero del coche patrulla con más fuerza de la necesaria. Al tener las muñecas esposadas, Rachel se movió con torpeza y tropezó.

—Con cuidado. —Cal la sujetó antes de que se cayera y la ayudó a sentarse en el asiento trasero.

Ella se retorció para evitar que la tocara.

—¡No necesito tu ayuda!

Él la ignoró y se volvió hacia Jake.

—Ten cuidado con ella. Encerradla, pero nada de tratarla mal ni de dejarla caer. ¿Entendido?

—No la perderé de vista —dijo Odell.

Cal se alejó.

«¡Edward!» ¿Qué ocurriría con él? Kristy estaba de viaje y la canguro sólo tenía dieciséis años.

—¡Cal! —Una vez más tenía que tragarse el orgullo por su hijo. Tomó aire entrecortadamente y trató de hablar con serenidad—. Edward está en el apartamento de Kristy. Está con una canguro, pero es demasiado joven para quedarse toda la noche y Kristy se ha ido. —Algo se rompió en su interior y se le llenaron los ojos de lágrimas—. Por favor... estará muy asustado.

Él la miró durante un largo instante y luego asintió con la cabeza.

—Jane y yo cuidaremos de él.

Jake cerró la puerta de golpe y se sentó en el asiento delantero, al lado de Odell. Cuando el coche patrulla se puso en marcha, ella intentó asimilar que la iban a meter en la cárcel.

23

Al anochecer, Cal cogió a Chip como si fuera un saco de patatas y, poniéndoselo bajo el brazo, subió los escalones de la terraza.

—Tío, juegas demasiado bien al fútbol americano. Me has dejado agotado.

Chip se rio cuando Cal le hizo dar un par de botes más. Cal había esperado que jugar con el niño le impidiese pensar en lo sucedido horas antes con su madre, pero no había funcionado.

Levantó la mirada y vio a Jane al otro lado de la puerta corredera con Rosie en brazos. Sintió un golpe en medio del pecho. A veces, ver a las dos personas que más amaba en el mundo lo afectaba de esa extraña manera. En una época de su vida no quiso saber nada de ellas y no se permitía olvidarlo. Recordarlo era toda una lección de humildad.

Rosie se aferraba al atroz conejo de trapo, y comenzó a patalear y a gritar en cuanto vio a Chip. Tras cruzar la puerta corredera, Cal puso al niño en el suelo, le dio a Jane un beso rápido en los labios y tomó a Rosie en brazos.

El bebé le brindó una amplia sonrisa, luego le hizo una ruidosa pedorreta, su último descubrimiento. Él sonrió y se limpió la cara con la camiseta ya húmeda. Sólo entonces se enfrentó a la mirada acusadora de Jane.

Ella arqueó una ceja.

—Sólo he estado fuera quince minutos.

Jane suspiró.

—Pues espera a ver el cuarto de baño.

—¿El papel higiénico otra vez?

—Y la pasta de dientes. Te olvidaste de cerrar el tubo y yo no fui lo suficientemente rápida.

Como si supiera que hablaban de ella, Rosie les brindó otra amplia sonrisa y batió las palmas, llena de deleite. Cal notó entonces que olía a crema dentífrica Crest Tartar Control.

—Rosie ha hecho un montón de travesuras —dijo Chip con la solemnidad de un adulto—. Es incontrolable.

Cal y Jane intercambiaron una mirada divertida.

Rosie pataleó de nuevo y le tendió a Chip los brazos, dejando caer el conejo. Cal la dejó en el suelo y ella se lanzó inmediatamente a las piernas del niño. Él se inclinó y le hizo cosquillas en la barriga, luego miró a Cal frunciendo el ceño con preocupación.

—¿Cuándo vendrá mi madre a buscarme?

Cal metió la mano en el bolsillo de los pantalones, haciendo tintinear las monedas.

—¿Qué te parece dormir aquí, colega?

Jane lo miró con sorpresa, pero él evitó su mirada.

—¿A mi madre no le importa?

—Claro que no. Puedes dormir en la habitación al lado de la de Rosie. ¿Qué te parece?

—Bien. —Pero no dejó de fruncir el ceño—. Si a mi madre le parece bien...

—A tu madre le parece muy bien.

Cal todavía no sabía cómo decirle al niño que su madre estaba en la cárcel. Había esperado que Ethan lo ayudara, pero al llamar al hotel de Knoxville donde tenía previsto alojarse su hermano, el recepcionista le comunicó que no se había registrado. Luego preguntó por Kristy, obteniendo la misma respuesta, así que había tenido que cambiar de planes. Al final, había dejado un mensaje en el contestador de su hermano y esperaba que Ethan se pusiera en contacto con él en cuanto lo oyera.

Aún tenía que contárselo a Jane. Su esposa lo observaba con una de esas miradas que indicaban que sabía que pasaba algo y que sería mejor que se explicara. En un principio, le había hecho creer que Chip había venido a visitar a Rosie antes de dormir.

Cal acarició el pelo del niño.

—Puedes vigilar a Rosie unos minutos, ¿verdad, colega?

—Claro.

La sala tenía una cerradura a prueba de niños, pero Cal no se fiaba, así que llevó a Jane a la cocina. La abrazó y le mordisqueó el cuello. Ella se apretó contra él. Pero seguir distrayéndola sólo posponía lo inevitable.

—Chip pasará aquí la noche —dijo.

—Eso ya lo he oído. ¿Por qué?

—No te enfades, pero... tenemos que encargarnos de él porque Rachel está en la cárcel.

—¡En la cárcel! —Jane levantó la cabeza con tanta rapidez que le dio un golpe en la barbilla—. Dios mío, Cal, tenemos que hacer algo. —Se apartó de él y buscó su bolso—. Ahora mismo voy para allá. No puedo creer que...

—Cariño... —Le acarició el brazo—. Espera un minuto. Rachel ha destrozado el autocine. Tiene que estar en la cárcel.

Jane clavó los ojos en él.

—¿Qué quieres decir?

—Se cargó la cocina, rompió el equipo, pintó la pantalla... Lo ha destrozado todo. Supongo que quería que Gabe se casara con ella y, como no lo ha conseguido, decidió ajustar cuentas con él antes de irse del pueblo.

—Rachel no haría eso.

—Vi el autocine y, créeme, estás equivocada. Odell encontró unos billetes de autobús en su bolso. Es su particular regalo de despedida para Gabe.

Jane se dejó caer en uno de los taburetes, luego alargó

la mano y acarició el antebrazo de Cal. Le gustaba tocarlo. A veces lo acariciaba incluso cuando estaban discutiendo.

—¿No ves que eso no tiene sentido? ¿Por qué iba a hacer algo así? Está enamorada de Gabe.

—Está enamorada de su cuenta corriente.

—Te equivocas. Se preocupa por él. Deberías fijarte en cómo lo mira. Ethan y tú sois tan protectores con Gabe que estáis ciegos con ella.

—La que está ciega eres tú, cariño, o ya te habrías dado cuenta de que es una oportunista.

Intentó hacerle razonar.

—¿Y no te parece extraño que una oportunista haya podido educar a un niño tan bueno?

—En ningún momento he dicho que fuera una mala madre. Las dos cosas no tienen por qué ir juntas.

Él miró a la sala para echarle un vistazo a Rosie y para evitar los ojos de Jane. Ella acababa de meter el dedo en la llaga. No conocía un niño más educado que Edward, y Cal no estaba tan ciego como para no ver cuánto se preocupaba Rachel por él. Recordó la expresión de su cara cuando le había llamado para que cuidara de Chip. En ese momento ella había dejado de luchar y no le había parecido nada peligrosa.

Jane meneó su hermosa e inteligente cabecita.

—Algo no encaja. ¿Cómo sabes que es culpable?

Cal le explicó lo que habían encontrado en el Escort. Mientras lo escuchaba, apareció una expresión afligida en los ojos de su esposa, y el corazón de Cal se endureció de nuevo contra la viuda Snopes. Besó los dedos de Jane. No le gustaba que nadie que no fuera él mismo disgustara a su mujer.

—¿Cómo he podido equivocarme tanto? Gabe debe de estar desolado. A pesar de todo, no puedo creerme que la haya enviado a la cárcel.

Cal y Jane no tenían secretos entre ellos y él sabía que debía contarle lo que había hecho, pero quería esperar a que los niños estuvieran dormidos. Estaba seguro de que discutirían, y sabía por experiencia que la mejor manera de hacer que dejara de estar enfadada era desnudarla tan rápido como fuera posible, algo bastante difícil con un bebé y un niño de cinco años presentes.

—Venga, cariño, vamos a rescatar a Chip antes de que Rosie lo deje agotado.

La cárcel era pequeña, no había celdas separadas para hombres y mujeres y los gritos del borracho que la acompañaba resonaban en las toscas paredes. Rachel caminó de un lado a otro de la reducida celda, intentando dominar el pánico, pero estaba sobrecogida. Tenía miedo por Edward y por ella misma. Y de que Gabe hubiera huido como cuando habían muerto Cherry y Jamie.

Gabe. ¿Por qué no había venido a rescatarla? Seguro que ya había vuelto. No creía que desapareciera sin despedirse de sus hermanos y estaba convencida de que cuando averiguara lo que le había sucedido, la sacaría de la cárcel.

Quizá fuera la noche o la sensación de soledad, pero le costaba creer que todo fuera a salir bien. Las pruebas estaban contra ella y sabía que nadie la creería. No podía explicar cómo esas cosas habían acabado en el Escort.

Si Gabe la amara, todo sería distinto. Sabría desde lo más profundo de su corazón que ella era inocente. Pero no la amaba, y ahora tendría la misma opinión de ella que el resto de los habitantes de Salvation.

Se mordió el labio y pensó en Edward. Al instante, su corazón comenzó a latir a toda velocidad. Ahora que su hijo empezaba a sentirse seguro, todo volvía a derrumbarse a su alrededor. Quería creer que Cal se encargaría de él, pero ya no estaba segura de nada. Las primeras horas incluso había esperado que Jane intercediera por ella, pero eso no había ocurrido.

Intentó contener el miedo y se preguntó cómo había

acabado así. No podía defenderse de Cal Bonner. Tenía dinero, reputación y el respeto de la comunidad. La dejaría pudrirse allí dentro, si consideraba que era lo mejor para su hermano.

Sonó el timbre de la puerta exterior y pegó un brinco al ver entrar a un hombre. Se puso rígida al pensar que sería Jake Armstrong, que estaba de guardia esa noche. Pero el hombre no era Jake, y tardó un momento en reconocer a Russ Scudder.

Tenía un cigarrillo encendido entre los dedos cuando se detuvo delante de la celda. Era casi medianoche, demasiado tarde para que se permitieran visitas en la cárcel, por lo que su presencia le hizo estremecerse.

—Le he pedido a Jake que me dejara entrar. —No la miró a los ojos—. Él y yo... trabajábamos juntos.

—¿Qué quieres? —Se recordó a sí misma que la celda estaba cerrada con llave, pero seguía desconfiando.

—Esto... —Se aclaró la garganta y le dio una calada al cigarrillo—. Sé que estás detenida y que no puedes pagar la fianza, y yo estoy en deuda contigo. Por el cheque que le diste a Lisa para Emily.

—Ya. —¿Cómo le iba a decir que Cal había amenazado con anular el cheque?

—Fue muy amable de tu parte darnos ese dinero.

Ella no sabía ni qué decir ni por qué estaba él allí, así que guardó silencio.

—Emily... está mejor. El número de leucocitos ha disminuido. Nadie se lo esperaba. —Por fin la miró a los ojos—. La madre de Lisa está convencida de que la has curado.

—Yo no he hecho nada.

—Está mejor.

—Me alegro. Pero, desde luego, no tiene nada que ver conmigo.

—Eso es lo que pensé yo al principio. Pero ahora no estoy tan seguro. —Frunció el ceño y le dio una calada al cigarrillo—. Ha sido una mejoría tan rápida que ninguno de los médicos puede explicarlo. Y ella no hace más que decir que cerraste los ojos y que tus manos estaban calientes cuando la tocaste.

—Hacía calor en la habitación.

—Supongo. Pero aun así... —Arrojó el cigarrillo al suelo y lo apagó con el pie— hay algunas cosas que no entiendo. Mi hija... —Se frotó la nariz con el dorso de la mano—. Puede que no sea el mejor padre del mundo, pero la adoro, y tú la has ayudado. —Sacó el paquete de cigarrillos del bolsillo de la camisa y lo miró—. Le he pedido a Jake que me dejara verte para decirte que siento algunas cosas que hice. Quizá pueda llamar a alguien que te pueda ayudar. Tú dime a quién.

—A nadie.

—Si tuviera el dinero... —Volvió a meterse la cajetilla en el bolsillo.

—No te preocupes. No espero que pagues la fianza.

—Si tuviera dinero, lo haría.

—Gracias. Me alegro mucho de que Emily esté bien.

Él asintió rígidamente.

Rachel intuyó que quería decirle algo más porque lo vio vacilar, pero luego se dirigió a la puerta. Se detuvo al llegar al umbral y se volvió hacia ella.

—Hay algo más que quiero decirte. —Se acercó de nuevo a la celda—. No me siento muy orgulloso de algunas cosas que hice.

Le contó que había sido él quien había prendido fuego a la cruz, quien había pintado el grafiti y quien le había destrozado las ruedas y robado la cartera.

—Siempre me cayó bien Dwayne, y me gustaba mi trabajo en el Templo. Nunca he tenido un trabajo mejor y desde entonces no he levantado cabeza. —De nuevo, cogió sus cigarrillos—. Trabajé un par de semanas para Bonner en el autocine, pero luego me despidió. Entonces apareciste tú y cuando vi que te contrataba, recordé un montón de cosas y empecé a sentirme resentido contra ti, y quizá también contra Dwayne. Pero no tengo excusa;

lo que hice no estuvo bien. —Encendió otro cigarrillo y aspiró el humo profundamente.

—¿Has sido tú quien ha destrozado el autocine?

—No. —Russ sacudió enérgicamente la cabeza—. Y no sé quién lo ha hecho.

—¿Por qué me has contado todo esto?

Russ se encogió de hombros.

—Aunque Lisa y Fran no me tienen en buena estima, adoro a mi hija, y no podría vivir tranquilo conmigo mismo si no te lo contara.

Rachel intentó asimilar todo aquello. Si se hubiera sincerado con ella en cualquier otro momento estaría furiosa, pero ahora mismo no le quedaba energía para odiar a Russ Scudder.

—Bueno, pues dicho queda.

Él no parecía esperar el perdón de Rachel, y ella no se lo dio.

Más tarde, sentada en la oscuridad del pequeño catre metálico con las rodillas apretadas contra el pecho, se dejó llevar por la desesperación. A pesar de su maltrecha reputación, a pesar de todas las pruebas, Gabe tenía que creer en ella.

Tenía que hacerlo.

El despertador digital de la mesilla marcaba las 4:28. Cal miró a Jane acurrucada contra él, y supo que era la sensación de culpa lo que le había despertado. Eso y la preocupación por Gabe. ¿Dónde estaba su hermano?

Tras acostar a los niños, Cal había ido en coche a la casa de Annie, incluso lo había buscado en casa de sus padres, pero no halló rastro de él.

Cal aún no le había dicho a Jane que había sido él mismo quien había presentado cargos contra Rachel. Se había puesto una excusa tras otra para posponerlo, principalmente porque odiaba disgustarla. Luego le había hecho el amor y después se habían dormido. Sabía que no estaba bien ocultárselo, y se había resignado a que tendría que contárselo todo en cuanto despertara. No se inventaría más excusas. No más retrasos. Sólo tenía que encontrar la manera de que lo entendiera.

No sería tarea fácil. Jane no tenía familia y no comprendía el fuerte vínculo que compartía con sus hermanos. No conocía lo suficiente a Gabe para saber lo buena persona que era. Pero Cal sí lo sabía. Y protegía a su hermano con el mismo fervor que protegía a todos los que amaba.

Pensó en Rachel, sola en la cárcel, y se preguntó si también estaría despierta, preocupada por su hijo.

¿Por qué Rachel no había pensado en su hijo antes de actuar contra Gabe?

Quería creer que ella había actuado sin pensar, sin considerar el efecto que aquella crueldad tendría en un hombre que por fin había comenzado a vivir de nuevo. Pero eso tampoco la excusaba. Rachel no había visto más allá de sus necesidades y frustraciones, y ahora debía pagar las consecuencias. Seguro de estar haciendo lo correcto, Cal volvió a dormirse.

Una hora más tarde, lo despertó el sonido del timbre de la puerta acompañado de un golpeteo furioso. Jane se incorporó de un salto a su lado.

—¿Qué pasa?

—Espera aquí. —Cal se levantó de la cama. Cogió una bata y metió los brazos en las mangas mientras salía corriendo del dormitorio y bajaba las escaleras. Al llegar a la puerta principal, miró por la mirilla. Se sintió aliviado al ver que era Gabe.

Abrió la puerta de par en par.

—¿Dónde coño te habías metido?

El aspecto de Gabe era horrible: tenía los ojos enrojecidos y cansados, y la barba le cubría las mejillas.

—No encuentro a Rachel.

Cal dio un paso atrás para dejarle entrar.

—¿Y tu llave? ¿Por qué no la has usado?

—La olvidé. Tenía que hablar contigo. —Se pasó la mano por el pelo—. ¿Has visto a Rachel? Iba a quedarse en el apartamento de Kristy, pero allí no hay nadie. Fui a casa de Annie. Está vacía. Cal, no la encuentro por ningún lado. No quiero pensar que se haya ido.

—Cal, ¿qué pasa?

Los dos se volvieron y vieron a Jane bajando las escaleras. Se había puesto un camisón rosa con un dibujo de Campanilla. A Cal le divertía mucho que a una de las mejores físicas del mundo le gustaran los camisones de dibujos animados, pero no ahora. No quería que se metiera en eso.

El desasosiego de Cal aumentó cuando Gabe se acercó rápidamente al pie de las escaleras. Su hermano siempre había sido un hombre tranquilo, de andar pausado y gestos contenidos, pero ahora sus movimientos eran frenéticos.

—No encuentro a Rachel por ningún lado. Cometí la torpeza de dejarla sola en el autocine. No la he visto desde entonces.

Jane pareció confundida.

—Está en la cárcel.

Gabe clavó los ojos en ella.

—¿En la cárcel?

Jane le tocó el brazo con una expresión preocupada.

—No entiendo nada. Cal me ha contado que Rachel destrozó el autocine y que la metiste en la cárcel.

Pasaron unos segundos, luego Gabe y Jane se volvieron hacia Cal con un movimiento tan sincronizado que parecía ensayado.

Cal se movió con inquietud.

—Yo no te dije que hubiera sido Gabe, cariño. Tú supusiste que...

Jane le miraba, furiosa, y Cal se volvió con rapidez hacia Gabe, manteniendo la voz calmada y tranquila mientras hablaba.

—Fue Rachel quien destruyó el autocine, Gabe. Lo

siento. Encontramos el dinero del cambio y otras cosas escondidas en el Escort. Sabía que querrías que Odell se ocupara de todo, así que presenté la denuncia en tu nombre.

La voz de Gabe sonó como si tuviera una lija en la garganta:

—¡¿Has metido a Rachel en la cárcel?!

Cal señaló lo evidente tan suavemente como pudo:

—Ha cometido un delito.

A continuación, Cal saltó por los aires. Chocó de espaldas contra el borde de la fuente de Las Vegas y cayó de culo en el agua.

Gabe observó cómo el agua rebosaba por el borde de la fuente mientras intentaba coger aire. En cuanto respirara con normalidad, mataría a su hermano.

Cal intentó levantarse con la bata flotando a su alrededor.

—¡Se cargó el autocine! ¡Su lugar está en la cárcel!

Gabe perdió el control y salió disparado hacia la fuente, pero antes de que llegara, Jane se interpuso entre ambos hermanos.

—¡Alto! Esto no ayudará a Rachel.

—¡A Rachel! ¡Y una mierda! —exclamó Cal, enjugándose el agua que le chorreaba de los ojos—. ¡Es Gabe el que necesita ayuda!

Gabe pasó junto a Jane y agarró a su hermano por el cuello de la bata.

—¡El autocine es mío, cabrón, no tuyo! ¡No tenías ningún derecho a actuar en mi nombre! —Volvió a empujarlo al agua.

Dios... estaba empapado de sudor. Rachel estaba en la cárcel y, si bien había sido Cal quien la había metido allí, la culpa era suya por haber huido. Porque eso es lo que había hecho. Había huido. Se había comportado como un cobarde en vez de hacerse cargo de lo ocurrido.

Tenía que sacarla de allí. Se volvió hacia la puerta, pero se quedó paralizado al oír unos pasos y una familiar voz infantil en lo alto de las escaleras.

—¿Gabe?

Levantó la mirada y vio a Chip, con la camiseta de Macho Man y unos *boxers* blancos de algodón. Tenía un mechón de punta y las mejillas manchadas de lágrimas.

—¿Gabe? —murmuró—. ¿Dónde está mi madre?

Gabe sintió que se le rompía el corazón, pero esta vez no derramó bilis. Esta vez derramó sangre roja y fresca, llena de amor y vida. Subió las escaleras de dos en dos y tomó al niño en brazos.

—No te preocupes. Voy a buscarla ahora mismo.

Los ojos castaños del niño se clavaron en los suyos.

—Quiero a mi mami.

—Ya lo sé, hijo. Ya lo sé.

Gabe sintió que Chip se estremecía en sus brazos y supo que estaba llorando. Para proteger la privacidad del niño, se lo llevó a la habitación. No había ninguna silla, así que se sentó en la cama y lo acunó en su regazo.

El niño lloraba en silencio, y Gabe lo sostuvo contra su pecho mientras le acariciaba el pelo. Aunque tenía que ir a buscar a Rachel, antes debía solucionar aquello.

—¿Le ha pasado algo malo a mi mami?

—No. Sólo ha habido una gran equivocación. Tu madre está algo asustada, y por eso tengo que ir a buscarla.

—Yo también estoy asustado.

—Ya lo sé, hijo, pero la traeré enseguida.

—¿Se va a morir?

Gabe apretó los labios contra el pelo del niño.

—No, no va a morirse. Está bien. Sólo un poco asustada. Y probablemente muy enfadada. Tu madre puede enfadarse mucho, ya lo sabes.

Chip se acurrucó contra él y Gabe le acarició el brazo. La sensación de tenerlo en su regazo era tan buena que quiso llorar.

—¿Por qué estaba el padre de Rosie sentado en la fuente?

—Es que... resbaló.

—¿Gabe?

—¿Sí?

La suave inspiración del niño rompió el silencio de la habitación.

—Te perdono.

A Gabe se le saltaron las lágrimas. Chip ofrecía su perdón con demasiada facilidad. El niño deseaba tanto tener estabilidad que haría cualquier cosa para obtenerla, incluso perdonarle a Gabe lo que le había hecho.

—No es necesario. Lo que hice estuvo mal. Quizá deberías pensártelo un poco más.

—Vale.

Gabe le acarició la palma de la mano. Chip apoyó la cabeza contra su pecho.

—Ya lo he pensado —murmuró—, y te perdono.

Gabe le besó de nuevo el pelo y parpadeó. Luego se apartó un poco para mirarle a la cara.

—Tengo que ir a buscar a tu madre. Sé que estarás asustado hasta que pueda traerla de vuelta. ¿Te sentirías mejor si duermes al lado de la cuna de Rosie? ¿Quieres que pongamos unas mantas en el suelo de su habitación?

Chip asintió con la cabeza, luego se bajó del regazo de Gabe y cogió su almohada.

—Yo dormía en la habitación de Rosie cuando era un bebé. ¿Lo sabías?

Gabe sonrió y cogió las mantas.

—¿De verdad?

—Sí. Tenemos que ir con cuidado para no despertarla.

—No te preocupes. Tendremos un cuidado especial. —Con las mantas bajo un brazo, tomó a Chip de la mano y salió al pasillo.

—¿Gabe?

—¿Sí?

Chip se detuvo y levantó los ojos hacia él. Tenía una mirada solemne.

—Me gustaría que Jamie también pudiera dormir en la habitación de Rosie.

—A mí también, hijo —dijo Gabe—. A mí también.

Gabe habría destrozado Salvation para sacar a Rachel de la cárcel, pero, por fortuna, el jefe de policía se despertó en cuanto comenzó a golpear la puerta de su casa, así que no fue necesario.

A las siete, Gabe se paseaba por la sala de espera de la comisaría con los ojos clavados en la puerta metálica que llevaba a las celdas. En cuanto tuviera oportunidad, destrozaría a su hermano.

Pero sabía que culpaba a quien no debía. Si se hubiera quedado, nada de aquello habría pasado.

Al dejar el autocine había conducido hasta el límite del condado y había parado en un bar de carretera donde había tomado un café tras otro mientras se enfrentaba a sus demonios. Las horas habían pasado volando y casi había amanecido cuando llegó a la conclusión de que Rachel había tenido razón todo el tiempo. Había usado el Orgullo de Carolina para evadirse. Se había limitado a existir, en vez de vivir. Había sido un cobarde.

Se abrió la puerta y Rachel apareció en el umbral. Ésta se quedó paralizada al verlo.

Tenía la cara pálida, el pelo enredado y el vestido de algodón lleno de arrugas. Los grandes zapatos negros parecían bloques de hormigón bajo sus piernas delgadas, como una carga pesada que le impidiera andar. Pero fueron sus ojos los que abrieron un agujero en el pecho de Gabe. Enormes, tristes e inseguros.

Él atravesó la estancia y la rodeó con los brazos. Ella se estremeció bajo su abrazo, y Gabe recordó que Chip había hecho lo mismo un rato antes. Pero luego desapareció cualquier pensamiento de su cabeza y se aferró a esa dulce, terca y vibrante mujer que lo había arrancado de la tumba.

24

Rachel se hundió contra el pecho de Gabe. Apenas pudo articular palabra al sentir que la rodeaba con los brazos.

—¿Dónde está Edward?

—Con Cal y Jane. —Le acarició el pelo con ternura—. Está bien.

—Cal...

—Chis, ahora no.

Rachel oyó la voz del jefe de policía a sus espaldas.

—Encontramos las pruebas y sabemos que...

—No, no sabéis nada. —Gabe se apartó de ella y fulminó a Odell con la mirada—. Fui yo quien metió esas cosas en el Escort antes de irme.

Rachel se quedó sin aliento. Mentía. Se le veía en la cara.

—¿Tú? —dijo Odell.

—Exacto. Yo. Rachel no lo sabía. —El tono acerado de su voz le decía a Odell que no se atreviera a desmentirlo, y el policía ni siquiera lo intentó. Gabe pasó el brazo por los hombros de Rachel y la condujo hacia la puerta.

Ya había amanecido y, cuando inspiró el aire limpio, Rachel pensó que jamás había olido nada tan maravilloso. Observó que Gabe la conducía hacia un Mercedes aparcado en las plazas reservadas para la policía. Como siempre le había visto conducir la camioneta, tardó un momento en recordar que ese coche era suyo.

—¿Por qué no has cogido la camioneta?

Él le abrió la puerta.

—Quería que estuvieras cómoda.

Ella intentó sonreír, pero le temblaron los labios.

—Venga, entra —le dijo él con suavidad.

Ella lo hizo y poco después recorrían las desiertas calles de Salvation acompañados por el ronroneo del perfecto motor alemán. Al llegar a la carretera, él le puso una mano sobre el muslo.

—Le he prometido a Chip que estarías de vuelta para el desayuno. Puedes esperar en el coche mientras lo recojo.

—¿Lo has visto?

Ella esperaba ver la tensa y distante mirada que siempre aparecía en los ojos de Gabe cuando mencionaba a su hijo, pero únicamente vio preocupación.

—No le he dicho que estabas en la cárcel.

—¿Qué le has dicho?

—Sólo que hubo una equivocación y que tenía que ir a buscarte. Pero es un niño sensible y enseguida se dio cuenta de que algo iba mal.

—Se habrá imaginado lo peor.

—Le hice una cama al lado de la cuna de Rosie para que durmiera allí. Se quedó más tranquilo.

Ella lo miró.

—¿Que tú le has hecho una cama?

Gabe le devolvió la mirada.

—Déjalo por ahora, ¿vale, Rachel?

Quería hacerle más preguntas, pero su mirada de súplica le hizo guardar silencio.

Recorrieron un par de kilómetros sin hablar. Tenía que contarle que Russ Scudder había ido a verla, pero estaba demasiado cansada, y él parecía preocupado. Sin previo aviso, Gabe aparcó el coche en el arcén y bajó la ventanilla del conductor, luego la miró con tanta intensidad que la alarmó.

—Hay algo más que no me has dicho, ¿verdad?

—No —contestó él—. Pero tengo que hacerlo.

—¿Hacer qué?

Él se inclinó hacia delante, agarró la pantorrilla de Rachel y le levantó el pie.

—Sé que lo has pasado mal, Rachel, pero tengo que hacerlo. De lo contrario reviento.

Desconcertada, observó cómo le quitaba un zapato. ¿Quería hacerle el amor ahora? ¿Allí? ¿En medio de la carretera? Ya era de día y, aunque no había tráfico, aquélla no era una carretera aislada.

Le sacó el otro zapato y la besó con suavidad en los labios. A Rachel le encantó aquel beso, aunque era más reconfortante que apasionado, y deseó que continuara besándola de esa manera, pero él se echó hacia atrás, le apartó el pelo de la cara, y la miró con ojos tiernos.

—Sé que soy imbécil. Sé que soy insensible y dominante, y muchas más cosas, pero no puedo soportar que lleves estos zapatos ni un minuto más. —Con un giro de la muñeca, los arrojó por la ventanilla.

—¡Gabe!

Arrancó otra vez el coche y se incorporó a la carretera.

—¿Qué has hecho? —Rachel se revolvió en el asiento y buscó con la mirada sus preciados zapatos—. ¡Son los únicos que tengo!

—Lástima.

—¡Gabe!

Por segunda vez, Gabe le puso su cálida y reconfortante mano en el muslo.

—Silencio, cariño.

Ella se hundió de nuevo en el asiento. Gabe se había vuelto loco. No cabía otra explicación. La destrucción del autocine lo había llevado al límite.

Rachel sentía como si tuviera miga de pan en la cabeza y no podía pensar con claridad. Tendría que hacerlo más tarde, mucho más tarde.

Las verjas eléctricas con las manos orantes se abrieron

delante de ellos. Gabe las atravesó con el coche y aparcó el Mercedes en medio del patio. Rachel se había quedado sin uno de los calcetines cuando le quitó los zapatos y se inclinó para quitarse el otro. Luego abrió la puerta del coche.

Gabe la miró.

—Ya te he dicho que entraría yo a buscarlo.

—Tu hermano no me da miedo.

—Lo sé, pero...

—Voy a entrar contigo.

Rachel subió los escalones con los pies desnudos. No había usado un peine desde la tarde anterior y el vestido de algodón era un mapa de arrugas, pero ella no había hecho nada malo y no iba a esconderse de Cal Bonner.

Gabe se puso a su lado, tan seguro y sólido como siempre. Pero Gabe no estaría con ella siempre. Se quedaría en el pueblo cuando Edward y ella cogieran el autobús al día siguiente.

La puerta de la casa no estaba cerrada con llave. Gabe la abrió y la condujo al interior. Jane debía de estar esperándolos porque salió corriendo de la cocina cuando entraron en el vestíbulo. Llevaba unos vaqueros y una camiseta. Tenía el pelo suelto y no estaba maquillada.

—¡Rachel! ¿Estás bien?

—Estoy bien. Sólo un poco cansada. ¿Se ha levantado ya Edward?

—Rosie acaba de despertarlo. —Tomó las manos de Rachel en las suyas—. Lo siento. No supe lo que Cal había hecho hasta que regresó Gabe.

Rachel asintió con la cabeza sin saber qué responder.

Justo entonces oyeron el chillido agudo de un bebé en lo alto de las escaleras, seguido por la carcajada de un niño. Levantaron la mirada hacia la barandilla a tiempo de ver cómo Cal salía de la habitación infantil con Rosie y *Caballo* bajo un brazo y su hijo bajo el otro. Hizo botar a ambos niños e imitó a un tren, pero se quedó paralizado cuando los vio a los tres en el vestíbulo.

Edward levantó la cabeza y descubrió a su madre. Llevaba los mismos pantalones cortos azul marino que cuando lo había dejado con la canguro el día anterior, pero la camiseta azul que colgaba de sus hombros era de Jane, pues ponía «Los físicos lo hacemos teóricamente».

—¡Mamá!

Rachel quería correr hacia él y abrazarlo hasta que desaparecieran todos sus temores, pero eso sólo lo asustaría más.

—Hola, dormilón.

Cal lo dejó en la alfombra, y él bajó corriendo las escaleras con una mano en el pasamanos y las zapatillas de lona volando por los escalones.

—¡Gabe dijo que estarías aquí para desayunar! —Atravesó corriendo el vestíbulo y se arrojó contra las piernas de su madre—. ¿Sabes qué? Rosie hizo caca en el pañal y olía fatal. Su padre la llamó «Rosa Apestosa».

—¿De verdad?

—Fue muy gracioso.

—Me lo imagino.

Rachel levantó la cabeza y miró a Cal, que bajaba los últimos escalones con su hija metida debajo del brazo. Él le devolvió la mirada con frialdad.

—Hay café recién hecho en la cocina —dijo Jane—. Voy a hacer el desayuno.

Rachel sostuvo la mirada de Cal por un momento, luego tomó la mano de Edward.

—Gracias, Jane, pero tenemos que irnos.

—Pero mamá, el padre de Rosie me dijo que podía tomar cereales Lucky Charms.

—Quizás en otro momento.

—Pero yo quiero tomarlos ahora. ¿Puedo? Por favor... —Ante la mirada atónita de Rachel, Edward se volvió hacia Gabe. Con cautela, bajó la voz y dijo con suavidad—: Por favor, Gabe.

Para sorpresa de Rachel, él alargó la mano y acarició el hombro del niño. Fue una caricia voluntaria y la voz de Gabe contenía una nota de ternura cuando habló.

—Creo que tu madre está muy cansada. ¿Qué te parece si compro una caja de Lucky Charms de camino a casa?

Rachel esperó a que Edward se apartara, pero no lo hizo. En realidad, continuó hablando con Gabe, pero esta vez sin cautela.

—Pero entonces no podré ver cómo Rosie se mancha el pelo de comida. Y va a hacerlo, Gabe. De verdad... no quiero perdérmelo.

Gabe la miró.

—¿Qué te parece, Rachel?

Rachel estaba tan desconcertada por el cambio de actitud entre ellos que no contestó de inmediato, y Jane añadió:

—Sé que estás cansada, Rachel, pero tienes que desayunar de todas formas. Prepararé algo antes de que os marchéis. —Con energía y determinación, la empujó a la cocina.

Los hombres las siguieron, callados y cautelosos. Edward, sin embargo, parecía ignorar la tensión del ambiente. Se movía sin parar entre Rosie, Gabe y Cal, preguntando sobre los Lucky Charms y los hábitos alimenticios de Rosie y contando historias de cuando era más pequeño y un dinosaurio había ido a visitarle a la habitación de Rosie. Los hombres parecían completamente pendientes de sus palabras, evitando de esa manera tener que hablar.

Rachel se disculpó para ir al baño, donde se arregló lo mejor que pudo, pero con los pies desnudos y el viejo vestido arrugado parecía más preparada para viajar a través de Oklahoma con los Joad, la familia protagonista de *Las uvas de la ira*, que para desayunar con los Bonner.

Cuando salió, Jane estaba haciendo tortitas, Edward estaba sentado en un taburete del mostrador con un tazón de cereales y Cal le daba a Rosie, que estaba sentada en una trona, una papilla de cereales. Gabe se mantenía apartado; estaba apoyado contra el mostrador con una taza de color verde oscuro entre las manos.

Jane levantó la vista y observó los pies desnudos de Rachel.

—¿Qué le ha pasado a tus zapatos?

Gabe le lanzó una mirada fulminante a su hermano y respondió antes que Rachel.

—Odell se los confiscó. Se ha pasado la noche con los pies desnudos sobre el sucio suelo de hormigón.

Jane le dirigió a Rachel una mirada horrorizada. Rachel arqueó una ceja y negó imperceptiblemente con la cabeza. ¿Qué le pasaba a Gabe? Era la segunda vez que mentía esa mañana. Parecía que quería hacer sufrir a su hermano. Jane se mordió el labio inferior y se concentró en las tortitas.

Cal se defendió de inmediato.

—Gabe, les dije que tuvieran cuidado con ella. Odell me aseguró que lo harían. —Rosie escogió ese momento para hacer una alegre pedorreta, rociando a su padre con papilla de avena.

Edward empezó a hablar.

—Anoche la madre de Rosie me enseñó su ordenador y vi cómo se movían todos los planetas, me dijo que formaban el... er... —Miró a Jane y una expresión preocupada apareció en su rostro—. He olvidado cómo se llama.

Jane sonrió.

—El sistema solar.

—Ya me acuerdo.

Justo entonces sonó el timbre de la puerta principal, y Cal se levantó de un salto para ir a abrirla. Apenas eran las siete y media de la mañana, demasiado temprano para que tuvieran visita, pero al oír la voz de Cal, Rachel supo de inmediato quién había llegado.

—¿Dónde has estado? —oyó que decía Cal—. ¿No ibas a Knoxville? En el hotel me dijeron que ni siquiera te habías registrado.

—Hubo un cambio de planes.

Cuando escuchó la respuesta de Ethan, Rachel le dirigió a Jane una mirada sombría.

—Otro montañés que viene al rescate de Gabe. Menuda suerte la mía...

Gabe maldijo entre dientes. Dejó la taza de golpe encima del mostrador y se dirigió al vestíbulo, donde Ethan seguía hablando.

—Llegamos... llegué ayer por la noche, pero oí el contestador hace media hora. Kristy salió disparada hacia la cárcel y... ¡Gabe!

¿Qué había estado haciendo tan temprano Kristy con Ethan? Mientras Rachel barajaba todas las posibilidades, Jane la observaba con gesto de preocupación.

—Sé que has sufrido mucho, Rachel, pero gracias a Gabe eso ya se ha terminado.

—Supongo. —Rachel tomó la toallita húmeda que Jane le daba y limpió a Rosie. Mientras los hombres seguían hablando en el vestíbulo, Rachel le dio un beso al bebé y limpió la bandeja con un paño—. Gracias por cuidar de Edward. Estaba muy preocupa por él.

—¿Cómo no ibas a estarlo? Es un niño maravilloso y muy listo. Cal y yo lo adoramos.

Jane llenó una taza de leche y se la ofreció a Rachel, que se sentó en un taburete del mostrador justo cuando entraron los hombres.

—¡Reverendo Ethan! —Edward se bajó de un salto del taburete y comenzó a contarle a Ethan sus últimas aventuras. El reverendo dividió su atención entre responder al niño y dirigirle a Rachel una mirada con la que parecía decirle que no se esperaba aquello de ella.

Rosie empezó a golpear la trona, exigiendo que la bajaran. Mientras Jane hacía más tortitas, Cal puso a su hija en el suelo.

Ella gateó inmediatamente hacia Edward, que pegó un brinco cuando, al intentar ponerse en pie, el bebé le clavó las uñas en la pantorrilla desnuda.

—Rosie, me has hecho daño.

Ella batió las palmas, pero perdió el equilibrio y cayó de culo. Arrugó la cara, pero antes de que rompiera a llorar, Gabe la cogió en brazos. Era la primera vez que Rachel lo veía sosteniendo al bebé y, por la mirada atónita de sus hermanos, supo que no había sido la única en darse cuenta.

Gabe se inclinó y acarició la mejilla de Edward.

—¿Te gustaría ver la tele mientras los mayores desayunan?

—No me gustan los programas para bebés.

Jane abandonó las tortitas y se acercó al mostrador.

—Los abuelos de Rosie le regalaron una película de dibujos animados. Aunque ella es muy pequeña para verla, creo que a ti te gustará.

—Vale.

Jane y Chip se dirigieron a la sala. Gabe recogió a *Caballo* del suelo y se lo ofreció a Rosie. Luego se volvió hacia sus hermanos.

—Ya que los dos estáis aquí, vamos a aclarar unas cuantas cosas. Sé que estás cansada, Rachel, pero esto ha llegado demasiado lejos.

Rachel hubiera preferido huir al cuarto de baño que enfrentarse a ese jurado tan poco imparcial, pero se encogió de hombros.

—Jamás he evitado una pelea, cariño.

Ethan y Cal se pusieron tensos. Ella se felicitó mentalmente. Eran demasiado previsibles.

Gabe la miró con algo de exasperación, luego observó a sus hermanos.

—Bien. A partir de ahora las cosas van a...

Ethan lo interrumpió.

—Antes de que sigas tengo que decirte lo preocupados que estábamos Cal y yo por cómo te afectaría tener una relación con Rachel. —Hizo una pausa—. Aunque reconozco que ayer Cal se pasó tres pueblos.

—¿Eso crees? ¡Pues tú no es que estuvieras precisamente rezando! —replicó Cal.

Gabe explotó:

—¡Ya no tengo diez años, por el amor de Dios! A este paso no podré dormir sin tener que preocuparme por lo que le podáis hacer a Rachel mientras no miro. —Los señaló con el dedo índice—. No os ha hecho nada y la tratáis como si fuera basura. Pues ya estoy harto. ¡Quiero que la dejéis en paz!

Jane había regresado a la cocina y palmeó el brazo de Gabe al pasar por su lado. Luego se acercó a su marido y lo golpeó en el costado.

Cal adelantó la mandíbula.

—No se trata de lo que nos haga a nosotros, y lo sabes. ¡Quien nos preocupa eres tú!

—¡Joder, pues dejad de preocuparos! —gritó Gabe.

Rosie se puso rígida y parpadeó. Gabe respiró hondo y bajó la voz.

—Rachel tiene razón. Sois como un par de gallinas cluecas a mi alrededor, y ya no lo aguanto más.

Ethan dijo:

—Mira, Gabe... tengo experiencia en estas cosas. He aconsejado a mucha gente y entenderás que...

—¡No! Eres tú quien tienes que entender. Si alguno de vosotros vuelve a tratar mal a Rachel, lo lamentará. No quiero ni que le frunzáis el ceño. ¿Ha quedado claro?

Cal se metió las manos en los bolsillos, pareciendo muy incómodo.

—No pensaba contártelo, pero no tengo otra opción. No te gustará nada lo que vas a oír, pero estás tan cegado con ella que tienes que saber la verdad. —Tomó aliento—. Le ofrecí a Rachel veinticinco mil dólares si se iba del pueblo, y los aceptó.

Jane suspiró.

—Oh, Cal...

Gabe miró a Rachel y la estudió en silencio durante unos segundos. Finalmente, arqueó la ceja de manera inquisitiva.

Ella se encogió de hombros, luego asintió con la cabeza.

Él le dirigió una sonrisa.

—Bien por ti.

Cal explotó.

—¡Cómo que bien por ella! ¡La compré!

Ante la voz enojada de su padre, Rosie arrugó la cara. Cal la tomó en brazos y la besó, sin dejar de parecer un nubarrón de verano.

Pero Gabe estaba acostumbrado a su explosivo hermano mayor y no se inmutó.

—Rachel sobrevive como puede. Es una cualidad que me gusta de ella.

Cal no había obtenido la respuesta que quería y, con Rosie bajo el brazo como si fuera un balón de fútbol americano, atacó de nuevo.

—¿Cómo puedes olvidar lo que le hizo al autocine?

Aquello sulfuró todavía más a Gabe.

—Dime una cosa, hermano. ¿Qué me harías si al llegar a casa una noche descubrieras que he metido a Jane en la cárcel?

Jane lo observó con interés mientras Cal enrojecía.

—No es lo mismo. ¡Jane es mi esposa!

—Bueno, la semana pasada le pedí a Rachel que se casara conmigo.

—¿Que hiciste qué?

—Ya me has oído.

Ethan y Cal clavaron los ojos en ella. Unas horas antes, en el autocine, Rachel se lo había dicho a Cal, pero éste no la había creído.

Rosie metió el dedo índice en la boca de su padre. Cal estudió a su hermano y lentamente se sacó el dedo de su hija de la boca.

—¿Vas a casarte con ella?

Por primera vez, Gabe pareció un poco perdido.

—No lo sé. Se lo está pensando.

Esta vez, cuando Cal se volvió hacia ella, parecía más confundido que enfadado.

—Si ya te había pedido que te casaras con él, ¿por qué te cargaste el autocine?

Rachel iba a decirle que no había sido ella, pero Gabe se le adelantó.

—Porque tiene más corazón que cabeza. —Deslizó la mano alrededor de la nuca de Rachel y se la acarició con el pulgar—. Ella sabe que el autocine no es bueno para mí, pero no la he escuchado. Rachel es capaz de jugar sucio cuando alguien le importa, y ésta es su peculiar manera de luchar.

Por un momento, Rachel pensó que Gabe había dicho la tercera mentira del día, pero de inmediato supo que no mentía. Creía de verdad que lo había hecho ella. ¡Desgraciado! Pero mientras ella ardía de indignación, la tierna comprensión que asomaba en los ojos de Gabe la hizo sentirse bien. A pesar de creer que ella hubiera hecho algo así, estaba de su lado.

—¡Gabe! ¡Gabe! —gritó Edward desde la habitación de al lado—. ¡Gabe, tienes que ver esto!

Él vaciló y Rachel creyó que le diría a Edward que esperara, pero para su sorpresa, le lanzó a sus hermanos otra mirada intimidatoria, y dijo:

—Que nadie se mueva. Vuelvo enseguida. —Miró a Jane—. Vigílalos, ¿vale?

—Lo haré lo mejor que pueda.

En cuanto Gabe desapareció en la sala, Rachel se levantó del taburete. Los hermanos Bonner la observaban con expresión de desconcierto. Cuando Cal dejó a Rosie en el suelo, Rachel rebuscó en su interior un rastro de rabia, pero sólo encontró una inquieta y frustrante confusión, y algo de retorcida comprensión. El amor tenía muchas caras y, en ese momento, podía ver dos delante de ella. Debía de ser maravilloso ser protegida por esos hombres, sin importar lo cabezotas que fueran.

Habló con calma.

—La verdad es que no me importa si me creéis o no, pero lo que acaba de decir Gabe no es cierto. No fui yo quien causó los destrozos en el autocine. No quiero decir que no lo hubiera hecho por las razones que él ha dicho, pero la verdad es que ni se me pasó por la cabeza. —Continuó, dispuesta a limpiar su nombre tanto como pudiera—. Y Odell no me confiscó los zapatos. Gabe los tiró por la ventanilla del coche cuando veníamos hacia aquí.

Cuando Cal habló, su voz carecía del acostumbrado antagonismo.

—¿Es cierto que Gabe te pidió que te casaras y tú te lo estás pensando?

—En realidad, decliné su oferta.

Ethan frunció el ceño.

—¿No te vas a casar con él?

—Sabes que no puedo. Gabe es una buena persona. Se preocupa por mí, y por eso quiere protegerme. Supongo que es un rasgo típico de la familia. —Se aclaró la garganta, forzándose a decir las palabras—. Casarse conmigo es la única forma que se le ocurre de mantenerme alejada de los problemas. Pero no me ama.

—¿Y tú le amas? —preguntó Ethan en voz baja.

—Sí. —Rachel asintió con la cabeza e intentó sonreír—. Muchísimo. —Para su consternación, se le llenaron los ojos de lágrimas—. Cree que soy fuerte, pero no lo soy tanto como para pasarme el resto de mi vida anhelando algo que no puedo tener. Por eso no puedo casarme con él.

Notó algo en los dedos de los pies y al bajar la mirada vio que Rosie se había acercado a ellos. Feliz por la distracción, se sentó con las piernas cruzadas en el suelo de mármol negro y se colocó al bebé en el regazo.

Cal gimió y suspiró a la vez.

—Hemos metido la pata hasta el fondo.

—¡¿Cómo que «hemos»?! —replicó Ethan mientras Gabe regresaba a la cocina—. ¡No he sido yo quien la ha sobornado y metido en la cárcel, míster *Millonetis*!

—¡¿Míster *Millonetis*?! —exclamó Cal—. ¡Si tuvieras mi dinero, hubieras hecho lo mismo que yo!

—Niños, niños... —les amonestó Jane. Y luego, sin previo aviso, se tapó la boca con la mano y rompió a reír—. ¡Oh, madre mía! —Todos clavaron los ojos en ella.

—Lo siento. —Logró controlarse sólo para echarse a reír de nuevo.

Cal frunció el ceño.

—¿Qué pasa?

—Es que... oh, cariño... —Tomó un paquete de pañuelos de papel del mostrador y se secó los ojos—. Se me había olvidado por completo. Ayer recibimos una carta la mar de extraña por correo. Iba a preguntarte por ella, pero luego me entretuve con la Condensación de Bose-Einstein, lo de los átomos BEC —agregó, como si eso lo explicara todo—, y después tú trajiste a Chip contigo. No lo he recordado hasta ahora.

Cal la miró con la paciencia de un hombre acostumbrado a vivir con una mujer que perdía la cabeza por cosas como la Condensación de Bose-Einstein.

—¿Qué fue lo que olvidaste?

Jane se rio entre dientes, luego se dirigió al montón de cartas que había en el aparador, al lado de la despensa.

—Esta nota. Es de Lisa Scudder. ¿La recuerdas? Es la madre de Emily, la niña que tiene leucemia. Donamos dinero para su fondo la última vez que vinimos, pero fue hace meses. De ahí mi sorpresa. —Jane comenzó a reírse otra vez. Los tres hermanos Bonner fruncieron el ceño. Estaba claro que no les parecía nada gracioso que una niña tuviera leucemia.

Rachel, sin embargo, empezaba a entender la repentina algarabía de Jane. ¿Por qué Lisa no había esperado como ella le había pedido? Cargó a Rosie y se levantó del suelo.

—Bueno, ya es hora de que lleve a Edward a casa. —Le tendió el bebé a Ethan—. Gabe, si haces el favor de llevarnos...

—¡Siéntate! —ordenó Jane, señalando el suelo.

Rachel aceptó lo inevitable y se sentó.

Rosie emitió un chillido y extendió los brazos hacia ella. Ethan la dejó en el suelo y el bebé regresó al regazo de Rachel, donde se puso a jugar con los botones del vestido. Al mismo tiempo, Jane rompió a reír otra vez y Ethan perdió la paciencia.

—En serio, Jane. Si supieras lo enferma que está esa niña, no te reirías de esa manera.

Jane se calló de inmediato.

—Oh, no es... —Se le escapó otra risita nerviosa y luego estalló en carcajadas de nuevo—. Es sólo que Rachel... Oh, Rachel —dijo tratando de recuperar el aliento—. Cal, ayer recibimos una nota de agradecimiento de Lisa Scudder. ¡Rachel donó tu dinero al Fondo de Emily!

Los tres hombres clavaron los ojos en ella. Cal la miró, furioso.

—¿De qué estás hablando?

—¡De tus veinticinco mil monedas de plata! Rachel no se las quedó. ¡Regaló todo el dinero!

Gabe miró a Rachel. Parecía confundido, como si acabaran de decirle que la tierra era cuadrada.

—¿No te quedaste con nada?

—Cal me cabreó mucho —aclaró Rachel.

—Ya veo.

Rachel rescató su pelo de la boca de Rosie.

—Le pedí a Lisa que enviara la nota después de que me fuera del pueblo. Supongo que se olvidó. —Miró a Cal, que aún tenía la mirada clavada en la nota—. El cheque tiene fecha de mañana. No podrá cobrarlo hasta entonces.

El silencio cayó sobre el grupo. Uno por uno, todos miraron a Cal.

Él levantó la cabeza finalmente y se encogió de hombros. Luego observó a Gabe.

—No sé cómo te las vas a arreglar, hermanito, pero será mejor que encuentres la manera de que no se suba mañana a ese autobús. —Señaló con la cabeza los pies desnudos de Rachel—. Ése es un buen comienzo.

—Me alegro de que lo apruebes por fin —dijo Gabe secamente.

Cal se volvió hacia la sala.

—¡Oye, Chip! ¿Puedes venir un minuto?

Rachel se levantó de un salto con Rosie en brazos.

—Cal Bonner, te lo juro, si le dices algo a mi hijo...

Edward apareció en la puerta.

—¿Sí?

Rosie eligió ese momento para estamparle a Rachel un beso lleno de babas en la barbilla. Rachel fulminó a Cal con la mirada mientras le daba una palmadita a Rosie en el pañal.

—Gracias, cariño.

Cal acarició el pelo de Edward.

—Chip, Gabe y tu madre tienen que aclarar algunas cosas. No te preocupes, no es nada malo. Pero tienen que hacerlo a solas. ¿Qué te parecería quedarte aquí un poco más? Podemos jugar al fútbol, y apuesto que a tía Jane le encantará enseñarte más cosas de los planetas en el ordenador.

«¿Tía Jane?» Rachel arqueó las cejas con rapidez.

—De veras, no creo que...

—¡Buena idea! —exclamó Ethan—. ¿Qué opinas, Chip?

—¿Puedo, mamá?

Sólo Rachel oyó el suave susurro de Gabe.

—Como digas que no, mi hermanito se enfadará.

No quería estar a solas con Gabe y su sentido del honor de Boy Scout. Ella quería un amor de verdad, no un hombre que se sacrificara por ella. Y después de haber amado a la cariñosa Cherry Bonner, ¿cómo podría Gabe querer a alguien tan imperfecto como ella? Intentaba evitar una larga despedida, pero la estaban empujando a ello.

Recorrió la habitación con la mirada, buscando un aliado, pero la única que la había apoyado hasta entonces ya no lo hacía. Parecía haber regresado a su mundo de partículas subatómicas. El bebé que tenía en brazos era adorable, pero no podía ayudarla en esa situación. Su hijo había sido abducido por los ordenadores y el fútbol. Miró a los hermanos Bonner.

Su mirada voló de la cara de Cal a la de Ethan y viceversa. Lo que vio en sus expresiones hizo que se le encogiera el estómago. Había sido desagradable que esos hombres la consideraran enemiga de Gabe, pero ahora habían decidido que a su hermano le convenía estar con ella. Se estremeció al pensar adónde pretendían llegar.

—Tu madre está de acuerdo —dijo Ethan.

—No le importa si te quedas aquí —añadió Cal.

Sólo Gabe tomó en consideración sus deseos.

—No te importa, ¿verdad?

No podía negarse sin parecer un ogro, así que asintió con la cabeza.

—¡Genial! —gritó Chip—. Rosie, ¿has oído? ¡Voy a quedarme contigo un poco más!

Rosie lo celebró palmeando las mejillas de Rachel con sus manitas mojadas.

Gabe la arrastró a la puerta. Fue entonces cuando finalmente Jane llegó en su auxilio.

—Rachel, ¿quieres que te preste unos zapatos? Tengo unas sandalias que...

—No las va a necesitar —dijo Gabe.

Llegaron a la puerta principal, y Cal salió disparado hacia ellos.

—¿Rachel?

Ella se puso rígida, dispuesta a tirarle a la cara todas sus disculpas.

Pero él no se disculpó, se limitó a dirigirle una sonrisa tan arrebatadora que Rachel pudo entender, por fin, cómo una mujer tan brillante como Jane se había enamorado de alguien tan cabezota.

—Sé que me odias y que tardaré toda una vida en lograr que me perdones, pero... —se rascó la barbilla—, por favor, ¿podrías devolverme a Rosie?

25

Gabe cerró el grifo de la ducha de casa de Annie, agarró una toalla y se secó con rapidez. No dejaría que Rachel se fuera. Costara lo que costase, conseguiría meter algo de sentido común en esa terca y dulce cabecita. Su vida dependía de ello.

Envolviéndose la toalla en las caderas, salió al pasillo.

—¿Rachel?

No obtuvo respuesta. Fue presa del pánico. Rachel le había sugerido que se duchara antes que ella. ¿Y si sólo había querido deshacerse de él, recoger a Chip y abandonar el pueblo? Recorrió el pasillo, asomó la cabeza en el dormitorio de Chip y en el suyo, luego en el de ella.

Rachel no se había ido a ninguna parte, se había quedado dormida encima de la cama. El vestido arrugado se le había enrollado en las piernas, dejando al descubierto sus pies sucios.

Hundió los hombros, aliviado. Sonrió, se vistió y pasó gran parte del día observando cómo dormía. Era lo más bonito que hubiera visto nunca.

Tres horas más tarde, Rachel se despertó, pero él no estaba allí porque había salido a echarle un vistazo a *Piolín*. Aquello fue una suerte.

—¡Rachel, despierta! ¡Te necesito!

—Deberíamos haberles dicho que nos hemos C-A-S-A-D-O. —Kristy deletreó la palabra mientras observaba a su reciente marido en el interior del Range Rover de Jane—. Pero ya eran demasiadas novedades juntas. Aún no puedo creer que Cal metiera a Rachel en la cárcel.

—Pues yo no puedo creer que nos hayamos ofrecido para ser los canguros de estos dos diablillos cuando hace sólo un día que estamos C-A-S-A-D-O-S.

Ethan miró a Rosie y a Chip por el retrovisor. Chip se rascaba una costra del codo y Rosie mordisqueaba, feliz, la pata de *Caballo*. Habían pedido prestado el Range Rover porque ya estaba instalada en él la silla de Rosie. En ese momento los dos niños estaban cubiertos de arena tras haber pasado la tarde en el parque.

—Cal y Jane los han tenido toda la mañana —señaló Kristy—. Nosotros sólo los hemos tenido una tarde.

Tomaron el sendero que conducía a la montaña Heartache.

—Por el amor de Dios, estamos de luna de miel. Deberíamos estar haciendo nuestro propio bebé.

Kristy sonrió.

—Me encantaría. Pero Cal y Jane necesitaban un descanso. Hoy ha sido un día duro.

—Hablando de cosas duras...

—¡Ethan Bonner!

—No intentes hacerte la estrecha conmigo, señora Bonner. He visto tu verdadero yo.

—¿Quieres volver a verlo?

Él estalló en carcajadas.

—¿Por qué llamas a Kristy señora Bonner? —preguntó Chip desde el asiento de atrás.

Ethan y Kristy intercambiaron una mirada culpable, luego Ethan se reclinó en el asiento sin dejar de mirar la carretera.

—Me alegro de que hagas esa pregunta, Chip. De hecho, vas a ser el primero en saber que... Kristy y yo nos casamos ayer.

—¿Os habéis casado?

—Sí.

—Pues genial. ¿Sabías que hay planetas por todo el universo? ¿Y que algunos de ellos tienen millones de años?

Eso por hablarle de matrimonio a un niño de cinco años.

Kristy soltó otra risita tonta. Ethan le sonrió con el corazón rebosando de amor. ¿Cómo podía haber estado ciego durante tanto tiempo?

Tomaron la curva que conducía a la casa de Annie, y los dos lo vieron de inmediato. Kristy soltó un grito ahogado.

—¡El garaje está ardiendo!

Ethan apretó el acelerador y el Range Rover salió disparado. Una lluvia de grava voló por todos lados cuando frenó en seco. Kristy abrió la puerta de golpe y salió de un salto.

Ethan puso el freno de mano y le dirigió a Chip una rápida mirada de advertencia.

—¡Ni se te ocurra moverte de aquí!

Asustado, Chip asintió con la cabeza y Ethan salió del coche a tiempo de ver aparecer a Gabe y Rachel por detrás de la casa. Mientras Gabe corría hacia la manguera, Rachel se abalanzó sobre el grifo exterior y lo abrió.

Kristy se dirigió a la casa. Ethan la siguió al interior para coger algunas alfombras pequeñas. Luego salieron rápidamente con ellas.

Cuando Gabe los vio llegar, le pasó la manguera a Rachel.

—¡Mantén el perímetro mojado! —Ethan supo que a Gabe le preocupaba más que el fuego se extendiera a la casa que salvar el viejo garaje.

Gabe agarró una de las alfombras que Ethan llevaba.

—Ve por detrás. Yo me ocuparé de la fachada.

Se separaron, y empezaron a sacudir las alfombras sobre las llamas más pequeñas. Ethan habría sido más eficaz si hubiera estado solo, pero no hacía más que mirar a su alrededor para asegurarse de que Kristy no se acercaba demasiado a las llamas.

Por fortuna, la tierra estaba húmeda por la lluvia caída la madrugada del sábado y pronto controlaron el fuego. Del garaje sólo quedó un montón de escombros humeantes, pero la casa estaba intacta.

Kristy cerró el grifo y Rachel dejó caer la alfombra. Ethan se acercó a ellas.

—¿Qué ha sucedido?

Rachel se retiró un mechón de pelo de la cara con el antebrazo.

—No lo sé. Estaba durmiendo. Luego Gabe me llamó desde fuera y vi las llamas.

—Estás mojada —dijo Kristy.

También estaba manchada de barro, y tenía el vestido tan arrugado que parecía que le hubiera pasado un camión por encima.

—Mira lo que he encontrado entre esos arbustos. —Gabe apareció con el bidón rojo de gasolina que siempre había estado en el garaje.

—¿No pudo ser provocado de otra forma? —preguntó Ethan.

Gabe negó con la cabeza y arrojó el bidón al suelo con disgusto.

—No me importa tener que vigilar la casa las veinticuatro horas del día. Voy a llegar al fondo de esto.

Rachel apretó la mano de Kristy y dijo:

—Ha sido una suerte que os pasarais por aquí. Habría sido mucho más difícil si no hubiera sido por vosotros.

—Hemos venido a traer a Chip. Y además, tenemos algo que deciros. —Kristy intercambió una sonrisa cómplice con Ethan, y luego agrandó los ojos—. Ethan, nos hemos olvidado de ellos. Los niños están en el coche.

—¿Los niños? —Rachel se dirigió hacia la casa.

—También hemos traído a Rosie —aclaró Ethan mientras las seguía—. Cal y Jane necesitaban un descanso.

—¿Qué tenéis que decirnos? —preguntó Rachel.

Ethan sonrió.

—Será mejor que sea Chip quien os dé la noticia.

Rodearon la casa. Kristy contuvo la respiración y todos se quedaron paralizados.

El Range Rover no estaba. Y no había señal de los niños.

Bobby Dennis no conseguía coger suficiente aire. Abría la boca y trataba de aspirar más, pero era como si se le hubieran encogido los pulmones. Los dos niños de la parte trasera lloraban y el crío no dejaba de gritarle.

—¡Déjanos bajar ahora mismo, o Gabe te disparará con su pistola! ¡Lo digo en serio! ¡Tiene un millón de armas! ¡Te disparará y luego te clavará un cuchillo!

Bobby ya no lo aguantaba más.

—¡Cállate o conseguirás que nos estrellemos!

El niño se calló, aunque el bebé continuó llorando. Bobby quería aparcar el vehículo en el arcén y huir de ellos, pero no podía porque había abandonado el Chevrolet Lumina. Lo había dejado en la carretera que subía a la montaña Heartache.

Bobby había estado tan concentrado en sí mismo que no había visto a los niños en el asiento trasero cuando lo robó. De haberlo hecho, no hubiera cedido a la tentación de mangar el Range Rover.

¿Cómo se le había escapado todo de las manos? Era culpa de Rachel Snopes. Si no hubiera sido por el Templo, sus padres no se habrían divorciado. El Templo era la razón de que su madre se hubiera vuelto tan religiosa que hasta había ahuyentado a su padre.

Bobby todavía recordaba cómo eran aquellas reuniones a las que su madre lo llevaba para que oyera predicar a G. Dwayne Snopes; recordaba a la bruja de la esposa del predicador sentada en primera fila, absorbiendo cada palabra.

Dwayne estaba muerto, y no podía vengarse de él,

pero ahora, después de tantos años, había tenido la oportunidad de vengarse de su esposa.

Pero nada había salido bien.

Aunque había estado borracho, sabía que no debería haberse cargado el autocine. Pero cuando fue a comprar un bocadillo en la cafetería, ella parecía tan dichosa que no había tenido más remedio que hacer algo. No era justo que ella fuera tan feliz cuando su madre no era más que una bruja que le amargaba la existencia y su padre pasaba olímpicamente de él.

Joey, Dave y él habían bebido un montón de cerveza Mountain Dew y de vodka durante la segunda película. Después, Bobby quiso continuar la fiesta en casa de alguno de ellos, pero Joey y Dave le dijeron que estaban cansados. «Qué par de colgados...» Bobby se había despedido de ellos, había bebido más vodka y luego había regresado al autocine. Ya no quedaba nadie, se había colado en el interior del recinto y había destrozado todo lo que se le había puesto por delante.

Fue el sábado por la tarde cuando se puso a pensar en lo que había robado y temió que su madre o cualquier otra persona lo encontrara. Entonces había visto el asqueroso Escort de Rachel aparcado delante de los nuevos apartamentos.

La calle estaba desierta y, sin que nadie le viera, había escondido los artículos robados bajo las cajas y el asiento delantero. Esa misma noche se enteró de que la habían arrestado y encerrado en la cárcel. Se había felicitado por su sagacidad hasta que oyó que la habían soltado de inmediato.

Observó que se estaba acercando demasiado al coche de delante y se pasó al carril izquierdo para adelantarlo.

Entonces vio la camioneta que venía en dirección a él.

La adrenalina inundó las venas de Bobby. Oyó el claxon del otro vehículo y, en el último momento, la camioneta se salió de la carretera y cayó en la cuneta.

—¡Vas muy rápido! —gritó el niño desde el asiento de atrás.

Bobby se limpió el sudor que le caía en los ojos con la manga de la camiseta.

—¡Te he dicho que te calles!

Ojalá su madre no hubiera encontrado la marihuana en su armario esa mañana. Entonces no lo habría echado de casa. Le había dicho que no se le ocurriera volver por allí, pero él no la había creído hasta que un par de horas más tarde, vio la furgoneta del cerrajero delante de su casa. El vehículo tenía un letrero que anunciaba «Servicio las 24 horas».

Se sintió perdido. Sabía que su padre vivía en Jacksonville y decidió irse con él, pero no tenía la certeza de si lo aceptaría.

Se había bebido un par de cervezas, había fumado un par de porros y al dar una vuelta en el Chevrolet, había visto la carretera que llevaba a la montaña Heartache. No era capaz de olvidar que Rachel ya no estaba en la cárcel y que, seguramente, hasta era feliz. Fue entonces cuando ocultó el Lumina entre los árboles y subió la montaña a través del bosque.

Supuso que Gabe y Rachel estarían limpiando el autocine, y decidió quemar la casa mientras no estaban. Pero justo cuando sacaba el bidón de gasolina del garaje, había visto salir a Gabe al porche trasero de la casa. Bobby estaba loco, pero no tanto como para quemar una casa llena de gente, así que vertió la gasolina en el garaje.

Después de prender el fuego, había observado las llamas durante un minuto y luego se volvió para emprender el camino de vuelta por el bosque hacia el Lumina cuando vio al Range Rover que subía por la carretera. Sabía que podía conseguir más de sesenta mil dólares por un coche como aquél.

Después de que el reverendo Ethan y Kristy Brown se bajaran de un salto del vehículo, se había subido en él y se había largado. No había oído nada hasta mucho después de llegar a la carretera principal. Pero ahora aquellos mocosos no hacían más que montar bulla.

—¡Si nos dejas salir del coche, no le diré a Gabe lo que has hecho!

Bobby pisó el acelerador.

—¡Vale, os dejaré bajar! Pero luego. Cuando estemos un poco más lejos.

—¡Ahora! ¡Tienes que dejarnos salir ahora! ¡Estás asustando a Rosie!

—Cállate de una vez.

Tomó la curva demasiado rápido. Oyó su propio grito y luego pisó el freno.

El niño también gritó en la parte trasera.

El coche comenzó a dar bandazos de un lado para otro, y a Bobby se le apareció la cara de su madre antes de perder el control.

«¡Mamá!»

Rachel no podía dejar de gemir. «Por favor, oh Dios mío. Por favor... Por favor...»

Gabe apretaba el volante del Mercedes con tanta fuerza que tenía los nudillos blancos y, a pesar de lo bronceado que estaba, se le veía pálido. Sabía que pensaba lo mismo que ella. ¿Y si habían tomado la dirección equivocada?

Rachel se dijo que la policía encontraría a los niños si no lo hacían ellos. Kristy y Ethan se habían quedado en la casa para contar lo ocurrido y, mientras, ellos dos habían seguido las marcas de frenazos en la carretera. Aún no habían encontrado nada... y ya habían recorrido veinte kilómetros. ¿Y si se habían equivocado en algún desvío? ¿Y si el bastardo que había robado el coche se había metido por una carretera secundaria?

No quería ni pensarlo. De lo contrario, comenzaría a gritar.

Gabe aspiró, sobresaltado.

—Ahí está el coche.

Entonces ella lo vio.

—Oh, Dios mío...

El Range Rover estaba volcado en la cuneta de la derecha. Todos los vehículos habían parado; la gente se apelotonaba alrededor. Había dos coches patrulla y una ambulancia.

«Oh, Dios mío... Por favor...»

Gabe hizo derrapar el Mercedes y la grava crujió bajo los neumáticos al frenar en seco. Saltó del coche y ella lo siguió. La grava se le metió en las sandalias que Kristy le había prestado. Oyó que Gabe gritaba al agente de policía que estaba parado junto a la ambulancia.

—¡Los niños! ¿Están bien los niños?

—¿Quién es usted?

—Yo..., soy el padre del chico.

El oficial señaló la camilla con la cabeza.

—Lo están estabilizando.

Rachel se acercó a la camilla detrás de Gabe. Pero no era Edward quien estaba allí, sino Bobby Dennis.

Sin decir palabra, Gabe se dirigió al Range Rover y se agachó para mirar por una de las puertas abiertas. Se enderezó al momento.

—Había dos niños pequeños con él. Un niño de cinco años y un bebé.

El oficial se alarmó de inmediato.

—¿Quiere decir que ese chico no era el único que viajaba en el vehículo?

Gabe le dio una rápida explicación mientras ella corría para examinar el Range Rover. El cinturón de la silla de Rosie estaba suelto. Rachel miró frenéticamente a su alrededor y vio un zapatito blanco de bebé en los arbustos, a unos metros del coche.

—¡Gabe!

Él se acercó a ella.

—¡Mira! —gritó—. Un zapato de Rosie. —Miró en dirección al sol poniente y vio un diminuto calcetín rosa colgando en los arbustos, cerca de la línea de árboles que marcaba el límite de un área densamente arbolada.

Gabe había visto el calcetín al mismo tiempo que ella.

—Vamos.

Sin esperar a nadie, se dirigieron al bosque. El vestido de Rachel se le enganchaba en los arbustos espinosos, pero ella no lo notó.

—¡Edward!

La voz de Gabe resonó en el bosque.

—¡Chip! ¡Grita si nos puedes oír!

No obtuvieron respuesta, y se internaron aún más entre los árboles. Las piernas de Gabe eran más largas que las de ella y no tardó en dejarla atrás.

—¡Chip! ¿Puedes oírme?

A Rachel se le enganchó la manga en una rama y tiró bruscamente para liberarla. Luego levantó la mirada al ver que Gabe se paraba en seco.

—¿Chip? ¿Eres tú?

—Oh, Dios mío... —Ella se quedó inmóvil y escuchó.

—¿Gabe? —La vocecita, dolorosamente familiar, provenía de la izquierda.

Gabe se adelantó gritando su nombre. Ella lo siguió con el corazón desbocado.

El terreno se inclinaba bruscamente y Rachel resbaló, aunque enseguida recuperó el equilibrio. Gabe había desaparecido de su vista. Rachel siguió el camino que él había tomado, atravesó un matorral y salió a un claro por donde discurría un pequeño riachuelo.

Entonces vio a los dos niños.

Edward estaba recostado contra el tronco de un viejo eucalipto negro a unos treinta pasos y sostenía a Rosie en su regazo.

—¡Chip!

Los pies de Gabe resonaron en la tierra cuando atravesó el claro hacia los niños. Rosie guardaba silencio, pero tan pronto lo vio, comenzó a gritar. Los dos niños estaban sucios y tenían rastros de lágrimas en las mejillas.

A Edward se le había roto la camiseta y tenía un arañazo en la rodilla. Además, le faltaba un zapato y un calcetín; Rosie tenía una mancha de grasa en su mejilla sonrosada. Gabe se puso de rodillas, tomó a su sobrina con un brazo y rodeó a Edward con el otro.

—¡Gabe! —El niño se abrazó a él.

Un sollozo desgarró la garganta de Rachel mientras se acercaba.

Gabe le pasó a Rosie y apretó a Edward contra su pecho. Después se apartó un poco y lo miró a los ojos.

—¿Estáis bien? ¿Te duele algo?

—Los oídos.

De inmediato, Gabe volvió la cabeza de Edward para examinarle las orejas.

—¿Te duelen los oídos?

—Rosie gritó muy fuerte y me hizo daño en el oído.

Gabe se relajó visiblemente.

—¿Eso es todo? ¿No te duele nada más?

Chip negó con la cabeza.

—Estaba muy asustado. Era un chico muy malo. —Comenzó a llorar.

Gabe le dio un abrazo rápido, se lo pasó a Rachel y levantó a Rosie para examinarla también.

Edward se estremecía entre los brazos de su madre cuando habló contra su estómago.

—Mamá, estaba muy asustado. El coche volcó y tenía miedo de que el chico malo se despertara y quisiera llevarnos con él otra vez, así que saqué a Rosie de su asiento y la cogí en brazos, pero pesaba mucho y no hacía más que gritar porque también estaba asustada. Al final se calló.

Rachel le dijo entre lágrimas:

—Has sido muy valiente.

Gabe, mientras tanto, examinó a Rosie. Rachel lo miró y él asintió con la cabeza.

—Parecen estar bien. Los llevaremos a urgencias, pero creo que están bien los dos. Debemos darle gracias a Dios de que tuvieran los cinturones puestos cuando el coche volcó.

«Gracias, Dios mío. Gracias.»

Rosie apoyó la cabeza en el hombro de su tío y se metió el pulgar en la boca. Se lo chupó entre hipidos.

Edward extendió la mano y le acarició la pierna.

—¿Lo ves, Rosie? Ya te dije que nos encontrarían.

Rachel envolvió a su hijo con el brazo y atravesaron el bosque hacia la carretera, pero no se habían alejado más que unos metros cuando Rosie volvió a chillar.

Edward dio un brinco.

—¿Lo ves, mamá? Ya te dije que podía gritar muy alto.

Gabe frotó la espalda del bebé.

—Tranquila, cariño.

Pero Rosie se negaba a guardar silencio. Se retorcía, estiraba los brazos y gritaba.

Rachel siguió la dirección de la mirada del bebé hasta la base del árbol donde habían encontrado a los niños. Rosie quería el conejo de trapo.

—Ya lo recojo yo.

Se acercó al árbol y se sorprendió al ver que la costura trasera del peluche se había descosido y que se había desparramado el relleno.

Y brillaba, el relleno brillaba.

Gabe lo vio al mismo tiempo que ella. Con Rosie en brazos, se acercó corriendo al árbol y clavó los ojos en el pequeño montón de piedras brillantes. La mayoría había caído sobre el terreno, otras relucían sobre la manchada tela del conejo.

Gabe soltó un silbido.

—¡Diamantes!

Rachel miró con distante frialdad las piedras brillantes. Dwayne las había escondido en el relleno del conejo de Edward. Le había pedido el cofre Kennedy y la Biblia sólo para despistarla, para que no sospechara la verdad. Cuando le había suplicado que le llevara el niño al avión, no fue para despedirse de él, sino porque sabía que Edward no dejaría a *Caballo* en casa. Dwayne sólo quería los diamantes, no a su hijo.

En ese momento, Rachel decidió que G. Dwayne Snopes no era el padre de Edward.

Gabe la tomó de la mano.

—Rachel, parece que al final sí has encontrado tu tesoro.

Ella rozó una de las piedras con el dedo gordo del pie que sobresalía de la sandalia y supo que Gabe se equivocaba. Aquellos diamantes no eran su tesoro. El verdadero tesoro era el hombre que estaba delante de ella, pero no podía reclamarlo.

26

Rachel no pudo ducharse hasta casi las diez de la noche, después de que Edward, finalmente, se quedara dormido. Cerró el grifo y, mientras se secaba, rezó para agradecer que Edward y Rosie estuvieran bien.

Tras rescatar a los niños habían hecho muchas cosas. Primero, Cal había guardado los diamantes en la vieja caja fuerte de Dwayne; después habían acudido a la policía. Bobby Dennis estaba en el hospital y Rachel había hablado con Carol. La madre de Bobby se sentía muy mal y necesitaba que la perdonaran. Rachel lo hizo al instante.

Pero ahora no quería pensar en Bobby y se concentró en desenredarse el pelo mojado con el peine de Gabe. No tenía prisa. En ese momento, Gabe y su hiperdesarrollada conciencia estaban esperándola fuera. Sabía que míster Boy Scout estaba dispuesto a hacer lo más honorable. Se le enganchó el peine en un rizo y tiró de él.

Si Rachel se hubiera salido con la suya, Edward y ella se habrían ido a pasar la noche al apartamento de Kristy, pero Edward y Gabe se habían negado en redondo a separarse.

No entendía cómo o por qué la relación entre ellos había cambiado de un modo tan radical. Era irónico. Lo que una vez había considerado un problema insalvable en su relación con Gabe había desaparecido, pero seguía existiendo una barrera igual de grande. Gabe no la amaba y ella no podía vivir bajo la sombra de Cherry. Estiró el brazo para coger la ropa limpia que Ethan y Kristy le habían traído del apartamento, pero no la encontró. Envolviéndose en una toalla, abrió la puerta y asomó la cabeza.

—Gabe, ¿dónde está mi ropa?

Silencio.

No quería salir desnuda del cuarto de baño.

—¿Gabe?

—Estoy en la sala.

—¿Dónde está mi ropa?

—La he quemado.

—¿Que has hecho qué? —Rachel salió rápidamente al pasillo. Pero como ya se sentía demasiado vulnerable decidió no enfrentarse a Gabe sólo con una toalla encima, así que tomó una camisa limpia del dormitorio de Gabe. Tras abrochársela con rapidez, fue a la sala.

Él parecía más cómodo que nunca. Estaba repantigado en uno de los sillones de mimbre con las piernas apoyadas encima del viejo tocón de madera que hacía de mesita de café, los tobillos cruzados y una lata de Dr Pepper en la mano.

—¿Quieres beber algo?

El olor de los rescoldos de la chimenea flotaba en el aire.

—¡Quiero saber por qué has quemado mi ropa!

—No grites. Despertarás a Chip. He quemado tu ropa porque no soportaba verla ni un minuto más. Era horrorosa, Rachel Stone. Salvo tus bragas. Tus bragas me gustan mucho.

Gabe actuaba como un hombre libre de preocupaciones. ¿Dónde estaba el hombre tenso y difícil con el que tenía que lidiar todos los días?

—Pero ¿qué te pasa, Gabe? No tenías ningún derecho a hacerlo.

—Como jefe tuyo, presente y futuro, tengo todo el derecho del mundo.

—¿Mi jefe? El autocine está cerrado y yo me voy mañana. Ya no eres mi jefe.

Observó la terca expresión de Gabe y supo que no se lo iba a poner fácil.

—Te negaste a casarte conmigo —dijo él—, así que no me queda otra alternativa que volver a contratarte. A propósito, no sólo he quemado la ropa, también he quemado los billetes de autobús.

—Estás de broma, ¿verdad? —Rachel se hundió en el sofá cuando toda su furia se evaporó de golpe. ¿Acaso creía que se habían resuelto todos sus problemas ahora que se llevaba bien con su hijo?

—¿Cómo has podido hacerlo?

Por un momento él no dijo nada. Luego le dirigió una sonrisa lenta y calculadora.

—Te conozco demasiado bien, cariño. No piensas quedarte con los diamantes. Creo que ha llegado el momento de hacer un trato.

Ella le lanzó una mirada recelosa.

Él dio un sorbo a su Dr Pepper. Luego la observó por encima de la lata y se tomó su tiempo para estudiarla. Aquel escrutinio hizo que Rachel fuera consciente de que estaba completamente desnuda bajo la camisa, y juntó las piernas.

—Voy a hacer algunos cambios en mi vida —dijo él.

—¿Y?

—Me sacaré la licencia para ejercer en Carolina del Norte y abriré una clínica veterinaria en Salvation.

A pesar de lo irritada que estaba, se sintió muy feliz por él.

—Me alegro. Es justo lo que debes hacer.

—Pero voy a necesitar ayuda.

—¿Qué tipo de ayuda?

—Bueno... tengo que contratar a una recepcionista que además me eche una mano en la consulta.

—Yo ya tengo empleo en Florida —señaló—, no quiero ser tu recepcionista. —¿Por qué le contaba todo eso?

¿Acaso no entendía lo duro que era para ella tener que marcharse?

—No te he ofrecido ese trabajo —afirmó él con suficiencia—. Aunque te estaría bastante agradecido si quisieras echarme una mano de vez en cuando. Pero no, lo que he pensado para ti es más una profesión que un trabajo.

—¿Una profesión? ¿De qué?

—Tendrás que hacer algunas cosas.

—¿Como cuáles?

—Bueno... —Pareció reflexionar un momento—. Lavar, por ejemplo. No me importa fregar los platos, pero no me gusta nada hacer la colada.

—¿Quieres que te haga la colada?

—Entre otras cosas.

—Continúa.

—Contestar al teléfono por las tardes. Cuando no estoy trabajando, no me gusta contestar al teléfono. Tendrías que hacerlo tú. Sólo atenderé las llamadas si es alguien de la familia. Si no, te encargarías tú.

—Hacer la colada y contestar al teléfono. ¿Consideras eso una profesión?

—Y controlar mi dinero. Odio los asuntos de dinero. No me gusta pensar en qué gasto cada centavo.

—Gabe, eres un hombre muy rico. Deberías saber en qué gastas tu dinero.

—Mis hermanos opinan lo mismo, pero no me interesa saberlo.

—Hacer la colada, contestar al teléfono y controlar tu dinero. ¿Es eso todo?

—No. Falta una cosa más.

—¿Cuál?

—El sexo. Eso sería fundamental.

—¿El sexo?

—Es lo más importante de todo. Incluso más importante que el dinero.

—¿Mantener relaciones sexuales contigo?

—Sí.

—¿Quieres pagarme por mantener relaciones sexuales contigo?

—Y por hacer la colada, contestar al teléfono...

—¡Quieres pagarme! ¡¿Y ésa va a ser mi nueva profesión?! ¿Ser tu amante a jornada completa y tu criada a media jornada?

—Que seas mi amante suena... muy bien. Me gusta la idea de tener una amante. Pero tenemos que pensar en Chip, y éste es un pueblo pequeño. Tendríamos que casarnos. —Levantó la mano antes de que replicara—. Ya sé que no quieres casarte, pero no tienes que considerarlo un matrimonio de verdad. Podrías verlo como un trato puramente comercial... —Entornó los ojos—. Una persona calculadora como tú debería apreciar lo que te ofrezco. —Se enderezó en el sillón—. Necesito sexo. Y tú puedes proporcionármelo. Creo que es un buen trato.

—Oh, Gabe...

—Antes de que te enfades, hablemos del sueldo.

Sabía que no debía preguntar, pero no pudo evitarlo.

—¿De cuánto dinero hablamos?

—El día que nos casemos, te daré un cheque por... —Él se interrumpió y se rascó la cabeza—. ¿Cuánto quieres?

—Un millón de dólares —le espetó Rachel, enfadada consigo misma por haber preguntado. Pero él tenía razón. Sabía que no se quedaría con los diamantes de Dwayne. Finalmente, había comprendido que no le pertenecían.

—Hecho. Un millón de dólares.

Rachel lo miró fijamente.

Él se encogió de hombros.

—A mí no me importa el dinero. Además, tendrás que pasarte mucho tiempo desnuda. Me parece justo.

Ella se hundió de nuevo en los cojines. La aterraba pensar que hubiera un hombre suelto por el mundo tan despreocupado por su cuenta corriente.

Tenía la impresión de que iba a hiperventilar. Ya era abrumador que él tuviera un millón de dólares para que encima quisiera dárselo a ella. Si le ofreciera su amor en vez de dinero, no dudaría en aceptar.

Él descruzó los tobillos y puso los pies en el suelo.

—Sé que pensabas que no podías casarte conmigo por ese problema que había entre Chip y yo, pero habrás notado que ya no existe.

Recordó la manera en que se habían comportado Gabe y Edward esa misma tarde.

—No entiendo lo que ha ocurrido. Sé que no ha sido por el secuestro. Ya os habíais portado así por la mañana. ¿Cómo ha desaparecido de repente algo tan serio?

—¿Le has dado alguna vez un cachete a ese niño?

—Por supuesto que no.

—Si lo hubieses hecho, no harías esa pregunta. Además, hay algo más que tienes que saber, Rachel. Aparte del sexo, educaremos a ese niño juntos. Tomaremos todas las decisiones juntos. —Su voz era ahora mortalmente seria—. No dejaré que me apartes de Chip. He perdido a un hijo y no estoy dispuesto a perder otro. Si eso significa que tengo que quemar cien billetes de autobús y toda tu ropa, lo haré.

—No es tu hijo.

—Ayer por la mañana no lo era. Hoy sí. —Ella no podía hablar. ¿Por qué Gabe se lo estaba poniendo tan difícil?—. Habrás notado que los Bonner nos tomamos a los niños muy en serio.

Ella recordó entonces cómo Ethan y Cal habían tratado a Edward. A pesar de cuánto la odiaban a ella, con él siempre se habían mostrado bondadosos. Y aquella misma mañana, Rosie había pasado de unos brazos a otros como si cada uno de ellos fuera responsable de su bienestar.

—Lo he notado.

—Pues ése es el trato.

—Gabe, casi no sobreviví a un matrimonio desastroso y no pasaré por lo mismo una segunda vez. Si alguna vez vuelvo a casarme, será por amor.

Los ojos de Gabe ardieron de indignación.

—¿En serio piensas decirme que no me amas y esperar que yo me lo crea? No soy estúpido, Rachel. A pesar de toda esa palabrería tuya de que eres una mujer de mundo, eres una de las mujeres más puritanas que conozco. Si no me amases, no me habrías dejado tocarte, y mucho menos pasar alguna de las mejores noches de mi vida en tu cama.

Ella pensó seriamente en golpearle, pero se limitó a rechinar los dientes.

—No es mi amor lo que está en duda.

Gabe la miró sin comprender.

Rachel agarró uno de los cojines del sofá y se lo lanzó con todas sus fuerzas.

—¡Maldita sea, Rachel! Me has tirado la Dr Pepper.

Ella se levantó de un salto.

—Me largo de aquí.

Él dejó la lata en el suelo y también se levantó de un salto.

—No estás siendo sensata, Rachel. ¿Nunca te ha dicho nadie que eres una mujer muy poco razonable?

—¡Poco razonable! —escupió, furiosa—. ¿Sólo porque no quiero tu caridad crees que no soy razonable?

—¿Caridad? ¿Crees que se trata de eso?

—Por supuesto. Ethan no es el único santo de la familia Bonner.

—¿Crees que soy un santo? —En vez de estar molesto, él parecía bastante satisfecho consigo mismo.

—Jesús... —masculló ella.

La señaló con el dedo.

—Voy a casarme contigo, Rachel. Así que ya puedes metértelo en la cabeza.

—¿Por qué quieres casarte conmigo? ¡Si no me amas!

—¿Quién ha dicho eso?

—No me vaciles. Esto es demasiado importante. —La

rabia de Rachel se evaporó. Se mordió el labio—. Por favor, Gabe...

Gabe se acercó a ella de inmediato y la hizo sentarse en el sofá junto a él.

—¿Por qué crees que te estoy vacilando? ¿Crees que no eres importante para mí?

—No es lo mismo que te importe a que me ames. Quieres protegerme, pero yo necesito algo más que eso. ¿Lo entiendes?

—Claro que lo entiendo. Rachel, ¿de verdad no sabes lo que siento por ti?

—No sientes lo que sentías por Cherry, eso seguro. —Lamentó el tono brusco con que habló, y se odió por tener celos de una muerta.

—Mi vida con Cherry ha terminado —susurró él.

Ella se miró las manos.

—Pues yo no lo creo. Y no puedo vivir compitiendo con ella.

—No estás compitiendo con Cherry.

Estaba claro que Gabe no entendía nada. Ella se retorció los dedos y pensó en huir de la habitación, pero tenía el suficiente espíritu de lucha para darle una oportunidad.

—Entonces, cuéntame algo malo de ella.

—¿Qué?

Una parte de Rachel le decía que se retirara mientras aún le quedaba orgullo, pero algunas cosas eran más importantes que el orgullo.

—Me has dicho que no estaba compitiendo con ella, pero creo que no es cierto. —Se sintió mezquina y miserable. No pudo mirarle a los ojos, así que continuó con la mirada clavada en las manos—. Necesito que me cuentes algo malo de Cherry.

—Vaya tontería.

—Quizá para ti, pero no para mí.

—Rachel, ¿por qué te haces esto?

—Tiene que haber algo en lo que tu esposa no fuera

perfecta. Por ejemplo... ¿roncaba? —Por fin levantó los ojos y lo miró, esperanzada—. Yo no ronco.

Gabe le cogió las manos.

—Ella tampoco.

—Quizás ella... no sé... ¿Te tiraba el periódico a la basura antes de que acabaras de leerlo?

—Supongo que lo haría alguna vez.

Rachel odió la compasión que vio en la expresión de Gabe, pero tenía que llegar hasta el final. Se estrujó la cabeza para encontrar algo que pudiera haber hecho mal una mujer perfecta.

—¿Te cogió alguna vez la maquinilla para afeitarse las piernas?

—No le gustaban mis maquinillas de afeitar. —Hizo una pausa y la miró fijamente—. No como a ti.

Rachel comenzaba a desesperarse. Tenía que haber algo...

—Yo cocino de fábula.

La expresión de Gabe se hizo todavía más compasiva.

—Hacía pan por lo menos una vez a la semana.

Rachel sólo había tratado de hacer pan una vez y se le había ido la mano con la levadura.

—Nunca me han puesto una multa.

Él arqueó una ceja.

Ella continuó con rapidez:

—Algunas veces las mejores personas no saben contar chistes. Se olvidan del final.

—Ahí lo tienes. —La besó en la frente, luego la soltó y se hundió en la esquina del sofá—. Necesitas encontrarle algún defecto, ¿verdad? A pesar de que no te afecte para nada.

—Parece tan perfecta...

Gabe respiró hondo.

—De acuerdo. No volveré a repetirlo, así que será mejor que prestes atención. Quise a Cherry con toda mi alma y ahora siento lo mismo por ti.

Rachel exhaló lentamente.

Gabe continuó:

—Puede que no salvaras el alma de Dwayne, pero te aseguro que salvaste la mía. Me azuzaste hasta que abandoné toda esa autocompasión que sentía y retomé mi vida. Conseguiste que volviera a vivir.

Rachel se derretía por dentro y se acercó a él, pero Gabe levantó una mano para detenerla.

—No he acabado todavía. Has sido tú la que has querido esto, así que ahora tienes que escucharme hasta el final. Cherry era... era casi demasiado buena. Jamás perdía los nervios, no importaba lo mucho que yo metiera la pata, nunca hablaba mal de nadie, y con nadie me refiero a gente realmente rastrera. Ni siquiera si estaba cansada o Jamie se portaba mal, chillaba o se ponía de mal humor, siempre mantenía la calma. Era condenadamente buena.

—Sí, eso me hace sentir mucho mejor —dijo ella secamente.

—Atiende porque esto sólo lo voy a decir una vez. —Él respiró hondo—. Algunas veces vivir con Cherry era como vivir con la Madre Teresa de Calcuta o alguien parecido. Era tan dulce, tan razonable, tan buena, que mis defectos resultaban muy evidentes a su lado.

La felicidad se extendió en el interior de Rachel como un arco iris.

—¿De veras?

—De veras.

—¿Y conmigo?

Gabe sonrió.

—Contigo mis defectos apenas se notan.

Rachel le lanzó una mirada de agradecimiento.

—Y otra cosa. —Gabe frunció el ceño—. Cherry no hacía más que tararear. Siempre tatareaba alguna canción, ya estuviera limpiando o leyendo una revista. A veces no me importaba, pero otras me ponía de los nervios.

—Que alguien tararee a tu alrededor puede ser muy molesto. —Rachel sintió que le caía bien Cherry Bonner.

—Y la cosa es que... como todos mis defectos eran tan evidentes, jamás pude echárselo en cara.

—Pobrecito... —Rachel se mordisqueó el labio inferior—. ¿Era...? Sé que no debería preguntarlo, pero... ¿en la cama...?

Gabe la miró, divertido.

—Tienes un montón de inseguridades, ¿verdad?

—No importa. Olvida la pregunta.

—No sería justo para Cherry que la comparase con una gatita sexy como tú.

Rachel abrió mucho los ojos y luego sonrió.

—¿De veras?

Gabe se rio.

Rachel se lanzó sobre el sofá, y Gabe la abrazó como si no pudiera soltarla. La besó en el pelo y la voz se le volvió ronca por la emoción.

—Cherry fue el amor de mi infancia, Rachel. Tú eres el amor de mi madurez. Te amo con todo mi corazón. Por favor, no te vayas.

Rachel no pudo contestarle porque él le cubrió la boca con la suya y ella se dejó llevar por un beso tan profundo que todo lo demás dejó de existir.

Cuando se separaron, lo miró fijamente a los ojos y vio el reflejo de su alma. Todas las barreras entre ellos habían desaparecido.

—¿No te olvidas de algo? —murmuró él.

Rachel ladeó la cabeza inquisitivamente.

Él le rozó los labios.

—¿No te estás olvidando de decir «Yo también te amo, Gabe»? ¿Qué pasa con eso?

Ella se echó hacia atrás y le sonrió.

—¿Pero es que aún te queda alguna duda al respecto?

—No eres la única que necesita oír las palabras.

—Te amo, Gabe. Con toda mi alma.

Él se estremeció.

—¿No volverás a decir que te vas?

—No.

—¿Y no pondrás ningún impedimento más para casarte conmigo?

—Ni uno solo.

—¿Tolerarás a mis hermanos?

—No me los recuerdes.

—¿Y Chip nos pertenecerá a los dos?

Rachel asintió con la cabeza y por un momento fue incapaz de hablar. Ahora que Gabe le había ofrecido su corazón, sabía que sería mejor padre para su hijo de lo que Dwayne Snopes hubiera sido jamás.

Le acarició la terca línea de la mandíbula y lo besó otra vez. Rachel quería reír, cantar y llorar al mismo tiempo. Las emociones la desbordaban, y lo ocultó bromeando.

—No creas que voy a olvidarme del millón de dólares. Tenías razón al decir que no voy a quedarme con los diamantes, y tú no sabes administrar tu dinero.

—¿Y tú sí?

Ella asintió.

—Tienes razón —suspiró él—. Además, por un millón de dólares un hombre puede pedir a cambio algo muy especial. —De improviso, la levantó en brazos. Mientras la llevaba al dormitorio le acarició el trasero desnudo—. Deja que lo piense... ¿Qué tipo de guarrada puede valer un millón de dólares?

Por la cabeza de Rachel cruzaron una docena de ideas.

—Antes de nada voy a desnudarte. —Su susurro gutural la hizo temblar—. Luego te tumbaré en la cama y amaré cada parte de tu cuerpo.

Un suave gemido escapó de los labios de Rachel.

—Y por si no lo sabes, Rachel, Chip se ha quedado totalmente frito, así que tenemos todo el tiempo del mundo para nosotros. Voy a ir muy, muy despacio.

Ella se quedó sin aliento.

La dejó en el suelo y cerró la puerta del dormitorio. Luego regresó junto a ella, y le rozó la clavícula al desabrocharle la camisa. Gabe inclinó la cabeza y le mordisqueó la suave piel del cuello. La camisa se deslizó al suelo y besó cada peca que le salpicaba la piel.

Cuando ya no pudo soportarlo más, Rachel empezó a tirar de la ropa de Gabe y no se detuvo hasta que estuvo desnudo.

Se recreó en los músculos de ese cuerpo que ahora era suyo, en el contraste entre la piel morena y la más blanca, en el vello oscuro de su pecho y su ingle. Sopesó y acarició su erecta masculinidad, adorando el sonido de su respiración irregular.

Se dejaron caer en la cama y descubrieron que no tenían paciencia para ir despacio. Rachel quería sentir el peso de Gabe encima de ella, anclándola a esa cama, a esa casa, a ese pueblo; uniéndolos para siempre. Algo que él también parecía necesitar.

Sólo cuando estuvo enterrado profundamente en su interior, Rachel lo obligó a ir más lento. Le rodeó la cintura con las piernas, admirando la sensación de estar completamente abierta a él, de ser poseída por él.

Los ojos grises de Gabe buscaron los de ella.

—Te amo, Rachel.

Ella levantó la mano que agarraba la cadera masculina y la llevó a la nuca de Gabe. Lo acarició mientras le sonreía con todo el amor que sentía antes de murmurar las palabras que sabía que él quería oír.

—Te amo, Gabe.

Gabe se movió en su interior y, aunque su pasión se hizo más urgente, ninguno de los dos apartó la mirada. No cerraron los ojos, no cedieron al primitivo instinto de encerrarse en uno mismo en ese momento de total vulnerabilidad.

Gabe no escondió la cabeza en el hueco de su cuello, la mantuvo erguida, con los ojos clavados en los de ella. Rachel no giró la cabeza sobre la almohada, sino que le devolvió la mirada con la misma intensidad.

La valentía de darse a otra persona, incluso aunque se la ame tan profundamente, hizo que sus almas se fundieran en una y que la sensación de plenitud se intensificara con cada movimiento.

Los ojos verdes se tragaron los plateados. Los plateados devoraron los verdes.

—Oh, Rachel...

—Mi amor...

Con los ojos bien abiertos, alcanzaron el clímax al mismo tiempo.

Epílogo

—No sé qué me pasa. No consigo aclararme. —Rachel se mordió el labio inferior; sería la imagen perfecta de una mujer indecisa si no fuera por el leve brillo diabólico de sus ojos—. Tenías razón, Ethan. Debería haberte hecho caso. El sofá queda mejor junto a la ventana.

Ethan intercambió una mirada sufrida con su hermano mayor.

—Llevémoslo de nuevo junto a la ventana, Cal.

Gabe observaba divertido desde la puerta cómo sus hermanos volvían a cargar el pesado sofá y lo colocaban otra vez junto a la ventana de la casa de Annie. Le encantaba ver cómo Rachel torturaba a sus hermanos. A Ethan lo tenía siempre de acá para allá y cuando Cal iba de visita, Rachel sentía una insaciable necesidad de cambiar de sitio todos los muebles que habían comprado para la casa.

Rachel estaba más resentida con Cal, que, aunque solía visitarlos con menos frecuencia, era quien se llevaba la peor parte. Lo había camelado para que asistiera a la exposición de un trabajo del colegio de Chip, por lo que se había visto forzado a firmar una tonelada de autógrafos. Como Rachel era muy agarrada con el dinero, le había hecho pagar el seguro médico de Chip y el de los demás hijos que tuviera con Gabe, y de los que tuvieran Ethan y Kristy, y para ella misma (siempre y cuando no tuviera que quitarse la ropa). Cal tuvo el descaro de protestar por esto último.

No importaba lo que Rachel les exigiera a sus hermanos. Gabe siempre hacía como si no supiera de qué iba la cosa. Su mujer los volvía locos, pero ellos jamás se quejaban porque todavía se sentían culpables por lo mal que se habían portado con ella. Como penitencia, hacían todo lo que Rachel les pedía, y a cambio ella los recompensaba pidiéndoles más.

Esa misma mañana Gabe le había preguntado a su esposa cuánto tiempo más pensaba alargar la situación, y ella había contestado que como mínimo otros seis meses, pero él lo dudaba. Rachel no tenía instinto asesino y sus hermanos podían ser unos bastardos encantadores cuando se lo proponían. Rachel llevaba mucho tiempo haciéndoselas pasar canutas, y si aún continuaba con ello era más por diversión que por venganza.

Cal terminó de colocar el sofá junto a la ventana y le dirigió a Gabe una mirada irritada.

—Explícamelo otra vez, Rachel. ¿Por qué el vago de tu marido no puede mover los muebles?

Rachel se inclinó para acariciar a *Dormilón*, su gato persa.

—Bueno, Cal, ya sabes que Gabe tiene una contractura en la espalda, y no quiero que empeore.

—¿Contractura? Y un carajo —masculló Cal por lo bajo.

Rachel fingió no oírlo. Gabe trató de respaldar a su querida esposa esbozando una fingida mueca de dolor.

Se apoyó contra la puerta y se dio cuenta de que, tras un año de matrimonio, no se cansaba de mirarla. Rachel se había puesto para la barbacoa unos pantalones cortos a juego con un blusón premamá de seda, del mismo tono azul que los jacintos que habían plantado en primavera delante de la casa. Entre sus rizos castaño rojizos —que ahora llevaba más cortos pero igual de despeinados, como a él le gustaban— brillaban unos diminutos pendientes de diamantes. Le había comprado unos con unos diamantes más grandes, pero ella los había cambiado por ésos porque, según había dicho, los prefería más pequeños.

Pero lo que más le gustaba a Gabe de todo lo que ella llevaba puesto ese día —y de hecho, la mayoría de los días—, eran sus zapatos. Unas sandalias plateadas con un diminuto tacón. Le encantaban esas sandalias. Le gustaban todos los zapatos que le había comprado.

—Cal, ese sillón..., me da rabia pedírtelo, pero... como siempre estás tan dispuesto a ayudarme. ¿Te importaría ponerlo más cerca de la chimenea?

—Por supuesto. —Gabe casi podía oír desde donde estaba cómo Cal rechinaba los dientes mientras cargaba con el sillón de un lado para otro de la habitación.

—Perfecto. —Rachel le lanzó una mirada de agradecimiento.

Cal pareció esperanzado.

—¿En serio?

—No, tienes razón. No queda bien. ¿Quizá junto al sofá?

En ese momento, se abrió de golpe la puerta trasera y Jane pasó corriendo junto a ellos directa al cuarto de baño. Cal miró el reloj y suspiró.

—Puntual como un reloj.

—Tres mujeres embarazadas y un solo cuarto de baño. —Ethan negó con la cabeza—. No se puede decir que sea agradable. Gabe, espero que termines pronto la ampliación de la casa.

—Debería estar lista antes del invierno.

Al contrario que sus hermanos, sus padres se enamoraron de Rachel en el momento en que la conocieron; su madre puso a nombre de los dos la escritura de la casa de Annie como regalo de boda. Aunque tenían dinero para comprarse otra mucho más lujosa, a ellos les encantaba vivir en lo alto de la montaña Heartache, y ni siquiera se habían planteado la posibilidad de vivir en otro sitio. Sin embargo, necesitaban más habitaciones, así que habían emprendido una ampliación de dos plantas en la parte de atrás. Había sido diseñada para mantener la arquitectura rústica de la casa pero sin escatimar el espacio adicional que necesitaban.

A pesar del lío que conllevaban las obras, Rachel prefirió ofrecer una barbacoa familiar para celebrar que Gabe era por fin el padre legal de Chip. Era un gran momento para todos, menos para Chip y Gabe. Ellos ya habían resuelto el asunto un año antes, la noche en que Rachel estuvo en la cárcel.

—Al menos en esta ocasión sólo tiene náuseas una de ellas —dijo Ethan—. Acuérdate de Nochebuena, cuando Rachel y Kristy se peleaban por el baño.

Cal se estremeció.

—Creo que ninguno lo olvidaremos.

Para evitar los escombros de las obras, habían montado la mesa para la comida cerca del huerto de Rachel, donde comenzaban a florecer los rosales que habían plantado unos meses antes. En ese momento Kristy llamó a Rachel a través de la ventana.

—Rachel, ven aquí. Mira lo que ha hecho Rosie.

—Ya voy. —Le dio una palmadita en la espalda a Cal—. Terminaremos después.

El gato siguió a Rachel, que se dirigió andando como un pato hacia la puerta; tenía el vientre abombado y cargaba el peso sobre los talones. Gabe sintió una oleada de primitivo orgullo masculino al saber que había sido él quien le había provocado eso. El bebé nacería dentro de un mes y los dos se morían de impaciencia.

En cuanto Rachel desapareció por la puerta, Cal y Ethan se dejaron caer en el sofá de cuatro plazas. Gabe sintió lástima por ellos y les llevó unas cervezas. Luego se sentó en el sillón, que tendría que devolver a su posición inicial en cuanto sus hermanos se fueran, y levantó la botella.

—Por los tres hombres más afortunados del mundo.

Sus hermanos sonrieron y, por un rato, se limitaron a

quedarse allí sentados, bebiendo sus cervezas mientras pensaban en lo afortunados que eran. Cal había terminado su primer año de Medicina en la Universidad de Carolina del Norte, y Jane y él habían disfrutado viviendo en Chapel Hill. Habían contratado a unos arquitectos para convertir su mausoleo en un hogar moderno y espacioso. Sería su residencia permanente cuando Cal terminara la carrera y regresara a Salvation para trabajar en la consulta con su padre.

Y Ethan había encontrado finalmente la paz en su trabajo de reverendo, aunque se quejaba por la larga serie de secretarias que se había visto obligado a contratar en un inútil esfuerzo por reemplazar a Kristy, quien se había negado a dejar su trabajo en la guardería para volver a trabajar con él. Y Rachel...

Chip entró corriendo en la casa, seguido de *Sammy*, uno de sus labradores negros. *Sammy* se dirigió hacia Gabe, mientras Chip se acercaba a Cal.

—Rosie es una cruz.

—¿Qué te ha hecho ahora? —Cal le dio un rápido abrazo al hijo de Gabe. En el fondo de la casa, se oyó el rítmico movimiento del hámster en la jaula.

—Se ha cargado mi fuerte justo después de que terminara de hacerlo.

—Pues no deberías permitírselo —dijo Cal—. Deberías ser más firme con ella o construirlo donde no pueda acercarse.

Chip lo miró con reproche.

—Me estaba ayudando, lo tiró sin querer.

Cal puso los ojos en blanco.

—Un día de éstos vas a tener que mantener una larga conversación con tu tío Cal sobre cómo tratar a las mujeres.

Chip se acercó a Gabe y se acomodó en su regazo. Al cumplir seis años había dado un estirón; no pasaría demasiado tiempo antes de que los pies le llegaran al suelo cuando se sentara encima de su padre, pero por ahora se encontraba a gusto en los brazos de Gabe. El labrador preferido de Chip se echó a los pies de Gabe.

—¿Sabes qué he estado pensando, papá?

Gabe le dio un beso en la coronilla.

—¿Qué, hijo?

Chip suspiró con resignación.

—Creo que cuando Rosie y yo crezcamos, vamos a tener que casarnos, como hicisteis mamá y tú.

Ninguno de los tres se rio. Todos habían llegado a sentir un profundo respeto por el misterioso vínculo que se había forjado entre los dos niños, aunque no lo entendieran.

—A veces un hombre hace lo que tiene que hacer —comentó Cal.

Chip asintió con la cabeza.

—Justo lo que me temía.

Todos se rieron.

Desde el patio, llegó un gran aullido de Rosie. *Sammy* levantó la cabeza del pie de Gabe y Chip suspiró.

—Voy a tener que salir. Hace lo que quiere con los abuelos.

Los hombres esperaron hasta que Chip y el perro desaparecieron por la puerta, luego se sonrieron entre sí. Cal negó con la cabeza y dijo:

—Lo de ese niño es espeluznante. Tiene seis años que parecen treinta.

—Sólo espero que los tres que vienen sean la mitad de maravillosos que estos dos —contestó Ethan, y sonrió.

Gabe miró por la ventana de atrás. *Sombra*, un mestizo de pastor escocés que había recogido hacía algunos meses, paseaba pacientemente con Rosie subida a su grupa. Chip se acercó a sus abuelos adoptivos. Su abuelo lo tomó en brazos y su abuela estiró la mano y le acarició el pelo.

Estaba muy contento de que sus padres hubieran vuelto de Sudamérica, no sólo por ellos, sino por Chip. La familia Bonner había acogido a su hijo con los brazos abiertos, igual que a Rachel. Ahora Chip tenía un montón de amigos e iba muy adelantado en el colegio. Gabe estaba muy orgulloso de él.

Jane —que tenía buena cara a pesar del matiz verdoso— cruzó la sala. *Tasha*, el gato de más edad de la familia, había salido de su refugio para seguirla. Jane llevaba ya dos meses de embarazo y se sentía absolutamente feliz, cuando no estaba vomitando.

Cal se levantó, pero ella le indicó con un gesto que volviera a sentarse.

—Me encuentro bien. Sigue hablando con tus hermanos.

Intercambiaron una sonrisa y Cal le dio una palmada en el trasero.

Gabe pensó cuánto le gustaba hacer eso. No darle una palmadita a Jane en el trasero, por supuesto, sino a Rachel. Poder dar una palmadita en el trasero de una esposa cuando uno quería era uno de los mayores placeres de estar casado, aunque ningún hombre lo admitiera en voz alta.

—Ayer hablé con Carol Dennis —dijo Ethan.

Gabe y Cal intercambiaron unas miradas sombrías. Jamás olvidarían el día en que Bobby Dennis había puesto en peligro la vida de sus hijos. Ni tampoco Ethan y Kristy. Todavía se echaban la culpa por haber dejado a los niños solos en el coche, aunque nadie más lo hacía.

Bobby había tardado seis meses en recuperarse de sus lesiones, pero irónicamente el accidente había resultado ser una bendición para el chico. Se había mantenido sobrio y limpio durante todo el año, y Carol y él habían aceptado la terapia familiar que tanto necesitaban.

Gabe sospechaba que su relación siempre sería difícil, pero, según contaba Ethan, por fin se comunicaban. Bobby había dejado de culpar a Rachel por sus problemas, lo que era una suerte para él porque si Gabe hubiera pensado que el chico todavía la amenazaba, lo habría echado del pueblo, con terapia familiar o sin ella.

—Carol me dijo que Bobby empieza en la universidad en agosto. Al final terminó el instituto con unas notas bastante buenas.

Cal negó con la cabeza.

—Aún no puedo creer que Rachel fuera a visitarlo tantas veces al hospital. Gabe, tu mujer tiene más corazón que sentido común. Ya sabéis lo que comentó la gente al respecto, ¿no? Que si Rachel no lo hubiera visitado, entonces no...

Gabe gimió.

—No lo digas.

—Eso me recuerda algo. —Ethan miró a Kristy por la ventana; apretaba la mano de Rosie contra su barriga para que la niña pudiera sentir el movimiento del bebé. Sonrió, luego se volvió a centrar en la conversación que mantenía con sus hermanos—. Necesito que convenzas a Rachel. Brenda Meers tiene una neumonía y le cuesta recuperarse; me gustaría que Rachel fuera a visitarla.

—Allá vamos otra vez. —Cal estiró las piernas, sumamente divertido.

Gabe creía haber llegado a un claro entendimiento con Ethan sobre ese tema y miró a su hermano exasperado.

—Ethan, ya te dije la última vez que no puedo meterme en esto. Eres el pastor de Rachel. Tú debes hablar con ella.

Los hombres bebieron la cerveza, pensando en lo difícil que iba a ser convencerla.

—¿Cuánto tiempo crees que seguirá negándolo? —preguntó Cal finalmente.

—Calculo que unos cuarenta años —contestó Gabe.

Ethan levantó la mano.

—¡Eh!, que yo no soy el malo aquí. No sé si alivia las dolencias de la gente o no, pero no puede negar que mucha gente mejora después de que ella la visita.

Los animales heridos también mejoraban. Gabe siempre la engatusaba para que cogiera a los que él trataba. No sabía cómo ocurría. Sólo sabía que sanaban más rápido después de que ella los tocara.

—Una sanadora que no acepta que lo es. —Como Cal no tenía que tratar con Rachel, seguía pareciéndole todo muy divertido—. Nadie habla mal de ella desde el milagro de Emily. Y cuando Bobby Dennis se recuperó de la lesión en la columna después de que los médicos dijeran que se quedaría parapléjico...

—La gente la adora —comentó Ethan—. Es irónico. Dwayne juraba que podía sanar, pero está claro que no era cierto. Rachel insiste en que no puede, pero sí lo hace.

—No lo sabemos a ciencia cierta —señaló Gabe—. Podría ser una coincidencia. Haz lo que has hecho otras veces, Ethan. Dile a Rachel que Brenda está enferma y que le alegraría mucho que la visitara. Sabes que no se negará, mientras no le menciones nada de sanaciones.

—¿No sospecha nada de las visitas que le pido que haga?

—Está tan absorta en Chip, en la ampliación de la casa, en el nuevo bebé, en sus clases y en planear lo que va a hacer con el dinero de la venta de los diamantes de Dwayne que no tiene tiempo para sospechar nada. —También estaba absorta en él, pero Gabe no lo mencionó porque no quería presumir delante de sus hermanos. Aunque Cal y Ethan también tenían bastante de lo que presumir.

A Rachel le encantaban los cursos de contabilidad que impartían en el centro de educación para adultos, aunque fingía que los hacía sólo porque él no sabía administrar su dinero. Le había dicho infinidad de veces que si no fuera por ella, acabarían todos en la pobreza.

Para chincharla, él le respondía que jamás tendrían ese problema si ella se hubiera quedado con la fortuna de G. Dwayne, en vez de haber donado a obras sociales lo que había quedado del dinero después de pagar las deudas. Pero ella no le hacía caso. Ethan y ella estaban colaborando para crear una fundación estatal que ayudara a madres con hijos a su cargo mientras estudiaban o buscaban trabajo. Rachel había encontrado la carrera perfecta.

También había creado una asociación local para que administrara el Orgullo de Carolina sin ánimo de lucro. El autocine se había convertido en el lugar más popular del pueblo los fines de semana del verano.

—Cuesta creerlo... Hace sólo un año, la odiaban todos los habitantes de Salvation. Y ahora es la heroína local. —Cal parecía demasiado orgulloso para haber sido uno de sus más duros detractores.

Rachel asomó la cabeza por la ventana con *Dormilón* en los brazos.

—Gabe, la gente empieza a tener hambre. ¿Por qué no te pones con la barbacoa?

Los tres hombres salieron al patio, donde sus padres estaban sentados sobre una vieja manta con Rosie entre ellos y los perros husmeando a su alrededor. Ethan se acercó a Kristy, y ella lo abrazó.

Cal rodeó a Jane con un brazo y puso la mano sobre su inquieto vientre.

Gabe se quedó allí, observando a todas esas personas que tanto amaba. Rachel dispuso un montón de platos de cartón sobre la mesa y lo miró. Él le sonrió y ella le devolvió la sonrisa; sabían leerse el pensamiento.

«Te amo, Gabe.»

«Te amo, Rachel.»

Chip se acercó a él. Gabe lo tomó en brazos. Un momento después, Chip estaba sentado en sus hombros y se agarraba a la frente de su padre mientras sus piernas colgaban sobre el pecho de Gabe.

A Rachel se le llenaron los ojos de lágrimas.

Gabe sabía que solía ponerse sensiblera en algunas reuniones familiares cuando la felicidad era absoluta. Todos lo sabían. Le tomaban el pelo por ello. Ahora también lo harían. Pronto..., tal vez después de comer.

Pero en ese momento, Cal carraspeó. Jane sorbió por la nariz. Ethan tosió. Kristy se secó las lágrimas. Su madre le pasó un pañuelo de papel a su padre.

A Gabe se le hinchó el corazón. La vida era maravillosa en la montaña Heartache. Miró al cielo y se rio.